ORGULLO Y PREJUICIO

JANE AUSTEN

Traducido por
ELARA SANCHEL

ISBN: 9798344429953

INTRODUCCIÓN

Orgullo y Prejuicio, escrita por Jane Austen y publicada en 1813, es una de las novelas más icónicas de la literatura inglesa y un pilar de las novelas románticas de época. Esta historia nos traslada a la Inglaterra rural de principios del siglo XIX, donde las normas sociales y las expectativas sobre el matrimonio juegan un papel crucial en la vida de las mujeres y sus familias. Austen, con su estilo característico y un toque irónico, presenta a los Bennet, una familia de cinco hijas cuya madre está decidida a casarlas bien, especialmente considerando su situación económica y el futuro incierto que les espera sin una dote considerable.

La protagonista, Elizabeth Bennet, es un personaje adelantado a su tiempo: inteligente, perspicaz, y con un espíritu independiente que rechaza los matrimonios por conveniencia. Su encuentro con el enigmático y orgulloso señor Darcy genera una serie de malentendidos y enfrentamientos que, en última instancia, revelarán las verdaderas personalidades de ambos. Austen utiliza esta relación para explorar temas profundos como el amor verdadero, el clasismo, los prejuicios y la capacidad de superación personal. La novela no solo ofrece una historia de amor, sino también una crítica social astuta, mostrando cómo las apariencias y las primeras impresiones suelen ocultar la verdadera naturaleza de las personas.

En esta nueva traducción al español, se ha trabajado cuidadosamente para preservar el ingenio y la agudeza de Austen, así como la sutileza de sus diálogos y su estilo descriptivo. Con el fin de acercar esta obra a las sensibilidades modernas sin perder la esencia de su época, se han actualizado algunas expresiones y términos, haciéndola más accesible para el lector contemporáneo, sin sacrificar el encanto y la precisión del lenguaje de Austen. Esta traducción respeta el tono original, pero permite que nuevos lectores experimenten la riqueza de esta historia y se sumerjan en el mundo de Jane Austen con mayor naturalidad.

Orgullo y Prejuicio sigue siendo una novela relevante y cautivadora, que invita a la reflexión sobre los prejuicios y el autodescubrimiento. Esta nueva versión ofrece una ventana fresca a la obra, permitiendo que tanto los lectores antiguos como los nuevos disfruten de una lectura enriquecedora, en la que el amor y el respeto mutuo se presentan como los verdaderos pilares de una relación duradera. Con esta traducción, el legado de Austen continúa vivo, mostrando que sus observaciones sobre el carácter humano y las relaciones sociales siguen siendo universales y atemporales.

I

Es una verdad universalmente reconocida que un hombre soltero en posesión de una buena fortuna debe estar en busca de una esposa.

Por poco que se conozcan los sentimientos o las intenciones de tal hombre al entrar por primera vez en un vecindario, esta verdad está tan bien fijada en la mente de las familias circundantes que se le considera como la propiedad legítima de alguna de sus hijas.

"Querido señor Bennet", le dijo su esposa un día, "¿has oído que al fin se ha alquilado Netherfield Park?"

El señor Bennet respondió que no lo había hecho.

"Pero sí, lo está", respondió ella; "porque la señora Long ha estado aquí y me contó todo al respecto".

El señor Bennet no contestó.

"¿No quieres saber quién lo ha alquilado?" exclamó su esposa, impacientemente.

"Quieres decírmelo, y no tengo objeción a escucharlo."

Esto fue invitación suficiente.

"Bueno, querido, debes saber que la señora Long dice que Netherfield lo ha alquilado un joven de gran fortuna del norte de Inglaterra; que vino el lunes en una calesa con cuatro caballos a ver el lugar, y se quedó tan encantado que acordó con el señor Morris de inmediato; que tomará posesión antes de San Miguel, y que algunos de sus sirvientes estarán en la casa para finales de la próxima semana."

"¿Cuál es su nombre?"

"Bingley."

"¿Está casado o soltero?"

"Oh, soltero, querido, por supuesto. ¡Un hombre soltero de gran fortuna; cuatro o cinco mil al año! ¡Qué bien para nuestras chicas!"

"¿Cómo así? ¿Cómo puede afectarlas?"

"Querido señor Bennet," respondió su esposa, "¿cómo puedes ser tan molesto? Debes saber que estoy pensando en que él se case con alguna de ellas."

"¿Ese es su propósito al establecerse aquí?"

"¿Propósito? ¡Tonterías, cómo puedes hablar así! Pero es muy probable que se enamore de alguna de ellas, y por tanto, debes visitarlo tan pronto como llegue."

"No veo la necesidad de eso. Tú y las chicas pueden ir—o puedes enviarlas solas, lo cual quizás sea aún mejor; porque como tú eres tan hermosa como cualquiera de ellas, al señor Bingley podría gustarle más tú que el resto del grupo."

"Querido, me halagas. Ciertamente he tenido mi parte de belleza, pero no pretendo ser nada extraordinario ahora. Cuando una mujer tiene cinco hijas adultas, debería dejar de pensar en su propia belleza."

"En tales casos, una mujer no suele tener mucha belleza de la que preocuparse."

"Pero, querido, debes ir a ver al señor Bingley cuando llegue a la vecindad."

"Es más de lo que me comprometo, te lo aseguro."

"Pero considera a tus hijas. Solo piensa en lo que sería un buen partido para alguna de ellas. Sir William y Lady Lucas están decididos a ir, únicamente por esa razón; porque en general, ya sabes, no visitan a los recién llegados. De hecho, debes ir, porque será imposible que lo visitemos si tú no lo haces."

"Eres demasiado escrupuloso, sin duda. Estoy segura de que al señor Bingley le hará mucha ilusión verte; y yo le enviaré unas líneas contigo para asegurarle mi sincero consentimiento a que él se case con la que él elija de las chicas—aunque debo hacer una buena recomendación para mi pequeña Lizzy."

"Te ruego que no hagas tal cosa. Lizzy no es mejor que las otras: y estoy segura de que no es ni la mitad de hermosa que Jane, ni la mitad de buena como Lydia. Pero siempre le das la preferencia."

"Ellas no tienen nada que las haga destacar", respondió él: "son todas tontas e ignorantes como otras chicas; pero Lizzy tiene algo más de agilidad que sus hermanas."

"Señor Bennet, ¿cómo puede hablar así de sus propios hijos? Se deleita en molestarme. No tiene compasión por mis pobres nervios."

"Me malinterpreta, querida. Tengo un gran respeto por sus nervios. Son mis viejos amigos. He oído mencionarlos con consideración estos últimos veinte años, al menos."

"Ah, usted no sabe lo que sufro."

"Pero espero que se le pase y viva para ver a muchos jóvenes de cuatro mil al año venir al vecindario."

"No nos servirá de nada, si vinieran veinte, ya que usted no los visitará."

"Dependa de ello, querida, que cuando haya veinte, los visitaré a todos."

El señor Bennet era una mezcla tan extraña de ingenio agudo, humor sarcástico, reserva y capricho, que la experiencia de veintitrés años no fue suficiente para que su esposa comprendiera su carácter. Su mente era menos difícil de desarrollar. Era una mujer de entendimiento limitado, poca información y temperamento incierto. Cuando estaba descontenta, se imaginaba nerviosa. El objetivo de su vida era casar a sus hijas: su consuelo era visitar y enterarse de noticias.

El SR. BENNET fue de los primeros en visitar al Sr. Bingley. Siempre había tenido la intención de hacerlo, aunque hasta el último momento le aseguraba a su esposa que no iría; y hasta la noche después de la visita, ella no tenía conocimiento de ello. Fue entonces cuando se reveló de la siguiente manera. Al observar a su segunda hija ocupada en adornar un sombrero, de repente le dirigió la palabra:

"Espero que al Sr. Bingley le guste, Lizzy."

"No estamos en condiciones de saber qué le gusta al Sr. Bingley," dijo su madre, resentida, "ya que no vamos a visitarlo."

"Pero olvidas, mamá," dijo Elizabeth, "que lo encontraremos en los bailes, y que la Sra. Long ha prometido presentárnoslo."

"No creo que la Sra. Long haga tal cosa. Tiene dos sobrinas propias. Es una mujer egoísta e hipócrita, y no tengo una buena opinión de ella."

"Yo tampoco," dijo el Sr. Bennet; "y me alegra saber que no dependes de que ella te ayude."

La Sra. Bennet no se dignó a responder; pero, incapaz de contenerse, comenzó a regañar a una de sus hijas.

"¡No sigas tosiendo así, Kitty, por el amor de Dios! Ten un poco de compasión por mis nervios. Los destrozas."

"Kitty no tiene discreción con sus tos," dijo su padre; "las cronometriza mal."

"No toso por mi propio entretenimiento," respondió Kitty, con mal humor. "¿Cuándo es tu próximo baile, Lizzy?"

"Dentro de dos semanas."

"Sí, así es," exclamó su madre, "y la Sra. Long no regresa hasta el día anterior; así que será imposible que ella lo presente, porque no lo conocerá ella misma."

"Entonces, querida, puedes aprovecharte de tu amiga y presentarle al Sr. Bingley."

"Imposible, Sr. Bennet, imposible, cuando yo misma no lo conozco; ¿cómo puedes ser tan molesto?"

"Honro tu circunspección. Catorce días de conocimiento son ciertamente muy poco. No se puede conocer realmente a un hombre al final de dos semanas. Pero si no nos atrevemos, alguien más lo hará; y después de todo, la señora Long y sus sobrinas deben tener su oportunidad; y, por lo tanto, como ella pensará que es un acto de amabilidad, si tú rechazas el cargo, yo lo asumiré."

Las chicas miraron a su padre. La señora Bennet dijo solamente: "¡Tonterías, tonterías!"

"¿Cuál puede ser el significado de esa exclamación enfática?" gritó él. "¿Consideras que las formas de introducción y el énfasis que se les da son tonterías? No puedo estar del todo de acuerdo contigo en eso. ¿Qué dices, Mary? Porque tú eres una joven de profunda reflexión, lo sé, y lees grandes libros y haces extractos."

Mary deseaba decir algo muy sensato, pero no sabía cómo.

"Mientras Mary ajusta sus ideas," continuó, "volvamos al señor Bingley."

"Estoy harta del señor Bingley," gritó su esposa.

"Lamento escuchar eso; pero ¿por qué no me lo dijiste antes? Si hubiera sabido esto esta mañana, ciertamente no lo habría visitado. Es muy desafortunado; pero como de hecho he realizado la visita, no podemos escapar del conocimiento ahora."

El asombro de las damas era precisamente lo que él deseaba; el de la señora Bennet quizás superando al resto; aunque cuando el primer tumulto de alegría pasó, comenzó a declarar que era lo que había esperado todo el tiempo.

"¡Qué bueno fue de tu parte, querido señor Bennet! Pero sabía que al final te convencería. Estaba segura de que amabas demasiado a tus chicas como para descuidar tal conocimiento. Bueno, ¡qué contenta estoy! Y también es una buena broma que hayas ido esta mañana y nunca dijeras una palabra al respecto hasta ahora."

"Ahora, Kitty, puedes toser tanto como desees," dijo el Sr. Bennet; y, mientras hablaba, salió de la habitación, fatigado por los arrebatos de su esposa.

"Qué excelente padre tienen, chicas," dijo ella, cuando se cerró la puerta. "No sé cómo alguna vez le harán justicia por su amabilidad; ni a mí tampoco, para ser honesta. A nuestra edad, no es tan agradable, se los puedo asegurar, hacer nuevos conocidos todos los días; pero por su bien, haríamos cualquier cosa. Lydia, querida, aunque eres la más joven, me atrevo a decir que el Sr. Bingley bailará contigo en el próximo baile."

"Oh," dijo Lydia, con firmeza, "no tengo miedo; porque aunque soy la más joven, soy la más alta."

El resto de la noche se pasó conjeturando cuán pronto él devolvería la visita del Sr. Bennet y determinando cuándo deberían invitarlo a cenar.

NO todo lo que la Sra. Bennet, sin embargo, con la ayuda de sus cinco hijas, pudo preguntar sobre el tema fue suficiente para obtener de su esposo una descripción satisfactoria del Sr. Bingley. Lo atacaron de diversas maneras, con preguntas descaradas, suposiciones ingeniosas y conjeturas distantes; pero él eludió la habilidad de todas ellas; y al final se vieron obligadas a aceptar la información de segunda mano de su vecina, la Sra. Lucas. Su informe fue muy favorable. El Sr. William había quedado encantado con él. Era bastante joven, maravillosamente guapo, extremadamente agradable y, para colmo, tenía la intención de asistir a la próxima asamblea con un gran grupo. ¡Nada podría ser más encantador! Ser aficionado a bailar era un paso seguro hacia enamorarse; y se alimentaban de esperanzas muy vivas respecto al corazón del Sr. Bingley.

"Si pudiera ver a una de mis hijas felizmente establecida en Netherfield," dijo la señora Bennet a su esposo, "y a todas las demás igualmente bien casadas, no tendría nada más que desear."

En pocos días, el señor Bingley devolvió la visita al señor Bennet y estuvo aproximadamente diez minutos con él en su biblioteca. Había alimentado la esperanza de ser presentado a las jóvenes, de cuya belleza había oído mucho; pero solo vio al padre. Las damas tuvieron algo más de suerte, ya que pudieron comprobar, desde una ventana del piso superior, que él llevaba un abrigo azul y montaba un caballo negro.

Poco después se envió una invitación a cenar; y ya la señora Bennet había planeado los platillos que harían honor a su habilidad como ama de casa, cuando llegó una respuesta que lo pospuso todo. El señor Bingley se vio obligado a estar en la ciudad al día siguiente y, por ende, no pudo aceptar el honor de su invitación, etc. La señora Bennet estaba bastante desconcertada. No podía imaginar qué asunto podría tener en la ciudad tan pronto después de su llegada a Hertfordshire; y comenzó a temer que siempre estuviera volando de un lugar a otro, y nunca se estableciera en Netherfield como debería. La señora Lucas calmó un poco sus temores al proponer la idea de suhaber ido a Londres solo para conseguir un gran grupo para el baile; y pronto siguió un informe de que el Sr. Bingley traería doce damas y siete caballeros con él a la asamblea. Las chicas se lamentaban por tal cantidad de damas; pero se sintieron consoladas el día antes del baile al escuchar que, en lugar de doce, solo había traído seis con él de Londres: sus cinco hermanas y un primo. Y cuando el grupo entró en la sala de asambleas, consistía en solo cinco en total: el Sr. Bingley, sus dos hermanas, el esposo de la mayor y otro joven.

El Sr. Bingley era apuesto y caballeroso: tenía un rostro agradable y modales sencillos y naturales. Sus hermanas eran mujeres elegantes, con un aire de moda decidida. Su cuñado, el Sr. Hurst, simplemente parecía un caballero; pero su amigo el Sr. Darcy pronto atrajo la atención de la sala por su esbelta figura, sus rasgos atractivos, su noble porte, y el rumor, que circulaba en general dentro de los cinco minutos después de su entrada, de que tenía diez mil al año. Los caballeros lo consideraron un hombre de gran porte, las damas declararon que era mucho más guapo que el Sr. Bingley, y fue mirado con gran admiración durante aproximadamente la mitad de la noche, hasta que sus modales causaron una repulsión que cambió la marea de su popularidad; pues se descubrió que era orgulloso, que se consideraba por encima de su compañía y que no se complacía fácilmente; y no toda su gran fortuna en Derbyshire pudo salvarlo de tener un semblante muy poco atractivo y desagradable, siendo indeseable en comparación con su amigo.

El Sr. Bingley pronto se había familiarizado con todas las personas principales en la sala: era animado y desenfadado, bailó todos los bailes, se enfadó porque el baile cerrara tan temprano y habló de organizar uno él mismo en Netherfield. Tales cualidades amables deben hablar por sí mismas. ¡Qué contraste entre él y su amigo! El Sr. Darcy solo bailó una vez con la Sra. Hurst y una vez con la Srta. Bingley, rechazó ser presentado a cualquier otra dama y pasó el resto de la velada caminando por la sala, hablando ocasionalmente con alguno de su propio grupo. Su carácter estaba decidido. Era el hombre más orgulloso y desagradable del mundo, y todos esperaban que nunca volviera allí. Entre los más vehementes en su contra estaba la Sra. Bennet, cuyo desagrado por su comportamiento general se agudizó en resentimiento particular al haber menospreciado a una de sus hijas.

Elizabeth Bennet se había visto obligada, por la escasez de caballeros, a sentarse durante dos bailes; y durante parte de ese tiempo, el Sr. Darcy había estado lo suficientemente cerca como para que ella pudiera escuchar una conversación entre él y el Sr. Bingley, quien había salido del baile por unos minutos para presionar a su amigo a unirse.

"Vamos, Darcy," le dijo, "debes bailar. Odio verte parado solo de esta manera tan estúpida. Sería mucho mejor que bailaras."

"Ciertamente no lo haré. Sabes cuánto lo detesto, a menos que esté particularmente familiarizado con mi pareja. En una asamblea como esta, sería insoportable. Tus hermanas están ocupadas, y no hay otra mujer en la sala con la que no sería un castigo ponerme de pie."

"¡No sería tan quisquilloso como tú!" exclamó Bingley, "¡por un reino! Te lo juro, nunca he conocido a tantas chicas agradables en mi vida como esta noche; y hay varias de ellas, como ves, inusualmente bonitas."

"Estás bailando con la única chica guapa en la sala," dijo el Sr. Darcy, mirando a la mayor de las señoritas Bennet.

"¡Oh, ella es la criatura más hermosa que jamás he visto! Pero hay una de sus hermanas sentada justo detrás de ti, que es muy bonita, y me atrevería a decir que muy agradable. Déjame pedirle a mi pareja que te presente."

"Es tolerable"

"¿A cuál te refieres?" y al girarse, miró por un momento a Elizabeth, hasta que, al cruzar miradas, apartó la suya y dijo fríamente: "Es tolerable; pero no lo suficientemente guapa como para tentarme; y no estoy de humor en este momento para dar importancia a jóvenes damas que son menospreciadas por otros hombres. Será mejor que regreses con tu pareja y disfrutes de sus sonrisas, porque estás desperdiciando tu tiempo conmigo."

El Sr. Bingley siguió su consejo. El Sr. Darcy se alejó; y Elizabeth se quedó con sentimientos no muy cordiales hacia él. Sin embargo, contó la historia con gran entusiasmo entre sus amigas; pues tenía un carácter vivo y juguetón que disfrutaba de cualquier cosa ridícula.

La velada transcurrió agradablemente para toda la familia. La Sra. Bennet había visto a su hija mayor admirada por el grupo de Netherfield. El Sr. Bingley había bailado con ella dos veces y ella había sido distinguida por sus hermanas. Jane se sintió tan complacida por esto como su madre, aunque de una manera más reservada. Elizabeth percibió el placer de Jane. Mary había oído que la mencionaban ante la Srta. Bingley como la chica más dotada de la vecindad; y Catherine y Lydia tuvieron la suerte de no estar nunca sin pareja, que era todo lo que hasta ahora habían aprendido a valorar en un baile. Por lo tanto, regresaron de buen ánimo a Longbourn, el pueblo donde vivían y del cual eran sus principales habitantes. Encontraron al Sr. Bennet aún despierto. Con un libro en mano, no prestaba atención al tiempo; y en esta ocasión tenía bastante curiosidad sobre el desenlace de una noche que había generado tan espléndidas expectativas. Él había esperado que los planes de su esposa respecto al extraño se vieran frustrados; pero pronto se dio cuenta de que tenía una historia muy diferente que escuchar.

"Oh, querido Sr. Bennet," al entrar en la habitación, "hemos tenido una velada encantadora, un baile magnífico. Ojalá hubieras estado allí. Jane fue tan admirada, no hay nada que se le compare. Todos decían lo bien que se veía; y el Sr. Bingley la consideró bastante hermosa y bailó con ella dos veces. Solo piensa en eso, querido: ¡realmente bailó con ella dos veces! Y ella fue la única persona en la sala a la que pidió una segunda vez. Primero, pidió a la Srta. Lucas. Me dio tanta rabia verlo bailar con ella; pero, sin embargo, no la admiraba en absoluto; de hecho, nadie puede, ya sabes; y parecía estar bastante impresionado con Jane mientras bajaba por el baile. Así que preguntó quién era, se la presentaron y le pidió bailar las dos siguientes. Luego, en la tercera bailó con la Srta. King, en la cuarta con María Lucas, en la quinta con Jane otra vez, en la sexta con Lizzy, y el Boulanger——"

"Si hubiera tenido algo de compasión por mí," exclamó su esposo impacientemente, "¡no habría bailado tanto! ¡Por el amor de Dios, no digas más de sus compañeras! Ojalá se hubiera torcido el tobillo en el primer baile."

"Oh, querido," continuó la Sra. Bennet, "estoy absolutamente encantada con él. ¡Es tan excesivamente guapo! Y sus hermanas son mujeres encantadoras. Nunca en mi vida vi nada más elegante que sus vestidos. Estoy segura de que el encaje del vestido de la Sra. Hurst——"

Aquí fue interrumpida de nuevo. El Sr. Bennet protestó contra cualquier descripción de lujos. Por lo tanto, se vio obligada a buscar otra rama del tema y relató, con mucho rencor y algo de exageración, la horrenda grosería del Sr. Darcy.

"Pero puedo asegurarte," añadió, "que Lizzy no pierde mucho por no agradarle; porque es un hombre muy desagradable y horrible, que no vale la pena complacer. Tan altivo y tan engreído que no se podía soportar. Caminaba aquí y allá, creyéndose tan grandioso. ¡No es lo suficientemente guapo para bailar! Ojalá hubieras estado allí, querida, para darle uno de tus reproches. Yo lo detesto por completo."

𝕏 4 𝕏

CUANDO Jane y Elizabeth estaban solas, la primera, que había sido cautelosa en sus alabanzas a Mr. Bingley antes, expresó a su hermana cuánto lo admiraba.

"Es justo lo que un joven debería ser," dijo ella, "sensato, de buen humor, animado; ¡y nunca vi unos modales tan felices! ¡tanta facilidad, con tan perfecta educación!"

"También es guapo," respondió Elizabeth, "lo cual un joven también debería ser si es que puede. Su carácter es, por lo tanto, completo."

"Me sentí muy halagada por su invitación a bailar una segunda vez. No esperaba tal cumplido."

"¿No lo esperabas? Yo sí por ti. Pero esa es una gran diferencia entre nosotras. Los cumplidos siempre te sorprenden, y a mí nunca. ¿Qué podría ser más natural que su pedirte que bailaras de nuevo? No podía evitar ver que eras cinco veces más bonita que cualquier otra mujer en la sala. No es gracias a su galantería. Bueno, ciertamente es muy agradable, y te doy permiso para que te guste. Has gustado de personas mucho más estúpidas."

"¡Querida Lizzy!"

"Oh, eres demasiado propensa, ya sabes, a gustar de la gente en general. Nunca ves un defecto en nadie. Todo el mundo es bueno y agradable a tus ojos. Nunca te he oído hablar mal de un ser humano en mi vida."

"Desearía no ser apresurada en censurar a nadie; pero siempre digo lo que pienso."

"Sé que lo haces: y eso es lo que hace la maravilla. ¡Con tu buen sentido, ser tan honestamente ciego a las locuras y tonterías de los demás! La afectación de la sinceridad es bastante común; se encuentra en todas partes. Pero ser sincero sin ostentación ni intención, —tomar lo bueno del carácter de cada uno y hacerlo aún mejor, y no decir nada de lo malo,— te pertenece solo a ti. ¿Y así que te gustan las hermanas de este hombre, también? Sus modales no son iguales a los de él."

"Ciertamente no, al principio; pero son mujeres muy agradables cuando conversas con ellas. La señorita Bingley va a vivir con su hermano y a llevar su casa; y me equivoco mucho si no encontramos una vecina muy encantadora en ella."

Elizabeth escuchó en silencio, pero no estaba convencida: su comportamiento en la asamblea no había sido calculado para agradar en general; y con una mayor agudeza de observación y menos flexibilidad de carácter que su hermana, y con un juicio, además, no afectado por ninguna atención hacia ella misma, estaba poco dispuesta a aprobarlas. Eran, de hecho, damas muy finas; no carecían de buen humor cuando estaban contentas, ni de la capacidad de ser agradables cuando lo decidían; pero eran orgullosas y vanidosas. Eran bastante guapas; habían sido educadas en uno de los primeros seminarios privados de la ciudad; tenían una fortuna de veinte mil libras; solían gastar más de lo que debían y asociarse con personas de rango; y, por lo tanto, en todos los aspectos, tenían derecho a pensar bien de sí mismas y mal de los demás. Eran de una familia respetable en el norte de Inglaterra; una circunstancia más profundamente grabada en sus memorias que el hecho de que la fortuna de su hermano y la suya propia se había adquirido a través del comercio.

El señor Bingley heredó una propiedad por valor de casi cien mil libras de su padre, quien había tenido la intención de comprar una finca, pero no vivió para hacerlo. El señor Bingley también tenía esa intención y, a veces, elegía su condado; pero, como ahora contaba con una buena casa y la libertad de un manor, era dudoso para muchos de quienes mejor conocían la facilidad de su carácter, si no pasaría el resto de sus días en Netherfield, dejando a la siguiente generación la tarea de comprar.

Sus hermanas estaban muy ansiosas por que él tuviera una finca propia; pero aunque ahora estaba establecido solo como inquilino, la señorita Bingley no estaba en absoluto dispuesta a presidir su mesa; ni tampoco la señora Hurst, quien se había casado con un hombre de más estilo que fortuna, estaba menos dispuesta a considerar su casa como su hogar cuando le convenía. El señor Bingley no había alcanzado la mayoría de edad desde hacía dos años cuando, atraído por una recomendación accidental, decidió visitar Netherfield House. La miró y la inspeccionó durante media hora; le agradó la situación y las habitaciones principales, quedó satisfecho con lo que el propietario decía en su alabanza, y la tomó de inmediato.

Entre él y Darcy había una amistad muy sólida, a pesar de una gran oposición de carácter. Bingley estaba unido a Darcy por la facilidad, apertura y ductilidad de su temperamento, aunque ninguna disposición podría ofrecer un mayor contraste con el suyo, y aunque nunca parecía insatisfecho con el propio. En virtud del afecto de Darcy, Bingley tenía la más firme confianza y la más alta opinión de su juicio. En entendimiento, Darcy era el superior. Bingley no era en absoluto deficiente; pero Darcy era inteligente. Al mismo tiempo, era altivo, reservado y exigente; y sus modales, aunque bien educados, no eran acogedores. En ese aspecto, su amigo tenía una gran ventaja. Bingley estaba seguro de ser querido dondequiera que apareciera; Darcy estaba continuamente ofendiendo.

La manera en que hablaban de la asamblea de Meryton era suficientemente característica. Bingley nunca había conocido a gente más agradable ni a chicas más bonitas en su vida; todos habían sido muy amables y atentos con él; no había habido formalidad, ni rigidez; pronto se sintió familiarizado con toda la sala; y en cuanto a la señorita Bennet, no podía concebir un ángel más hermoso. Darcy, por el contrario, había visto una colección de personas en las que había poca belleza y ninguna elegancia, por ninguna de las cuales había sentido el más mínimo interés, y de ninguna recibió atención o placer. Reconoció que la señorita Bennet era bonita; pero sonreía demasiado.

La señora Hurst y su hermana lo admitieron; pero aun así la admiraban y les gustaba, y la proclamaron como una chica dulce, y una a la que no se opondrían a conocer más. Por lo tanto, la señorita Bennet fue establecida como una chica dulce; y su hermano se sintió autorizado por tal elogio a pensar en ella como deseara.

❦ 5 ❦

A poca distancia de Longbourn vivía una familia con la que las Bennet tenían una relación particularmente íntima. Sir William Lucas había estado anteriormente en el comercio en Meryton, donde había acumulado una fortuna tolerable y había ascendido al honor del título de caballero por un discurso al rey durante su alcaldía. La distinción, quizás, se había sentido demasiado intensamente. Le había dado un desdén por su negocio y por su residencia en un pequeño pueblo de mercado; y, dejando ambos, se había trasladado con su familia a una casa a aproximadamente una milla de Meryton, denominada desde entonces Lucas Lodge; donde podía pensar con placer en su propia importancia y, sin ataduras por los negocios, dedicarse únicamente a ser amable con todo el mundo. Porque, aunque se sentía elevado por su rango, no lo volvía arrogante; por el contrario, prestaba atención a todos. Por naturaleza inofensivo, amigable y servicial, su presentación en St. James's lo había hecho cortés.

Lady Lucas era una mujer muy buena, no demasiado inteligente para ser una vecina valiosa para la señora Bennet. Tenían varios hijos. La mayor de ellos, una joven sensata e inteligente de unos veintisiete años, era la amiga íntima de Elizabeth.

Era absolutamente necesario que las señoritas Lucas y las señoritas Bennet se reunieran para hablar sobre un baile; y la mañana después del asamblea trajo a las primeras a Longbourn para escuchar y comunicar.

"Comenzaste bien la velada, Charlotte," dijo la señora Bennet, con un autocontrol cortés, a Miss Lucas. "Eras la primera elección de Mr. Bingley."

"Sí; pero parecía que le gustaba más su segunda opción."

"Oh, te refieres a Jane, supongo, porque bailó con ella dos veces. Desde luego, eso parecía como si la admirara—de hecho, creo que sí—escuché algo al respecto—pero apenas sé qué—algo sobre Mr. Robinson."

"Quizás te refieres a lo que escuché entre él y el señor Robinson: ¿no te lo mencioné? El señor Robinson le preguntó qué le parecían nuestras asambleas de Meryton, y si no pensaba que había muchas mujeres bonitas en la sala, y cuál creía que era la más bonita. Y él respondió de inmediato a la última pregunta: 'Oh, la mayor de las Miss Bennet, sin duda: no puede haber dos opiniones sobre ese punto.'"

"¡Por mi palabra! Bueno, eso fue muy decidido, de verdad; parece que... pero, sin embargo, puede que no signifique nada, ya sabes."

"Lo que yo escuché fue más relevante que lo tuyo, Eliza," dijo Charlotte. "El señor Darcy no vale tanto la pena escuchar como su amigo, ¿verdad? ¡Pobre Eliza! Ser solo tolerable."

"Te ruego que no le pongas en la cabeza a Lizzy que se moleste por su mal trato, porque es un hombre tan desagradable que sería toda una desgracia ser querido por él. La señora Long me dijo anoche que él se sentó cerca de ella durante media hora sin abrir la boca ni una sola vez."

"¿Sin abrir la boca ni una sola vez?"

"¿Está usted bastante segura, señora? ¿No hay un pequeño error?" dijo Jane. "Yo ciertamente vi al señor Darcy hablando con ella."

"Sí, porque ella le preguntó al final qué le parecía Netherfield, y no pudo evitar responderle; pero ella dijo que parecía muy enojado por haber sido abordado."

"Miss Bingley me dijo," dijo Jane, "que él nunca habla mucho a menos que sea entre sus conocidos íntimos. Con ellos es notablemente agradable."

"No creo ni una palabra de eso, querida. Si él hubiera sido tan agradable, habría hablado con la señora Long. Pero puedo adivinar cómo fue; todo el mundo dice que está consumido por el orgullo, y me atrevo a decir que de alguna manera se enteró de que la señora Long no tiene carruaje y tuvo que venir al baile en un coche de alquiler."

"No me importa que no hable con la señora Long," dijo la señorita Lucas, "pero desearía que hubiera bailado con Eliza."

"En otra ocasión, Lizzy," dijo su madre, "yo no bailaría con él, si fuera tú."

"Creo, señora, que puedo prometerle con seguridad que nunca bailaré con él."

"Su orgullo," observó la señorita Lucas, "no me ofende tanto como a menudo lo hace el orgullo, porque hay una excusa para ello. No se puede sorprender que un joven tan distinguido, con familia, fortuna, todo a su favor, se considere superior. Si se me permite decirlo, tiene derecho a estar orgulloso."

"Eso es muy cierto," respondió Elizabeth, "y podría perdonar fácilmente su orgullo, si no hubiera mortificado el mío."

"El orgullo," observó Mary, quien se enorgullecía de la solidez de sus reflexiones, "es un defecto muy común, creo. Por todo lo que he leído, estoy convencida de que es muy común de hecho; que la naturaleza humana es particularmente propensa a ello, y que hay muy pocos de nosotros que no atesoremos un sentimiento de autosatisfacción por alguna cualidad, ya sea real o imaginaria. La vanidad y el orgullo son cosas diferentes, aunque las palabras a menudo se usan como sinónimos. Una persona puede ser orgullosa sin ser vanidosa. El orgullo se relaciona más con nuestra opinión de nosotros mismos; la vanidad con lo que quisiéramos que los demás pensaran de nosotros."

"Si yo fuera tan rico como el señor Darcy," gritó un joven Lucas, que vino con sus hermanas, "no me importaría cuán orgulloso fuera. Tendría un pack de sabuesos y bebería una botella de vino todos los días."

"Entonces beberías mucho más de lo que deberías," dijo la señora Bennet; "y si te viera haciéndolo, te quitaría la botella de inmediato."

El chico protestó que no debía hacerlo; ella continuó declarando que sí lo haría; y la discusión solo terminó con la visita.

🜁 6 🜁

Las damas de Longbourn pronto visitaron a las de Netherfield. La visita fue devuelta en debida forma. Los agradables modales de la señorita Bennet fueron apreciados por la señora Hurst y la señorita Bingley; y aunque se consideró que la madre era intolerable y que las hermanas menores no valían la pena, se expresó el deseo de conocer mejor a las dos mayores. Este interés fue recibido por Jane con mucho agrado; pero Elizabeth aún veía arrogancia en su trato hacia todos, apenas exceptuando a su hermana, y no podía gustarle; aunque su amabilidad hacia Jane, tal como era, tenía un valor, ya que probablemente provenía de la admiración de su hermano. Era evidentemente claro, siempre que se encontraban, que él la admiraba; y para ella también era evidente que Jane estaba cediendo a la preferencia que había comenzado a sentir por él desde el principio y estaba en camino de enamorarse profundamente; pero consideró con placer que no era probable que el mundo en general lo descubriera, ya que Jane unía a una gran fuerza de sentimiento, una calma de temperamento y una uniformidad de alegría en su manera de ser, que la protegerían de las sospechas de los impertinentes. Se lo mencionó a su amiga, la señorita Lucas.

"Quizás, puede ser agradable," respondió Charlotte, "poder engañar al público en tal caso; pero a veces es una desventaja estar tan protegido. Si una mujer oculta su afecto con la misma habilidad del objeto de este, puede perder la oportunidad de fijarlo; y entonces será un pobre consuelo creer que el mundo está igualmente en la oscuridad. Hay tanto de gratitud o vanidad en casi cada apego, que no es seguro dejar nada a su suerte. Todos podemos empezar libremente; una ligera preferencia es bastante natural; pero hay muy pocos de nosotros que tengamos el corazón suficiente para estar realmente enamorados sin un estímulo. En nueve de cada diez casos, una mujer es mejor mostrar más afecto del que siente. Bingley, sin duda, gusta de tu hermana; pero puede que nunca haga más que gustarle, si ella no lo ayuda."

"Pero ella lo ayuda tanto como su naturaleza lo permite. Si yo puedo percibir su afecto por él, debe ser un tonto de verdad no darse cuenta también."

"Recuerda, Eliza, que él no conoce la disposición de Jane como tú."

"Pero si una mujer es parcial hacia un hombre, y no se esfuerza por ocultarlo, él debe darse cuenta."

"Quizás deba, si la ve lo suficiente. Pero aunque Bingley y Jane se ven con bastante frecuencia, nunca es por muchas horas seguidas; y como siempre se ven en grandes fiestas mixtas, es imposible que cada momento se dedique a conversar juntos. Por lo tanto, Jane debería aprovechar al máximo cada media hora en la que pueda captar su atención. Cuando esté segura de él, tendrá tiempo para enamorarse tanto como desee."

"Tu plan es bueno," respondió Elizabeth, "donde no hay en cuestión más que el deseo de casarse bien; y si estuviera decidida a conseguir un esposo rico, o cualquier esposo, me atrevería a decir que lo adoptaría. Pero estos no son los sentimientos de Jane; ella no está actuando por designio. Hasta ahora, ni siquiera puede estar segura del grado de su propio afecto, ni de su razonabilidad. Lo ha conocido solo desde hace dos semanas. Bailó cuatro danzas con él en Meryton; lo vio una mañana en su casa, y desde entonces ha cenado en compañía de él cuatro veces. Esto no es suficiente para que ella entienda su carácter."

"No como tú lo representas. Si solo hubiera cenado con él, podría haber descubierto si tiene buen apetito; pero debes recordar que también han pasado juntos cuatro noches, y cuatro noches pueden hacer mucho."

"Sí: estas cuatro noches les han permitido determinar que a ambos les gusta más el Vingt-un que el Commerce, pero en cuanto a cualquier otra característica importante, no imagino que se haya revelado mucho."

"Bueno," dijo Charlotte, "le deseo a Jane todo el éxito del mundo; y si se casara con él mañana, pensaría que tendría tan buena oportunidad de felicidad como si estuviera estudiando su carácter durante un año. La felicidad en el matrimonio es completamente una cuestión de suerte. Si las disposiciones de las partes son bien conocidas entre sí, o son tan similares de antemano, no avanza su felicidad en lo más mínimo. Siempre continúan volviéndose lo suficientemente diferentes después para tener su parte de vexaciones; y es mejor saber lo menos posible sobre los defectos de la persona con la que vas a pasar tu vida."

"Me haces reír, Charlotte; pero no es justo. Sabes que no es justo y que tú nunca actuarías de esta manera."

Ocupada en observar la atención de Mr. Bingley hacia su hermana, Elizabeth estaba lejos de sospechar que ella misma se estaba convirtiendo en un objeto de interés a los ojos de su amigo. Mr. Darcy al principio apenas le había permitido considerarla bonita: la había mirado sin admiración en el baile; y cuando se encontraron de nuevo, la miró solo para criticar. Pero tan pronto como dejó claro para sí mismo y sus amigos que ella apenas tenía un buen rasgo en su rostro, comenzó a darse cuenta de que su expresión era extraordinariamente inteligente gracias a la hermosa expresión de sus ojos oscuros. A este descubrimiento le siguieron otros igualmente mortificantes. Aunque había detectado con ojo crítico más de un fallo de simetría perfecta en su figura, se vio obligado a reconocer que su silueta era ligera y agradable; y a pesar de afirmar que sus modales no eran propios del mundo de la alta sociedad, fue atrapado por su despreocupada jovialidad. De esto ella estaba completamente inconsciente: para ella, él era solo el hombre que no se hacía agradable en ningún lugar y que no la había considerado lo suficientemente bonita como para bailar con ella.

Comenzó a desear conocer más sobre ella; y, como un paso hacia conversar con ella, prestó atención a su conversación con otros. Al hacerlo, llamó su atención. Fue en casa de Sir William Lucas, donde se había reunido un gran grupo.

"¿Qué quiere decir Mr. Darcy," le dijo a Charlotte, "con escuchar mi conversación con el Coronel Forster?"

"Esa es una pregunta que solo Mr. Darcy puede responder."

"Pero si lo hace otra vez, ciertamente le haré saber que veo lo que está tramando. Tiene una mirada muy satírica, y si no empiezo a ser impertinente yo misma, pronto me sentiré asustada ante él."

Al acercarse a ellos poco después, aunque sin parecer tener intención de hablar, la señorita Lucas desafió a su amiga a mencionar tal tema delante de él, lo que inmediatamente provocó a Elizabeth a hacerlo. Se volvió hacia él y dijo:—

"¿No crees, señor Darcy, que me expresé de manera excepcional hace un momento, cuando estaba molestando al coronel Forster para que nos organizara un baile en Meryton?"

"Con gran energía; pero es un tema que siempre hace que una dama se muestre enérgica."

"Eres severo con nosotras."

"Pronto será su turno de ser molestada," dijo la señorita Lucas. "Voy a abrir el instrumento, Eliza, y sabes lo que sigue."

"¡Eres una criatura muy extraña como amiga!—siempre queriendo que toque y cante ante cualquiera y todos. Si mi vanidad hubiera tomado un giro musical, habrías sido invaluable; pero como están las cosas, realmente preferiría no sentarme ante quienes deben estar acostumbrados a escuchar a los mejores intérpretes." Sin embargo, ante la perseverancia de la señorita Lucas, agregó: "Está bien; si debe ser así, así será." Y mirando gravemente al señor Darcy, "Hay un viejo dicho muy bueno, con el que todos aquí, por supuesto, están familiarizados—'Guarda tu aliento para enfriar tu gachas'—y yo guardaré el mío para engrosar mi canción."

Su actuación fue placentera, aunque en ningún caso destacada. Después de una o dos canciones, y antes de que pudiera responder a las súplicas de varios para que cantara de nuevo, su hermana Mary se apresuró a ocupar su lugar en el instrumento. Mary, al ser la única poco agraciada de la familia, había trabajado arduamente por adquirir conocimientos y habilidades, y siempre estaba impaciente por mostrarlos.

Mary no tenía ni talento ni gusto; y aunque la vanidad le había dado aplicación, también le había otorgado un aire pedante y una manera engreída, que habrían perjudicado a un grado de excelencia más alto del que había alcanzado. Elizabeth, con su naturalidad y sencillez, había sido escuchada con mucho más placer, a pesar de no tocar tan bien; y Mary, al final de un largo concierto, se alegró de conseguir elogios y gratitud con aires esco-ceses e irlandeses, a petición de sus hermanas menores, quienes, junto con algunos de los Lucas y dos o tres oficiales, se unieron con entusiasmo a bailar en un extremo de la sala.

El señor Darcy se encontraba cerca de ellos, en silencio y con indignación ante tal forma de pasar la velada, excluyendo toda conversación, y estaba tan absorto en sus propios pensamientos que no se dio cuenta de que el sir William Lucas era su vecino, hasta que este comenzó a hablar:—

"¡Qué encantadora diversión para los jóvenes, esto, señor Darcy! No hay nada como bailar, después de todo. Lo considero como uno de los primeros refinamientos de las sociedades pulidas."

"Ciertamente, señor; y también tiene la ventaja de estar de moda entre las sociedades menos pulidas del mundo: cualquier salvaje puede bailar."

Sir William solo sonrió. "Su amigo se presenta de maravilla," continuó, tras una pausa, al ver a Bingley unirse al grupo; "y no dudo de que usted también es un experto en la ciencia, señor Darcy."

"Usted me vio bailar en Meryton, creo, señor."

"Sí, de hecho, y recibí un placer considerable al verlo. ¿Bailas a menudo en St. James's?"

"Nunca, señor."

"¿No crees que sería un cumplido apropiado al lugar?"

"Es un cumplido que nunca le hago a ningún lugar si puedo evitarlo."

"Supongo que tienes casa en la ciudad."

El señor Darcy hizo una reverencia.

"Una vez pensé en establecerme en la ciudad, porque me gusta la sociedad superior; pero no estaba del todo seguro de que el aire de Londres le sentara bien a Lady Lucas."

Hizo una pausa con la esperanza de recibir una respuesta; pero su compañero no estaba dispuesto a hacer ninguna; y en ese momento, al moverse Elizabeth hacia ellos, se le ocurrió hacer algo muy galante, y le gritó—

"Querida señorita Eliza, ¿por qué no estás bailando? Sr. Darcy, debes permitirme presentarte a esta joven como una pareja muy deseable. Estoy seguro de que no podrás negarte a bailar cuando tanta belleza está ante ti." Y, tomando su mano, habría querido dársela al señor Darcy, quien, aunque extremadamente sorprendido, no estaba dispuesto a rechazarla, cuando ella de inmediato se echó atrás y dijo con algo de desagrado a Sir William—

"De verdad, señor, no tengo la menor intención de bailar. Le ruego que no suponga que me moví en esta dirección para pedir un compañero."

El señor Darcy, con grave propriedad, solicitó el honor de su mano, pero en vano. Elizabeth estaba decidida; ni Sir William logró alterar su propósito con su intento de persuasión.

"Excedes tanto en el baile, señorita Eliza, que es cruel negarme la felicidad de verte; y aunque este caballero desagrada el pasatiempo en general, estoy seguro de que no tendrá objeción en complacernos por media hora."

"El señor Darcy es todo cortesía," dijo Elizabeth, sonriendo.

"Él lo es, en efecto: pero considerando el incentivo, querida señorita Eliza, no podemos sorprendernos de su complacencia; ¿quién se opondría a un compañero así?"

Elizabeth lo miró con astucia y se dio la vuelta. Su resistencia no había perjudicado su relación con el caballero, y él la pensaba con cierta complacencia, cuando fue abordado por la señorita Bingley,—

"Puedo adivinar el tema de su ensueño."

"Imaginaría que no."

"Está considerando lo insoportable que sería pasar muchas veladas de esta manera, en una sociedad así; y, de hecho, estoy completamente de acuerdo contigo. ¡Nunca estuve más molesta! La insipidez, y sin embargo el ruido— la vacuidad, y a la vez la autoimportancia de toda esta gente. ¡Qué daría yo por escuchar tus críticas sobre ellos!"

"Tu conjetura es totalmente errónea, te lo aseguro. Mi mente estaba más agradablemente ocupada. He estado meditando sobre el gran placer que puede otorgar un par de ojos bellos en el rostro de una mujer bonita."

La señorita Bingley inmediatamente fijó su mirada en su rostro y le pidió que le dijera qué dama tenía el crédito de inspirar tales reflexiones. El señor Darcy respondió, con gran intrepidez,—

"Miss Elizabeth Bennet."

"¿Miss Elizabeth Bennet?" repitió la señorita Bingley. "Estoy completamente asombrada. ¿Desde cuándo ha sido ella tal favorita? Y, por favor, ¿cuándo debo felicitarte?"

"Esa es exactamente la pregunta que esperaba que hicieras. La imaginación de una dama es muy rápida; salta de la admiración al amor, del amor al matrimonio, en un momento. Sabía que estarías deseándome felicidades."

"No, si lo tomas tan en serio, consideraré el asunto como absolutamente resuelto. Tendrás una encantadora suegra, de hecho, y, por supuesto, ella estará siempre en Pemberley contigo."

Él la escuchó con perfecta indiferencia, mientras ella optaba por entretenerse de esta manera; y como su compostura la convencía de que todo estaba seguro, su ingenio fluía sin cesar.

❧ 7 ❧

La propiedad del señor Bennet consistía casi enteramente en una finca de dos mil al año, que, desafortunadamente para sus hijas, estaba sujeta a un gravamen, en defecto de herederos varones, a un pariente lejano; y la fortuna de su madre, aunque suficiente para su situación en la vida, apenas podía suplir la deficiencia de la suya. Su padre había sido un abogado en Meryton y le había dejado cuatro mil libras.

Tenía una hermana casada con un señor Philips, quien había sido un empleado de su padre y le sucedió en el negocio, y un hermano establecido en Londres en una línea de comercio respetable.

El pueblo de Longbourn estaba a solo una milla de Meryton; una distancia muy conveniente para las jóvenes, que generalmente se sentían tentadas a ir allí tres o cuatro veces por semana, para cumplir con su tía y visitar una tienda de modista justo al otro lado de la calle. Las dos más jóvenes de la familia, Catherine y Lydia, eran particularmente frecuentes en estas atenciones: sus mentes estaban más vacías que las de sus hermanas, y cuando no había nada mejor que hacer, un paseo a Meryton era necesario para entretener sus horas de la mañana y proporcionar conversación para la noche; y, aunque el país en general pudiera estar escaso de noticias, siempre lograban aprender algo de su tía. En ese momento, de hecho, estaban bien abastecidas tanto de noticias como de felicidad gracias a la reciente llegada de un regimiento de milicia en la vecindad; iba a permanecer todo el invierno, y Meryton era la sede.

Sus visitas a la señora Philips eran ahora productivas de la información más interesante. Cada día añadía algo a su conocimiento sobre los nombres y conexiones de los oficiales. Sus alojamientos no fueron un secreto por mucho tiempo, y finalmente empezaron a conocer a los oficiales en persona. El señor Philips los visitó a todos, y esto abrió a sus sobrinas una fuente de felicidad desconocida hasta entonces. No podían hablar de otra cosa que no fueran oficiales; y la gran fortuna del señor Bingley, cuya mención animaba a su madre, no valía nada a sus ojos en comparación con los uniformes de un alférez.

Después de escuchar una mañana sus efusiones sobre este tema, el señor Bennet observó con frialdad:

"Por todo lo que puedo recoger de su manera de hablar, deben ser dos de las chicas más tontas del país. Lo he sospechado desde hace tiempo, pero ahora estoy convencido."

Catherine se sintió desconcertada y no respondió; pero Lydia, con perfecta indiferencia, continuó expresando su admiración por el Capitán Carter y su esperanza de verlo durante el día, ya que él iba a Londres a la mañana siguiente.

"Estoy asombrada, querida," dijo la señora Bennet, "de que estés tan dispuesta a pensar que tus propias hijas son tontas. Si quisiera despreciar a los hijos de alguien, no serían los míos, de todos modos."

"Si mis hijas son tontas, debo esperar ser siempre consciente de ello."

"Sí; pero como ocurre, todas son muy inteligentes."

"Este es el único punto, me halago al pensar, en el que no estamos de acuerdo. Esperaba que nuestros sentimientos coincidieran en todos los aspectos, pero debo diferir de ti en que nuestras dos hijas más jóvenes son excepcionalmente tontas."

"Querido señor Bennet, no debes esperar que tales chicas tengan el sentido de su padre y madre. Cuando lleguen a nuestra edad, me atrevería a decir que no pensarán en oficiales más de lo que lo hacemos nosotros. Recuerdo el tiempo en que a mí también me gustaba un abrigo rojo, de hecho, aún me gusta en el fondo de mi corazón; y si un joven coronel elegante, con cinco o seis mil al año, quisiera llevarse a una de mis chicas, no le diré que no; y pensé que el coronel Forster lucía muy bien la otra noche en casa de sir William con su uniforme."

"Mamá," gritó Lydia, "mi tía dice que el coronel Forster y el capitán Carter no van tan a menudo a casa de la señorita Watson como lo hacían cuando llegaron por primera vez; ahora los ve muy a menudo parados en la biblioteca de Clarke."

La señora Bennet no pudo responder debido a la entrada del lacayo con una nota para la señorita Bennet; venía de Netherfield, y el sirviente esperó una respuesta. Los ojos de la señora Bennet brillaban de placer, y ella estaba ansiosa llamando, mientras su hija leía,—

"Bueno, Jane, ¿de quién es? ¿De qué se trata? ¿Qué dice? Bueno, Jane, apúrate y cuéntanos; apúrate, mi amor."

"Es de la señorita Bingley," dijo Jane, y luego la leyó en voz alta.

> "Querida amiga,
>
> "Si no eres tan compasiva como para cenar hoy con Louisa y conmigo, estaremos en peligro de odiarnos mutuamente por el resto de nuestras vidas; porque un día entero de tête-à-tête entre dos mujeres nunca puede terminar sin una pelea. Ven tan pronto como puedas al recibir esto. Mi hermano y los caballeros cenarán con los oficiales. Siempre tuya,
>
> "Caroline Bingley."

"¡Con los oficiales!" gritó Lydia: "Me pregunto por qué mi tía no nos dijo eso."

"Cenar fuera," dijo la señora Bennet; "eso es muy desafortunado."

"¿Puedo tener la carruage?" dijo Jane.

"No, querida, es mejor que vayas a caballo, porque parece que va a llover; y entonces debes quedarte toda la noche."

"Esa sería una buena idea," dijo Elizabeth, "si estuvieras segura de que no se ofrecerían a enviarla a casa."

"Oh, pero los caballeros tendrán la calesa del Sr. Bingley para ir a Meryton; y los Hurst no tienen caballos para la suya."

"Preferiría ir en la calesa."

"Pero, querida, tu padre no puede prestar los caballos, estoy segura. Los necesita en la granja, ¿no es así, Sr. Bennet?"

"Se necesitan en la granja mucho más a menudo de lo que puedo conseguirlos."

"Pero si los tienes hoy," dijo Elizabeth, "el propósito de mi madre se cumplirá."

Finalmente logró arrancar de su padre un reconocimiento de que los caballos estaban comprometidos; por lo tanto, Jane se vio obligada a ir a caballo, y su madre la acompañó hasta la puerta con muchos pronósticos optimistas sobre un mal día. Sus esperanzas se cumplieron; Jane no había estado fuera mucho tiempo antes de que comenzara a llover intensamente. Sus hermanas estaban inquietas por ella, pero su madre estaba encantada. La lluvia continuó toda la noche sin interrupción; Jane ciertamente no podía regresar.

"¡Esta fue una idea afortunada de mi parte, de verdad!" dijo la Sra. Bennet, más de una vez, como si el mérito de hacer llover fuera solo suyo. Sin embargo, hasta la mañana siguiente, no se dio cuenta de toda la felicidad de su plan. Apenas había terminado el desayuno cuando un sirviente de Netherfield trajo la siguiente nota para Elizabeth:—

"Mi querida Lizzie,

"Me encuentro muy mal esta mañana, lo cual, supongo, se debe a que me empapé ayer. Mis amables amigos no quieren oír hablar de que regrese a casa hasta que esté mejor. Además, insisten en que vea al Sr. Jones; así que no te alarmes si llegas a oír que él ha estado conmigo—y, salvo un dolor de garganta y un dolor de cabeza, no hay mucho más que me preocupe.

"Tuya, etc."

"Bueno, querida," dijo el Sr. Bennet, cuando Elizabeth leyó la nota en voz alta, "si tu hija llegara a tener un grave ataque de enfermedad—si llegara a morir—sería un consuelo saber que todo fue en busca del Sr. Bingley, y bajo tus órdenes."

"Oh, no tengo miedo de que ella muera. La gente no muere por un resfriado insignificante. La cuidarán bien. Mientras esté allí, todo estará bien. Iría a verla si pudiera tener la carruaje."

Elizabeth, sintiéndose realmente ansiosa, decidió ir a verla, aunque no había carruaje disponible: y como no era buena montando a caballo, caminar era su única opción. Declaró su resolución.

"¿Cómo puedes ser tan tonta," gritó su madre, "como para pensar en algo así, en todo este barro! No estarás en condiciones de ser vista cuando llegues."

"Estaré muy bien para ver a Jane—que es todo lo que quiero."

"¿Es esto una indirecta para mí, Lizzy," dijo su padre, "para que envíe a buscar los caballos?"

"No, de verdad. No deseo evitar la caminata. La distancia no es nada, cuando uno tiene un motivo; solo son tres millas. Estaré de regreso para la cena."

"Admiro la actividad de tu benevolencia," observó Mary, "pero cada impulso de sentimiento debería ser guiado por la razón; y, en mi opinión, el esfuerzo siempre debería estar en proporción a lo que se requiere."

"Nosotros iremos hasta Meryton contigo," dijeron Catherine y Lydia. Elizabeth aceptó su compañía, y las tres jóvenes se pusieron en marcha juntas.

"Si nos apuramos," dijo Lydia mientras caminaban, "quizás podamos ver algo del Capitán Carter antes de que se vaya."

En Meryton se separaron: las dos más jóvenes se dirigieron a los alojamientos de la esposa de uno de los oficiales, y Elizabeth continuó su paseo sola, cruzando campo tras campo a un buen ritmo, saltando sobre barreras y brincando sobre charcos, con una actividad impaciente, y encontrándose al fin a la vista de la casa, con tobillos cansados, medias sucias y una cara sonrojada por el calor del ejercicio.

La llevaron al salón de desayuno, donde todos estaban reunidos excepto Jane, y donde su aparición causó gran sorpresa. Que ella hubiera caminado tres millas tan temprano en el día en un clima tan sucio y sola era casi increíble para la señora Hurst y la señorita Bingley; y Elizabeth estaba convencida de que las consideraban con desdén por ello. Sin embargo, fue recibida muy cortésmente por ellas; y en los modales de su hermano había algo mejor que cortesía: había buen humor y amabilidad. El señor Darcy dijo muy poco, y el señor Hurst nada en absoluto. El primero estaba dividido entre la admiración por el brillo que el ejercicio había dado a su complexión y la duda de si la ocasión justificaba que hubiera venido tan lejos sola. El segundo solo pensaba en su desayuno.

Sus indagaciones sobre su hermana no fueron respondidas de manera muy favorable. La señorita Bennet había dormido mal y, aunque estaba despierta, estaba muy febril y no lo suficientemente bien como para salir de su habitación. Elizabeth se alegró de poder ir a verla de inmediato; y Jane, que solo había sido contenida por el miedo a causar alarma o inconvenientes al expresar en su nota cuánto deseaba tal visita, se sintió encantada con su llegada. Sin embargo, no estaba en condiciones de mantener mucha conversación; y cuando la señorita Bingley las dejó solas, pudo intentar poco más que expresar su gratitud por la extraordinaria amabilidad con la que la estaban tratando. Elizabeth la atendió en silencio.

Cuando terminaron el desayuno, se unieron las hermanas; y Elizabeth comenzó a agradarles a ellas mismas, al ver cuánto cariño y preocupación mostraban por Jane. El boticario llegó; y tras examinar a su paciente, dijo, como era de esperar, que había cogido un resfriado fuerte, y que debían esforzarse por superarlo; le aconsejó que volviera a la cama y le prometió algunos jarabes. El consejo fue seguido de inmediato, ya que los síntomas febril aumentaron y su cabeza le dolía agudamente. Elizabeth no dejó su habitación ni por un momento, ni las otras damas estuvieron ausentes con frecuencia; como los caballeros estaban fuera, de hecho no tenían nada que hacer en otro lugar.

Cuando el reloj dio las tres, Elizabeth sintió que debía irse y, muy a regañadientes, lo dijo. Miss Bingley le ofreció la carruaje, y solo necesitaba un poco de insistencia para aceptarlo, cuando Jane mostró tal preocupación por separarse de ella que Miss Bingley se vio obligada a convertir la oferta del chaise en una invitación para que se quedara en Netherfield por el momento. Elizabeth consintió con mucho agradecimiento, y se despachó a un sirviente a Longbourn para informar a la familia de su estancia y traer de vuelta un suministro de ropa.

8

A las cinco, las dos damas se retiraron a vestirse, y a las seis y media, Elizabeth fue convocada a cenar. A las amables preguntas que entonces le hacían, y entre las cuales pudo distinguir la preocupación mucho más superior de Mr. Bingley, no pudo dar una respuesta muy favorable. Jane no estaba en absoluto mejor. Las hermanas, al escuchar esto, repitieron tres o cuatro veces cuánto les apenaba, lo horrible que era tener un mal resfriado y cuánto odiaban estar enfermas ellas mismas; y luego no pensaron más en el asunto: su indiferencia hacia Jane, cuando no estaba inmediatamente ante ellas, devolvió a Elizabeth el disfrute de todo su desagrado original.

Su hermano, de hecho, era el único del grupo a quien ella podía considerar con algo de complacencia. Su ansiedad por Jane era evidente, y sus atenciones hacia ella eran muy agradables; y eso le impedía sentirse tanto una intrusa como creía que la consideraban los demás. Prácticamente no recibió atención de nadie más que de él. La señorita Bingley estaba absorta en el señor Darcy, su hermana casi igual; y en cuanto al señor Hurst, que estaba sentado junto a Elizabeth, era un hombre indolente, que vivía solo para comer, beber y jugar a las cartas, que, cuando la encontró prefiriendo un plato sencillo a un ragú, no tuvo nada que decirle.

Cuando la cena terminó, ella regresó directamente con Jane, y la señorita Bingley comenzó a abusar de ella tan pronto como salió de la habitación. Sus modales fueron considerados muy malos, en efecto, una mezcla de orgullo e impertinencia: no tenía conversación, ni estilo, ni gusto, ni belleza. La señora Hurst pensaba lo mismo, y añadió:

"No tiene nada, en resumen, que la recomiende, excepto ser una excelente caminante. Nunca olvidaré su apariencia esta mañana. Realmente parecía casi salvaje."

"Así es, Louisa. Apenas pude contener la risa. ¡Era muy absurdo que viniera en absoluto! ¿Por qué tenía que estar correteando por el campo solo porque su hermana tenía un resfriado? ¡Su pelo tan desarreglado, tan despeinado!"

"Sí, y su enagua; espero que hayas visto su enagua, que estaba cubierta de barro hasta seis pulgadas, estoy absolutamente segura, y el vestido que se había bajado para ocultarlo no cumplía su función."

"Tu descripción puede ser muy precisa, Louisa," dijo Bingley; "pero esto me pasó desapercibido. Pensé que la señorita Elizabeth Bennet lucía excepcionalmente bien cuando entró en la habitación esta mañana. Su enagua sucia realmente pasó desapercibida para mí."

"¡Lo has observado, señor Darcy, estoy segura!" dijo Miss Bingley; "y estoy inclinada a pensar que no desearías ver a tu hermana hacer tal exhibición."

"Ciertamente que no."

"¡Caminar tres millas, o cuatro millas, o cinco millas, o lo que sea, por encima de sus tobillos en barro, y sola, completamente sola! ¿Qué podría significar eso? Me parece que muestra una abominable especie de independencia vanidosa, una más que indiferencia de pueblo a la decoro."

"Demuestra un afecto por su hermana que es muy agradable," dijo Bingley.

"Me temo, señor Darcy," observó Miss Bingley, en un medio susurro, "que esta aventura ha afectado un tanto tu admiración por sus lindos ojos."

"En absoluto," respondió él: "se iluminaron con el ejercicio." Tras esta declaración, siguió un breve silencio, y la señora Hurst comenzó de nuevo, —

"Tengo un excesivo aprecio por Jane Bennet,—realmente es una chica muy dulce,—y deseo de todo corazón que esté bien establecida. Pero con un padre y una madre así, y con conexiones tan bajas, me temo que no hay posibilidad de ello."

"Creo que te he oído decir que su tío es un abogado en Meryton."

"Sí; y tienen otro, que vive en algún lugar cerca de Cheapside."

"Eso es genial," añadió su hermana; y ambas rieron a carcajadas.

"Si tuvieran suficientes tíos para llenar todo Cheapside," exclamó Bingley, "no los haría ni un poco menos agradables."

"Pero debe disminuir muy materialmente sus posibilidades de casarse con hombres de alguna consideración en el mundo," respondió Darcy.

A esta declaración, Bingley no dio respuesta; pero sus hermanas asentaron con entusiasmo y se divirtieron durante un tiempo a expensas de las vulgares relaciones de su querida amiga.

Con un renovado cariño, sin embargo, se dirigieron a su habitación al salir del comedor, y se quedaron con ella hasta que las llamaron a tomar café. Ella seguía muy mal, y Elizabeth no la dejó en absoluto hasta tarde por la noche, cuando tuvo el consuelo de verla dormir, y cuando le pareció más bien correcto que agradable bajar ella misma las escaleras. Al entrar en el salón, encontró a todo el grupo jugando al loo, y la invitaron de inmediato a unirse a ellos; pero sospechando que estaban apostando en serio, lo rechazó, y, haciendo de su hermana una excusa, dijo que se entretendría, por el corto tiempo que pudiera quedarse abajo, con un libro. El señor Hurst la miró con asombro.

"¿Prefieres leer a jugar a las cartas?" dijo él; "eso es bastante singular."

"Miss Eliza Bennet," dijo Miss Bingley, "desprecia las cartas. Es una gran lectora y no tiene placer en nada más."

"No merezco ni tales elogios ni tal censura," exclamó Elizabeth; "no soy una gran lectora y encuentro placer en muchas cosas."

"Estoy seguro de que en cuidar a tu hermana encuentras placer," dijo Bingley; "y espero que pronto se vea incrementado al verla completamente bien."

Elizabeth le agradeció de corazón, y luego se dirigió hacia una mesa donde había algunos libros. Él inmediatamente se ofreció a traerle otros; todos los que su biblioteca ofrecía.

"Y desearía que mi colección fuera más grande para tu beneficio y mi propio crédito; pero soy un hombre ocioso; y aunque no tengo muchos, tengo más de los que alguna vez he leído."

Elizabeth le aseguró que podría satisfacer perfectamente sus necesidades con los que había en la habitación.

"Estoy asombrada," dijo Miss Bingley, "de que mi padre haya dejado una colección de libros tan pequeña. ¡Qué maravillosa biblioteca tienes en Pemberley, señor Darcy!"

"Debería ser bueno," respondió él: "ha sido el trabajo de muchas generaciones."

"Y además tú has añadido tanto por tu cuenta—siempre estás comprando libros."

"No puedo comprender la negligencia de una biblioteca familiar en estos días."

"¿Negligencia? Estoy segura de que no descuidas nada que pueda añadir a las bellezas de ese noble lugar. Charles, cuando construyas tu casa, desearía que fuera la mitad de encantadora que Pemberley."

"Espero que así sea."

"Pero realmente te aconsejaría que hicieras tu compra en esa vecindad y tomes a Pemberley como un modelo. No hay un condado más hermoso en Inglaterra que Derbyshire."

"Con todo mi corazón: compraré Pemberley mismo, si Darcy está dispuesto a venderlo."

"Estoy hablando de posibilidades, Charles."

"Por mi palabra, Caroline, creo que es más posible conseguir Pemberley por compra que por imitación."

Elizabeth estuvo tan absorta en lo que sucedía que dejó muy poca atención para su libro; y, pronto dejándolo de lado, se acercó a la mesa de cartas y se situó entre el Sr. Bingley y su hermana mayor, para observar el juego.

"¿Ha crecido mucho la señorita Darcy desde la primavera?" dijo la Srta. Bingley: "¿será tan alta como yo?"

"Creo que sí. Ahora está aproximadamente a la altura de la señorita Elizabeth Bennet, o más bien un poco más alta."

"¡Cómo deseo volver a verla! Nunca he conocido a nadie que me haya encantado tanto. ¡Qué rostro, qué modales, y tan extremadamente dotada para su edad! Su interpretación en el pianoforte es exquisita."

"Me sorprende," dijo Bingley, "cómo las jóvenes pueden tener la paciencia para ser tan versadas como todas ellas."

"¿Todas las jóvenes versadas? Querido Charles, ¿qué quieres decir?"

—Sí, todas ellas, creo. Todas pintan mesas, cubren pantallas y tejen bolsos. Apenas conozco a alguien que no pueda hacer todo esto; y estoy segura de que nunca he oído hablar de una joven por primera vez sin que se mencionara que era muy talentosa.

—Tu lista de los logros comunes —dijo Darcy— tiene demasiada verdad. La palabra se aplica a muchas mujeres que no la merecen más que por tejer un bolso o cubrir una pantalla; pero estoy muy lejos de estar de acuerdo contigo en tu estimación de las damas en general. No puedo presumir de conocer a más de media docena en todo mi círculo de conocidos que sean realmente talentosas.

—Yo tampoco, estoy segura —dijo Miss Bingley.

—Entonces —observó Elizabeth—, debes comprender mucho en tu idea de una mujer talentosa.

—Sí; comprendo mucho en ello.

—Oh, ciertamente —exclamó su fiel asistente—, nadie puede ser realmente considerado talentoso si no supera en gran medida lo que se encuentra normalmente. Una mujer debe tener un conocimiento profundo de música, canto, dibujo, danza y los idiomas modernos, para merecer la palabra; y, además de todo esto, debe poseer un cierto algo en su porte y manera de caminar, el tono de su voz, su trato y expresiones, o la palabra no será más que medio merecida.

—Todo esto debe poseer —agregó Darcy—; y a todo ello debe añadir algo más sustancial en el desarrollo de su mente mediante la lectura extensa.

—Ya no me sorprende que conozcas solo a seis mujeres talentosas. Ahora me sorprende más que conozcas a alguna.

—¿Eres tan severa con tu propio sexo como para dudar de la posibilidad de todo esto?

—Nunca vi a tal mujer. Nunca vi tal capacidad, gusto, dedicación y elegancia, como describes, unidas.

La señora Hurst y la señorita Bingley exclamaron contra la injusticia de la duda implícita que se le atribuía, y ambas protestaban que conocían a muchas mujeres que respondían a esa descripción, cuando el señor Hurst las llamó al orden, con amargas quejas sobre su falta de atención a lo que estaba sucediendo. Como toda conversación se dio por terminada, Elizabeth pronto dejó la habitación.

"Elizabeth Bennet," dijo la señorita Bingley, cuando la puerta se cerró tras ella, "es una de esas jóvenes que buscan recomendarse al sexo opuesto menospreciando el suyo; y con muchos hombres, me atrevería a decir, eso tiene éxito; pero, en mi opinión, es un recurso mezquino, un arte muy vil."

"Sin duda," respondió Darcy, a quien este comentario estaba dirigido principalmente, "hay mezquindad en todos los artes que las damas a veces se ven obligadas a emplear para cautivar. Todo lo que tenga afinidad con la astucia es despreciable."

La señorita Bingley no quedó tan satisfecha con esta respuesta como para continuar el tema.

Elizabeth se unió a ellos de nuevo solo para decir que su hermana estaba peor y que no podía dejarla. Bingley instó a que se mandara buscar al señor Jones de inmediato; mientras que sus hermanas, convencidas de que ningún consejo del campo podría ser útil, recomendaron un mensajero a la ciudad para uno de los médicos más eminentes. Esto ella no quiso oír; pero no estaba tan reacia a cumplir con la propuesta de su hermano; y se acordó que se enviara a buscar al señor Jones temprano por la mañana, si la señorita Bennet no mejoraba decididamente. Bingley estaba bastante incómodo; sus hermanas declararon que se sentían miserables. Sin embargo, consolaban su desdicha con dúos después de la cena; mientras que él no podía encontrar mejor alivio a sus sentimientos que dando instrucciones a su ama de llaves para que se prestara toda la atención posible a la enferma y a su hermana.

9

ELIZABETH pasó la mayor parte de la noche en la habitación de su hermana, y por la mañana tuvo el placer de poder enviar una respuesta aceptable a las consultas que recibió muy temprano de Mr. Bingley a través de una sirvienta, y un tiempo después de las dos elegantes damas que atendían a sus hermanas. A pesar de esta mejora, sin embargo, solicitó que se enviara una nota a Longbourn, pidiendo a su madre que visitara a Jane y formara su propio juicio sobre su situación. La nota fue despachada de inmediato, y su contenido fue cumplido rápidamente. La Sra. Bennet, acompañada de sus dos hijas más jóvenes, llegó a Netherfield poco después del desayuno familiar.

Si hubiera encontrado a Jane en algún peligro aparente, la Sra. Bennet habría estado muy angustiada; pero al ver que su enfermedad no era alarmante, no deseaba que se recuperara de inmediato, ya que su restablecimiento probablemente la alejaría de Netherfield. Por lo tanto, no quiso escuchar la propuesta de su hija de ser llevada a casa; tampoco pensó el farmacéutico, que llegó casi al mismo tiempo, que fuera en absoluto aconsejable. Después de estar un rato con Jane, ante la aparición e invitación de la señorita Bingley, la madre y sus tres hijas la acompañaron al salón de desayuno. Bingley las recibió con la esperanza de que la Sra. Bennet no hubiera encontrado a la señorita Bennet peor de lo que esperaba.

"De hecho, sí, señor," fue su respuesta. "Ella está demasiado enferma para ser trasladada. El Sr. Jones dice que no debemos pensar en moverla. Debemos abusar un poco más de su amabilidad."

"¿Moverla?" exclamó Bingley. "No se debe pensar en eso. Estoy seguro de que mi hermana no escuchará hablar de su traslado."

"Puede depender de ello, señora," dijo la señorita Bingley con fría cortesía, "que la señorita Bennet recibirá toda la atención posible mientras permanezca con nosotros."

La señora Bennet fue profusa en sus agradecimientos.

"Estoy segura," añadió, "que si no fuera por tan buenos amigos, no sé qué sería de ella, porque está muy enferma, y sufre mucho, aunque con la mayor paciencia del mundo, que es siempre su forma de ser, pues tiene, sin excepción, el temperamento más dulce que he conocido. A menudo les digo a mis otras hijas que no son nada comparadas con ella. Tiene una habitación encantadora aquí, señor Bingley, y una vista encantadora sobre ese camino de gravilla. No conozco un lugar en el campo que sea igual a Netherfield. No espero que piensen en dejarlo pronto, aunque solo tengan un contrato de arrendamiento corto."

"Cualquier cosa que haga, la hago con prisa," respondió él; "y por lo tanto, si decidiera dejar Netherfield, probablemente estaría fuera en cinco minutos. Sin embargo, en este momento, me considero bastante fijo aquí."

"Eso es exactamente lo que habría supuesto de usted," dijo Elizabeth.

"¿Empieza a comprenderme, verdad?" exclamó él, volviéndose hacia ella.

"Oh sí—le entiendo perfectamente."

"Desearía poder tomar esto como un cumplido; pero ser tan fácilmente descifrado, me temo, es lamentable."

"Eso es como sucede. No necesariamente implica que un carácter profundo e intrincado sea más o menos estimable que uno como el suyo."

"Lizzy," exclamó su madre, "recuerda dónde estás y no hables de la manera descontrolada que se te permite hacer en casa."

"No sabía antes," continuó Bingley de inmediato, "que eras una estudiosa del carácter. Debe ser un estudio entretenido."

"Sí; pero los caracteres intrincados son los más divertidos. Al menos tienen esa ventaja."

"—El país," dijo Darcy, "en general puede ofrecer muy pocos sujetos para tal estudio. En un vecindario rural te mueves en una sociedad muy limitada y monótona."

"Pero la gente misma cambia tanto que siempre hay algo nuevo que observar en ellos."

"Sí, en efecto," exclamó la señora Bennet, ofendida por su forma de mencionar un vecindario rural. "Te aseguro que hay tanto de eso ocurriendo en el campo como en la ciudad."

Todos estaban sorprendidos; y Darcy, después de mirarla por un momento, se dio la vuelta en silencio. La señora Bennet, que pensaba haber logrado una victoria completa sobre él, continuó con su triunfo:—

"No puedo ver que Londres tenga alguna gran ventaja sobre el campo, por mi parte, excepto las tiendas y los lugares públicos. El campo es infinitamente más agradable, ¿no es así, señor Bingley?"

"Cuando estoy en el campo," respondió él, "nunca deseo dejarlo; y cuando estoy en la ciudad, es más o menos lo mismo. Cada uno tiene sus ventajas, y puedo ser igualmente feliz en cualquiera de los dos."

"Sí, eso es porque tienes la disposición correcta. Pero ese caballero," mirando a Darcy, "parecía pensar que el campo no era nada en absoluto."

"De hecho, mamá, te equivocas," dijo Elizabeth, sonrojándose por su madre. "Has malinterpretado completamente al señor Darcy. Solo quiso decir que no hay tanta variedad de personas en el campo como en la ciudad, lo cual debes reconocer que es cierto."

"Ciertamente, querida, nadie dijo que la hubiera; pero en cuanto a no encontrarse con muchas personas en este vecindario, creo que hay pocos vecindarios más grandes. Sé que cenamos con veinticuatro familias."

Nada más que preocupación por Elizabeth podía permitir a Bingley mantener su compostura. Su hermana era menos delicada y dirigió su mirada hacia el señor Darcy con una sonrisa muy expresiva. Elizabeth, con el propósito de decir algo que pudiera desviar los pensamientos de su madre, le preguntó si Charlotte Lucas había estado en Longbourn desde su partida.

"Sí, vino ayer con su padre. ¡Qué hombre tan agradable es Sir William, señor Bingley, ¿no es cierto? ¡Tan a la moda! ¡Tan gentil y tan desenfadado! Siempre tiene algo que decir a todo el mundo. Esa es mi idea de buena educación; y esas personas que se creen muy importantes y nunca abren la boca, se equivocan bastante."

"¿Charlotte cenó con ustedes?"

"No, ella quería regresar a casa. Supongo que la necesitaban con los pasteles de carne. Por mi parte, señor Bingley, siempre mantengo sirvientes que pueden hacer su propio trabajo; mis hijas se han criado de manera diferente. Pero cada uno debe juzgar por sí mismo, y las Lucas son unas chicas muy buenas, se lo aseguro. ¡Es una pena que no sean guapas! No es que yo crea que Charlotte sea tan fea; pero, claro, ella es nuestra amiga particular."

"Parece una joven muy agradable," dijo Bingley.

"Oh, sí; pero debes admitir que es muy sencilla. La misma Lady Lucas lo ha dicho a menudo y me ha envidiado la belleza de Jane. No me gusta presumir de mi propia hija; pero, por supuesto, Jane—no se ve a menudo a alguien más bonita. Es lo que dice todo el mundo. No confío en mi propia parcialidad. Cuando solo tenía quince años, había un caballero en casa de mi hermano Gardiner en la ciudad tan enamorado de ella, que mi cuñada estaba segura de que le haría una propuesta antes de que nos fuéramos. Pero, sin embargo, no lo hizo. Quizás pensó que era demasiado joven. Sin embargo, escribió unos versos sobre ella, y eran muy bonitos."

"Y así terminó su afecto," dijo Elizabeth, impacientemente. "Me imagino que ha habido muchos otros que han sucumbido de la misma manera. ¡Me pregunto quién descubrió primero la eficacia de la poesía para ahuyentar el amor!"

"Yo solía considerar la poesía como el alimento del amor," dijo Darcy.

"De un amor fuerte, robusto y saludable, puede que sí. Todo nutre lo que ya es fuerte. Pero si se trata solo de una ligera y débil inclinación, estoy convencida de que un buen soneto lo hará desaparecer por completo."

Darcy solo sonrió; y la pausa general que siguió hizo que Elizabeth temblara, temiendo que su madre se expusiera de nuevo. Deseaba hablar, pero no podía pensar en nada que decir; y después de un breve silencio, la Sra. Bennet comenzó a repetir sus agradecimientos a Mr. Bingley por su amabilidad con Jane, disculpándose por también molestarlo con Lizzy. Mr. Bingley fue desinteresadamente cortés en su respuesta y obligó a su hermana menor a ser también cortés y a decir lo que la ocasión requería. Ella cumplió su parte, de hecho, sin mucha gracia, pero la Sra. Bennet quedó satisfecha y poco después ordenó su carruaje. Ante esta señal, la más joven de sus hijas se adelantó. Las dos chicas habían estado susurrándose durante toda la visita; y el resultado fue que la más joven le reprocharía a Mr. Bingley haber prometido, en su primera llegada al país, dar un baile en Netherfield.

Lydia era una chica robusta y bien desarrollada de quince años, con un buen cutis y un rostro de buen humor; era la favorita de su madre, cuyo afecto la había llevado a la vida social a una edad temprana. Tenía un alto espíritu animal y una especie de autoconfianza natural, que las atenciones de los oficiales, a quienes las buenas cenas de su tío y sus modales desenfadados la recomendaban, habían aumentado hasta convertirla en una persona segura de sí misma. Por lo tanto, estaba muy capacitada para dirigirse al señor Bingley sobre el tema del baile, y le recordó abruptamente su promesa; añadiendo que sería lo más vergonzoso del mundo si no la cumplía. Su respuesta a este ataque repentino fue un deleite para el oído de su madre.

"Estoy perfectamente dispuesto, se lo aseguro, a cumplir con mi compromiso; y, cuando su hermana se recupere, podrá, si lo desea, nombrar el mismo día del baile. Pero, ¿no querría usted estar bailando mientras ella está enferma?"

Lydia declaró que estaba satisfecha. "Oh sí—sería mucho mejor esperar a que Jane estuviera bien; y para entonces, lo más probable es que el Capitán Carter esté de vuelta en Meryton. Y cuando usted organice su baile," añadió, "insistiré en que ellos también organicen uno. Le diré al Coronel Forster que sería una verdadera vergüenza si no lo hace."

La señora Bennet y sus hijas se marcharon entonces, y Elizabeth regresó de inmediato con Jane, dejando el comportamiento de ella y de sus familiares a los comentarios de las dos damas y el señor Darcy; quien, sin embargo, no pudo ser convencido para unirse a sus críticas hacia ella, a pesar de las ocurrencias de la señorita Bingley sobre los ojos bonitos.

El día transcurrió de manera muy similar al anterior. La señora Hurst y la señorita Bingley habían pasado algunas horas de la mañana con la enferma, quien continuaba, aunque lentamente, mejorando; y, por la tarde, Elizabeth se unió a su grupo en el salón. Sin embargo, la mesa de loo no apareció. El señor Darcy estaba escribiendo, y la señorita Bingley, sentada cerca de él, observaba el progreso de su carta, interrumpiendo su atención con mensajes para su hermana. El señor Hurst y el señor Bingley estaban jugando al piquet, y la señora Hurst observaba su partida.

Elizabeth tomó un poco de costura y se sintió suficientemente entretenida prestando atención a lo que ocurría entre Darcy y su compañera. Las constantes alabanzas de la dama sobre su caligrafía, la uniformidad de sus líneas o la longitud de su carta, junto con la perfecta indiferencia con la que se recibían sus elogios, formaban un curioso diálogo, que estaba en perfecta sintonía con su opinión sobre cada uno de ellos.

"¡Qué encantada estará la señorita Darcy de recibir una carta así!"

Él no respondió.

"Escribes de manera inusualmente rápida."

"Te equivocas. Escribo bastante despacio."

"¡Cuántas cartas debes tener que escribir a lo largo de un año! ¡Cartas de negocios también! ¡Qué odiosas me parecerían!"

"Es afortunado, entonces, que caiga en mi suerte en lugar de en la tuya."

"Por favor, dile a tu hermana que tengo muchas ganas de verla."

"Ya se lo he dicho una vez, a tu deseo."

"Tengo miedo de que no te guste tu pluma. Déjame reparártela. Arreglo plumas excepcionalmente bien."

"Gracias, pero siempre arreglo las mías."

"¿Cómo logras escribir de manera tan uniforme?"

Él permaneció en silencio.

"Dile a tu hermana que estoy encantado de escuchar sobre su progreso con el arpa, y por favor, házmelo saber que estoy completamente extasiado con su hermoso diseño para una mesa, y creo que es infinitamente superior al de la señorita Grantley."

"¿Me darás permiso para aplazar tus éxtasis hasta que escriba de nuevo? Actualmente no tengo espacio para hacerles justicia."

"Oh, no importa. La veré en enero. Pero, ¿siempre le escribes cartas tan encantadoras y largas, señor Darcy?"

"Por lo general son largas; pero si siempre son encantadoras, no me corresponde a mí decidirlo."

"Es una regla para mí que una persona que puede escribir una carta larga con facilidad no puede escribir mal."

"Eso no le sirve como cumplido a Darcy, Caroline," exclamó su hermano, "porque él no escribe con facilidad. Estudia demasiado para encontrar palabras de cuatro sílabas. ¿Verdad, Darcy?"

"Mi estilo de escritura es muy diferente al tuyo."

"Oh," exclamó la señorita Bingley, "Charles escribe de la manera más descuidada que se pueda imaginar. Deja fuera la mitad de sus palabras y emborrona el resto."

"Mis ideas fluyen tan rápidamente que no tengo tiempo para expresarlas;

lo que significa que mis cartas a veces no transmiten ninguna idea a mis corresponsales."

"Tu humildad, señor Bingley," dijo Elizabeth, "debe desarmar la reprimenda."

"Nada es más engañoso," dijo Darcy, "que la apariencia de humildad. A menudo es solo despreocupación de opinión, y a veces un alarde indirecto."

"¿Y cuál de los dos consideras que es mi reciente pedacito de modestia?"

"El elogio indirecto; porque realmente estás orgulloso de tus defectos al escribir, ya que los consideras como resultado de una rapidez de pensamiento y descuido en la ejecución, que, si bien no son admirables, piensas que al menos son muy interesantes. El poder de hacer cualquier cosa con rapidez es siempre muy valorado por quien lo posee, a menudo sin prestar atención a la imperfección de la ejecución. Cuando le dijiste a la señora Bennet esta mañana que si alguna vez decidías dejar Netherfield, te irías en cinco minutos, lo hiciste como una especie de panegírico, un cumplido hacia ti mismo; y sin embargo, ¿qué hay de tan loable en una precipitación que debe dejar asuntos muy necesarios sin hacer y que no puede ser de ninguna ventaja real para ti ni para nadie más?"

"En absoluto," exclamó Bingley, "esto es demasiado, recordar por la noche todas las cosas tontas que se dijeron por la mañana. Y aún así, por mi honor, creía que lo que dije sobre mí mismo era cierto, y lo creo en este momento. Por lo tanto, al menos no asumí el carácter de precipitación innecesaria solo para lucirme ante las damas."

"Me atrevería a decir que lo creías; pero no estoy en absoluto convencida de que te irías con tal celeridad. Tu conducta dependería tanto del azar como la de cualquier hombre que conozco; y si, mientras montabas a tu caballo, un amigo dijera: 'Bingley, sería mejor que te quedaras hasta la próxima semana,' probablemente lo harías—probablemente no te irías—y, con otra palabra, podrías quedarte un mes."

"Solo has demostrado con esto," exclamó Elizabeth, "que el Sr. Bingley no hizo justicia a su propia disposición. Ahora lo has mostrado mucho más de lo que él mismo lo hizo."

"Estoy sumamente complacido," dijo Bingley, "de que conviertas lo que dice mi amigo en un cumplido sobre la dulzura de mi carácter. Pero temo que le estés dando un giro que ese caballero no pretendía en absoluto; pues ciertamente pensaría mejor de mí si, en tal circunstancia, diera una negativa rotunda y me fuera a toda prisa."

"¿Consideraría entonces el Sr. Darcy la imprudencia de tu intención original como enmendada por tu obstinación en adherirte a ella?"

"Te lo juro, no puedo explicar exactamente el asunto—Darcy debe hablar por sí mismo."

"Esperas que explique opiniones que tú decides llamar mías, pero que nunca he reconocido. Sin embargo, permitiendo que el caso se mantenga según tu representación, debes recordar, Srta. Bennet, que el amigo que se supone desea su regreso a la casa y la demora de su plan, simplemente lo ha deseado, lo ha pedido sin ofrecer un solo argumento a favor de su conveniencia."

"Ceder de manera rápida—fácil—ante la persuasión de un amigo no es ningún mérito para ti."

"Ceder sin convicción no es un cumplido para el entendimiento de ninguno de los dos."

"Me parece, señor Darcy, que no considera en nada la influencia de la amistad y el afecto. Un aprecio por quien hace la solicitud a menudo haría que uno accediera fácilmente a una petición, sin esperar argumentos que lo convencieran. No me refiero particularmente al caso que usted ha supuesto sobre el señor Bingley. Quizás debamos esperar, antes de discutir la discreción de su comportamiento al respecto, hasta que ocurra la circunstancia. Pero en casos generales y ordinarios, entre amigos, donde uno de ellos es solicitado por el otro para cambiar una resolución de poca importancia, ¿pensaría mal de esa persona por cumplir con el deseo, sin esperar a que se le convenza?"

"¿No sería aconsejable, antes de continuar con este tema, arreglar con un poco más de precisión el grado de importancia que debe tener esta petición, así como el grado de intimidad que existe entre las partes?"

"Por supuesto," exclamó Bingley; "escuchemos todos los detalles, sin olvidar su altura y tamaño comparativos, ya que eso tendrá más peso en el argumento, señorita Bennet, de lo que usted puede imaginar. Le aseguro que si Darcy no fuera un tipo tan alto, en comparación conmigo, no le prestaría ni la mitad de deferencia. Declaro que no conozco un objeto más temible que Darcy en ocasiones particulares y en lugares específicos; especialmente en su propia casa, y un domingo por la noche, cuando no tiene nada que hacer."

El señor Darcy sonrió; pero Elizabeth pensó que podía percibir que estaba un poco ofendido, y por eso reprimió su risa. La señorita Bingley se indignó calurosamente por la desdicha que había recibido, en una reprimenda a su hermano por hablar tal tontería.

"Veo tu intención, Bingley," dijo su amigo. "No te gusta un argumento y quieres silenciar esto."

"Quizás sí. Los argumentos son demasiado parecidos a las disputas. Si tú y la señorita Bennet quieren aplazar el suyo hasta que yo salga de la habitación, les estaré muy agradecido; y entonces podrán decir lo que deseen sobre mí."

"Lo que pides," dijo Elizabeth, "no es ningún sacrificio de mi parte; y el señor Darcy haría mucho mejor en terminar su carta."

El señor Darcy siguió su consejo y terminó su carta.

Cuando ese asunto estuvo resuelto, se dirigió a la señorita Bingley y a Elizabeth para pedirles el favor de un poco de música. La señorita Bingley se movió con rapidez hacia el pianoforte, y después de una solicitud cortés de que Elizabeth liderara, que esta negó de manera igualmente cortés y más ferviente, ella se sentó.

La señora Hurst cantó con su hermana; y mientras estaban así ocupadas, Elizabeth no pudo evitar notar, mientras hojeaba algunos libros de música que estaban sobre el instrumento, cuán frecuentemente los ojos del señor Darcy estaban fijos en ella. Apenas sabía cómo suponer que podría ser un objeto de admiración para un hombre tan grande, y sin embargo, que él la mirara porque la despreciaba era aún más extraño. Sin embargo, solo pudo imaginar, al final, que llamaba su atención porque había algo en ella más incorrecto y reprensible, según sus ideas de lo correcto, que en cualquier otra persona presente. La suposición no le dolía. Le gustaba demasiado poco como para preocuparse por su aprobación.

Después de tocar algunas canciones italianas, la señorita Bingley varió el encanto con un animado aire escocés; y poco después, el señor Darcy, acercándose a Elizabeth, le dijo:

"¿No sientes una gran inclinación, señorita Bennet, a aprovechar esta oportunidad para bailar un reel?"

Ella sonrió, pero no respondió. Él repitió la pregunta, con algo de sorpresa por su silencio.

"Oh," dijo ella, "te escuché antes; pero no pude decidir de inmediato qué decir en respuesta. Sabía que querías que dijera 'Sí', para que pudieras disfrutar despreciando mi gusto; pero siempre me complace frustrar ese tipo de planes y privar a alguien de su desprecio premeditado. Por lo tanto, he decidido decirte que no quiero bailar una danza en línea en absoluto; y ahora, despreciame si te atreves."

"En verdad, no me atrevo."

Elizabeth, que esperaba más bien ofenderlo, se sorprendió de su galantería; pero había una mezcla de dulzura y picardía en su manera que le dificultaba ofender a alguien, y Darcy nunca había sido tan hechizado por ninguna mujer como lo había sido por ella. Realmente creía que, de no ser por la inferioridad de sus conexiones, estaría en cierto peligro.

La señorita Bingley vio, o sospechó, lo suficiente como para sentir celos; y su gran ansiedad por la recuperación de su querida amiga Jane recibió algo de apoyo de su deseo de deshacerse de Elizabeth.

A menudo intentaba provocar a Darcy para que no le gustara su invitada, hablando de su supuesta boda y planeando su felicidad en tal alianza.

"Espero," dijo ella, mientras caminaban juntos por el jardín al día siguiente, "que le des a tu suegra algunas sugerencias, cuando se produzca este deseado acontecimiento, sobre la ventaja de mantener la boca cerrada; y si puedes lograrlo, que cure a las chicas más jóvenes de correr tras los oficiales. Y, si me permites mencionar un tema tan delicado, intenta frenar ese pequeño algo, que roza la vanidad y la impertinencia, que posee tu dama."

"No, no; quédate donde estás."

"¿Tienes algo más que proponer para mi felicidad doméstica?"

"Oh sí. Deja que los retratos de tu tío y tía Philips sean colocados en la galería de Pemberley. Ponlos junto a tu bisabuelo el juez. Ellos están en la misma profesión, ya sabes, solo que en diferentes ramas. En cuanto al retrato de tu Elizabeth, no debes intentar que lo tomen, porque ¿qué pintor podría hacer justicia a esos hermosos ojos?"

"No sería fácil, de hecho, captar su expresión; pero su color y forma, y las pestañas, tan notablemente finas, podrían ser copiadas."

En ese momento se encontraron con la señora Hurst y la propia Elizabeth que venían por otro camino.

"No sabía que tenías intención de pasear," dijo la señorita Bingley, algo confundida, temiendo que las hubieran escuchado.

"Nos tratasteis de manera abominablemente mala," contestó la señora Hurst, "escapándoos sin decirnos que salíais."

Luego, tomando el brazo desocupado del señor Darcy, dejó a Elizabeth caminar sola. El camino solo admitía a tres. El señor Darcy sintió su grosería y dijo de inmediato,—

"Este paseo no es lo suficientemente ancho para nuestro grupo. Sería mejor que fuéramos al avenida."

Pero Elizabeth, que no tenía la menor inclinación a quedarse con ellos, respondió riendo,—

"No, no; quédense donde están. Están maravillosamente agrupados y se ven de una manera poco común. Lo pictórico se estropearía al admitir a un cuarto. Adiós."

Luego corrió alegremente, regocijándose, mientras paseaba, con la esperanza de estar en casa de nuevo en uno o dos días. Jane ya se había recuperado lo suficiente como para tener la intención de salir de su habitación durante un par de horas esa noche.

II

CUANDO las damas se retiraron después de la cena, Elizabeth corrió hacia su hermana y, al ver que estaba bien protegida del frío, la acompañó al salón, donde fue recibida por sus dos amigas con muchas muestras de placer; y Elizabeth nunca las había visto tan amables como lo estaban durante la hora que pasó antes de que los caballeros aparecieran. Sus habilidades para la conversación eran considerables. Podían describir un entretenimiento con precisión, relatar una anécdota con humor y reírse de sus conocidos con entusiasmo.

Pero cuando los caballeros entraron, Jane ya no era el primer objeto de atención; los ojos de la señorita Bingley se dirigieron instantáneamente hacia Darcy, y ella tuvo algo que decirle antes de que él hubiera avanzado muchos pasos. Él se dirigió directamente a la señorita Bennet con una congratulación cortés; el señor Hurst también le hizo una leve reverencia y dijo que estaba "muy contento"; pero la abundancia y calidez permanecieron para el saludo de Bingley. Él estaba lleno de alegría y atención. La primera media hora se pasó acumulando leña en la chimenea, para que ella no sufriera por el cambio de habitación; y ella se trasladó, a su solicitud, al otro lado de la chimenea, para estar más lejos de la puerta. Luego se sentó a su lado y apenas habló con nadie más. Elizabeth, ocupada en la esquina opuesta, observó todo con gran deleite.

Cuando el té terminó, el Sr. Hurst le recordó a su cuñada sobre la mesa de cartas, pero fue en vano. Ella había obtenido información privada de que el Sr. Darcy no deseaba jugar a las cartas, y el Sr. Hurst pronto descubrió que incluso su petición abierta fue rechazada. Ella le aseguró que nadie tenía intención de jugar, y el silencio de toda la fiesta sobre el tema parecía justificarla. Por lo tanto, el Sr. Hurst no tuvo más remedio que estirarse en uno de los sofás y quedarse dormido. Darcy tomó un libro. La Srta. Bingley hizo lo mismo; y la Sra. Hurst, ocupada principalmente en jugar con sus pulseras y anillos, se unía de vez en cuando a la conversación de su hermano con la Srta. Bennet.

La atención de la Srta. Bingley estaba tan comprometida en observar el progreso del Sr. Darcy en su libro como en leer el suyo propio; y estaba constantemente haciendo alguna pregunta o mirando su página. Sin embargo, no pudo atraerlo a ninguna conversación; él simplemente respondía a sus preguntas y seguía leyendo. Al final, bastante agotada por el intento de entretenerse con su propio libro, que solo había escogido porque era el segundo volumen del de él, dio un gran bostezo y dijo: "¡Qué agradable es pasar una velada de esta manera! ¡Declaro que, después de todo, no hay disfrute como la lectura! ¡Qué rápido se cansa uno de cualquier cosa que de un libro! Cuando tenga una casa propia, seré miserable si no tengo una excelente biblioteca."

Nadie respondió. Luego bostezó de nuevo, dejó de lado su libro y miró alrededor de la sala en busca de algún entretenimiento; cuando, al escuchar a su hermano mencionar un baile a la Srta. Bennet, se volvió de repente hacia él y dijo,—

"Por cierto, Charles, ¿realmente estás serio en meditar un baile en Netherfield? Te aconsejaría que, antes de decidirte, consultes los deseos de los presentes; estoy muy equivocado si no hay algunos entre nosotros a quienes un baile les resultaría más un castigo que un placer."

"Si te refieres a Darcy," exclamó su hermano, "que se acueste si así lo desea, antes de que comience; pero en cuanto al baile, está completamente decidido, y tan pronto como Nicholls haya preparado suficiente sopa blanca, enviaré mis invitaciones."

"Me gustarían infinitamente más los bailes," respondió ella, "si se llevaran a cabo de una manera diferente; pero hay algo insufriblemente tedioso en el proceso habitual de tales reuniones. Sin duda sería mucho más racional si la conversación, en lugar de la danza, fuera el orden del día."

"Mucho más racional, querida Caroline, me atrevería a decir; pero no se parecería en nada a un baile."

La señorita Bingley no respondió y poco después se levantó y empezó a caminar por la habitación. Su figura era elegante y caminaba bien; pero Darcy, a quien todo iba dirigido, seguía inflexiblemente concentrado en sus estudios. En la desesperación de sus sentimientos, decidió hacer un último esfuerzo; y, volviéndose hacia Elizabeth, dijo:

"Señorita Eliza Bennet, permíteme persuadirte para que sigas mi ejemplo y des una vuelta por la habitación. Te aseguro que es muy refrescante después de estar tanto tiempo en una sola actitud."

Elizabeth se sorprendió, pero aceptó de inmediato. La señorita Bingley tuvo éxito en el verdadero objetivo de su cortesía: el señor Darcy levantó la vista. Estaba tan consciente de la novedad de la atención en esa dirección como lo estaba Elizabeth, y, sin darse cuenta, cerró su libro. Fue invitado directamente a unirse a su grupo, pero lo rechazó, observando que podía imaginar solo dos motivos para que ellas decidieran pasear juntas por la habitación, y con cualquiera de esos motivos, su participación interferiría. ¿Qué podría significar eso? Ella estaba ansiosa por saber cuál podría ser su significado y le preguntó a Elizabeth si podía entenderlo en absoluto.

"Para nada," fue su respuesta; "pero, confía en mí, él pretende ser severo con nosotras, y nuestra forma más segura de decepcionarlo será no preguntar nada al respecto."

Sin embargo, la señorita Bingley era incapaz de decepcionar al señor Darcy en nada, y por lo tanto, perseveró en exigir una explicación de sus dos motivos.

"No tengo la menor objeción a explicarlos," dijo él, tan pronto como ella le permitió hablar. "Ustedes eligen este método de pasar la velada porque están en confianza mutua y tienen asuntos secretos que discutir, o porque son conscientes de que sus figuras se ven mejor al caminar: si es lo primero, estaría completamente en su camino; y si es lo segundo, puedo admirarlas mucho mejor sentado junto al fuego."

"Oh, ¡horrible!" exclamó la señorita Bingley. "Nunca he oído nada tan abominable. ¿Cómo lo castigaremos por tal discurso?"

"Nada más fácil, si tienen la inclinación," dijo Elizabeth. "Podemos atormentarnos y castigarnos mutuamente. Búrlense de él—ríanse de él. Tan íntimas como son, deben saber cómo se hace."

"Pero, por mi honor, no lo tengo. Le aseguro que mi intimidad aún no me ha enseñado eso. ¡Qué calma de temperamento y presencia de ánimo! No, no; siento que puede desafiarnos en eso. Y en cuanto a la risa, no nos expongamos, si le parece, intentando reír sin un motivo. El señor Darcy puede consolarse."

"¡El señor Darcy no es objeto de burla!" exclamó Elizabeth. "Eso es una ventaja poco común, y espero que siga siendo poco común, porque sería una gran pérdida para mí tener muchos conocidos así. Me encanta reír."

"Miss Bingley," dijo él, "me ha atribuido más de lo que puedo tener. Los hombres más sabios y mejores, —de hecho, las acciones más sabias y mejores— pueden volverse ridículos ante una persona cuyo primer objetivo en la vida es una broma."

"Ciertamente," respondió Elizabeth, "hay personas así, pero espero no ser una de ellas. Espero nunca ridiculizar lo que es sabio o bueno. Las locuras y tonterías, las manías e inconsistencias, me divierten, lo admito, y me río de ellas siempre que puedo. Pero, supongo, que precisamente son esas las que usted carece."

"Quizás eso no sea posible para nadie. Pero ha sido el estudio de mi vida evitar esas debilidades que a menudo exponen un gran entendimiento al ridículo."

"Como la vanidad y el orgullo."

"Sí, la vanidad es una debilidad, de hecho. Pero el orgullo—donde hay una verdadera superioridad de mente—siempre estará bajo buena regulación."

Elizabeth se volvió para ocultar una sonrisa.

"Supongo que su examen del señor Darcy ha terminado," dijo Miss Bingley; "y, ¿cuál es el resultado?"

"Estoy perfectamente convencido de que el señor Darcy no tiene defecto. Él mismo lo admite sin disimulo."

"—No," dijo Darcy, "no he hecho tal pretensión. Tengo suficientes defectos, pero espero que no sean de comprensión. Mi carácter no me atrevería a garantizarlo. Creo que es demasiado rígido; ciertamente, demasiado poco para la conveniencia del mundo. No puedo olvidar las necedades y vicios de los demás tan pronto como debería, ni sus ofensas contra mí. Mis sentimientos no son manipulables con cada intento de conmoverlos. Mi carácter podría ser llamado, quizás, rencoroso. Una vez que se pierde mi buena opinión, se pierde para siempre."

"¡Eso es, de hecho, un defecto!" exclamó Elizabeth. "El rencor implacable es una sombra en un carácter. Pero has elegido bien tu defecto. Realmente no puedo reírme de ello. Estás a salvo de mí."

"Creo que en cada disposición hay una tendencia a algún mal particular, un defecto natural, que ni siquiera la mejor educación puede superar."

"Y tu defecto es una propensión a odiar a todo el mundo."

"Y el tuyo," respondió él, sonriendo, "es malinterpretarlos deliberadamente."

"Déjame que tengamos un poco de música," exclamó la señorita Bingley, cansada de una conversación en la que no tenía parte. "Louisa, no te importará que despierte a Mr. Hurst."

Su hermana no hizo la más mínima objeción, y se abrió el pianoforte; y Darcy, tras unos momentos de reflexión, no se sintió apenado por ello. Comenzó a sentir el peligro de prestar demasiada atención a Elizabeth.

⚜ 12 ⚜

Como consecuencia de un acuerdo entre las hermanas, Elizabeth escribió a su madre a la mañana siguiente para pedir que enviaran la carruaje por ellas durante el día. Pero la Sra. Bennet, que había calculado que sus hijas se quedarían en Netherfield hasta el siguiente martes, que sería justo el final de la semana de Jane, no pudo convencerse de recibirlas con placer antes. Su respuesta, por lo tanto, no fue favorable, al menos no a los deseos de Elizabeth, quien estaba impaciente por regresar a casa. La Sra. Bennet les envió un mensaje diciendo que no podrían tener la carruaje antes del martes; y en su posdata agregó que si el Sr. Bingley y su hermana las presionaban para quedarse más tiempo, ella podría prescindir de ellas muy bien. Sin embargo, Elizabeth estaba decididamente resuelta a no quedarse más tiempo—ni esperaba mucho que se lo pidieran; y temerosa, por el contrario, de ser consideradas como una carga que se quedaba innecesariamente, instó a Jane a que pidiera prestada la carruaje del Sr. Bingley de inmediato, y al final se decidió que se mencionaría su plan original de salir de Netherfield esa mañana y se haría la solicitud.

La comunicación suscitó muchas expresiones de preocupación; y se dijo lo suficiente sobre desear que se quedaran al menos hasta el día siguiente para influir en Jane; y hasta el día siguiente se pospuso su salida. La Srta. Bingley se sintió entonces apenada por haber propuesto la demora; pues su celos y desagrado hacia una hermana superaban con creces su afecto por la otra.

El maestro de la casa escuchó con verdadero pesar que se irían tan pronto, y trató repetidamente de persuadir a la Srta. Bennet de que no sería seguro para ella—que no se había recuperado lo suficiente; pero Jane se mantuvo firme donde sentía que estaba en lo correcto.

Para el señor Darcy, era una noticia bienvenida: Elizabeth había estado en Netherfield el tiempo suficiente. Le atraía más de lo que le gustaba; y la señorita Bingley era grosera con ella y más provocativa de lo habitual con él. Con sabiduría, resolvió ser particularmente cuidadoso de que ningún signo de admiración se le escapara ahora—nada que pudiera elevarla con la esperanza de influir en su felicidad; consciente de que, si tal idea se había sugerido, su comportamiento durante el último día debía tener un peso material en confirmar o desmentirla. Firme en su propósito, apenas le dirigió diez palabras a lo largo de todo el sábado: y aunque en un momento estuvieron solos durante media hora, se mantuvo con gran conciencia en su libro y ni siquiera la miró.

El domingo, después del servicio matutino, se produjo la separación, tan agradable para casi todos. La cortesía de la señorita Bingley hacia Elizabeth aumentó finalmente de manera muy rápida, así como su afecto por Jane; y cuando se despidieron, después de asegurar a esta última que siempre le daría placer verla, ya sea en Longbourn o en Netherfield, y abrazándola con gran ternura, incluso le dio la mano a la anterior. Elizabeth se despidió de todo el grupo con el ánimo más vivo.

No fueron recibidas en casa con mucho cariño por su madre. La señora Bennet se preguntaba por qué habían regresado y pensaba que estaban muy equivocadas al dar tanto trabajo, además de estar segura de que Jane se habría resfriado de nuevo. Pero su padre, aunque muy lacónico en sus expresiones de placer, realmente se alegraba de verlas; había sentido su importancia en el círculo familiar. La conversación de la noche, cuando todos estaban reunidos, había perdido gran parte de su animación y casi todo su sentido, por la ausencia de Jane y Elizabeth.

Encontraron a Mary, como de costumbre, sumida en el estudio del bajo continuo y la naturaleza humana; y tenían algunos nuevos extractos para admirar y algunas nuevas observaciones de moralidad desgastada para escuchar. Catherine y Lydia tenían información de otro tipo para ellas. Se había hecho y dicho mucho en el regimiento desde el miércoles anterior; varios oficiales habían cenado últimamente con su tío; un soldado había sido azotado; y de hecho se había insinuado que el Coronel Forster estaba a punto de casarse.

❧ 13 ❧

"Espero, querida," dijo el Sr. Bennet a su esposa, mientras desayunaban a la mañana siguiente, "que hayas ordenado una buena cena para hoy, porque tengo razones para esperar una adición a nuestra fiesta familiar."

"¿A quién te refieres, querido? No sé de nadie que venga, estoy segura, a menos que Charlotte Lucas se decida a llamar; y espero que mis cenas sean lo suficientemente buenas para ella. No creo que a menudo vea algo así en casa."

"La persona de la que hablo es un caballero y un extraño."

Los ojos de la Sra. Bennet brillaron. "¡Un caballero y un extraño! Estoy segura de que es el Sr. Bingley. ¡Vaya, Jane—nunca mencionaste esto—¡qué astuta eres! Bueno, estoy segura de que estaré extremadamente contenta de ver al Sr. Bingley. Pero—¡buen Dios! ¡qué desafortunado! No hay un solo pez que se pueda conseguir hoy. Lydia, querida, toca el timbre. Debo hablar con Hill en este momento."

"No es el Sr. Bingley," dijo su esposo; "es una persona que nunca he visto en toda mi vida."

Esto provocó una asombro general; y tuvo el placer de ser cuestionado ansiosamente por su esposa y sus cinco hijas al mismo tiempo.

Después de divertirse un tiempo con su curiosidad, así explicó:—"Hace aproximadamente un mes recibí esta carta, y hace aproximadamente quince días le respondí; porque pensé que era un asunto de cierta delicadeza que requería atención inmediata. Es de mi primo, el Sr. Collins, quien, cuando yo muera, podrá echarlos a todos de esta casa tan pronto como le plazca."

"Oh, querido," exclamó su esposa, "no puedo soportar que se mencione eso. Por favor, no hables de ese hombre odioso. Creo que es lo más injusto del mundo que tu patrimonio esté destinado a un hombre que no es de tu propia familia; y estoy segura de que, si yo hubiera sido tú, habría tratado de hacer algo al respecto hace mucho tiempo."

Jane y Elizabeth intentaron explicarle la naturaleza de un patrimonio heredado. Ya lo habían intentado antes: pero era un tema en el que la Sra. Bennet estaba más allá del alcance de la razón; y continuó criticando amargamente la crueldad de dejar un patrimonio fuera de una familia con cinco hijas, a favor de un hombre que a nadie le importaba.

"Ciertamente es un asunto de lo más inicuo," dijo el Sr. Bennet; "y nada puede librar al Sr. Collins de la culpa de heredar Longbourn. Pero si escuchas su carta, quizás te sientas un poco suavizada por su manera de expresarse."

"No, estoy segura de que no lo haré: y creo que fue muy impertinente de su parte escribirte en absoluto, y muy hipócrita. Odio a esos falsos amigos. ¿Por qué no pudo seguir discutiendo contigo, como hacía su padre antes que él?"

"Bueno, de hecho, parece que ha tenido algunos escrúpulos filiales al respecto, como escucharás."

"Hunsford, cerca de Westerham, Kent, 15 de octubre.

"Estimado Señor,

"El desacuerdo que existía entre usted y mi difunto y honrado padre siempre me causó gran inquietud; y, desde que he tenido la desgracia de perderlo, he deseado con frecuencia sanar la brecha: pero, durante un tiempo, me vi frenado por mis propias dudas, temiendo que pudiera parecer irrespetuoso para su memoria que yo mantuviese buenas relaciones con alguien con quien siempre le había complacido estar en desacuerdo."

—"Ahí lo tiene, señora Bennet." —"Sin embargo, mi mente ya está decidida sobre el asunto; pues, habiendo sido ordenado en Pascua, he tenido la fortuna de ser distinguido con el patrocinio de la Muy Honorable Lady Catherine de Bourgh, viuda de Sir Lewis de Bourgh, cuya generosidad y beneficencia me han preferido para el valioso beneficio de esta parroquia, donde será mi sincero esfuerzo comportarme con respetuoso agradecimiento hacia su Ladyship, y estar siempre dispuesto a realizar aquellos ritos y ceremonias que establece la Iglesia de Inglaterra. Además, como clérigo, siento que es mi deber promover y establecer la bendición de la paz en todas las familias que estén bajo mi influencia; y por estas razones, me halago a mí mismo de que mis actuales propuestas de buena voluntad son muy loables, y que la circunstancia de ser el siguiente en el legado de la propiedad de Longbourn será amablemente pasada por alto de su parte, y no le llevará a rechazar la rama de olivo ofrecida. No puedo más que preocuparme por ser el medio de perjudicar a sus amables hijas, y le ruego me permita disculparme por ello, así como asegurarle mi disposición para hacerles las mayores posibles reparaciones; pero de esto hablaremos más adelante. Si usted no tiene inconveniente en recibirme en su casa, propongo la satisfacción de visitarle a usted y a su familia el lunes 18 de noviembre, a las cuatro en punto, y probablemente aprovecharé su hospitalidad hasta el sábado siguiente, lo cual puedo hacer sin ningún inconveniente, ya que Lady Catherine no se opone a mi ausencia ocasional un domingo, siempre que algún otro clérigo esté comprometido para llevar a cabo los deberes del día. Quedo, querido señor, con respetuosos saludos para su señora y sus hijas, su bienqueriente y amigo,

"William Collins."

"A las cuatro en punto, por lo tanto, podemos esperar a este caballero pacificador," dijo el Sr. Bennet, mientras plegaba la carta. "Parece ser un joven muy consciente y educado, a decir verdad; y no dudo de que será un valioso conocido, especialmente si Lady Catherine es tan indulgente como para permitirle venir a visitarnos de nuevo."

"Sin embargo, hay algo de razón en lo que dice sobre las chicas; y, si está dispuesto a hacerles alguna reparación, no seré yo quien lo desanime."

"Aunque es difícil," dijo Jane, "adivinar de qué manera puede pretender hacernos la compensación que cree que nos corresponde, el deseo es sin duda a su favor."

A Elizabeth le impresionó principalmente su extraordinaria deferencia hacia Lady Catherine y su amable intención de bautizar, casar y enterrar a sus feligreses siempre que fuera necesario.

"Debe ser una rareza, creo," dijo ella. "No consigo entenderlo. Hay algo muy pomposo en su estilo. ¿Y qué puede significar al disculparse por ser el siguiente en la sucesión? No podemos suponer que podría evitarlo, si pudiera. ¿Puede ser un hombre sensato, señor?"

"No, querida; creo que no. Tengo grandes esperanzas de encontrarlo todo lo contrario. Hay una mezcla de servilismo y autocompasión en su carta que promete bien. Estoy impaciente por verlo."

"En cuanto a la composición," dijo Mary, "su carta no parece defectuosa. La idea de la rama de olivo quizás no sea del todo nueva, pero creo que está bien expresada."

Para Catherine y Lydia, ni la carta ni su autor eran de interés en absoluto. Era casi imposible que su primo llegara con un abrigo escarlata, y ya habían pasado varias semanas desde que habían disfrutado de la compañía de un hombre con cualquier otro color. En cuanto a su madre, la carta del Sr. Collins había disminuido mucho su mal humor, y se estaba preparando para verlo con un grado de compostura que sorprendía a su esposo y a sus hijas.

El Sr. Collins fue puntual y fue recibido con mucha cortesía por toda la familia. El Sr. Bennet, de hecho, dijo poco; pero las damas estaban más que dispuestas a hablar, y el Sr. Collins parecía no necesitar ánimo ni estar inclinado a permanecer en silencio. Era un joven alto y corpulento de veinticinco años. Su porte era grave y majestuoso, y sus modales eran muy formales. No había pasado mucho tiempo desde que se sentó antes de que elogiara a la Sra. Bennet por tener una familia tan hermosa de hijas, dijo que había oído mucho sobre su belleza, pero que, en este caso, la fama había quedado por debajo de la verdad; y añadió que no dudaba de que ella las vería a todas bien casadas a su debido tiempo. Este galanteo no era del agrado de algunos de sus oyentes; pero la Sra. Bennet, que no se quejaba de los cumplidos, respondió con gran prontitud:

"Es usted muy amable, señor, estoy segura; y deseo de todo corazón que así sea; porque de lo contrario estarán bastante desamparadas. Las cosas están tan extrañas."

"Se refiere, quizás, al derecho de sucesión de esta propiedad."

"Ah, señor, así es. Es un asunto penoso para mis pobres chicas, debe confesarlo. No es que pretenda criticarle, porque sé que tales cosas son cuestión de suerte en este mundo. No se sabe cómo irán las propiedades una vez que se establezcan los derechos de sucesión."

"Soy muy consciente, señora, de las dificultades que enfrentan mis queridas primas, y podría decir mucho sobre el tema, pero soy cauteloso de no parecer demasiado atrevido y precipitado. Pero puedo asegurar a las jóvenes que vengo preparado para admirarlas. Por el momento no diré más, pero, quizás, cuando nos conozcamos mejor——"

Fue interrumpido por una convocatoria a la cena; y las chicas se sonrieron entre sí. No eran los únicos objetos de admiración del señor Collins. El vestíbulo, el comedor y todos sus muebles fueron examinados y elogiados; y su alabanza de todo habría conmovido el corazón de la señora Bennet, de no ser por la mortificante suposición de que él lo veía todo como su futura propiedad. La cena, a su vez, fue muy admirada; y se interesó por saber a cuál de sus bellas primas se debía la excelencia de su cocina. Pero aquí fue corregido por la señora Bennet, quien le aseguró, con algo de aspereza, que eran más que capaces de mantener a un buen cocinero, y que sus hijas no tenían nada que hacer en la cocina. Se disculpó por haberla ofendido. En un tono más suave, ella declaró que no estaba en absoluto ofendida; pero él continuó disculpándose durante unos quince minutos.

‌ 14 ‌

Durante la cena, el Sr. Bennet apenas habló; pero cuando los sirvientes se retiraron, pensó que era el momento de tener una conversación con su invitado y, por lo tanto, comenzó un tema en el que esperaba que brillara, observando que parecía tener mucha suerte con su patrona. La atención de Lady Catherine de Bourgh hacia sus deseos y su consideración por su comodidad parecían muy notables. El Sr. Bennet no podría haber elegido mejor. El Sr. Collins fue elocuente en sus alabanzas. El tema lo elevó a una solemnidad más allá de lo habitual; y con un aspecto muy importante protestó que nunca en su vida había presenciado tal comportamiento en una persona de rango—tal afabilidad y condescendencia, como él mismo había experimentado de Lady Catherine. Ella había tenido la amabilidad de aprobar ambos discursos que ya había tenido el honor de predicar ante ella. También le había invitado dos veces a cenar en Rosings, y lo había llamado solo el sábado anterior, para completar su grupo de cuadrille por la noche. Lady Catherine era considerada orgullosa por muchas personas, lo sabía, pero él nunca había visto más que afabilidad en ella. Siempre le había hablado como lo haría con cualquier otro caballero; no puso la más mínima objeción a que él se uniera a la sociedad del vecindario, ni a que dejara su parroquia ocasionalmente por una semana o dos para visitar a sus parientes. Incluso se había dignado a aconsejarle que se casara tan pronto como pudiera, siempre que eligiera con discreción; y una vez le había hecho una visita en su humilde parsonage, donde había aprobado perfectamente todas las modificaciones que había estado haciendo, e incluso se había dignado a sugerir algunas por sí misma,—algunas estanterías en los armarios de arriba.

"Eso es muy apropiado y cortés, estoy segura," dijo la señora Bennet, "y me atrevería a decir que es una mujer muy agradable. Es una pena que las grandes damas en general no sean más como ella. ¿Vive cerca de usted, señor?"

"El jardín en el que se encuentra mi humilde morada está separado solo por un camino de Rosings Park, la residencia de su Ladyship."

"Creo que usted dijo que era viuda, ¿verdad? ¿Tiene familia?"

"Solo tiene una hija, la heredera de Rosings, y de una propiedad muy extensa."

"Ah," exclamó la señora Bennet, sacudiendo la cabeza, "entonces está mejor que muchas chicas. ¿Y qué tipo de joven es ella? ¿Es hermosa?"

"Es una joven encantadora, de hecho. La misma Lady Catherine dice que, en cuanto a verdadera belleza, la señorita de Bourgh es muy superior a las más hermosas de su sexo; porque hay algo en sus rasgos que marca a la joven de nacimiento distinguido. Desafortunadamente, tiene una constitución enfermiza, lo que le ha impedido avanzar en muchas habilidades que de otro modo no habría fallado en adquirir, según me informa la señora que supervisó su educación y que aún reside con ellas. Pero es perfectamente amable, y a menudo se digna a pasar por mi humilde morada en su pequeño faetón y ponis."

"¿Ha sido presentada? No recuerdo su nombre entre las damas de la corte."

"Su indiferente estado de salud, desgraciadamente, le impide estar en la ciudad; y por ese medio, como le comenté un día a Lady Catherine, ha privado a la Corte Británica de su más brillante adorno. Su Señoría parecía complacida con la idea; y puede imaginar que siempre estoy feliz de ofrecer esos pequeños y delicados cumplidos que siempre son bien recibidos por las damas. He observado más de una vez a Lady Catherine que su encantadora hija parecía nacida para ser duquesa; y que el rango más elevado, en lugar de darle importancia, sería adornado por ella. Estas son las pequeñas cosas que agradan a su Señoría, y es una atención que considero particularmente obligada a ofrecer."

"Juzgas muy acertadamente," dijo el Sr. Bennet; "y es una suerte para ti que poseas el talento de halagar con delicadeza. ¿Puedo preguntar si estas atenciones agradables surgen del impulso del momento, o son el resultado de un estudio previo?"

"Surgen principalmente de lo que sucede en el momento; y aunque a veces me divierto sugiriendo y organizando pequeños cumplidos elegantes que puedan adaptarse a ocasiones ordinarias, siempre deseo darles un aire lo más espontáneo posible."

Las expectativas del Sr. Bennet se cumplieron por completo. Su primo era tan absurdo como había esperado; y lo escuchó con el mayor disfrute, manteniendo al mismo tiempo la más resuelta compostura en su rostro y, excepto en una mirada ocasional hacia Elizabeth, no requería compañía en su placer.

Sin embargo, para la hora del té, la dosis había sido suficiente, y el Sr. Bennet se alegró de llevar a su invitado de vuelta al salón, y cuando el té terminó, se alegró de invitarlo para leer en voz alta para las damas. El Sr. Collins asentó con gusto, y se produjo un libro; pero al verlo (pues todo indicaba que era de una biblioteca de circulación) retrocedió, y, pidiendo perdón, protestó que nunca leía novelas. Kitty lo miró fijamente, y Lydia exclamó. Se produjeron otros libros, y tras alguna deliberación, eligió "Sermones de Fordyce". Lydia se quedó boquiabierta mientras él abría el volumen; y antes de que, con una solemne monotonía, hubiera leído tres páginas, ella lo interrumpió con:

"¿Sabes, mamá, que mi tío Philips habla de despedir a Richard? Y si lo hace, el Coronel Forster lo contratará. Mi tía me lo dijo el sábado pasado. Mañana iré a Meryton para saber más sobre eso y para preguntar cuándo vuelve el Sr. Denny de la ciudad."

Lydia fue reprendida por sus dos hermanas mayores para que se callara; pero el Sr. Collins, muy ofendido, dejó a un lado su libro y dijo:

"Con frecuencia he observado cuán poco les interesan a las jóvenes los libros de carácter serio, aunque estén escritos solo para su beneficio. Me sorprende, lo confieso; pues ciertamente no puede haber nada tan ventajoso para ellas como la instrucción. Pero no voy a importunar más a mi joven prima."

Luego, volviéndose hacia el Sr. Bennet, se ofreció como su antagonista en el backgammon. El Sr. Bennet aceptó el desafío, observando que actuaba con mucha sabiduría al dejar a las chicas en sus propias distracciones. La Sra. Bennet y sus hijas se disculparon muy cortésmente por la interrupción de Lydia, y prometieron que no volvería a ocurrir, si él reanudaba su lectura; pero el Sr. Collins, después de asegurarles que no guardaba rencor hacia su joven prima y que nunca consideraría su comportamiento como un agravio, se sentó en otra mesa con el Sr. Bennet y se preparó para jugar al backgammon.

❦ 15 ❦

El SEÑOR COLLINS no era un hombre sensato, y la deficiencia de su naturaleza había sido poco asistida por la educación o la sociedad; la mayor parte de su vida había transcurrido bajo la guía de un padre analfabeto y avaro; y aunque pertenecía a una de las universidades, solo había cumplido con los términos necesarios sin formar en ella ningún vínculo útil. La sumisión en la que su padre lo había criado le había dado originalmente una gran humildad de maneras; pero ahora esto se veía bastante contrarrestado por la vanidad de una mente débil, viviendo en el retiro, y los sentimientos consecuentes de una prosperidad temprana e inesperada. Una afortunada coincidencia lo había recomendado a Lady Catherine de Bourgh cuando la parroquia de Hunsford estaba vacante; y el respeto que sentía por su alta posición, junto con su veneración por ella como su patrona, se mezclaban con una muy buena opinión de sí mismo, de su autoridad como clérigo y de su derecho como rector, lo que lo convertía en una mezcla de orgullo y servilismo, de autoimportancia y humildad.

Ahora que tenía una buena casa y un ingreso muy suficiente, tenía la intención de casarse; y al buscar una reconciliación con la familia Longbourn tenía en mente una esposa, ya que pensaba elegir a una de las hijas, si las encontraba tan hermosas y amables como se las representaba en los rumores comunes. Este era su plan de enmienda—de expiación—por heredar la propiedad de su padre; y lo consideraba un excelente plan, lleno de elegibilidad y adecuación, y excesivamente generoso y desinteresado de su parte.

Su plan no varió al verlas. El hermoso rostro de la señorita Bennet confirmó sus opiniones y estableció todas sus más estrictas nociones sobre lo que era debido a la senioridad; y para la primera velada, ella fue su elección definitiva. Sin embargo, la mañana siguiente trajo un cambio; pues en un tête-à-tête de un cuarto de hora con la señora Bennet antes del desayuno, una conversación que comenzó con su casa parroquial y que condujo naturalmente a la declaración de sus esperanzas de que se pudiera encontrar una ama para ella en Longbourn, le produjo, entre sonrisas muy complacientes y un aliento general, una advertencia contra la misma Jane que había elegido. "En cuanto a sus hijas menores, no podía asegurarlo—no podía responder de manera positiva—pero no sabía de ninguna predisposición;—su hija mayor debía mencionarla—sentía que era su deber insinuar, que probablemente iba a comprometerse muy pronto."

El señor Collins solo tuvo que cambiar de Jane a Elizabeth—y pronto se hizo—hecho mientras la señora Bennet movía el fuego. Elizabeth, igualmente próxima a Jane en nacimiento y belleza, la sucedió, por supuesto.

La señora Bennet atesoró la insinuación y confió en que pronto tendría dos hijas casadas; y el hombre del que no podía soportar hablar el día anterior, ahora estaba muy bien considerado por ella.

La intención de Lydia de caminar hacia Meryton no fue olvidada: todas las hermanas, excepto Mary, acordaron acompañarla; y el Sr. Collins debía unirse a ellas, a petición del Sr. Bennet, quien estaba muy ansioso por deshacerse de él y tener su biblioteca para sí mismo; porque allí el Sr. Collins lo había seguido después del desayuno, y allí continuaría, nominalmente ocupado con uno de los folios más grandes de la colección, pero realmente hablando con el Sr. Bennet, con poca cesación, sobre su casa y jardín en Hunsford. Tales comportamientos incomodaban enormemente al Sr. Bennet. En su biblioteca siempre había estado seguro de tener tiempo y tranquilidad; y aunque estaba preparado, como le dijo a Elizabeth, para encontrarse con necedades y vanidad en cualquier otra habitación de la casa, estaba acostumbrado a estar libre de ellas allí: su cortesía, por lo tanto, fue muy pronta al invitar al Sr. Collins a unirse a sus hijas en su paseo; y el Sr. Collins, siendo en realidad mucho más adecuado para caminar que para leer, se sintió extremadamente complacido de cerrar su gran libro y marcharse.

Entre pomposas trivialidades de su parte y asentimientos civiles por parte de sus primas, su tiempo pasó hasta que entraron en Meryton. La atención de las más jóvenes ya no podía ser captada por él. Sus ojos comenzaron a vagar inmediatamente por la calle en busca de los oficiales, y nada menos que un sombrero muy elegante, de hecho, o un muslín realmente nuevo en una vitrina, podría volver a llamar su atención.

Pero la atención de todas las damas fue pronto capturada por un joven, a quien nunca habían visto antes, de aspecto muy caballeroso, que caminaba con un oficial al otro lado de la calle. El oficial era el mismo Sr. Denny sobre el regreso del cual Lydia había venido a preguntar, y él se inclinó al pasar. Todas quedaron impresionadas por la presencia del extraño, todos se preguntaban quién podría ser; y Kitty y Lydia, decididas a averiguarlo si era posible, tomaron la delantera cruzando la calle, bajo el pretexto de querer algo en una tienda opuesta, y afortunadamente acababan de alcanzar la acera, cuando los dos caballeros, al girar, llegaron al mismo lugar. El Sr. Denny se dirigió a ellas directamente y solicitó permiso para presentar a su amigo, el Sr. Wickham, quien había regresado con él el día anterior de la ciudad y, se alegraba de decir, había aceptado un cargo en su cuerpo. Esto era exactamente lo que se esperaba; porque el joven solo necesitaba un uniforme para hacerlo completamente encantador. Su apariencia jugaba a su favor: tenía todas las mejores características de la belleza, un buen rostro, una buena figura y un trato muy agradable. La presentación fue seguida de su parte por una feliz disposición a conversar, una disposición que al mismo tiempo era perfectamente correcta y modesta; y todo el grupo aún estaba de pie y hablando juntos de manera muy amena, cuando el sonido de caballos llamó su atención, y Darcy y Bingley fueron vistos cabalgando por la calle. Al distinguir a las damas del grupo, los dos caballeros se acercaron directamente a ellas y comenzaron las habituales cortesías. Bingley fue el principal portavoz, y la Srta. Bennet el principal objeto. Él dijo que estaba en camino a Longbourn con el propósito de preguntar por ella. El Sr. Darcy lo corroboró con una inclinación, y estaba comenzando a decidir no fijar sus ojos en Elizabeth, cuando fueron de repente detenidos por la vista del extraño; y Elizabeth, al darse cuenta de la expresión de ambos al mirarse, quedó asombrada por el efecto del encuentro. Ambos cambiaron de color, uno se puso pálido, el otro rojo. El Sr. Wickham, después de unos momentos, se tocó el sombrero—un saludo que el Sr. Darcy apenas se dignó a devolver. ¿Qué podría significar esto? Era imposible imaginarlo; era imposible no desear saber.

En otro minuto, el Sr. Bingley, pero sin parecer haber notado lo que había sucedido, se despidió y continuó su camino con su amigo.

El Sr. Denny y el Sr. Wickham acompañaron a las jóvenes hasta la puerta de la casa del Sr. Philips, y luego hicieron una reverencia, a pesar de las insistentes súplicas de la Srta. Lydia para que entraran, e incluso a pesar de que la Sra. Philips levantó la ventana del salón y secundó la invitación en voz alta.

La señora Philips siempre se alegraba de ver a sus sobrinas; y las dos mayores, por su reciente ausencia, eran especialmente bienvenidas. Ella expresaba con entusiasmo su sorpresa por su repentina vuelta a casa, la cual, como su propia carruajes no las había ido a buscar, no habría sabido nada si no hubiera visto por casualidad al aprendiz de la tienda del señor Jones en la calle, quien le había dicho que no iban a enviar más carros a Netherfield, porque las señoritas Bennet se habían ido, cuando su cortesía fue reclamada hacia el señor Collins por la presentación de Jane. Lo recibió con toda su mejor cortesía, a la que él respondió con aún más, disculpándose por su intrusión, sin tener conocimiento previo de ella, aunque no podía evitar engañarse creyendo que su relación con las jóvenes que lo presentaron podría justificarlo. La señora Philips se sintió completamente impresionada por tal exceso de educación; pero su contemplación de un extraño pronto fue interrumpida por exclamaciones y preguntas sobre el otro, de quien, sin embargo, solo podía decirles a sus sobrinas lo que ya sabían, que el señor Denny lo había traído de Londres y que iba a recibir un nombramiento como teniente en el ———shire. Ella había estado observándolo la última hora, dijo, mientras él caminaba de un lado a otro por la calle; y si el señor Wickham hubiera aparecido, Kitty y Lydia ciertamente habrían continuado con la ocupación; pero, desafortunadamente, nadie pasaba ahora por las ventanas, excepto algunos de los oficiales, quienes, en comparación con el extraño, se habían vuelto "tontos, tipos desagradables". Algunos de ellos iban a cenar con los Philips al día siguiente, y su tía prometió hacer que su esposo visitara al señor Wickham y le extendiera una invitación también, si la familia de Longbourn venía por la noche. Esto fue acordado; y la señora Philips protestó que tendrían un agradable y ruidoso juego de boletos de lotería, y un poco de cena caliente después. La perspectiva de tales deleites era muy reconfortante, y se despidieron con buen ánimo mutuo. El señor Collins repitió sus disculpas al abandonar la habitación, y se le aseguró, con inagotable cortesía, que eran perfectamente innecesarias.

Mientras caminaban a casa, Elizabeth le relató a Jane lo que había visto pasar entre los dos caballeros; pero aunque Jane habría defendido a uno o a ambos, si hubieran parecido estar equivocados, no pudo explicar tal comportamiento más que su hermana.

El regreso del Sr. Collins complació mucho a la Sra. Bennet al admirar los modales y la cortesía de la Sra. Philips. Protestó que, excepto por Lady Catherine y su hija, nunca había visto a una mujer más elegante; pues no solo lo recibió con la mayor cortesía, sino que incluso lo incluyó de manera evidente en su invitación para la próxima noche, a pesar de que antes no lo conocía en absoluto. Supuso que algo podría atribuirse a su conexión con ellos, pero aún así nunca había recibido tanta atención en toda su vida.

❧ 16 ❧

Como no se presentó objeción al compromiso de los jóvenes con su tía, y todos los escrúpulos del Sr. Collins sobre dejar a los Sres. Bennet por una sola noche durante su visita fueron resistidos de manera firme, la carruaje lo llevó a él y a sus cinco primas a Meryton a una hora adecuada; y las chicas tuvieron el placer de escuchar, al entrar en el salón, que el Sr. Wickham había aceptado la invitación de su tío, y que estaba en la casa.

Cuando se dio esta información y todos tomaron asiento, el señor Collins tuvo tiempo para mirar a su alrededor y admirar. Quedó tan impresionado por el tamaño y el mobiliario del apartamento que declaró que casi podría haberse imaginado en el pequeño salón de desayuno de verano en Rosings; una comparación que al principio no le proporcionó mucho agrado. Pero cuando la señora Philips entendió por él qué era Rosings y quién era su propietario, cuando escuchó la descripción de solo una de las salas de estar de Lady Catherine, y descubrió que solo la chimenea había costado ochocientos libras, sintió toda la fuerza del cumplido y apenas habría resentido una comparación con el cuarto de la ama de llaves.

Al describirle toda la grandeza de Lady Catherine y su mansión, con ocasionales digresiones en alabanza de su propia morada humilde y las mejoras que estaba recibiendo, se ocupó felizmente hasta que los caballeros se unieron a ellos; y encontró en la señora Philips una oyente muy atenta, cuya opinión sobre su importancia aumentaba con lo que escuchaba, y que estaba resolviendo contar todo entre sus vecinas tan pronto como pudiera. Para las chicas, que no podían escuchar a su primo y que no tenían más que desear un instrumento y examinar sus propias imitaciones indiferentes de porcelana en la repisa de la chimenea, el intervalo de espera parecía muy largo. Sin embargo, finalmente terminó. Los caballeros se acercaron: y cuando el señor Wickham entró en la habitación, Elizabeth sintió que no lo había estado viendo antes, ni pensando en él desde entonces, con el más mínimo grado de admiración irrazonable. Los oficiales del ——shire eran en general un conjunto muy digno y caballeroso, y los mejores de ellos estaban en la fiesta presente; pero el señor Wickham estaba muy por encima de todos ellos en persona, expresión, porte y andar, tanto como ellos eran superiores al tío Philips, de cara ancha y aspecto pesado, que respiraba vino de Oporto, y que los seguía al entrar en la habitación.

El señor Wickham era el hombre afortunado hacia el cual casi todas las miradas femeninas se dirigían, y Elizabeth era la mujer afortunada junto a quien finalmente se sentó; y la manera agradable en que inmediatamente comenzó a conversar, aunque solo fuera sobre que era una noche lluviosa y la probabilidad de una temporada de lluvias, le hizo sentir que el tema más común, aburrido y trillado podía volverse interesante por la habilidad del hablante.

Con rivales tan destacados para la atención de las damas como el Sr. Wickham y los oficiales, el Sr. Collins parecía hundirse en la insignificancia; para las jóvenes, ciertamente no era nada; pero aún tenía, de vez en cuando, una oyente amable en la Sra. Philips, quien, gracias a su vigilancia, le proporcionaba abundantemente café y bizcochos.

Cuando se colocaron las mesas de cartas, tuvo la oportunidad de hacerle un favor, a cambio, al sentarse a jugar al whist.

"Sé poco del juego en este momento," dijo él, "pero estaré encantado de mejorarme; porque en mi situación de vida——" La Sra. Philips estaba muy agradecida por su cumplimiento, pero no pudo esperar a que él explicara su razón.

El Sr. Wickham no jugaba al whist y fue recibido con gran alegría en la otra mesa, entre Elizabeth y Lydia. Al principio, parecía haber el peligro de que Lydia lo acaparara por completo, ya que era una conversadora muy decidida; pero, siendo también extremadamente aficionada a los boletos de lotería, pronto se interesó demasiado en el juego, demasiado ansiosa por hacer apuestas y exclamaciones por los premios, como para prestar atención a alguien en particular. Teniendo en cuenta las demandas comunes del juego, el Sr. Wickham, por lo tanto, tuvo tiempo para hablar con Elizabeth, y ella estaba muy dispuesta a escucharlo, aunque lo que principalmente deseaba oír no podía esperar que se lo dijeran: la historia de su relación con el Sr. Darcy. No se atrevía ni a mencionar a ese caballero. Sin embargo, su curiosidad se vio inesperadamente aliviada. El Sr. Wickham comenzó el tema él mismo. Preguntó qué tan lejos estaba Netherfield de Meryton; y, después de recibir su respuesta, preguntó de manera vacilante cuánto tiempo había estado el Sr. Darcy allí.

"Alrededor de un mes," dijo Elizabeth; y luego, sin querer dejar caer el tema, añadió: "es un hombre de muy gran propiedad en Derbyshire, según tengo entendido."

"Sí," respondió Wickham; "su propiedad allí es noble. Un ingreso claro de diez mil al año. No podrías haber encontrado a una persona más capaz de darte información precisa sobre eso que yo, ya que he estado vinculado a su familia de una manera particular desde mi infancia."

Elizabeth no pudo evitar verse sorprendida.

"Es comprensible que estés sorprendida, señorita Bennet, por tal afirmación, después de haber presenciado, como probablemente lo hiciste, la fría manera en que nos encontramos ayer. ¿Conoces bien al señor Darcy?"

"Tanto como desearía conocerlo," exclamó Elizabeth, con calidez. "He pasado cuatro días en la misma casa que él, y lo considero muy desagradable."

"No tengo derecho a opinar," dijo Wickham, "sobre si es agradable o no. No estoy calificado para formarme una opinión. Lo he conocido demasiado tiempo y demasiado bien para ser un juez justo. Me es imposible ser imparcial. Pero creo que tu opinión sobre él generalmente asombraría, y quizás no la expresarías con tanta fuerza en ningún otro lugar. Aquí estás en tu propia familia."

"Te juro que no digo más aquí de lo que podría decir en cualquier casa del vecindario, excepto en Netherfield. No es en absoluto querido en Hertfordshire. Todos están disgustados con su orgullo. No encontrarás a nadie que hable de él favorablemente."

"No puedo pretender estar triste," dijo Wickham, después de una breve interrupción, "porque él o cualquier hombre no sea estimado más allá de sus méritos; pero con él creo que no sucede a menudo. El mundo está cegado por su fortuna y su posición, o asustado por sus modales altos e imponentes, y solo lo ve como él elige ser visto."

"Yo lo tomaría, incluso con mi escasa relación, por un hombre de mal carácter."

Wickham solo sacudió la cabeza.

"Me pregunto," dijo él, en la siguiente oportunidad de hablar, "si es probable que esté en este país mucho más tiempo."

"No lo sé en absoluto; pero no oí nada sobre su marcha cuando estuve en Netherfield. Espero que tus planes a favor de la ——shire no se vean afectados por su presencia en la vecindad."

"Oh no—no soy yo quien debe ser apartado por el señor Darcy. Si él desea evitar verme, debe irse. No estamos en términos amistosos, y siempre me causa dolor encontrarme con él, pero no tengo motivo para evitarlo más que lo que podría proclamar a todo el mundo: un sentido de un gran agravio y los más dolorosos lamentos por lo que él es. Su padre, señorita Bennet, el difunto señor Darcy, fue uno de los mejores hombres que jamás haya existido y el amigo más verdadero que he tenido; y nunca podré estar en compañía de este señor Darcy sin sentirme afligido hasta el alma por mil recuerdos entrañables. Su comportamiento hacia mí ha sido escandaloso; pero creo firmemente que podría perdonarle cualquier cosa y todo, más bien que decepcionar las esperanzas y deshonrar la memoria de su padre."

Elizabeth sintió que el interés del tema aumentaba y escuchó con todo su corazón; pero la delicadeza del asunto le impidió hacer más preguntas.

El señor Wickham comenzó a hablar sobre temas más generales, Meryton, la vecindad, la sociedad, mostrando estar muy complacido con todo lo que había visto hasta ahora y hablando de esta última, especialmente, con una galantería suave pero muy inteligible.

"Fue la perspectiva de una sociedad constante, y de buena sociedad," añadió, "lo que fue mi principal incentivo para entrar en el ——shire. Sé que es un cuerpo muy respetable y agradable; y mi amigo Denny me tentó aún más con su relato sobre sus actuales cuarteles y las grandes atenciones y excelentes amistades que Meryton les había procurado. La sociedad, lo confieso, es necesaria para mí. He sido un hombre decepcionado, y mis ánimos no soportan la soledad. Necesito tener ocupación y compañía. Una vida militar no es lo que estaba destinado a ser, pero las circunstancias ahora la han hecho viable. La iglesia debió haber sido mi profesión; fui educado para la iglesia; y en este momento debería haber estado en posesión de una vida muy valiosa, si es que al caballero del que hablábamos justo ahora le hubiera placido."

"¡De veras!"

"Sí, el difunto señor Darcy me legó la siguiente presentación de la mejor vida en su poder. Era mi padrino y estaba extremadamente unido a mí. No puedo hacer justicia a su bondad. Tenía la intención de proveerme suficientemente, y pensó que lo había hecho; pero cuando la vida quedó vacante, fue otorgada a otra persona."

"¡Dios mío!" exclamó Elizabeth; "¿pero cómo pudo ser eso? ¿Cómo pudo ser ignorada su voluntad? ¿Por qué no buscaste una reparación legal?"

"Había tal informalidad en los términos del legado que no me daba esperanza alguna en la ley. Un hombre de honor no podría haber dudado de la intención, pero el señor Darcy eligió dudarlo—o tratarlo como una mera recomendación condicional, y afirmar que había perdido todo derecho a ello por extravagancia, imprudencia, en resumen, por cualquier cosa o nada. Ciertamente, el beneficio quedó vacante hace dos años, justo cuando yo tenía la edad adecuada para ocuparlo, y que fue otorgado a otro hombre; y no menos cierto es que no puedo acusarme de haber hecho realmente nada que mereciera perderlo. Tengo un temperamento cálido e impulsivo, y quizás a veces he expresado mi opinión sobre él, y también a él, con demasiada libertad. No puedo recordar nada peor. Pero el hecho es que somos hombres muy diferentes, y él me odia."

"¡Esto es bastante impactante! Merece ser deshonrado públicamente."

"En algún momento lo será—pero no será por mi mano. Hasta que pueda olvidar a su padre, nunca podré desafiarlo ni exponerlo."

Elizabeth lo honró por tales sentimientos y lo consideró más apuesto que nunca al expresarlos.

"Pero, ¿qué," dijo ella, tras una pausa, "puede haber sido su motivo? ¿qué puede haberlo inducido a comportarse de manera tan cruel?"

"Un desagrado absoluto y decidido hacia mí—un desagrado que no puedo evitar atribuir en cierta medida a los celos. Si el difunto señor Darcy me hubiera tenido en menor estima, su hijo podría haberme soportado mejor; pero el inusual apego de su padre hacia mí lo irritó, creo, desde muy joven. No tenía un temperamento que soportara el tipo de competencia en la que nos encontrábamos—el tipo de preferencia que a menudo se me otorgaba."

"¡No había pensado que el señor Darcy fuera tan malo como esto! Aunque nunca me ha gustado, no había pensado tan mal de él. Supuse que despreciaba a sus semejantes en general, pero no sospechaba que descendiera a tal venganza maliciosa, tal injusticia, tal inhumanidad como esta."

Después de unos minutos de reflexión, continuó: "Recuerdo que un día, en Netherfield, se jactó de la implacabilidad de sus rencores, de su carácter irremisible. Su disposición debe ser espantosa."

"No me fío de mí mismo en este tema," respondió Wickham; "difícilmente puedo ser justo con él."

Elizabeth volvió a sumergirse en sus pensamientos y, tras un tiempo, exclamó: "¡Tratar de tal manera al ahijado, al amigo, al favorito de su padre!" Podría haber añadido: "Un joven también, como tú, cuyo mismo rostro puede dar fe de tu amabilidad." Pero se contentó con decir: "Y uno, además, que probablemente ha sido su compañero desde la infancia, unidos, como creo que dijiste, de la manera más estrecha."

"Nacimos en la misma parroquia, dentro del mismo parque; la mayor parte de nuestra juventud la pasamos juntos: internos de la misma casa, compartiendo los mismos entretenimientos, objetos del mismo cuidado parental. Mi padre comenzó su vida en la profesión a la que su tío, el Sr. Philips, parece hacer tanto honor; pero lo dejó todo para ser útil al difunto Sr. Darcy, y dedicó todo su tiempo al cuidado de la propiedad de Pemberley. Era muy apreciado por el Sr. Darcy, un amigo muy íntimo y de confianza. El Sr. Darcy a menudo reconocía estar bajo la mayor obligación con la activa supervisión de mi padre; y cuando, inmediatamente antes de la muerte de mi padre, el Sr. Darcy le dio una promesa voluntaria de proporcionarme un futuro, estoy convencido de que lo sintió tanto como una deuda de gratitud hacia él como de afecto hacia mí."

"¡Qué extraño!" exclamó Elizabeth. "¡Qué abominable! Me pregunto cómo el mismo orgullo de este Sr. Darcy no ha hecho que sea justo contigo. Si no por un mejor motivo, al menos no debería haber sido tan orgulloso como para ser deshonesto, porque a eso debo llamarlo deshonestidad."

"Es maravilloso," respondió Wickham; "pues casi todas sus acciones pueden rastrearse hasta el orgullo; y el orgullo a menudo ha sido su mejor amigo. Lo ha conectado más estrechamente con la virtud que cualquier otro sentimiento. Pero ninguno de nosotros somos consistentes; y en su comportamiento conmigo hubo impulsos más fuertes incluso que el orgullo."

"¿Puede un orgullo tan abominable como el suyo haberle hecho algún bien?"

"Sí; a menudo le ha llevado a ser generoso y liberal; a dar su dinero libremente, a mostrar hospitalidad, a ayudar a sus inquilinos y a aliviar a los pobres. El orgullo familiar, y el orgullo filial, ya que está muy orgulloso de lo que fue su padre, han hecho esto. No querer parecer que deshonra a su familia, que se degrada de las cualidades populares o perder la influencia de la Casa Pemberley, es un poderoso motivo. También tiene orgullo fraternal, que, junto con un cierto afecto fraternal, lo convierte en un muy amable y cuidadoso guardián de su hermana; y generalmente lo escucharás alabado como el hermano más atento y mejor."

"¿Qué tipo de chica es la señorita Darcy?"

Él sacudió la cabeza. "Desearía poder llamarla amable. Me duele hablar mal de una Darcy; pero es demasiado parecida a su hermano, muy, muy orgullosa. De niña, era cariñosa y agradable, y extremadamente aficionada a mí; y he dedicado horas y horas a su diversión. Pero ahora no significa nada para mí. Es una chica guapa, de unos quince o dieciséis años, y, según entiendo, muy talentosa. Desde la muerte de su padre, su hogar ha sido Londres, donde vive con una dama que se encarga de su educación."

Después de muchas pausas y muchos intentos de cambiar de tema, Elizabeth no pudo evitar volver una vez más al primero y decir:—

"Estoy asombrada de su intimidad con el señor Bingley. ¿Cómo puede el señor Bingley, que parece ser la buena disposición en persona y que, realmente creo, es verdaderamente amable, ser amigo de un hombre así? ¿Cómo pueden llevarse bien? ¿Conoces al señor Bingley?"

"Para nada."

"Es un hombre de buen carácter, amable y encantador. No puede saber lo que es el señor Darcy."

"Probablemente no; pero el Sr. Darcy puede agradar donde elige. No le faltan habilidades. Puede ser un compañero conversador si considera que vale la pena. Entre aquellos que son, en consecuencia, sus iguales, es un hombre muy diferente de lo que es con los menos afortunados. Su orgullo nunca lo abandona; pero con los ricos es de mente abierta, justo, sincero, racional, honorable y, quizás, agradable, —teniendo en cuenta algo de fortuna y figura."

La partida de whist se rompió poco después, los jugadores se reunieron alrededor de la otra mesa, y el Sr. Collins tomó su lugar entre su prima Elizabeth y la Sra. Philips. La última hizo las habituales preguntas sobre su éxito. No había sido muy grande; había perdido cada partida; pero cuando la Sra. Philips comenzó a expresar su preocupación al respecto, él le aseguró, con mucha gravedad, que no era de la menor importancia; que consideraba el dinero como una mera bagatela, y le rogó que no se molestara.

"Sé muy bien, señora," dijo él, "que cuando las personas se sientan a una mesa de cartas deben aceptar la posibilidad de estas cosas, —y afortunadamente no estoy en circunstancias que hagan de cinco chelines un objeto. Sin duda, hay muchos que no podrían decir lo mismo; pero, gracias a Lady Catherine de Bourgh, estoy muy por encima de la necesidad de preocuparme por cuestiones triviales."

La atención del Sr. Wickham se despertó; y después de observar al Sr. Collins durante unos momentos, le preguntó a Elizabeth en voz baja si sus parientes estaban muy íntimamente relacionados con la familia de De Bourgh.

"Lady Catherine de Bourgh," respondió ella, "le ha dado muy recientemente un beneficio. Apenas sé cómo se presentó por primera vez a su atención, pero ciertamente no lo conoce desde hace mucho."

"Sabes, por supuesto, que Lady Catherine de Bourgh y Lady Anne Darcy eran hermanas; por lo tanto, ella es tía del actual Mr. Darcy."

"No, en absoluto, no lo sabía. No sabía nada en absoluto sobre las conexiones de Lady Catherine. Nunca escuché sobre su existencia hasta anteayer."

"Su hija, la señorita de Bourgh, tendrá una fortuna muy grande, y se cree que ella y su primo unirán las dos propiedades."

Esta información hizo sonreír a Elizabeth, ya que pensó en la pobre señorita Bingley. Deben ser vanos todos sus esfuerzos, vanas e inútiles su afecto por su hermana y sus alabanzas hacia él, si ya está destinado a otra.

"El señor Collins," dijo ella, "habla muy bien tanto de Lady Catherine como de su hija; pero, por algunos detalles que ha relatado sobre su Ladyship, sospecho que su gratitud lo engaña; y que, a pesar de ser su patrocinadora, ella es una mujer arrogante y vanidosa."

"Yo creo que es ambas cosas en gran medida," respondió Wickham; "no la he visto en muchos años; pero recuerdo muy bien que nunca me cayó bien, y que sus modales eran dictatoriales e insolentes. Tiene la reputación de ser notablemente sensata e inteligente; pero creo que deriva parte de sus habilidades de su rango y fortuna, parte de su manera autoritaria, y el resto del orgullo de su sobrino, quien elige que todos los que están conectados con él tengan un entendimiento de primer nivel."

Elizabeth reconoció que él había dado una explicación muy racional al respecto, y continuaron conversando juntos con satisfacción mutua hasta que la cena puso fin a las cartas y dio a las demás damas su parte de las atenciones del Sr. Wickham. No podía haber conversación en el ruido de la cena de la Sra. Philips, pero sus modales lo recomendaban a todos. Todo lo que decía, lo decía bien; y todo lo que hacía, lo hacía con gracia. Elizabeth se fue con la cabeza llena de él. No podía pensar en otra cosa que en el Sr. Wickham y en lo que le había contado, todo el camino a casa; pero no hubo tiempo ni siquiera para mencionar su nombre mientras iban, ya que ni Lydia ni el Sr. Collins guardaron silencio ni una vez. Lydia hablaba incesantemente de boletos de lotería, de los peces que había perdido y de los peces que había ganado; y el Sr. Collins, al describir la cortesía del Sr. y la Sra. Philips, protestando que no le preocupaban en absoluto sus pérdidas en el whist, enumerando todos los platos de la cena, y temiendo repetidamente que estaba apretando a sus primas, tenía más que decir de lo que podía manejar antes de que la carruaje se detuviera en Longbourn House.

🏵 17 🏵

ELIZABETH se refirió a lo que había pasado entre el Sr. Wickham y ella al día siguiente. Jane escuchó con asombro y preocupación: no sabía cómo creer que el Sr. Darcy pudiera ser tan indigno de la estima del Sr. Bingley; y, sin embargo, no era en su naturaleza cuestionar la veracidad de un joven de tan amable apariencia como Wickham. La posibilidad de que realmente hubiera soportado tal crueldad era suficiente para despertar todos sus sentimientos tiernos; y, por lo tanto, no quedaba más que pensar bien de ambos, defender la conducta de cada uno y atribuir a un accidente o error lo que no pudiera explicarse de otra manera.

"Ambos," dijo ella, "han sido engañados, estoy segura, de alguna manera que no podemos imaginar. Personas interesadas quizás han tergiversado a cada uno ante el otro. En resumen, es imposible que podamos conjeturar las causas o circunstancias que pudieron haberlos alejado, sin culpa real de ninguna de las partes."

"Es muy cierto; y ahora, querida Jane, ¿qué tienes que decir en defensa de las personas interesadas que probablemente han estado involucradas en el asunto? Acláralos también, o nos veremos obligadas a pensar mal de alguien."

"Ríe tanto como quieras, pero no me harás cambiar de opinión. Mi querida Lizzy, considera en qué luz tan vergonzosa coloca al Sr. Darcy el tratar de esa manera a la persona favorita de su padre, a quien su padre había prometido proveer. Es imposible. Ningún hombre de común humanidad, ningún hombre que valorara su carácter, podría ser capaz de ello. ¿Pueden sus amigos más íntimos estar tan excesivamente engañados sobre él? Oh, no."

"Puedo creer mucho más fácilmente que el señor Bingley haya sido engañado que que el señor Wickham se hubiera inventado una historia como la que me contó anoche; nombres, hechos, todo mencionado sin ceremonia. Si no es así, que el señor Darcy lo contradiga. Además, había verdad en su mirada."

"Es difícil, de verdad; es angustiante. Uno no sabe qué pensar."

"Le pido disculpas;—uno sabe exactamente qué pensar."

Pero Jane solo podía pensar con certeza en un punto: que el señor Bingley, si había sido engañado, sufriría mucho cuando el asunto se hiciera público.

Las dos jóvenes fueron convocadas desde el seto, donde transcurrió esta conversación, por la llegada de algunas de las mismas personas de las que habían estado hablando; el señor Bingley y sus hermanas vinieron a dar su invitación personal para el tan esperado baile en Netherfield, que estaba fijado para el siguiente martes. Las dos damas se alegraron de ver a su querida amiga nuevamente, dijeron que había pasado una eternidad desde que se habían encontrado y le preguntaron repetidamente qué había estado haciendo desde su separación. A los demás miembros de la familia les prestaron poca atención; evitando a la señora Bennet tanto como fuera posible, diciendo no mucho a Elizabeth y nada en absoluto a los demás. Pronto se fueron de nuevo, levantándose de sus asientos con una actividad que sorprendió a su hermano y apresurándose como si tuvieran prisa por escapar de las cortesías de la señora Bennet.

La perspectiva del baile de Netherfield era extremadamente agradable para todas las mujeres de la familia. La Sra. Bennet decidió considerarlo como un homenaje a su hija mayor y se sintió especialmente halagada al recibir la invitación del propio Sr. Bingley, en lugar de una tarjeta ceremoniosa. Jane se imaginaba una feliz velada en compañía de sus dos amigas y con las atenciones de su hermano; mientras que Elizabeth pensaba con placer en bailar mucho con el Sr. Wickham y en ver una confirmación de todo en la mirada y el comportamiento del Sr. Darcy. La felicidad que anticipaban Catherine y Lydia dependía menos de un evento específico o de una persona en particular; pues aunque cada una, al igual que Elizabeth, planeaba bailar la mitad de la velada con el Sr. Wickham, él no era, de ninguna manera, el único compañero que podría satisfacerlas, y un baile era, en cualquier caso, un baile. Incluso Mary podía asegurar a su familia que no tenía ninguna inclinación negativa hacia ello.

"Mientras pueda tener mis mañanas para mí misma," dijo ella, "es suficiente. No creo que sea un sacrificio unirme ocasionalmente a compromisos nocturnos. La sociedad tiene reclamos sobre todos nosotros; y me declaro una de esas personas que consideran que los intervalos de recreación y diversión son deseables para todos."

El ánimo de Elizabeth estaba tan elevado en la ocasión, que aunque no solía hablar innecesariamente con el Sr. Collins, no pudo evitar preguntarle si tenía la intención de aceptar la invitación del Sr. Bingley, y si lo hacía, si consideraría apropiado unirse a las diversiones de la noche; y se sorprendió bastante al descubrir que no tenía ningún escrúpulo al respecto, y que estaba muy lejos de temer una reprimenda, ya sea del Arzobispo o de Lady Catherine de Bourgh, por atreverse a bailar.

"De ninguna manera opino, se lo aseguro," dijo él, "que un baile de este tipo, organizado por un joven de carácter, para personas respetables, pueda tener alguna tendencia maligna; y estoy tan lejos de oponerme a bailar yo mismo, que espero ser honrado con las manos de todas mis queridas primas a lo largo de la velada; y aprovecho esta oportunidad para solicitar la suya, señorita Elizabeth, especialmente para los dos primeros bailes; una preferencia que confío en que mi prima Jane atribuirá a la razón correcta, y no a ninguna falta de respeto hacia ella."

Elizabeth se sintió completamente atrapada. Ella había propuesto estar comprometida con Wickham para esos mismos bailes; ¡y en su lugar, tener a Mr. Collins!—su vivacidad había sido nunca peor sincronizada. Sin embargo, no había más remedio. La felicidad de Mr. Wickham y la suya propia se retrasarían un poco más, y la propuesta de Mr. Collins fue aceptada con la mejor gracia que pudo. No se sentía más complacida con su galantería, a causa de la idea que sugería de algo más. Le llamó la atención que había sido seleccionada entre sus hermanas como digna de ser la señora de la Parroquia de Hunsford, y de ayudar a formar una mesa de cuadrillas en Rosings, en ausencia de visitantes más elegibles. La idea pronto se convirtió en convicción, al observar sus crecientes atenciones hacia ella y escuchar sus frecuentes intentos de elogiar su ingenio y vivacidad; y aunque más sorprendida que complacida por este efecto de sus encantos, no pasó mucho tiempo antes de que su madre le hiciera entender que la probabilidad de su matrimonio era extremadamente agradable para ella. Sin embargo, Elizabeth no quiso tomar la indirecta, siendo bien consciente de que una respuesta seria tendría como consecuencia una disputa. Mr. Collins podría nunca hacer la oferta, y, hasta que lo hiciera, era inútil discutir sobre él.

Si no hubiera habido un baile en Netherfield para prepararse y del que hablar, las jóvenes señoritas Bennet se habrían encontrado en un estado lamentable en este momento; pues, desde el día de la invitación hasta el día del baile, hubo una sucesión de lluvias que impidió que caminaran a Meryton ni una sola vez. No había tía, no había oficiales, no había noticias que buscar; incluso las rosas para los zapatos de Netherfield se obtuvieron por medio de un intermediario. Incluso Elizabeth podría haber encontrado alguna prueba de su paciencia en un clima que suspendía totalmente la mejora de su relación con el Sr. Wickham; y nada menos que un baile el martes podría haber hecho que un viernes, sábado, domingo y lunes así fueran soportables para Kitty y Lydia.

✿ 18 ✿

HASTA que Elizabeth entró en el salón en Netherfield y buscó en vano al Sr. Wickham entre el grupo de abrigos rojos allí reunidos, nunca se le había ocurrido dudar de su presencia. La certeza de encontrarlo no había sido obstaculizada por ninguno de esos recuerdos que no habrían sido irrazonables para alarmarla. Se había vestido con más cuidado de lo habitual y se había preparado con el mejor ánimo para conquistar todo lo que quedaba sin conquistar de su corazón, confiando en que no era más de lo que podría ganarse a lo largo de la velada. Pero en un instante surgió la terrible sospecha de que había sido intencionadamente omitido, para el placer del Sr. Darcy, en la invitación de los Bingley a los oficiales; y aunque este no era exactamente el caso, el hecho absoluto de su ausencia fue proclamado por su amigo el Sr. Denny, a quien Lydia se dirigió con entusiasmo, y quien les dijo que Wickham había tenido que ir a la ciudad por asuntos el día anterior y aún no había regresado; añadiendo, con una sonrisa significativa, —

"No imagino que sus asuntos lo hubieran llamado en este momento, si no hubiera querido evitar a cierto caballero aquí presente."

Esta parte de su información, aunque no fue escuchada por Lydia, fue captada por Elizabeth; y, al asegurarle que Darcy no era menos responsable por la ausencia de Wickham que si su primera suposición hubiera sido correcta, cada sentimiento de desagrado hacia el primero se agudizó tanto por la decepción inmediata que apenas pudo responder con una civilidad tolerable a las corteses preguntas que él se dispuso a hacerle poco después. La atención, la paciencia y la tolerancia hacia Darcy, eran una ofensa para Wickham. Estaba decidida a no mantener ningún tipo de conversación con él y se dio la vuelta con un grado de mal humor que no pudo superar del todo, incluso al hablar con el Sr. Bingley, cuya ciega parcialidad la irritaba.

Pero Elizabeth no estaba hecha para el mal humor; y aunque toda perspectiva de su propia felicidad se había desvanecido para la velada, no pudo permanecer mucho tiempo atrapada en esos pensamientos; y, después de contar todas sus penas a Charlotte Lucas, a quien no había visto en una semana, pronto pudo hacer una transición voluntaria hacia las rarezas de su primo y señalarlo para su particular atención. Sin embargo, los dos primeros bailes le trajeron un regreso de angustia: eran danzas de mortificación. El Sr. Collins, torpe y solemne, pidiendo disculpas en lugar de atender, y moviéndose erróneamente sin darse cuenta, le proporcionó toda la vergüenza y miseria que un compañero desagradable puede causar durante un par de danzas. El momento de su liberación de él fue un éxtasis.

Bailó a continuación con un oficial y tuvo el alivio de hablar sobre Wickham y escuchar que era universalmente apreciado. Cuando esos bailes terminaron, regresó con Charlotte Lucas y estaba conversando con ella cuando se encontró de repente con la atención del Sr. Darcy, quien la sorprendió tanto al pedirle su mano que, sin saber lo que hacía, lo aceptó. Él se alejó de inmediato, y ella se quedó preocupada por su falta de presencia de ánimo: Charlotte intentó consolarla.

"Estoy segura de que lo encontrarás muy agradable."

"¡Dios no lo quiera! ¡Eso sería la mayor desgracia de todas! ¡Encontrar a un hombre agradable a quien uno está decidido a odiar! No me desees tal mal."

Sin embargo, cuando el baile se reanudó y Darcy se acercó para reclamar su mano, Charlotte no pudo evitar advertirle en un susurro que no se comportara como una tonta y que no permitiera que su simpatía por Wickham la hiciera parecer desagradable ante un hombre que tenía muchas veces su importancia. Elizabeth no respondió y tomó su lugar en la formación, asombrada por la dignidad que había alcanzado al ser permitida a estar frente al Sr. Darcy, y leyendo en las miradas de sus vecinos su asombro por verlo. Estuvieron un rato en silencio sin decir una palabra; y ella comenzó a imaginar que su silencio duraría a lo largo de los dos bailes, y al principio estaba decidida a no romperlo; hasta que, de repente, pensando que sería un mayor castigo para su compañero obligarlo a hablar, hizo alguna ligera observación sobre el baile. Él respondió y volvió a quedarse en silencio. Después de una pausa de unos minutos, le dirigió la palabra por segunda vez, con—

"Ahora es tu turno de decir algo, señor Darcy. Yo hablé sobre el baile, y tú deberías hacer algún comentario sobre el tamaño de la sala o el número de parejas."

Él sonrió y le aseguró que cualquier cosa que deseara que dijera, sería dicha.

"Muy bien; esa respuesta servirá por ahora. Quizás, más adelante, observe que los bailes privados son mucho más agradables que los públicos; pero ahora podemos guardar silencio."

"¿Hablas por regla, entonces, mientras bailas?"

"A veces. Uno debe hablar un poco, ya sabes. Sería extraño estar completamente en silencio durante media hora; y, sin embargo, para el beneficio de algunos, la conversación debería organizarse de tal manera que tengan el problema de decir lo menos posible."

"¿Estás consultando tus propios sentimientos en este caso, o imaginas que estás gratificando los míos?"

"Ambos," respondió Elizabeth con picardía; "porque siempre he visto una gran similitud en la forma de nuestras mentes. Ambos tenemos una disposición poco social y taciturna, reacios a hablar, a menos que esperemos decir algo que asombre a toda la sala y se transmita a la posteridad con todo el esplendor de un proverbio."

"Esta no es una semejanza muy notable de tu propio carácter, estoy seguro," dijo él. "Qué tan cerca pueda estar de mine, no puedo pretender decir. Sin duda, piensas que es un retrato fiel."

"No debo decidir sobre mi propia actuación."

Él no respondió; y nuevamente guardaron silencio hasta que terminaron el baile, momento en el que él le preguntó si ella y sus hermanas no caminaban muy a menudo hacia Meryton. Ella respondió afirmativamente; y, incapaz de resistir la tentación, añadió: "Cuando nos encontraste allí el otro día, acabábamos de formar una nueva amistad."

La última parte de este discurso fue apenas escuchada por Darcy; pero la alusión de Sir William a su amigo pareció impactarlo fuertemente, y sus ojos se dirigieron, con una expresión muy seria, hacia Bingley y Jane, que estaban bailando juntos. Sin embargo, recuperándose rápidamente, se volvió hacia su compañera y dijo:

"La interrupción de Sir William me hizo olvidar de qué estábamos hablando."

"No creo que estuviéramos hablando en absoluto. Sir William no podría haber interrumpido a dos personas en la sala que tuvieran menos que decir. Ya hemos intentado dos o tres temas sin éxito, y no puedo imaginar de qué se nos va a hablar a continuación."

"¿Qué piensas de los libros?" dijo él, sonriendo.

"Libros—oh no—¡estoy segura de que nunca leemos los mismos, o no con los mismos sentimientos!"

"Lamento que pienses así; pero si ese es el caso, al menos no puede faltar el tema. Podemos comparar nuestras diferentes opiniones."

"No—no puedo hablar de libros en una sala de baile; mi cabeza siempre está llena de otra cosa."

"¿Siempre te ocupa el presente en tales escenas—no es así?" dijo él, con una expresión de duda.

"Sí, siempre," respondió ella, sin saber lo que decía; pues sus pensamientos se habían alejado mucho del tema, como más adelante apareció cuando exclamó de repente: "Recuerdo haber escuchado que una vez dijiste, Sr. Darcy, que casi nunca perdonabas; que tu resentimiento, una vez creado, era inquebrantable. Eres muy cauteloso, supongo, en cuanto a que se cree ese resentimiento, ¿verdad?"

"Lo soy," dijo él, con voz firme.

"¿Y nunca permites que el prejuicio te ciegue?"

"Espero que no."

"Es especialmente importante para aquellos que nunca cambian de opinión asegurarse de juzgar correctamente desde el principio."

"¿Puedo preguntar a qué tienden estas preguntas?"

"Meramente para ilustrar tu carácter," dijo ella, tratando de deshacerse de su gravedad. "Estoy intentando comprenderte."

"¿Y cuál es tu éxito?"

Ella sacudió la cabeza. "No avanzo en absoluto. Escucho relatos tan diferentes sobre ti que me desconciertan enormemente."

"Puedo creerlo fácilmente," respondió él, gravemente, "que los rumores pueden variar mucho respecto a mí; y desearía, señorita Bennet, que no estuvieras intentando retratar mi carácter en este momento, ya que hay motivos para temer que el resultado no reflejaría bien sobre ninguno de los dos."

"Pero si no tomo tu retrato ahora, puede que nunca tenga otra oportunidad."

"No suspendería de ninguna manera ningún placer tuyo," respondió él fríamente. Ella no dijo más, y continuaron con el siguiente baile y se separaron en silencio; cada uno insatisfecho, aunque no en igual medida; pues en el pecho de Darcy había un sentimiento bastante poderoso hacia ella, que pronto le procuró su perdón y dirigió toda su ira contra otro.

No habían pasado mucho tiempo separados cuando la señorita Bingley se acercó a ella y, con una expresión de desdén civil, la abordó así:—

"Así que, señorita Eliza, he oído que estás bastante encantada con George Wickham. Tu hermana ha estado hablando conmigo sobre él y haciéndome mil preguntas; y descubro que el joven se olvidó de decirte, entre otras cosas, que es el hijo del viejo Wickham, el fallecido mayordomo del señor Darcy. Sin embargo, permíteme recomendarte, como amiga, que no le des una confianza implícita a todas sus afirmaciones; porque, en lo que respecta al mal trato que dice haber recibido de parte del señor Darcy, es completamente falso: por el contrario, siempre ha sido notablemente amable con él, aunque George Wickham ha tratado al señor Darcy de una manera más que infame. No conozco los detalles, pero sé muy bien que el señor Darcy no tiene la menor culpa; que no puede soportar oír mencionar a George Wickham; y que, aunque mi hermano pensó que no podía evitar incluirlo en su invitación a los oficiales, estaba excesivamente contento de encontrar que él se había apartado. Su llegada al país es, de hecho, algo muy insolente, y me pregunto cómo pudo atreverse a hacerlo. Te compadezco, señorita Eliza, por este descubrimiento de la culpa de tu favorito; pero realmente, considerando su origen, no se podría esperar algo mucho mejor."

"Su culpa y su origen parecen, según tu relato, ser lo mismo," dijo Elizabeth, enojada; "pues he oído que lo acusas de nada peor que de ser el hijo del mayordomo del señor Darcy, y de eso, puedo asegurarte, él me lo informó personalmente."

"Te pido disculpas," respondió la señorita Bingley, apartándose con una mueca. "Perdona mi intervención; fue bienintencionada."

"¡Chica insolente!" se dijo Elizabeth a sí misma. "Estás muy equivocada si esperas influenciarme con un ataque tan mezquino como este. No veo nada en ello más que tu propia ignorancia obstinada y la malicia del Sr. Darcy." Luego buscó a su hermana mayor, quien se había comprometido a hacer indagaciones sobre el mismo tema de Bingley. Jane la recibió con una sonrisa de tal complacencia dulce, un brillo de tal expresión feliz, que marcaba suficientemente lo satisfecha que estaba con los acontecimientos de la velada. Elizabeth leyó instantáneamente sus sentimientos; y, en ese momento, la preocupación por Wickham, el resentimiento contra sus enemigos y todo lo demás, cedieron ante la esperanza de que Jane estuviera en el camino más propicio para la felicidad.

"Quiero saber," dijo ella, con un semblante no menos sonriente que el de su hermana, "qué has aprendido sobre el Sr. Wickham. Pero quizás has estado tan agradablemente ocupada que no has pensado en ningún tercer persona, en cuyo caso puedes estar segura de mi perdón."

"No," respondió Jane, "no lo he olvidado; pero no tengo nada satisfactorio que decirte. El Sr. Bingley no conoce toda su historia, y es completamente ignorante de las circunstancias que han ofendido principalmente al Sr. Darcy; pero él garantizará la buena conducta, la probidad y el honor de su amigo, y está perfectamente convencido de que el Sr. Wickham ha merecido mucha menos atención del Sr. Darcy de la que ha recibido; y lamento decir que, según su relato, así como el de su hermana, el Sr. Wickham no es en absoluto un joven respetable. Tengo miedo de que ha sido muy imprudente, y ha merecido perder la estima del Sr. Darcy."

"El Sr. Bingley no conoce al Sr. Wickham personalmente."

"No; nunca lo vio hasta la otra mañana en Meryton."

"Esta cuenta, entonces, es lo que ha recibido del Sr. Darcy. Estoy perfectamente satisfecha. Pero, ¿qué dice sobre el beneficio?"

"No recuerda exactamente las circunstancias, aunque las ha oído del Sr. Darcy más de una vez, pero cree que le fue dejado solo de manera condicional."

"No tengo ninguna duda de la sinceridad del Sr. Bingley," dijo Elizabeth con fervor, "pero debes disculparme por no estar convencida solo por afirmaciones. La defensa del Sr. Bingley de su amigo fue, sin duda, muy competente; pero dado que no está familiarizado con varias partes de la historia y ha aprendido el resto de boca de ese amigo, me atreveré a pensar en ambos caballeros como lo hacía antes."

Luego cambió el discurso a uno más gratificante para ambas, y en el que no podría haber diferencia de sentimientos. Elizabeth escuchó con deleite las felices aunque modestas esperanzas que Jane albergaba sobre el afecto de Bingley, y dijo todo lo que estaba en su poder para aumentar su confianza en ello. Cuando se unió a ellas el propio Sr. Bingley, Elizabeth se retiró hacia la Srta. Lucas; a cuya pregunta sobre lo agradable de su último compañero apenas había respondido, antes de que el Sr. Collins se acercara a ellas y le dijera con gran exaltación que había tenido la fortuna de hacer un descubrimiento muy importante.

"Me he dado cuenta," dijo él, "por un singular accidente, de que ahora hay en la sala un pariente cercano de mi patrona. Por casualidad, escuché al caballero mencionando a la joven que hace las honras de esta casa los nombres de su prima, la señorita De Bourgh, y de su madre, Lady Catherine. ¡Qué maravilla cómo ocurren estas cosas! ¡Quién habría pensado que me encontraría—quizás—con un sobrino de Lady Catherine de Bourgh en esta reunión! Estoy muy agradecido de que el descubrimiento se haya hecho a tiempo para que pueda rendirle mis respetos, lo cual estoy a punto de hacer, y confío en que me excuse por no haberlo hecho antes. Mi total ignorancia sobre la conexión debe servir como disculpa."

"¿No vas a presentarte ante el señor Darcy?"

"En efecto, lo haré. Le pediré perdón por no haberlo hecho antes. Creo que él es el sobrino de Lady Catherine. Podré asegurarle que su señoría estaba bastante bien ayer hace una semana."

Elizabeth se esforzó por disuadirlo de tal plan; asegurándole que el señor Darcy consideraría su acercamiento sin presentación como una libertad impertinente, más que como un cumplido a su tía; que no era en absoluto necesario que hubiera ningún aviso de parte de ninguno, y que si lo hubiera, le correspondería al señor Darcy, por ser el superior en consecuencia, iniciar el conocimiento. El señor Collins la escuchó con la determinación de seguir su propia inclinación, y cuando ella dejó de hablar, respondió así,—

"Querida señorita Elizabeth, tengo la más alta opinión de su excelente juicio en todos los asuntos dentro del alcance de su comprensión, pero permítame decir que debe haber una amplia diferencia entre las formas establecidas de ceremonia entre los laicos y aquellas que regulan al clero; porque, permítame observar que considero la oficina clerical como igual en dignidad al más alto rango del reino—siempre que se mantenga una debida humildad en el comportamiento. Por lo tanto, debe permitirme seguir los dictados de mi conciencia en esta ocasión, que me llevan a realizar lo que considero un deber. Disculpe que no haya aprovechado su consejo, que en todos los demás temas será mi guía constante, aunque en el caso que nos ocupa me considero más capacitado por educación y estudio habitual para decidir lo que es correcto que una joven como usted;" y con una reverencia profunda se alejó para dirigirse a Mr. Darcy, cuya recepción de sus avances ella observaba con interés, y cuya sorpresa al ser tratado de esa manera era muy evidente. Su primo empezó su discurso con una solemne reverencia, y aunque ella no pudo oír una palabra, sintió como si lo escuchara todo, y vio en el movimiento de sus labios las palabras "disculpa", "Hunsford" y "Lady Catherine de Bourgh". Le molestaba verlo exponerse a un hombre así. Mr. Darcy lo miraba con asombro desenfrenado; y cuando por fin Mr. Collins le permitió hablar, respondió con un aire de distante cortesía. Sin embargo, Mr. Collins no se desanimó y continuó hablando, y el desprecio de Mr. Darcy parecía aumentar considerablemente con la duración de su segundo discurso; y al final de este solo le hizo una leve inclinación y se alejó: Mr. Collins entonces regresó con Elizabeth.

"No tengo razón, se lo aseguro," dijo él, "para estar insatisfecho con mi recepción. El Sr. Darcy parecía muy complacido con la atención. Me respondió con la mayor cortesía, e incluso me hizo el cumplido de decir que estaba tan convencido de la perspicacia de Lady Catherine que estaba seguro de que nunca podría otorgar un favor de manera indigna. Realmente fue un pensamiento muy elegante. En general, estoy muy complacido con él."

Como Elizabeth ya no tenía intereses propios que perseguir, centró casi por completo su atención en su hermana y en el Sr. Bingley; y la serie de reflexiones agradables que sus observaciones le inspiraban la hacían quizás casi tan feliz como a Jane. La veía, en su imaginación, establecida en esa misma casa, en toda la felicidad que un matrimonio de verdadero afecto podría otorgar; y se sentía capaz, en tales circunstancias, de esforzarse incluso por agradar a las dos hermanas de Bingley. Su madre, como pudo ver claramente, tenía los mismos pensamientos, y decidió no acercarse a ella, por si acaso oía demasiado. Por lo tanto, cuando se sentaron a cenar, consideró que era una perversidad de lo más desafortunada el hecho de que estuvieran tan cerca la una de la otra; y se sintió profundamente molesta al descubrir que su madre estaba hablando con esa única persona (Lady Lucas) de manera libre, abierta, y de nada más que de su expectativa de que Jane pronto se casaría con el Sr. Bingley. Era un tema estimulante, y la Sra. Bennet parecía incapaz de cansarse mientras enumeraba las ventajas de la unión. Que él fuera un joven tan encantador, tan rico, y que viviera a solo tres millas de ellas, eran los primeros puntos de auto-satisfacción; y luego era un gran consuelo pensar en lo mucho que las dos hermanas querían a Jane, y estar segura de que también desearían la conexión tanto como ella. Además, era algo prometedor para sus hijas menores, ya que el matrimonio de Jane podría ponerlas en el camino de otros hombres ricos; y, por último, era tan agradable a su edad poder confiar a sus hijas solteras al cuidado de su hermana, para no verse obligada a ir a eventos sociales más de lo que le gustaba. Era necesario convertir esta circunstancia en un motivo de alegría, porque en tales ocasiones es la etiqueta; pero nadie era menos propensa que la Sra. Bennet a encontrar consuelo en quedarse en casa en cualquier período de su vida. Concluyó con muchos buenos deseos de que Lady Lucas pudiera ser igualmente afortunada pronto, aunque evidentemente creía, con triunfal confianza, que no había ninguna posibilidad de ello.

En vano intentó Elizabeth detener la rapidez de las palabras de su madre o persuadirla para que describiera su felicidad en un susurro menos audible; pues, para su inefable vexación, pudo percibir que la mayor parte de lo que decía era escuchado por el señor Darcy, quien se sentaba frente a ellas. Su madre solo la regañó por ser absurda.

"¿Qué me importa el señor Darcy, por favor, para que deba tenerle miedo? Estoy segura de que no le debemos tal cortesía como para estar obligadas a no decir nada que a él no le guste oír."

"Por el amor de Dios, señora, hable más bajo. ¿Qué ventaja puede traerle ofender al señor Darcy? Nunca se recomendará a su amigo actuando así."

Sin embargo, nada de lo que ella pudiera decir tuvo influencia. Su madre seguiría hablando de sus planes en el mismo tono inteligible. Elizabeth se sonrojó y se sonrojó de nuevo de vergüenza y vexación. No pudo evitar mirar con frecuencia al señor Darcy, aunque cada mirada le confirmaba lo que temía; pues, aunque él no siempre miraba a su madre, estaba convencida de que su atención estaba invariablemente fija en ella. La expresión de su rostro cambió gradualmente de un desprecio indignado a una gravedad serena y constante.

Al final, sin embargo, la señora Bennet no tenía más que decir; y Lady Lucas, que había estado bostezando largo tiempo ante la repetición de delicias de las que no veía ninguna posibilidad de compartir, se quedó disfrutando de los placeres del jamón frío y del pollo. Elizabeth comenzó a reanimarse. Pero el intervalo de tranquilidad no duró mucho; pues cuando la cena terminó, se habló de cantar, y tuvo la mortificación de ver a Mary, tras muy poco ruegos, preparándose para complacer a la compañía. Con muchas miradas significativas y súplicas silenciosas intentó evitar tal prueba de complacencia, pero fue en vano; Mary no las entendía; tal oportunidad de exhibirse era deliciosa para ella, y comenzó su canción. Los ojos de Elizabeth estaban fijos en ella, con sensaciones muy dolorosas; y observó su avance a través de las varias estrofas con una impaciencia que fue muy mal recompensada al final; ya que Mary, al recibir entre los agradecimientos de la mesa la insinuación de una esperanza de que podría ser persuadida a deleitarles nuevamente, tras una pausa de medio minuto, comenzó otra vez. Las habilidades de Mary no estaban en absoluto preparadas para tal exhibición; su voz era débil y su manera afectada. Elizabeth estaba en agonías. Miró a Jane para ver cómo lo soportaba; pero Jane estaba muy compuesta hablando con Bingley. Miró a sus dos hermanas, y las vio haciendo signos de burla entre ellas, y a Darcy, quien, sin embargo, permanecía impenetrablemente grave. Miró a su padre para rogarle que interviniera, por si acaso Mary cantaba toda la noche. Él tomó la indirecta y, cuando Mary terminó su segunda canción, dijo en voz alta:

"Eso estará extremadamente bien, hija. Nos has deleitado lo suficiente. Deja que las otras jóvenes tengan tiempo para exhibirse."

Mary, aunque pretendía no oír, estaba algo desconcertada; y Elizabeth, apenada por ella y por el discurso de su padre, temía que su ansiedad no había servido de nada. Otros del grupo fueron ahora abordados.

"Si yo," dijo el Sr. Collins, "tuve la fortuna de poder cantar, estaría seguro de que tendría un gran placer en complacer a la compañía con una pieza; porque considero que la música es una distracción muy inocente y perfectamente compatible con la profesión de clérigo. No quiero, sin embargo, afirmar que podemos justificar dedicar demasiado de nuestro tiempo a la música, ya que ciertamente hay otras cosas a las que atender. El rector de una parroquia tiene mucho que hacer. En primer lugar, debe hacer un acuerdo para los diezmos que sea beneficioso para él y no ofensivo para su patrón. Debe escribir sus propios sermones; y el tiempo que le quede no será demasiado para sus deberes parroquiales y el cuidado y mejora de su vivienda, la cual no puede excusarse de hacer lo más cómoda posible. Y no creo que sea de poca importancia que deba tener maneras atentas y conciliadoras hacia todos, especialmente hacia aquellos a quienes les debe su promoción. No puedo exonerarlo de ese deber; ni podría pensar bien del hombre que omitiera la ocasión de testimoniar su respeto hacia cualquiera conectado con la familia." Y, con una reverencia hacia el Sr. Darcy, concluyó su discurso, que había sido pronunciado tan alto que fue escuchado por la mitad de la sala. Muchos miraron fijamente—muchos sonrieron; pero nadie parecía más divertido que el propio Sr. Bennet, mientras su esposa elogiaba seriamente al Sr. Collins por haber hablado con tanto sentido, y observaba, en un susurro a Lady Lucas, que era un joven notablemente inteligente y amable.

Para Elizabeth, parecía que si su familia hubiera hecho un acuerdo para exponerse tanto como pudieran durante la velada, habría sido imposible que interpretaran sus papeles con más espíritu o con mayor éxito; y pensó que era afortunado para Bingley y su hermana que parte de la exhibición hubiera escapado a su atención, y que sus sentimientos no eran del tipo que lo perturbara mucho por la tontería que debió haber presenciado. Sin embargo, que sus dos hermanas y el Sr. Darcy tuvieran tal oportunidad de ridiculizar a sus parientes era bastante malo; y no podía decidir si el desprecio silencioso del caballero o las sonrisas insolentes de las damas eran más intolerables.

El resto de la noche le trajo poco entretenimiento. Fue molestada por el Sr. Collins, quien continuó perseverantemente a su lado; y aunque no pudo lograr que ella bailara con él de nuevo, le impidió bailar con otros. En vano le suplicó que se pusiera de pie con alguien más y ofreció presentarle a cualquier joven en la sala. Él le aseguró que, en lo que respecta a bailar, le era completamente indiferente; que su principal objetivo era, mediante delicadas atenciones, recomendarse a ella; y que, por lo tanto, haría un punto de permanecer cerca de ella durante toda la velada. No había forma de argumentar contra tal proyecto. Su mayor alivio le llegó de su amiga, la Srta. Lucas, quien a menudo se unía a ellos y, de buen humor, se dedicaba a mantener la conversación del Sr. Collins para sí misma.

Al menos estaba libre de la ofensa de la atención adicional del Sr. Darcy: aunque a menudo se encontraba a una distancia muy corta de ella, completamente desocupado, nunca se acercó lo suficiente para hablar. Ella sintió que era una consecuencia probable de sus alusiones al Sr. Wickham, y se regocijó por ello.

El grupo de Longbourn fue el último en marcharse; y gracias a una maniobra de la señora Bennet, tuvieron que esperar su carruaje un cuarto de hora después de que todos los demás se hubieran ido, lo que les dio tiempo para ver cuánto deseaban algunos miembros de la familia que se fueran. La señora Hurst y su hermana apenas abrieron la boca, excepto para quejarse de su fatiga, y estaban evidentemente impacientes por tener la casa para ellas solas. Repelieron cada intento de la señora Bennet por entablar conversación, y, al hacerlo, arrojaron una languidez sobre todo el grupo, que fue muy poco aliviada por los largos discursos del señor Collins, quien estaba halagando al señor Bingley y a sus hermanas por la elegancia de su entretenimiento y la hospitalidad y cortesía que habían marcado su comportamiento hacia sus invitados. Darcy no dijo nada en absoluto. El señor Bennet, en igual silencio, estaba disfrutando de la escena. El señor Bingley y Jane estaban de pie juntos, un poco apartados del resto, y solo se hablaban entre ellos. Elizabeth mantuvo un silencio tan firme como la señora Hurst o la señorita Bingley; e incluso Lydia estaba demasiado fatigada para pronunciar más que la ocasional exclamación de "¡Dios mío, qué cansada estoy!", acompañada de un violento bostezo.

Cuando al fin se levantaron para despedirse, la señora Bennet fue de lo más cortés en su esperanza de ver pronto a toda la familia en Longbourn; y se dirigió en particular al señor Bingley para asegurarle lo felices que los haría al cenar con ellos en familia en cualquier momento, sin la ceremonia de una invitación formal. Bingley estaba lleno de agradecimiento y placer; y se comprometió a aprovechar la primera oportunidad de visitarla después de su regreso de Londres, a donde se veía obligado a ir al día siguiente por un corto tiempo.

La señora Bennet estaba perfectamente satisfecha; y salió de la casa bajo la encantadora persuasión de que, teniendo en cuenta los necesarios preparativos de acuerdos, nuevos carruajes y ropa de boda, sin duda vería a su hija establecida en Netherfield en el transcurso de tres o cuatro meses. De tener otra hija casada con el señor Collins pensaba con igual certeza, y con un placer considerable, aunque no igual. Elizabeth era la menos querida de todos sus hijos; y aunque el hombre y la unión eran bastante buenos para ella, el valor de cada uno se eclipsaba ante el señor Bingley y Netherfield.

El día siguiente abrió una nueva escena en Longbourn. El señor Collins hizo su declaración de forma. Habiendo resuelto hacerlo sin pérdida de tiempo, ya que su permiso de ausencia se extendía solo hasta el sábado siguiente, y sin tener sentimientos de timidez que lo hicieran angustiante ni siquiera en ese momento, se dispuso a ello de una manera muy ordenada, con todas las observancias que suponía que eran parte regular del asunto. Al encontrar a la señora Bennet, Elizabeth y una de las niñas más jóvenes juntas, poco después del desayuno, se dirigió a la madre con estas palabras:

"¿Puedo esperar, señora, contar con su interés ante su hermosa hija Elizabeth, cuando solicite el honor de una audiencia privada con ella en el transcurso de esta mañana?"

Antes de que Elizabeth tuviera tiempo para más que un rubor de sorpresa, la señora Bennet respondió de inmediato:

"¡Oh, Dios mío! Sí, por supuesto. Estoy segura de que Lizzy estará muy feliz—estoy segura de que no tendrá objeción. Vamos, Kitty, quiero que subas." Y recogiendo su trabajo, se apresuró a irse, cuando Elizabeth gritó:

"Querida señora, no se vaya. Le ruego que no se vaya. El señor Collins debe disculparme. No tiene nada que decirme que no pueda oír nadie. Yo misma me voy."

"No, no, tonterías, Lizzy. Deseo que te quedes donde estás." Y al ver que Elizabeth parecía realmente, con aspecto molesto y avergonzado, a punto de escapar, añadió: "Lizzy, insisto en que te quedes y escuches al señor Collins."

Elizabeth no se opondría a tal mandato; y tras un momento de consideración que la hizo también darse cuenta de que sería más sensato terminar con eso lo antes y de la manera más tranquila posible, se sentó de nuevo y trató de ocultar, a través de un empleo incesante, los sentimientos que estaban divididos entre la angustia y la diversión. La señora Bennet y Kitty se marcharon, y tan pronto como se fueron, el señor Collins comenzó—

"Créame, querida señorita Elizabeth, que su modestia, lejos de causarle algún perjuicio, más bien añade a sus otras perfecciones. Habría sido menos amable a mis ojos si no hubiera existido esta pequeña renuncia; pero permítame asegurarle que tengo el permiso de su respetada madre para dirigirme a usted. Apenas puede dudar del propósito de mi discurso, sin embargo, su delicadeza natural puede llevarla a disimular; mis atenciones han sido demasiado evidentes para ser malinterpretadas. Casi tan pronto como entré en la casa, la elegí como la compañera de mi futura vida. Pero antes de dejarme llevar por mis sentimientos sobre este asunto, tal vez sea aconsejable que exponga mis razones para casarme—y, además, para venir a Hertfordshire con el propósito de seleccionar una esposa, como ciertamente hice."

La idea de que el señor Collins, con toda su solemne compostura, se dejara llevar por sus sentimientos, hizo que Elizabeth estuviera a punto de reír, de modo que no pudo aprovechar la breve pausa que él le permitió para intentar detenerlo más, y continuó,—

"Mis razones para casarme son, primero, que creo que es correcto que todo clérigo en circunstancias cómodas (como yo) dé el ejemplo del matrimonio en su parroquia; en segundo lugar, estoy convencido de que añadirá mucho a mi felicidad; y, tercero, lo cual quizás debí haber mencionado antes, que es el consejo y recomendación particular de la muy noble dama a quien tengo el honor de llamar patrona. Dos veces ha tenido la amabilidad de darme su opinión (sin que yo lo pidiera) sobre este asunto; y fue justo la noche del sábado antes de que dejara Hunsford, entre nuestras partidas de quadrille, mientras la señora Jenkinson organizaba el reposapiés de la señorita De Bourgh, que me dijo: 'Señor Collins, debe casarse. Un clérigo como usted debe casarse. Elija bien, elija a una dama por mi bien y por el suyo; que sea una persona activa y útil, no criada en la alta sociedad, pero capaz de hacer que un pequeño ingreso rinda. Este es mi consejo. Encuentre a tal mujer tan pronto como pueda, tráigala a Hunsford, y yo la visitaré.' Permítame, por cierto, observar, mi hermosa prima, que no considero la atención y amabilidad de la señora Catherine de Bourgh como una de las menores ventajas que puedo ofrecer. Encontrará que sus modales superan todo lo que puedo describir; y su ingenio y vivacidad, creo, serán aceptables para ella, especialmente cuando se templen con el silencio y el respeto que su rango inevitablemente suscitará. Hasta aquí mi intención general a favor del matrimonio; queda por contar por qué mis miras se dirigieron a Longbourn en lugar de a mi propio vecindario, donde le aseguro que hay muchas jóvenes encantadoras. Pero la verdad es que, siendo como soy, el heredero de esta propiedad tras la muerte de su honorable padre (quien, sin embargo, puede vivir muchos años más), no podía sentirme satisfecho sin decidirme a elegir una esposa entre sus hijas, para que la pérdida para ellas fuera lo menor posible cuando ocurra el triste acontecimiento, que, como ya he dicho, puede no ser por varios años. Este ha sido mi motivo, mi bella prima, y me siento halagado de pensar que no disminuirá mi estima ante usted. Y ahora, nada queda para mí más que asegurarle en el lenguaje más animado la violencia de mi afecto. En cuanto a la fortuna, soy perfectamente indiferente y no haré ninguna demanda de esa naturaleza a su padre, ya que soy bien consciente de que no podría ser atendida; y que mil libras en los 4 por ciento, que no serán suyas hasta después de la muerte de su madre, es todo lo que jamás podrá tener derecho. Por lo tanto, en ese aspecto, seré uniformemente silencioso: y puede estar segura de que ninguna reproche mezquino pasará nunca por mis labios cuando estemos casados."

Era absolutamente necesario interrumpirlo ahora.

"Es usted muy apresurado, señor," exclamó ella. "Olvida que no he dado respuesta. Déjeme hacerlo sin más pérdida de tiempo. Acepte mi agradecimiento por el cumplido que me hace. Soy muy consciente del honor que representan sus propuestas, pero me es imposible hacer otra cosa que declinarlas."

"No me es desconocido," respondió el Sr. Collins, con un formal gesto de la mano, "que es habitual entre las jóvenes rechazar las propuestas del hombre que secretamente piensan aceptar, cuando él solicita por primera vez su favor; y que a veces la negativa se repite una segunda o incluso una tercera vez. Por lo tanto, no me siento en absoluto desanimado por lo que acaba de decir, y espero llevarla al altar en breve."

"Por mi palabra, señor," exclamó Elizabeth, "su esperanza es bastante extraordinaria tras mi declaración. Le aseguro que no soy una de esas jóvenes (si es que existen tales jóvenes) que son tan atrevidas como para arriesgar su felicidad con la posibilidad de ser solicitadas una segunda vez. Soy perfectamente seria en mi negativa. No podría hacerme feliz, y estoy convencida de que soy la última mujer en el mundo que podría hacerlo. Nay, si su amiga Lady Catherine llegara a conocerme, estoy persuadida de que me encontraría en todos los aspectos mal cualificada para la situación."

"Si fuera seguro que Lady Catherine pensara así," dijo el Sr. Collins, muy gravemente—"pero no puedo imaginar que su señoría desaprobaría en absoluto. Y puede estar segura de que cuando tenga el honor de verla nuevamente hablaré en los más altos términos de su modestia, economía y otras cualidades amables."

"De hecho, señor Collins, toda alabanza hacia mí será innecesaria. Debe darme licencia para juzgar por mí misma y hacerme el cumplido de creer lo que digo. Le deseo mucha felicidad y mucha riqueza, y al rechazar su mano, hago todo lo que está en mi poder para evitar que sea de otra manera. Al hacerme la oferta, debe haber satisfecho la delicadeza de sus sentimientos respecto a mi familia, y puede tomar posesión de la propiedad de Longbourn siempre que caiga, sin ningún reproche hacia sí mismo. Por lo tanto, este asunto puede considerarse, por tanto, como finalmente resuelto." Y levantándose mientras hablaba así, habría salido de la habitación, si el señor Collins no le hubiera dirigido la palabra de este modo:—

"Cuando me dé el honor de hablarle de nuevo sobre el tema, espero recibir una respuesta más favorable que la que me ha dado ahora; aunque estoy lejos de acusarla de crueldad en este momento, porque sé que es la costumbre establecida de su sexo rechazar a un hombre en la primera solicitud, y, quizás, incluso ahora ha dicho tanto para alentar mi propuesta como sería consistente con la verdadera delicadeza del carácter femenino."

"Realmente, señor Collins," exclamó Elizabeth, con algo de calor, "me desconcierta enormemente. Si lo que he dicho hasta ahora puede parecerle en forma de aliento, no sé cómo expresar mi rechazo de tal manera que la convenza de que realmente lo es."

"Debes darme permiso para halagarme, querida prima, al pensar que tu rechazo a mis propuestas son meras palabras de cortesía. Mis razones para creerlo son brevemente las siguientes: no me parece que mi mano sea indigna de tu aceptación, ni que el establecimiento que puedo ofrecer sea de otra índole que altamente deseable. Mi situación en la vida, mis conexiones con la familia de De Bourgh y mi relación contigo son circunstancias muy favorables para mí; y deberías considerar además que, a pesar de tus múltiples encantos, no es en absoluto seguro que otra propuesta de matrimonio te sea hecha. Tu dote es desgraciadamente tan pequeña, que probablemente anulará los efectos de tu belleza y cualidades agradables. Por lo tanto, debo concluir que no eres seria en tu rechazo hacia mí, y elijo atribuirlo a tu deseo de aumentar mi amor por medio de la incertidumbre, de acuerdo con la práctica habitual de las damas elegantes."

"Te aseguro, señor, que no tengo ninguna pretensión a ese tipo de elegancia que consiste en atormentar a un hombre respetable. Preferiría recibir el cumplido de ser considerada sincera. Te agradezco una y otra vez por el honor que me has hecho con tus propuestas, pero aceptarlas es absolutamente imposible. Mis sentimientos en todos los aspectos lo prohíben. ¿Puedo ser más clara? No me consideres ahora como una dama elegante que pretende molestarte, sino como un ser racional que habla la verdad desde su corazón."

"¡Eres uniformemente encantadora!" exclamó él, con un aire de torpe galantería; "y estoy convencido de que, cuando cuente con la expresa aprobación de tus excelentes padres, mis propuestas no dejarán de ser aceptables."

A tal perseverancia en la autoengaño voluntario, Elizabeth no respondió y se retiró de inmediato en silencio; decidida, que si él persistía en considerar sus repetidas negativas como un halagador estímulo, acudiría a su padre, cuyo negativo podría expresarse de tal manera que sería decisivo, y cuyo comportamiento al menos no podría confundirse con la afectación y coqueteo de una dama elegante.

℘ 20 ℘

El señor Collins no fue dejado mucho tiempo en la contemplación silenciosa de su exitoso amor; pues la señora Bennet, habiendo estado merodeando en el vestíbulo para esperar el final de la conferencia, tan pronto como vio a Elizabeth abrir la puerta y pasar rápidamente junto a ella hacia la escalera, entró en el comedor y se congratuló tanto a sí misma como a él en términos calurosos por la feliz perspectiva de su conexión más cercana. El señor Collins recibió y devolvió estas felicitaciones con igual placer, y luego procedió a relatar los pormenores de su entrevista, con el resultado del cual confiaba tener toda razón para sentirse satisfecho, ya que la negativa que su prima le había dado de manera firme naturalmente derivaría de su tímida modestia y la genuina delicadeza de su carácter.

Sin embargo, esta información sorprendió a la señora Bennet: le habría agradado estar igualmente satisfecha de que su hija había querido animarlo al protestar contra sus propuestas, pero no se atrevía a creerlo y no pudo evitar decirlo.

"Pero confíe en ello, señor Collins," añadió, "que Lizzy será llevada a la razón. Hablaré con ella sobre esto yo misma de inmediato. Es una chica muy obstinada y tonta, y no conoce su propio interés; pero haré que lo sepa."

"Perdóneme por interrumpirla, señora," exclamó el señor Collins; "pero si ella es realmente obstinada y tonta, no sé si sería una esposa muy deseable para un hombre en mi situación, que naturalmente busca la felicidad en el estado de matrimonio. Si, por lo tanto, ella persiste en rechazar mi propuesta, quizás sería mejor no forzarla a aceptarme, porque, si es propensa a tales defectos de carácter, no podría contribuir mucho a mi felicidad."

"Señor, usted me malinterpreta completamente," dijo la señora Bennet, alarmada. "Lizzy solo es obstinada en asuntos como estos. En todo lo demás, es una chica de buen carácter como pocas. Iré directamente a ver al señor Bennet y muy pronto lo resolveremos con ella, estoy segura."

No le dio tiempo a responder, sino que, apresurándose de inmediato hacia su marido, gritó al entrar en la biblioteca:—

"Oh, señor Bennet, le necesitan de inmediato; estamos todos en un alboroto. Debe venir y hacer que Lizzy se case con el señor Collins, porque ella jura que no lo tendrá; y si no se da prisa, él cambiará de opinión y no la querrá."

El señor Bennet levantó la vista de su libro al entrar ella, y la fijó en su rostro con una calma indiferencia que no se alteró en lo más mínimo por su comunicación.

"No tengo el placer de entenderle," dijo él, cuando ella terminó su discurso. "¿De qué está usted hablando?"

"Del señor Collins y Lizzy. Lizzy declara que no quiere al señor Collins, y el señor Collins comienza a decir que no quiere a Lizzy."

"¿Y qué se supone que debo hacer en esta ocasión? Parece un asunto sin esperanza."

"Hable usted con Lizzy sobre ello. Dígale que insiste en que se case con él."

"Que la llamen. Ella escuchará mi opinión."

La señora Bennet hizo sonar el timbre, y la señorita Elizabeth fue convocada a la biblioteca.

"Ven aquí, hija," exclamó su padre al verla aparecer. "Te he enviado llamar por un asunto de importancia. Entiendo que el señor Collins te ha hecho una propuesta de matrimonio. ¿Es cierto?"

Elizabeth respondió que sí.

"Muy bien, y esta propuesta de matrimonio la has rechazado, ¿no es así?"

"Así es, señor."

"Muy bien. Ahora llegamos al punto. Tu madre insiste en que la aceptes. ¿No es cierto, señora Bennet?"

"Sí, o nunca volveré a verla."

"Un desafortunado dilema se presenta ante ti, Elizabeth. Desde este día, deberás ser una extraña para uno de tus padres. Tu madre nunca te volverá a ver si no te casas con el señor Collins, y yo nunca te volveré a ver si lo haces."

Elizabeth no pudo evitar sonreír ante una conclusión tan absurda tras un comienzo así; pero la señora Bennet, que se había convencido de que su esposo veía el asunto como ella deseaba, estaba excesivamente decepcionada.

"¿Qué quieres decir, señor Bennet, al hablar de esta manera? Me prometiste que insistirías en que ella se casara con él."

"Querida," respondió su esposo, "tengo dos pequeños favores que solicitarte. Primero, que me permitas el uso libre de mi entendimiento en esta ocasión; y, segundo, de mi habitación. Me gustaría tener la biblioteca para mí solo tan pronto como sea posible."

Sin embargo, a pesar de su decepción con su esposo, la señora Bennet no se dio por vencida. Habló con Elizabeth una y otra vez; la persuadió y la amenazó por turnos. Intentó asegurar a Jane a su favor, pero Jane, con toda la suavidad posible, se negó a intervenir; y Elizabeth, a veces con verdadera seriedad y otras con alegre ligereza, respondió a sus ataques. Aunque su manera variaba, su determinación nunca lo hacía.

El señor Collins, mientras tanto, meditaba en soledad sobre lo sucedido. Se creía demasiado importante como para comprender qué motivo podría tener su prima para rechazarlo; y aunque su orgullo se vio herido, no sufrió de ninguna otra manera. Su afecto por ella era completamente imaginario;

y la posibilidad de que ella mereciera el reproche de su madre le impedía sentir algún arrepentimiento.

Mientras la familia estaba en esta confusión, Charlotte Lucas vino a pasar el día con ellos. Fue recibida en el vestíbulo por Lydia, quien, volando hacia ella, exclamó en un susurro: "¡Me alegra que hayas venido, porque aquí hay mucha diversión! ¿Qué crees que ha pasado esta mañana? ¡El señor Collins le ha hecho una propuesta a Lizzy, y ella no lo quiere!"

"entraron en el comedor"

Charlotte apenas tuvo tiempo de responder antes de que se uniera Kitty, quien vino a contar la misma noticia; y no bien habían entrado en el comedor, donde la señora Bennet estaba sola, comenzó también con el tema, pidiendo a la señorita Lucas su compasión, y suplicándole que convenciera a su amiga Lizzy para que accediera a los deseos de su familia. "Por favor, hazlo, querida señorita Lucas," añadió en un tono melancólico; "porque nadie está de mi lado, nadie me apoya; soy cruelmente maltratada, nadie siente por mis pobres nervios."

La respuesta de Charlotte fue interrumpida por la entrada de Jane y Elizabeth.

"Ay, ahí viene," continuó la Sra. Bennet, "luciendo tan despreocupada como puede ser, y sin preocuparse más por nosotras que si estuviéramos en York, siempre que pueda tener su propia manera. Pero te digo una cosa, señorita Lizzy, si te da por seguir rechazando cada propuesta de matrimonio de esta manera, nunca conseguirás un esposo en absoluto—y estoy segura de que no sé quién te mantendrá cuando tu padre muera. Yo no podré mantenerte —y así te lo advierto. He terminado contigo desde este mismo día. Te dije en la biblioteca, sabes, que nunca volvería a hablarte, y verás que cumpliré mi palabra. No tengo placer en hablar con hijos desagradecidos. No es que tenga mucho placer, de hecho, en hablar con nadie. Las personas que sufren como yo de quejas nerviosas no pueden tener gran inclinación a hablar. Nadie puede saber lo que sufro. Pero siempre es así. Aquellos que no se quejan nunca son compadecidos."

Sus hijas escucharon en silencio esta efusión, conscientes de que cualquier intento de razonar con o consolarla solo aumentaría la irritación. Por lo tanto, siguió hablando sin interrupción de ninguna de ellas hasta que se unió el Sr. Collins, quien entró con un aire más solemne de lo habitual, y al percatarse de él, ella dijo a las chicas:

ORGULLO Y PREJUICIO

"Ahora, insisto en que ustedes, todas, se callen y dejen que el Sr. Collins y yo tengamos una pequeña conversación juntos."

Elizabeth salió silenciosamente de la habitación, Jane y Kitty la siguieron, pero Lydia se mantuvo firme, decidida a escuchar todo lo que pudiera; y Charlotte, detenida primero por la cortesía del señor Collins, cuyas preguntas sobre ella y toda su familia eran muy minuciosas, y luego por un poco de curiosidad, se contentó con caminar hacia la ventana y pretender no escuchar. En un tono lamentable, la señora Bennet comenzó así la conversación proyectada:

"¡Oh, señor Collins!"

"Querida señora," respondió él, "permítame que guardemos silencio para siempre sobre este punto. Lejos de mí," continuó pronto, en un tono que marcaba su desagrado, "resentir el comportamiento de su hija. La resignación ante los males inevitables es deber de todos nosotros: el deber peculiar de un joven que ha tenido la fortuna de recibir tan pronto como yo lo he hecho, en cuanto a preferencias; y confío en que estoy resignado. Quizás no menos por sentir una duda sobre mi felicidad plena si mi hermosa prima me hubiera honrado con su mano; porque he observado a menudo que la resignación nunca es tan perfecta como cuando la bendición negada comienza a perder algo de su valor en nuestra estimación. Espero que no me considere como alguien que muestra ningún respeto hacia su familia, querida señora, al retirar así mis pretensiones al favor de su hija, sin haberle hecho a usted y al señor Bennet el cumplido de solicitarles que intercedan en mi nombre. Mi conducta puede, me temo, ser objetable por haber aceptado mi despido de los labios de su hija en lugar de los suyos; pero todos somos propensos al error. Sin duda, he tenido buenas intenciones a lo largo de todo este asunto. Mi objetivo ha sido asegurar una compañera amable para mí, con la debida consideración a la ventaja de toda su familia; y si mi manera ha sido en absoluto reprobable, aquí me permito disculparme."

121

21

La discusión sobre la oferta del Sr. Collins estaba casi llegando a su fin, y Elizabeth solo tenía que soportar los incómodos sentimientos que necesariamente la acompañaban, y ocasionalmente algunas alusiones irritantes de su madre. En cuanto al caballero en sí, sus sentimientos se expresaban principalmente, no por vergüenza o desánimo, ni tratando de evitarla, sino por una rigidez en su manera de ser y un resentido silencio. Apenas le hablaba; y las atenciones asiduas de las que él había sido tan consciente se trasladaron durante el resto del día a la Srta. Lucas, cuya cortesía al escucharle fue un alivio oportuno para todos, y especialmente para su amiga.

El día siguiente no trajo ningún alivio al mal humor o a la mala salud de la Sra. Bennet. El Sr. Collins también se encontraba en el mismo estado de orgullo encolerizado. Elizabeth había esperado que su resentimiento pudiera acortar su visita, pero su plan no parecía verse afectado en lo más mínimo por ello. Siempre iba a irse el sábado, y el sábado aún tenía la intención de quedarse.

Después del desayuno, las chicas caminaron hacia Meryton para preguntar si el Sr. Wickham había regresado y lamentar su ausencia en el baile de Netherfield. Se unió a ellas al entrar en el pueblo y las acompañó hasta la casa de su tía, donde su pesar y frustración, así como la preocupación de todos, se discutieron ampliamente. Sin embargo, ante Elizabeth, él reconoció voluntariamente que la necesidad de su ausencia había sido auto-impuesta.

"Descubrí," dijo, "que a medida que se acercaba el momento, era mejor no encontrarme con el Sr. Darcy;—que estar en la misma habitación, en la misma fiesta con él durante tantas horas podría ser más de lo que podría soportar, y que podrían surgir escenas desagradables para más de uno."

Ella aprobó mucho su paciencia; y tuvieron tiempo para una discusión completa al respecto, así como para todos los elogios que se intercambiaron civilmente, mientras Wickham y otro oficial caminaban de regreso con ellos a Longbourn, y durante el camino él le prestó especial atención. Su compañía era una doble ventaja: ella sentía todo el cumplido que eso le ofrecía a ella misma; y era muy bien recibido como una ocasión para presentarlo a su padre y su madre.

"Caminaban de regreso con ellos"

Pronto después de su regreso, se le entregó una carta a la señorita Bennet; venía de Netherfield y fue abierta de inmediato. El sobre contenía una hoja de elegante papel de buen acabado, bien cubierta con la hermosa y fluida caligrafía de una dama; y Elizabeth vio cómo el rostro de su hermana cambiaba mientras la leía, y notó que se detenía intensamente en algunos pasajes en particular. Jane se recompuso pronto; y guardando la carta, trató de unirse, con su habitual alegría, a la conversación general: pero Elizabeth sintió una ansiedad sobre el tema que desvió su atención incluso de Wickham; y no pasó mucho tiempo antes de que él y su compañero se despidieran, cuando una mirada de Jane la invitó a seguirla arriba. Una vez que llegaron a su habitación, Jane, sacando su carta, dijo: "Esta es de Caroline Bingley: lo que contiene me ha sorprendido bastante. Todo el grupo ha dejado Netherfield en este momento y está de camino a la ciudad; y sin ninguna intención de regresar. Escucharás lo que dice."

Luego leyó en voz alta la primera oración, que contenía la información de que acababan de resolver seguir a su hermano a la ciudad de inmediato y de que tenían la intención de cenar ese día en Grosvenor Street, donde el Sr. Hurst tenía una casa. La siguiente era en estos términos:—"No pretendo lamentar nada de lo que dejaré en Hertfordshire, excepto su compañía, mi queridísima amiga; pero esperemos, en algún futuro, disfrutar de muchos reencuentros de ese delicioso intercambio que hemos conocido, y mientras tanto, podemos mitigar el dolor de la separación con una correspondencia muy frecuente y sin reservas. Dependo de ti para eso.'" A estas expresiones tan elevadas, Elizabeth escuchó con toda la insensibilidad de la desconfianza; y aunque la repentina partida la sorprendió, no vio nada en ello que realmente lamentar: no se podía suponer que su ausencia de Netherfield impidiera que el Sr. Bingley estuviera allí; y en cuanto a la pérdida de su compañía, estaba convencida de que Jane pronto dejaría de considerarlo en el disfrute del de él.

"Es desafortunado," dijo ella, tras una breve pausa, "que no puedas ver a tus amigos antes de que abandonen el país. Pero ¿no podemos esperar que el periodo de felicidad futura, al que la Srta. Bingley espera, llegue antes de lo que ella cree, y que el delicioso intercambio que han tenido como amigos se renueve con aún mayor satisfacción como hermanas? El Sr. Bingley no será retenido en Londres por ellos."

"Caroline dice decididamente que ninguno del grupo regresará a Hertfordshire este invierno. Te lo leeré.

"'Cuando mi hermano nos dejó ayer, imaginó que el asunto que lo llevó a Londres podría concluirse en tres o cuatro días; pero como estamos seguros de que no será así, y al mismo tiempo convencidos de que cuando Charles llegue a la ciudad no tendrá prisa por irse de nuevo, hemos decidido seguirlo allí, para que no se vea obligado a pasar sus horas libres en un hotel incómodo. Muchos de mis conocidos ya están allí para el invierno: desearía poder escuchar que tú, mi querida amiga, tienes alguna intención de ser parte de la multitud, pero de eso no tengo esperanzas. Sinceramente espero que tu Navidad en Hertfordshire esté llena de las alegrías que generalmente trae esa temporada, y que tus galanes sean tan numerosos que no sientas la falta de los tres de los que te privaremos.'

"Es evidente por esto," añadió Jane, "que él no regresará más este invierno."

"Solo es evidente que Miss Bingley no quiere que lo haga."

"¿Por qué pensarás eso? Debe ser cosa de él; es su propio amo. Pero tú no conoces todo. Te leeré el pasaje que me duele particularmente. No tendré reservas contigo. 'El Sr. Darcy está impaciente por ver a su hermana; y para confesar la verdad, nosotros apenas estamos menos ansiosos por volver a encontrarnos con ella. Realmente no creo que Georgiana Darcy tenga igual en belleza, elegancia y logros; y el afecto que inspira en Louisa y en mí se intensifica en algo aún más interesante por la esperanza que nos atrevemos a albergar de que será en el futuro nuestra hermana. No sé si alguna vez te mencioné mis sentimientos sobre este tema, pero no dejaré el país sin confiártelos, y confío en que no los considerarás irracionales. Mi hermano ya la admira mucho; ahora tendrá frecuentes oportunidades de verla en el trato más íntimo; todos sus parientes desean la conexión tanto como los propios; y la parcialidad de una hermana no me engaña, creo, cuando digo que Charles es más que capaz de atraer el corazón de cualquier mujer. Con todas estas circunstancias que favorecen un apego, y nada que lo impida, ¿estoy equivocada, mi queridísima Jane, al alimentar la esperanza de un acontecimiento que asegurará la felicidad de tantos?' ¿Qué piensas de esta frase, querida Lizzy?" dijo Jane, al terminarla. "¿No es lo suficientemente clara? ¿No declara expresamente que Caroline ni espera ni desea que yo sea su hermana; que está perfectamente convencida de la indiferencia de su hermano; y que si sospecha la naturaleza de mis sentimientos por él, tiene la intención (¡muy amablemente!) de ponerme en guardia? ¿Puede haber alguna otra opinión sobre el tema?"

"Sí, puede; porque la mía es totalmente diferente. ¿Quieres escucharla?"

"Con mucho gusto."

"Tendrás la respuesta en pocas palabras. La señorita Bingley ve que su hermano está enamorado de ti y quiere que se case con la señorita Darcy. Ella lo sigue a la ciudad con la esperanza de retenerlo allí y trata de persuadirte de que él no se preocupa por ti."

Jane sacudió la cabeza.

"En verdad, Jane, deberías creerme. Nadie que los haya visto juntos puede dudar de su afecto; la señorita Bingley, estoy seguro, no puede: no es tan simple. Si hubiera visto la mitad del amor que el señor Darcy siente por ella, ya habría ordenado su traje de novia. Pero el asunto es este: no somos lo suficientemente ricos ni importantes para ellos; y ella está más ansiosa por conseguir a la señorita Darcy para su hermano, por la idea de que cuando ha habido un primer matrimonio entre ellos, podría tener menos problemas para lograr un segundo; en lo que ciertamente hay algo de ingenio, y me atrevería a decir que tendría éxito si la señorita de Bourgh estuviera fuera de la jugada. Pero, mi querida Jane, no puedes imaginarte seriamente que, porque la señorita Bingley te dice que su hermano admira mucho a la señorita Darcy, él es en el más mínimo grado menos consciente de tu mérito que cuando se despidió de ti el martes; o que estará en su poder persuadirlo de que, en lugar de estar enamorado de ti, está muy enamorado de su amiga."

"Si pensáramos lo mismo sobre la señorita Bingley," respondió Jane, "tu representación de todo esto podría tranquilizarme. Pero sé que la base es injusta. Caroline es incapaz de engañar a alguien deliberadamente; y todo lo que puedo esperar en este caso es que ella misma esté engañada."

"Eso es cierto. No podrías haber planteado una idea más feliz, ya que no te consuelas con la mía: créela engañada, por todos los medios. Ahora has cumplido con tu deber hacia ella y no debes preocuparte más."

"Pero, querida hermana, ¿puedo ser feliz, incluso suponiendo lo mejor, al aceptar a un hombre cuyas hermanas y amigos desean que se case en otro lugar?"

"Tú debes decidir por ti misma," dijo Elizabeth; "y si, tras una madurada deliberación, encuentras que la miseria de desagradar a sus dos hermanas es más que equivalente a la felicidad de ser su esposa, te aconsejo, en ese caso, que lo rechaces."

"¿Cómo puedes hablar así?" dijo Jane, sonriendo débilmente; "debes saber que, aunque me dolería enormemente su desaprobación, no podría dudar."

"No pensé que lo harías; y dado que ese es el caso, no puedo considerar tu situación con mucha compasión."

"Pero si él no regresa más este invierno, mi elección nunca será necesaria. Mil cosas pueden surgir en seis meses."

La idea de que él no regresara más Elizabeth la trató con el máximo desprecio. Le pareció simplemente la sugerencia de los deseos interesados de Caroline; y no podía suponer ni por un momento que esos deseos, por muy abiertamente o astutamente expresados que estuvieran, pudieran influir en un joven tan totalmente independiente de todos.

Le expuso a su hermana, tan claramente como pudo, lo que sentía sobre el tema, y pronto tuvo el placer de ver su efecto positivo. El carácter de Jane no era desalentador; y poco a poco se le llevó a la esperanza, aunque la timidez del afecto a veces superaba esa esperanza, de que Bingley regresaría a Netherfield y cumpliría cada deseo de su corazón.

Acordaron que la señora Bennet solo debería enterarse de la partida de la familia, sin alarmarse por la conducta del caballero; pero incluso esta comunicación parcial le causó gran preocupación, y lamentó que resultara tan desafortunado que las damas se fueran justo cuando todos estaban tan íntimos entre sí. Sin embargo, después de lamentarlo durante un tiempo, tuvo la consolación de pensar que el señor Bingley pronto volvería y pronto cenaría en Longbourn; y la conclusión de todo fue la cómoda declaración de que, aunque solo había sido invitado a una cena familiar, se encargaría de tener dos platos principales.

🙐 2 2 🙐

Los Bennet estaban comprometidos a cenar con los Lucas; y nuevamente, durante la mayor parte del día, la señorita Lucas fue tan amable de escuchar al señor Collins. Elizabeth aprovechó la oportunidad para agradecerle. "Lo mantiene de buen humor," dijo ella, "y estoy más obligada a ti de lo que puedo expresar."

Charlotte aseguró a su amiga que se sentía satisfecha por ser útil, y que esto compensaba con creces el pequeño sacrificio de su tiempo. Esto era muy amable; pero la bondad de Charlotte se extendía más allá de lo que Elizabeth podía imaginar: su objetivo no era otro que protegerla de cualquier regreso de las proposiciones de Mr. Collins, atrayendo su atención hacia ella. Tal era el plan de la señorita Lucas; y las apariencias eran tan favorables que, al despedirse por la noche, casi se habría sentido segura de su éxito si no fuera porque él tenía que abandonar Hertfordshire tan pronto. Pero aquí subestimó el ardor y la independencia de su carácter; pues esto lo llevó a escapar de la casa de Longbourn a la mañana siguiente con admirable astucia, y apresurarse a Lucas Lodge para arrodillarse a sus pies. Estaba ansioso por evitar la atención de sus primos, convencido de que, si lo veían partir, no podrían evitar conjeturar su intención, y no estaba dispuesto a que se conociera el intento hasta que su éxito también pudiera ser confirmado; porque, aunque se sentía casi seguro, y con razón, ya que Charlotte había sido razonablemente alentadora, se mostraba relativamente tímido desde la aventura del miércoles. Sin embargo, su recepción fue de lo más halagadora. La señorita Lucas lo vio desde una ventana del piso superior mientras se acercaba a la casa, y de inmediato salió a encontrarlo accidentalmente en el camino. Pero poco se atrevió a esperar que tanto amor y elocuencia la esperaran allí.

El señor Collins, por supuesto, no era ni sensato ni agradable: su compañía era molesta y su apego hacia ella debía ser imaginario. Pero, aun así, sería su esposo. Sin pensar mucho ni en los hombres ni en el matrimonio, el matrimonio siempre había sido su objetivo: era la única provisión honorable para jóvenes bien educadas de escasa fortuna, y, aunque incierto en cuanto a proporcionar felicidad, debía ser su preservativo más placentero contra la necesidad. Este preservativo lo había obtenido ahora; y a la edad de veintisiete años, sin haber sido nunca hermosa, sentía toda la buena fortuna que ello conllevaba. La circunstancia menos agradable en el asunto era la sorpresa que debía ocasionar a Elizabeth Bennet, cuya amistad valoraba más que la de cualquier otra persona. Elizabeth se sorprendería y probablemente la culparía; y aunque su resolución no iba a ser alterada, sus sentimientos debían verse heridos por tal desaprobación. Decidió darle la noticia ella misma; y por lo tanto, encargó al señor Collins, cuando regresara a Longbourn para cenar, que no dejara entrever nada de lo que había pasado ante ningún miembro de la familia. Una promesa de secreto fue, por supuesto, dada con mucho deber, pero no podía cumplirse sin dificultad; pues la curiosidad despertada por su larga ausencia estalló en preguntas muy directas a su regreso, que requerían cierta ingeniosidad para evadir, y, al mismo tiempo, estaba ejerciendo un gran autocontrol, ya que anhelaba publicar su próspero amor.

Como iba a comenzar su viaje demasiado temprano a la mañana siguiente para ver a alguno de la familia, la ceremonia de despedida se llevó a cabo cuando las damas se retiraron por la noche; y la señora Bennet, con gran cortesía y cordialidad, dijo lo felices que estarían de verlo nuevamente en Longbourn, siempre que sus otros compromisos le permitieran visitarlos.

"Querida señora," respondió él, "esta invitación es particularmente gratificante, porque es lo que he estado esperando recibir; y pueden estar muy seguros de que aprovecharé esta oportunidad tan pronto como me sea posible."

Todos estaban asombrados; y el señor Bennet, quien de ninguna manera deseaba un regreso tan rápido, dijo de inmediato:

"Pero, ¿no hay peligro de la desaprobación de Lady Catherine aquí, querido señor? Sería mejor que descuidara a sus parientes que arriesgarse a ofender a su patrona."

"Querido señor," respondió el señor Collins, "le estoy particularmente agradecido por esta amable advertencia, y pueden contar con que no tomaré un paso tan importante sin el consentimiento de su Ladyship."

"No puede estar demasiado en guardia. Arriesgue cualquier cosa en lugar de su desagrado; y si cree que su visita a nosotros podría elevarlo, lo cual consideraría extremadamente probable, quédese tranquilamente en casa y esté seguro de que no nos ofenderemos."

"Créame, querido señor, mi gratitud se ve cálidamente despertada por tal atención afectuosa; y, confíen en que pronto recibirán de mí una carta de agradecimiento por esto, así como por cada otra muestra de su consideración durante mi estancia en Hertfordshire. En cuanto a mis bellas primas, aunque mi ausencia puede no ser lo suficientemente larga como para que sea necesario, ahora me tomaré la libertad de desearles salud y felicidad, sin exceptuar a mi prima Elizabeth."

Con las debidas civilidades, las damas se retiraron; todas igualmente sorprendidas de que él meditara un regreso rápido. La señora Bennet deseaba entender que él pensaba en cortejar a una de sus hijas menores, y Mary podría haber sido persuadida para aceptarlo. Ella valoraba sus habilidades mucho más que las de los demás: había una solidez en sus reflexiones que a menudo la impresionaba; y aunque de ninguna manera tan inteligente como ella, pensaba que, si se le animaba a leer y a superarse con un ejemplo como el suyo, podría convertirse en un compañero muy agradable. Pero a la mañana siguiente toda esperanza de este tipo se desvaneció. La señorita Lucas llamó poco después del desayuno y, en una conferencia privada con Elizabeth, relató el evento del día anterior.

La posibilidad de que el señor Collins se creyera enamorado de su amiga había ocurrido a Elizabeth en los últimos días: pero que Charlotte pudiera animarlo parecía casi tan improbable como que ella misma pudiera hacerlo; y su asombro fue tan grande que, al principio, superó los límites de la decoro, y no pudo evitar gritar:—

"¡Comprometida con el señor Collins! ¡Querida Charlotte, imposible!"

La serena expresión que la señorita Lucas había mantenido al contar su historia dio paso a una momentánea confusión al recibir un reproche tan directo; aunque, como no era más de lo que esperaba, pronto recuperó su compostura y respondió con calma:—

"¿Por qué te sorprende, querida Eliza? ¿Crees que es increíble que el señor Collins pueda conseguir la buena opinión de alguna mujer, solo porque no tuvo la suerte de tener éxito contigo?"

Pero Elizabeth ya se había recompuesto; y, haciendo un gran esfuerzo, pudo asegurarle, con una firmeza aceptable, que la perspectiva de su relación le resultaba muy grata y que le deseaba toda la felicidad imaginable.

"Veo lo que sientes," respondió Charlotte; "debes estar sorprendida, muy sorprendida, ya que hace tan poco Mr. Collins deseaba casarse contigo. Pero cuando hayas tenido tiempo para reflexionar sobre todo, espero que estés satisfecha con lo que he hecho. No soy romántica, ya sabes. Nunca lo he sido. Solo pido un hogar cómodo; y, considerando el carácter, las conexiones y la situación en la vida de Mr. Collins, estoy convencida de que mis posibilidades de felicidad con él son tan justas como las que la mayoría de la gente puede presumir al entrar en el estado matrimonial."

Elizabeth respondió tranquilamente "sin duda;" y, tras una pausa incómoda, regresaron al resto de la familia. Charlotte no se quedó mucho más tiempo; y Elizabeth se quedó reflexionando sobre lo que había oído. Pasó mucho tiempo antes de que pudiera reconciliarse con la idea de un emparejamiento tan inadecuado. La extrañeza de que Mr. Collins hiciera dos propuestas de matrimonio en tres días no era nada en comparación con el hecho de que ahora había sido aceptado. Siempre había sentido que la opinión de Charlotte sobre el matrimonio no era exactamente la misma que la suya; pero no podría haber imaginado que, cuando llegó el momento, habría sacrificado todos sus mejores sentimientos por un beneficio material. ¡Charlotte, la esposa de Mr. Collins, era una imagen verdaderamente humillante! Y al dolor de ver a una amiga deshonrarse y hundirse en su estima, se añadía la angustiante convicción de que era imposible que esa amiga fuera medianamente feliz en la vida que había elegido.

❧ 23 ❧

ELIZABETH estaba sentada con su madre y sus hermanas, reflexionando sobre lo que había oído y dudando si estaba autorizada a mencionarlo, cuando el propio Sir William Lucas apareció, enviado por su hija para anunciar su compromiso a la familia. Con muchos cumplidos hacia ellos y gran satisfacción por la perspectiva de una conexión entre las casas, desveló el asunto,—ante una audiencia no solo maravillada, sino incrédula; ya que la Sra. Bennet, con más perseverancia que cortesía, protestó que debía estar completamente equivocado; y Lydia, siempre imprudente y a menudo grosera, exclamó a gritos:

"¡Dios mío! ¡Sir William, cómo puedes contar una historia así! ¿No sabes que el Sr. Collins quiere casarse con Lizzy?"

Nada menos que la cortesía de un cortesano podría haber soportado sin ira tal trato: pero la buena educación de Sir William lo llevó a sobrellevarlo todo; y aunque pidió permiso para ser positivo respecto a la veracidad de su información, escuchó todas sus impertinencias con la más tolerante cortesía.

Elizabeth, sintiendo que era su deber aliviarlo de una situación tan desagradable, se adelantó para confirmar su relato, mencionando su conocimiento previo del mismo a través de Charlotte; e intentó detener las exclamaciones de su madre y hermanas, con la sinceridad de sus felicitaciones a Sir William, en las que fue rápidamente secundada por Jane, y haciendo una variedad de comentarios sobre la felicidad que se podría esperar del matrimonio, el excelente carácter del Sr. Collins y la conveniente distancia de Hunsford a Londres.

La señora Bennet, de hecho, estaba demasiado abrumada para decir mucho mientras Sir William permanecía; pero tan pronto como él se fue, sus sentimientos encontraron una rápida salida. En primer lugar, persistía en no creer en la totalidad del asunto; en segundo lugar, estaba muy segura de que el señor Collins había sido engañado; en tercer lugar, confiaba en que nunca serían felices juntos; y, en cuarto lugar, que el compromiso podría ser roto. Sin embargo, se dedujeron claramente dos inferencias de todo esto: una, que Elizabeth era la verdadera causa de todo el problema; y la otra, que ella misma había sido tratada de manera bárbara por todos ellos; y en estos dos puntos se centró principalmente durante el resto del día. Nada podía consolarla y nada podía apaciguarla. Ni ese día se apagó su resentimiento. Pasó una semana antes de que pudiera ver a Elizabeth sin regañarla: pasó un mes antes de que pudiera hablar con Sir William o Lady Lucas sin ser grosera; y pasaron muchos meses antes de que pudiera perdonar en absoluto a su hija.

Las emociones del señor Bennet eran mucho más tranquilas en esa ocasión, y las que experimentó las consideró de un tipo muy agradable; pues le gratificaba, decía, descubrir que Charlotte Lucas, a quien solía considerar bastante sensata, era tan tonta como su esposa y más tonta que su hija.

Jane confesó estar un poco sorprendida por el compromiso: pero dijo menos sobre su asombro que sobre su sincero deseo de que fueran felices; ni pudo Elizabeth convencerla de considerarlo improbable. Kitty y Lydia estaban lejos de envidiar a la señorita Lucas, ya que el señor Collins no era más que un clérigo; y esto les afectaba de ninguna otra manera que como una noticia para difundir en Meryton.

Lady Lucas no podía evitar sentirse triunfante al poder reprocharle a la señora Bennet el consuelo de tener una hija bien casada; y visitaba Longbourn con más frecuencia de lo habitual para decir lo feliz que estaba, aunque las miradas agrias y los comentarios malintencionados de la señora Bennet podrían haber sido suficientes para ahuyentar la felicidad.

Entre Elizabeth y Charlotte había una restricción que las mantenía mutuamente en silencio sobre el tema; y Elizabeth se sentía convencida de que nunca podría existir una verdadera confianza entre ellas de nuevo. Su decepción con Charlotte la llevó a mirar a su hermana con más cariño, de cuya rectitud y delicadeza estaba segura de que su opinión nunca podría ser alterada, y por cuya felicidad se sentía cada vez más ansiosa, ya que Bingley había estado ausente una semana y no se había oído nada sobre su regreso.

Jane le había enviado a Caroline una respuesta anticipada a su carta y contaba los días hasta que pudiera esperar razonablemente escuchar de nuevo. La prometida carta de agradecimiento del señor Collins llegó el martes, dirigida a su padre y escrita con toda la solemnidad de gratitud que un año de convivencia en la familia podría haber provocado. Después de descargar su conciencia sobre ese asunto, procedió a informarles, con muchas expresiones de entusiasmo, de su felicidad por haber obtenido el afecto de su amable vecina, la señorita Lucas, y luego explicó que era únicamente con el fin de disfrutar de su compañía que había estado tan dispuesto a aceptar su amable deseo de volver a verlos en Longbourn, adonde esperaba poder regresar el lunes dentro de dos semanas; porque, añadió, Lady Catherine aprobaba tan fervientemente su matrimonio que deseaba que se llevara a cabo lo antes posible, lo cual confiaba que sería un argumento irrefutable para que su amable Charlotte fijara una fecha temprana para hacerlo el hombre más feliz.

El regreso del señor Collins a Hertfordshire ya no era un motivo de placer para la señora Bennet. Por el contrario, estaba tan dispuesta a quejarse de ello como su marido. Era muy extraño que viniera a Longbourn en lugar de a Lucas Lodge; también era muy inconveniente y sumamente molesto. Odiaba tener visitantes en casa mientras su salud era tan mala, y los pretendientes eran, de todas las personas, los más desagradables. Tales eran los suaves murmullos de la señora Bennet, y solo cedían ante la mayor angustia por la continua ausencia del señor Bingley.

Ni Jane ni Elizabeth se sentían cómodas con este tema. Día tras día pasaba sin traer ninguna otra noticia de él que no fuera el rumor que pronto se extendió en Meryton sobre que no vendría más a Netherfield durante todo el invierno; un rumor que enfureció enormemente a la señora Bennet, y que ella nunca dejaba de contradecir como una calumnia escandalosa.

Incluso Elizabeth comenzó a temer—no que Bingley fuera indiferente—sino que sus hermanas tuvieran éxito en mantenerlo alejado. Aunque no quería admitir una idea tan destructiva para la felicidad de Jane y tan deshonrosa para la estabilidad de su amante, no podía evitar que esta idea regresara con frecuencia. Los esfuerzos combinados de sus dos hermanas insensibles y de su amigo dominante, asistidos por los encantos de Miss Darcy y los entretenimientos de Londres, podrían ser, temía, demasiado para la fuerza de su apego.

En cuanto a Jane, su ansiedad bajo esta incertidumbre era, por supuesto, más dolorosa que la de Elizabeth: pero cualquiera que fuera su sentimiento, deseaba ocultarlo; y entre ella y Elizabeth, por lo tanto, el tema nunca se mencionaba. Pero como ninguna delicadeza restringía a su madre, rara vez pasaba una hora sin que hablara de Bingley, expresara su impaciencia por su llegada, o incluso exigiera a Jane que confesara que si él no regresaba, se sentiría muy maltratada. Se necesitaba toda la serena dulzura de Jane para soportar estos ataques con una tranquilidad tolerable.

El señor Collins regresó con puntualidad casi perfecta el lunes de la quincena, pero su recepción en Longbourn no fue tan gentil como en su primera introducción. Sin embargo, estaba tan feliz que no necesitaba mucha atención; y, afortunadamente para los demás, la cuestión del cortejo lo mantenía alejado de su compañía en gran medida. Pasaba la mayor parte del día en Lucas Lodge, y a veces regresaba a Longbourn justo a tiempo para disculparse por su ausencia antes de que la familia se fuera a la cama.

"Cada vez que hablaba en voz baja"

La señora Bennet se encontraba realmente en un estado lamentable. La mera mención de cualquier cosa relacionada con el compromiso la sumía en una agonía de mal humor, y dondequiera que iba, estaba segura de escuchar que se hablaba de ello. La vista de la señorita Lucas le resultaba odiosa. Como su sucesora en esa casa, la miraba con celosa aversión. Cada vez que Charlotte venía a visitarlas, ella suponía que estaba anticipando la hora de la posesión; y cada vez que le hablaba en voz baja al señor Collins, estaba convencida de que estaban hablando de la propiedad de Longbourn y de que planeaban echarla a ella y a sus hijas de la casa tan pronto como el señor Bennet muriera. Se quejaba amargamente de todo esto a su marido.

"De verdad, señor Bennet," le dijo, "es muy duro pensar que Charlotte

Lucas podría ser alguna vez la ama de esta casa, que me veré obligada a cederle el paso y vivir para ver cómo toma mi lugar en ella."

"Querida, no te dejes llevar por tales pensamientos sombríos. Esperemos cosas mejores. Florezcamos la esperanza de que yo pueda ser el sobreviviente."

Esto no fue muy consolador para la señora Bennet; y, por lo tanto, en lugar de responder, continuó como antes.

"No puedo soportar pensar que ellos deban tener toda esta herencia. Si no fuera por la cláusula de la herencia, no me importaría."

"¿Qué no te importaría?"

"No me importaría nada en absoluto."

"Seamos agradecidos de que estés a salvo de un estado de tal insensibilidad."

"Nunca podré estar agradecida, señor Bennet, por nada relacionado con la cláusula de la herencia. No entiendo cómo alguien puede tener la conciencia de quitarle una herencia a sus propias hijas; ¡y todo por el bien del señor Collins! ¿Por qué él debería tenerla más que nadie?"

"Te dejo a ti la decisión," dijo el señor Bennet.

🦢 24 🦢

La carta de la señorita Bingley llegó y puso fin a la duda. La primera frase transmitía la seguridad de que todos estaban establecidos en Londres para el invierno, y concluía con el pesar de su hermano por no haber tenido tiempo de presentar sus respetos a sus amigos en Hertfordshire antes de abandonar el país.

La esperanza se había terminado, completamente terminada; y cuando Jane pudo atender al resto de la carta, encontró poco, salvo la afectuosa declaración de la escritora, que pudiera darle algún consuelo. Los elogios hacia la señorita Darcy ocuparon la mayor parte de la misma. Se volvió a hablar de sus muchos encantos; y Caroline se jactaba alegremente de su creciente intimidad, además de aventurarse a predecir la realización de los deseos que había expuesto en su carta anterior. También escribió con gran placer sobre el hecho de que su hermano era un huésped en la casa del señor Darcy, y mencionó con entusiasmo algunos planes de este último con respecto a nuevos muebles.

Elizabeth, a quien Jane muy pronto comunicó lo principal de todo esto, lo escuchó en indignación silenciosa. Su corazón estaba dividido entre la preocupación por su hermana y el resentimiento hacia los demás. A la afirmación de Caroline sobre que su hermano estaba parcial hacia la señorita Darcy, no le dio crédito. Que realmente tenía cariño por Jane, no lo dudaba más de lo que había hecho siempre; y, por mucho que siempre había estado dispuesta a gustarle, no podía pensar sin enojo, casi sin desprecio, en esa facilidad de carácter, esa falta de la resolución adecuada, que ahora lo convertía en esclavo de sus amigos manipuladores, y lo llevaba a sacrificar su propia felicidad a los caprichos de sus inclinaciones. Si su propia felicidad, sin embargo, hubiera sido el único sacrificio, podría haberse permitido jugar con ella de la manera que pensara mejor; pero la felicidad de su hermana estaba involucrada en ello, como ella pensaba que él mismo debía ser consciente. Era, en resumen, un tema en el que la reflexión se prolongaría, y que debía ser infructuosa. No podía pensar en otra cosa; y, sin embargo, si el afecto de Bingley realmente se había desvanecido, o si estaba reprimido por la interferencia de sus amigos; si había sido consciente del apego de Jane, o si se le había escapado su observación; cualquiera que fuera el caso, aunque su opinión sobre él debía verse materialmente afectada por la diferencia, la situación de su hermana seguía siendo la misma, su paz igualmente herida.

Pasaron uno o dos días antes de que Jane tuviera el valor de hablar de sus sentimientos con Elizabeth; pero al final, cuando la señora Bennet los dejó juntas, tras una irritación más prolongada de lo habitual sobre Netherfield y su dueño, no pudo evitar decir:

"¡Ojalá mi querida madre tuviera más dominio sobre sí misma! No puede tener idea del dolor que me causa su continua reflexión sobre él. Pero no me quejaré. No puede durar mucho. Él será olvidado y todos estaremos como antes."

Elizabeth miró a su hermana con incredulidad y preocupación, pero no dijo nada.

"Dudas de mí," exclamó Jane, sonrojándose ligeramente; "de verdad, no tienes razón. Puede que viva en mi memoria como el hombre más amable que he conocido, pero eso es todo. No tengo nada que esperar ni que temer, y nada de qué reprocharle. Gracias a Dios no tengo ese dolor. Por lo tanto, un poco de tiempo, ciertamente intentaré superarlo———"

Con una voz más firme, añadió pronto: "Tengo este consuelo, que no ha sido más que un error de fantasía de mi parte, y que no ha hecho daño a nadie más que a mí misma."

"Querida Jane," exclamó Elizabeth, "eres demasiado buena. Tu dulzura y desinterés son realmente angelicales; no sé qué decirte. Siento como si nunca te hubiera hecho justicia, o te hubiera amado como mereces."

La señorita Bennet rechazó con entusiasmo todo mérito extraordinario y devolvió el elogio a la cálida afecto de su hermana.

"De ninguna manera," dijo Elizabeth, "esto no es justo. Deseas pensar que todo el mundo es respetable y te molesta si hablo mal de alguien. Solo quiero pensar que eres perfecto, y tú te pones en contra de eso. No temas que yo caiga en excesos, ni que invada tu privilegio de buena voluntad universal. No necesitas hacerlo. Hay pocas personas a las que realmente amo, y aún menos de las que pienso bien. Cuanto más veo del mundo, más insatisfecha estoy con él; y cada día confirma mi creencia en la inconsistencia de todos los caracteres humanos y en la escasa dependencia que se puede tener de la apariencia de mérito o sentido. He encontrado dos ejemplos recientemente: uno no lo mencionaré, el otro es el matrimonio de Charlotte. ¡Es incomprensible! ¡Desde cualquier perspectiva es incomprensible!"

"Querida Lizzy, no te dejes llevar por sentimientos como estos. Arruinarán tu felicidad. No tienes en cuenta lo suficiente la diferencia de situación y temperamento. Considera la respetabilidad de Mr. Collins y el carácter prudente y constante de Charlotte. Recuerda que ella es parte de una familia numerosa; que en cuanto a fortuna, es un matrimonio muy conveniente; y estate dispuesta a creer, por el bien de todos, que ella puede sentir algo de aprecio y estima por nuestro primo."

"Para complacerte, intentaría creer casi cualquier cosa, pero nadie más podría beneficiarse de una creencia como esta; porque si estuviera persuadida de que Charlotte siente algo por él, solo pensaría peor de su entendimiento de lo que ahora pienso de su corazón. Querida Jane, el Sr. Collins es un hombre vanidoso, pomposo, de mentalidad cerrada y tonto: sabes que lo es, tanto como yo; y debes sentir, tanto como yo, que la mujer que se case con él no puede tener una forma de pensar adecuada. No lo defenderás, aunque sea Charlotte Lucas. No lo harás, por el bien de un individuo, cambiar el significado de principio e integridad, ni intentar persuadirte a ti misma o a mí de que el egoísmo es prudencia, y la insensibilidad al peligro es seguridad para la felicidad."

"Debo pensar que tu lenguaje es demasiado fuerte al hablar de ambos," respondió Jane; "y espero que te convenzas de ello, al verlos felices juntos. Pero basta de esto. Aludiste a algo más. Mencionaste dos casos. No puedo malinterpretarte, pero te ruego, querida Lizzy, que no me causes dolor pensando que esa persona es culpable, y diciendo que tu opinión sobre él ha disminuido. No debemos estar tan dispuestas a pensar que hemos sido heridas intencionadamente. No debemos esperar que un joven vivaz siempre sea tan cauteloso y circunspecto. A menudo, es solo nuestra propia vanidad la que nos engaña. Las mujeres creen que la admiración significa más de lo que realmente significa."

"Y los hombres se aseguran de que así sea."

"Si se hace de manera intencionada, no pueden ser justificados; pero no tengo idea de que haya tanto diseño en el mundo como algunas personas imaginan."

"Estoy lejos de atribuir alguna parte de la conducta del señor Bingley a un diseño," dijo Elizabeth; "pero, sin planear hacer el mal o hacer infelices a otros, puede haber error y puede haber miseria. La falta de reflexión, la falta de atención a los sentimientos de los demás y la falta de resolución, harán su trabajo."

"¿Y se lo imputas a alguna de esas cosas?"

"Sí; a la última. Pero si sigo, te desagradaré al decir lo que pienso de personas que tú estimas. Deténme, mientras puedas."

"¿Persistes, entonces, en suponer que sus hermanas lo influyen?"

"Sí, en conjunto con su amigo."

"No puedo creerlo. ¿Por qué deberían intentar influirlo? Solo pueden desear su felicidad; y si él está enamorado de mí, ninguna otra mujer puede asegurársela."

"Tu primera afirmación es falsa. Pueden desear muchas cosas además de su felicidad: pueden desear que aumente su riqueza y su importancia; pueden desear que se case con una chica que tenga toda la relevancia del dinero, grandes conexiones y orgullo."

"Sin duda, desean que elija a Miss Darcy," respondió Jane; "pero esto puede deberse a sentimientos más nobles de lo que tú supones. La han conocido mucho más tiempo que a mí; no es de extrañar que la quieran más. Pero, sean cuales sean sus propios deseos, es muy poco probable que se opongan a los de su hermano. ¿Qué hermana se permitiría hacerlo, a menos que hubiera algo muy objetable? Si creyeran que él está interesado en mí, no intentarían separarnos; si él lo estuviera, no podrían tener éxito. Al suponer tal afecto, haces que todos actúen de manera antinatural y equivocada, y a mí me haces muy infeliz. No me angusties con esa idea. No me avergüenzo de haberme equivocado—o, al menos, es algo leve, es nada comparado con lo que sentiría al pensar mal de él o de sus hermanas. Déjame verlo de la mejor manera, en la luz en la que pueda ser entendido."

Elizabeth no pudo oponerse a tal deseo; y a partir de este momento, el nombre de Mr. Bingley apenas se mencionó entre ellas.

La Sra. Bennet continuaba preguntándose y lamentándose por su ausencia; y aunque raramente pasaba un día en el que Elizabeth no lo explicara claramente, parecía haber poca posibilidad de que alguna vez lo considerara con menos perplejidad. Su hija intentó convencerla de lo que ella misma no creía, que sus atenciones hacia Jane habían sido meramente el efecto de un interés común y pasajero, que cesó cuando ya no la vio más; pero aunque la probabilidad de la afirmación fue aceptada en su momento, cada día tenía que repetir la misma historia. El mejor consuelo de la Sra. Bennet era que Mr. Bingley debe regresar en verano.

El señor Bennet trató el asunto de manera diferente. "Así que, Lizzy," le dijo un día, "me entero de que tu hermana está desilusionada en el amor. La felicito. Después de casarse, a una chica le gusta estar un poco desilusionada en el amor de vez en cuando. Es algo en qué pensar y le da una especie de distinción entre sus compañeras. ¿Cuándo te tocará a ti? Apenas soportarás ser superada por Jane durante mucho tiempo. Ahora es tu oportunidad. Hay suficientes oficiales en Meryton para decepcionar a todas las jóvenes del país. Deja que Wickham sea tu hombre. Es un tipo agradable y te dejaría en una situación crediticia."

"Gracias, señor, pero un hombre menos agradable me satisfaría. No todas debemos esperar la buena fortuna de Jane."

"Cierto," dijo el señor Bennet; "pero es un consuelo pensar que, pase lo que pase en ese sentido, tienes una madre cariñosa que siempre hará lo mejor de ello."

La compañía del señor Wickham fue de gran ayuda para disipar la tristeza que los recientes y adversos acontecimientos habían arrojado sobre la familia Longbourn. Lo veían a menudo, y a sus otras recomendaciones se añadía ahora la de su total franqueza. Todo lo que Elizabeth ya había escuchado, sus reclamaciones contra el señor Darcy y todo lo que había sufrido a causa de él, se reconocía abiertamente y se discutía públicamente; y todos estaban contentos al pensar cuánto habían despreciado al señor Darcy antes de conocer cualquier aspecto del asunto.

La señorita Bennet era la única persona que podía suponer que podría haber circunstancias atenuantes en el caso desconocidas para la sociedad de Hertfordshire: su candor suave y constante siempre abogaba por concesiones y urgía la posibilidad de errores; pero por todos los demás, el señor Darcy era condenado como el peor de los hombres.

DESPUÉS de una semana dedicada a profesiones de amor y planes de felicidad, el señor Collins fue llamado de su amable Charlotte por la llegada del sábado. Sin embargo, el dolor de la separación podría ser aliviado de su parte con los preparativos para la recepción de su novia, ya que tenía razones para esperar que poco después de su próximo regreso a Hertfordshire, se fijaría el día que lo haría el hombre más feliz. Se despidió de sus parientes en Longbourn con tanta solemnidad como antes; deseó a sus bellas primas salud y felicidad nuevamente, y prometió a su padre otra carta de agradecimiento.

El lunes siguiente, la señora Bennet tuvo el placer de recibir a su hermano y su esposa, quienes llegaron, como era habitual, para pasar la Navidad en Longbourn. El señor Gardiner era un hombre sensato y de buenos modales, muy superior a su hermana, tanto por naturaleza como por educación. Las damas de Netherfield habrían tenido dificultades para creer que un hombre que vivía del comercio, y a la vista de sus propios almacenes, pudiera ser tan bien educado y agradable. La señora Gardiner, que era varios años más joven que la señora Bennet y la señora Philips, era una mujer amable, inteligente y elegante, y una gran favorita de sus sobrinas de Longbourn. Entre las dos mayores y ella, especialmente, existía un cariño muy particular. Frecuentemente se habían quedado con ella en la ciudad.

La primera parte de los asuntos de la señora Gardiner, al llegar, fue distribuir sus regalos y describir las últimas modas. Cuando esto se completó, tuvo un papel menos activo que desempeñar. Le tocó escuchar. La señora Bennet tenía muchas quejas que relatar y mucho de qué quejarse. Todos habían sido muy maltratados desde la última vez que vio a su hermana. Dos de sus chicas habían estado al borde del matrimonio, y después de todo no había nada en ello.

"Una excelente consolación en su manera," dijo Elizabeth; "pero no nos sirve. No sufrimos por accidente. No suele suceder que la interferencia de amigos persuada a un joven de fortuna independiente a dejar de pensar en una chica de la que estaba locamente enamorado solo unos días antes."

"Pero esa expresión de 'locamente enamorado' es tan trillada, tan dudosa, tan indefinida, que me da muy poca idea. Se aplica tan a menudo a sentimientos que surgen solo de un breve conocimiento, como a un verdadero y fuerte apego. ¿Qué tan violento fue el amor del señor Bingley?"

"Nunca vi una inclinación más prometedora; se estaba volviendo bastante desatento con otras personas y completamente absorto por ella. Cada vez que se encontraban, era más decidido y notable. En su propio baile ofendió a dos o tres jóvenes al no pedirles que bailaran; y yo le hablé dos veces sin recibir respuesta. ¿Podría haber síntomas más claros? ¿No es la falta de cortesía general la esencia misma del amor?"

"Oh, sí, de ese tipo de amor que supongo que él sintió. ¡Pobre Jane! Me siento mal por ella, porque, con su temperamento, puede que no lo supere de inmediato. Hubiera sido mejor que te pasara a ti, Lizzy; te habrías reído de ello más pronto. Pero, ¿crees que se dejaría convencer para volver con nosotras? Un cambio de escenario podría ser útil—y quizás un poco de alivio de casa puede ser tan beneficioso como cualquier otra cosa."

Elizabeth estaba extremadamente complacida con esta propuesta y se sintió persuadida de que su hermana aceptaría de buen grado.

"Espero," añadió la señora Gardiner, "que ninguna consideración respecto a este joven la influya. Vivimos en una parte de la ciudad tan diferente, todas nuestras conexiones son tan distintas, y, como bien sabes, salimos tan poco, que es muy improbable que se encuentren, a menos que él realmente venga a verla."

"Y eso es bastante imposible; porque ahora está bajo la custodia de su amigo, y el señor Darcy no le permitiría jamás que visitara a Jane en esa parte de Londres. Querida tía, ¿cómo pudiste pensar en eso? El señor Darcy, quizás, haya oído hablar de un lugar como Gracechurch Street, pero difícilmente pensaría que un mes de purificación sería suficiente para limpiarlo de sus impurezas, si alguna vez entrara. Y, ten por seguro que el señor Bingley nunca se mueve sin él."

"Mucho mejor. Espero que no se encuentren en absoluto. Pero, ¿no se corresponde Jane con su hermana? No podrá evitar llamar."

"Ella romperá completamente la relación."

Sin embargo, a pesar de la certeza con la que Elizabeth pretendía abordar este asunto, así como el aún más interesante de que Bingley estaba impedido de ver a Jane, sentía una preocupación al respecto que la convencía, al examinarlo, de que no lo consideraba del todo desesperado. Era posible, y a veces pensaba que era probable, que su afecto pudiera reavivarse, y que la influencia de sus amigos fuera combatida con éxito por la más natural atracción de Jane.

La señorita Bennet aceptó la invitación de su tía con gusto; y los Bingley no estaban en sus pensamientos en ese momento más que en la esperanza de que, al no vivir Caroline en la misma casa que su hermano, pudiera pasar ocasionalmente una mañana con ella, sin ningún peligro de verlo.

Los Gardiner se quedaron una semana en Longbourn; y con los Philips, los Lucas y los oficiales, no hubo un solo día sin algún compromiso. La señora Bennet había planeado tan cuidadosamente el entretenimiento de su hermano y su hermana, que no se sentaron ni una vez a una cena familiar. Cuando el compromiso era en casa, algunos de los oficiales siempre formaban parte de él, siendo el señor Wickham uno de ellos; y en estas ocasiones, la señora Gardiner, hecha sospechosa por los cálidos elogios de Elizabeth hacia él, los observaba atentamente a ambos. Sin suponer que, por lo que veía, estuvieran muy enamorados, su preferencia mutua era lo suficientemente evidente como para inquietarla un poco; y decidió hablar con Elizabeth sobre el tema antes de que ella se marchara de Hertfordshire, y representarle la imprudencia de fomentar tal apego.

Para la señora Gardiner, Wickham tenía un medio de ofrecer placer, no relacionado con sus habilidades generales. Hace unos diez o doce años, antes de casarse, había pasado un tiempo considerable en esa misma parte

de Derbyshire a la que él pertenecía. Por lo tanto, tenían muchos conocidos en común; y, aunque Wickham había estado poco allí desde la
muerte del padre de Darcy, cinco años antes, aún tenía la capacidad de
darle información más fresca sobre sus antiguos amigos que la que ella
había podido conseguir.

La señora Gardiner había visto Pemberley y conocía al difunto señor
Darcy por su carácter muy bien. Aquí, en consecuencia, había un tema
inagotable de conversación. Al comparar su recuerdo de Pemberley con la
minuciosa descripción que Wickham podía ofrecer, y al rendir homenaje al
carácter de su antiguo propietario, estaba deleitando tanto a él como a sí
misma. Al enterarse del trato que el actual señor Darcy le daba, intentó
recordar algo sobre la disposición reputada de ese caballero, cuando era un
niño, que pudiera coincidir con ello; y al final estaba segura de que recordaba haber oído hablar anteriormente del señor Fitzwilliam Darcy como
un niño muy orgulloso y de mal carácter.

❧ 26 ❧

La advertencia de la señora Gardiner a Elizabeth fue puntual y amable, dada en la primera oportunidad favorable de hablar a solas con ella: después de decirle honestamente lo que pensaba, continuó así:

"Eres una chica demasiado sensata, Lizzy, para enamorarte solo porque te advierten en contra; y, por lo tanto, no tengo miedo de hablar abiertamente. En serio, quiero que estés alerta. No te involucres, ni intentes involucrarlo a él, en un afecto que la falta de fortuna haría tan imprudente. No tengo nada en contra de él: es un joven muy interesante; y si tuviera la fortuna que debería tener, pensaría que no podrías hacer mejor elección. Pero como están las cosas, no debes dejar que tu fantasía se descontrole. Tienes sentido común, y todos esperamos que lo uses. Estoy segura de que tu padre confiaría en tu resolución y buen comportamiento. No debes decepcionar a tu padre."

"Querida tía, esto es seriedad, de verdad."

"Sí, y espero lograr que tú también seas seria."

"Bueno, entonces, no tienes por qué alarmarte. Me cuidaré de mí misma y del señor Wickham también. No se enamorará de mí, si puedo evitarlo."

"Elizabeth, no hablas en serio ahora."

"Te pido perdón. Lo intentaré de nuevo. En este momento no estoy enamorada del señor Wickham; no, ciertamente no lo estoy. Pero es, sin comparación, el hombre más agradable que he visto jamás; y si realmente se encariña conmigo, creo que será mejor que no lo haga. Veo la imprudencia de esto. ¡Oh, ese abominable señor Darcy! La opinión de mi padre sobre mí me hace el mayor honor; y sería miserable perderlo. Sin embargo, mi padre tiene una debilidad por el señor Wickham. En resumen, querida tía, me sentiría muy mal si fuera la causa de hacerlos infelices; pero dado que vemos, todos los días, que donde hay afecto, los jóvenes rara vez se ven impedidos, por la falta inmediata de fortuna, de entrar en compromisos entre sí, ¿cómo puedo prometer ser más sabia que tantos de mis semejantes, si soy tentada, o cómo puedo saber siquiera que sería más sabio resistir? Todo lo que puedo prometerte, por lo tanto, es no tener prisa. No tendré prisa por creer que soy su primer objetivo. Cuando esté en compañía de él, no estaré deseando. En resumen, haré lo mejor que pueda."

"Quizás sería mejor si desalentases su visita aquí tan a menudo. Al menos no deberías recordarle a tu madre que lo invite."

—"Como hice el otro día," dijo Elizabeth, con una sonrisa consciente; "es muy cierto, será prudente de mi parte abstenerme de eso. Pero no imagines que él está aquí tan a menudo. Ha sido por tu causa que ha sido invitado tan frecuentemente esta semana. Conoces las ideas de mi madre sobre la necesidad de compañía constante para sus amigas. Pero realmente, y te lo juro, intentaré hacer lo que creo que es lo más sabio; y ahora espero que estés satisfecha."

Su tía le aseguró que lo estaba; y Elizabeth, tras agradecerle por la amabilidad de sus consejos, se despidieron, siendo un ejemplo maravilloso de cómo se puede dar un consejo sobre tal asunto sin resentimientos.

El Sr. Collins regresó a Hertfordshire poco después de que los Gardiner y Jane lo hubieran abandonado; pero, como se hospedaba con los Lucas, su llegada no fue un gran inconveniente para la Sra. Bennet. Su matrimonio se acercaba rápidamente; y ella estaba finalmente tan resignada que pensaba que era inevitable, e incluso repetidamente decía, en un tono malhumorado, que "deseaba que fueran felices." El jueves sería el día de la boda, y el miércoles la Srta. Lucas hizo su visita de despedida; y cuando se levantó para despedirse, Elizabeth, avergonzada por los deseos poco amables y renuentes de su madre, y sinceramente afectada, la acompañó fuera de la habitación. Mientras bajaban juntas las escaleras, Charlotte dijo:

—"Dependeré de oír de ti muy a menudo, Eliza."

—"Eso ciertamente será así."

—"Y tengo otro favor que pedirte. ¿Vendrás a verme?"

—"Espero que nos encontremos a menudo en Hertfordshire."

—"No es probable que deje Kent por un tiempo. Así que prométeme que vendrás a Hunsford."

Elizabeth no pudo negarse, aunque preveía poco placer en la visita.

"Mi padre y María vendrán a visitarme en marzo," añadió Charlotte, "y espero que consientas en unirte a nosotros. De verdad, Eliza, serás tan bienvenida para mí como cualquiera de ellos."

La boda tuvo lugar: la novia y el novio salieron hacia Kent desde la puerta de la iglesia, y todo el mundo tuvo tanto que decir o escuchar sobre el tema como de costumbre. Elizabeth pronto tuvo noticias de su amiga, y su correspondencia fue tan regular y frecuente como siempre había sido: que fuera igualmente sincera era imposible. Elizabeth nunca podía dirigirse a ella sin sentir que toda la comodidad de la intimidad se había acabado; y, aunque estaba decidida a no descuidar su papel de corresponsal, lo hacía más por lo que había sido que por lo que era. Las primeras cartas de Charlotte fueron recibidas con bastante entusiasmo: no podía evitar la curiosidad por saber cómo hablaría de su nuevo hogar, cómo le gustaría Lady Catherine y cuán feliz se atrevería a declararse; aunque, al leer las cartas, Elizabeth sintió que Charlotte se expresaba en cada punto exactamente como ella podría haberlo previsto. Escribía con alegría, parecía rodeada de comodidades y no mencionaba nada que no pudiera alabar. La casa, los muebles, el vecindario y las carreteras eran de su agrado, y el comportamiento de Lady Catherine era muy amistoso y cortés. Era la versión suavizada de Mr. Collins sobre Hunsford y Rosings; y Elizabeth se dio cuenta de que tendría que esperar su propia visita allí para conocer el resto.

Jane ya había escrito unas líneas a su hermana para anunciar su llegada segura a Londres; y cuando escribiera de nuevo, Elizabeth esperaba que le fuera posible decir algo sobre los Bingley.

Su impaciencia por esta segunda carta fue tan bien recompensada como suele serlo la impaciencia en general. Jane había estado una semana en la ciudad, sin haber visto ni oído nada de Caroline. Sin embargo, lo justificó suponiendo que su última carta a su amiga desde Longbourn se había perdido por algún accidente.

"Mi tía," continuó, "va mañana a esa parte de la ciudad, y aprovecharé la oportunidad para llamar a Grosvenor Street."

Escribió de nuevo cuando se realizó la visita y vio a la señorita Bingley. "No pensé que Caroline estuviera de buen ánimo," fueron sus palabras, "pero se alegró mucho de verme y me reprochó que no le hubiera avisado de mi llegada a Londres. Por lo tanto, tenía razón; mi última carta nunca le había llegado. Pregunté, por supuesto, por su hermano. Estaba bien, pero tan ocupado con el señor Darcy que apenas lo veían. Descubrí que se esperaba a la señorita Darcy para cenar: ojalá pudiera verla. Mi visita no fue larga, ya que Caroline y la señora Hurst iban a salir. Estoy segura de que pronto las veré aquí."

Elizabeth sacudió la cabeza al leer esta carta. La convenció de que solo un accidente podría revelar al señor Bingley que su hermana estaba en la ciudad.

Pasaron cuatro semanas, y Jane no vio nada de él. Intentó convencerse de que no lo lamentaba; pero ya no podía ser ciega ante la falta de atención de la señorita Bingley. Después de esperar en casa cada mañana durante quince días y de inventar cada noche una nueva excusa para ella, la visitante apareció al fin; pero la brevedad de su estancia y, aún más, la alteración en su comportamiento, ya no permitieron a Jane engañarse más. La carta que escribió en esta ocasión a su hermana demostrará lo que sentía: —

"Mi queridísima Lizzy, estoy segura de que será incapaz de triunfar en su mejor juicio, a mi costa, cuando confiese haber sido completamente engañada respecto a la consideración de la señorita Bingley hacia mí. Pero, querida hermana, aunque el acontecimiento ha demostrado que tenías razón, no pienses que soy obstinada si aún afirmo que, considerando cuál fue su comportamiento, mi confianza era tan natural como tu sospecha. No comprendo en absoluto su razón para desear estar íntima conmigo; pero, si las mismas circunstancias volvieran a ocurrir, estoy segura de que volvería a ser engañada. Caroline no devolvió mi visita hasta ayer; y no recibí ninguna nota, ni una línea, en el interín. Cuando finalmente vino, era muy evidente que no disfrutaba de ello; hizo una ligera y formal disculpa por no haber llamado antes, no dijo ni una palabra sobre desear volver a verme, y era, en todos los aspectos, una criatura tan alterada que, cuando se fue, estaba perfectamente resuelta a no continuar con la relación. La compadezco, aunque no puedo evitar culparla. Estuvo muy equivocada al seleccionarme como lo hizo; puedo decir con seguridad que todos los intentos de intimidad comenzaron de su parte. Pero la compadezco, porque debe sentir que ha estado actuando mal, y porque estoy muy segura de que la ansiedad por su hermano es la causa de ello. No necesito explicarme más; y aunque sabemos que esta ansiedad es completamente innecesaria, si ella la siente, fácilmente puede explicar su comportamiento hacia mí; y tan merecidamente querido como es él para su hermana, cualquier ansiedad que pueda sentir por él es natural y amable. Sin embargo, no puedo dejar de preguntarme cómo puede tener tales temores ahora, porque si a él le hubiera importado algo de mí, nos habríamos encontrado hace mucho, mucho tiempo. Estoy segura de que sabe que estoy en la ciudad, por algo que ella misma dijo; y, sin embargo, parece, por su manera de hablar, como si quisiera persuadirse de que realmente él tiene una preferencia por la señorita Darcy. No lo comprendo. Si no temiera juzgar con dureza, estaría casi tentada a decir que hay una fuerte apariencia de duplicidad en todo esto. Me esforzaré por desterrar cada pensamiento doloroso y pensar solo en lo que me hará feliz: tu afecto y la invariable amabilidad de mi querido tío y tía. Déjame saber de ti muy pronto. La señorita Bingley mencionó algo sobre que él nunca regresaría a Netherfield nuevamente, sobre renunciar a la casa, pero no con ninguna certeza. Es mejor que no lo mencionemos. Estoy extremadamente contenta de que tengas tales agradables noticias de nuestros amigos en Hunsford. Por favor, ve a verlos, con Sir William y María. Estoy segura de que estarás muy cómoda allí."

"Tuya, etc."

Esta carta le causó algo de dolor a Elizabeth; pero su ánimo se recuperó al considerar que Jane ya no sería engañada, al menos por su hermana. Todas las expectativas con respecto al hermano estaban ahora completamente acabadas. Ni siquiera deseaba que hubiera una renovación de sus atenciones. Su carácter se degradaba con cada revisión; y, como castigo para él, así como una posible ventaja para Jane, ella esperaba seriamente que pronto se casara con la hermana de Mr. Darcy, ya que, según el relato de Wickham, ella le haría lamentar abundantemente lo que había dejado escapar.

La Sra. Gardiner, por esa época, le recordó a Elizabeth su promesa respecto a ese caballero, y pidió información; y Elizabeth tuvo que enviar lo que podría darle más satisfacción a su tía que a ella misma. Su aparente preferencia había disminuido, sus atenciones habían cesado, y ahora era admirador de alguien más. Elizabeth estaba lo suficientemente atenta para darse cuenta de todo, pero podía verlo y escribir sobre ello sin un dolor material. Su corazón había sido apenas tocado, y su vanidad se sentía satisfecha al creer que habría sido su única elección, de haberlo permitido la fortuna. La repentina adquisición de diez mil libras era el encanto más notable de la joven a la que ahora se estaba mostrando agradable; pero Elizabeth, quizás menos perspicaz en este caso que en el de Charlotte, no le reprochaba su deseo de independencia. Nada, por el contrario, podría ser más natural; y, mientras podía suponer que le costó algunos esfuerzos renunciar a ella, estaba dispuesta a considerarlo una medida sabia y deseable para ambos, y podía desearle muy sinceramente que fuera feliz.

Todo esto fue reconocido por la señora Gardiner; y, después de relatar las circunstancias, continuó así:—"Ahora estoy convencida, querida tía, de que nunca he estado verdaderamente enamorada; porque si realmente hubiera experimentado esa pasión pura y elevadora, en este momento detestaría su mismo nombre y desearía todo tipo de mal para él. Pero mis sentimientos no solo son cordiales hacia él, sino que incluso son imparciales hacia la señorita King. No puedo encontrar que la odie en absoluto, ni que esté en lo más mínimo renuente a pensar que es una chica muy buena. No puede haber amor en todo esto. Mi vigilancia ha sido efectiva; y aunque sin duda sería un objeto más interesante para todos mis conocidos, si estuviera locamente enamorada de él, no puedo decir que lamente mi insignificancia comparativa. La importancia a veces se puede pagar demasiado caro. Kitty y Lydia se toman su defección mucho más a pecho que yo. Son jóvenes en las costumbres del mundo y aún no están abiertas a la mortificante convicción de que los hombres jóvenes y guapos deben tener algo de qué vivir, al igual que los menos agraciados."

27

Sin eventos mayores que estos en la familia Longbourn, y con poco más que las caminatas a Meryton, a veces embarradas y a veces frías, así pasaron enero y febrero. Marzo estaba destinado a llevar a Elizabeth a Hunsford. Al principio no había pensado seriamente en ir allí; pero pronto descubrió que Charlotte contaba con el plan, y poco a poco comenzó a considerarlo con mayor placer y también mayor certeza. La ausencia había aumentado su deseo de ver a Charlotte de nuevo y había debilitado su desagrado hacia el Sr. Collins. Había novedad en el esquema; y dado que, con una madre así y unas hermanas tan poco agradables, el hogar no podía ser perfecto, un pequeño cambio no era desagradable por sí mismo. Además, el viaje le daría un vistazo a Jane; y, en resumen, a medida que se acercaba el momento, se habría sentido muy apenada por cualquier retraso. Sin embargo, todo transcurrió sin problemas y se resolvió finalmente según el primer boceto de Charlotte. Iba a acompañar al Sir William y a su segunda hija. Con el tiempo, se añadió la mejora de pasar una noche en Londres, y el plan se volvió tan perfecto como un plan puede ser.

El único dolor fue dejar a su padre, quien ciertamente la extrañaría y quien, cuando llegó el momento, no le gustó nada que se fuera, hasta el punto de decirle que le escribiera y casi prometió contestar su carta.

La despedida entre ella y el señor Wickham fue perfectamente amigable; de su parte, incluso más. Su búsqueda actual no podía hacerle olvidar que Elizabeth había sido la primera en despertar y merecer su atención, la primera en escuchar y compadecer, la primera en ser admirada; y en su manera de despedirse de ella, deseándole todo disfrute, recordándole lo que debía esperar de Lady Catherine de Bourgh, y confiando en que su opinión sobre ella—su opinión sobre todos—siempre coincidiera, había una solicitud, un interés, que ella sentía que siempre la uniría a él con un afecto muy sincero; y se despidió de él convencida de que, estuviera casado o soltero, siempre debería ser su modelo de lo amable y placentero.

Sus compañeros de viaje al día siguiente no eran del tipo que la hiciera pensar que él era menos agradable. Sir William Lucas y su hija María, una chica de buen humor, pero tan vacía de cabeza como él, no tenían nada que decir que valiera la pena escuchar, y se les prestaba atención con aproximadamente el mismo deleite que el traqueteo de la berlina. A Elizabeth le encantaban las absurdidades, pero conocía demasiado bien las de Sir William. No podía contarle nada nuevo sobre las maravillas de su presentación y caballería; y sus cortesías estaban tan desgastadas como su información.

Fue un viaje de solo veinticuatro millas, y comenzaron tan temprano que llegaron a Gracechurch Street al mediodía. Al acercarse a la puerta del señor Gardiner, Jane estaba en una ventana del salón observando su llegada: cuando entraron en el pasillo, ella estaba allí para darles la bienvenida, y Elizabeth, mirándola con atención, se alegró de ver su rostro tan saludable y hermoso como siempre. En las escaleras había un grupo de niños y niñas, cuya impaciencia por ver a su prima no les permitía esperar en el salón, y cuya timidez, ya que no la habían visto en un año, les impedía bajar más. Todo era alegría y amabilidad. El día transcurrió de la manera más agradable; la mañana fue un bullicio de compras, y la tarde en uno de los teatros.

Elizabeth entonces logró sentarse junto a su tía. Su primer tema fue su hermana; y se sintió más apenada que asombrada al escuchar, en respuesta a sus minuciosas preguntas, que aunque Jane siempre luchaba por mantener su ánimo, había momentos de desánimo. Sin embargo, era razonable esperar que estos no duraran mucho. La señora Gardiner también le dio detalles sobre la visita de la señorita Bingley en Gracechurch Street, y repitió conversaciones que ocurrieron en diferentes momentos entre Jane y ella, lo que demostraba que la primera había, desde el fondo de su corazón, renunciado a la relación.

La señora Gardiner entonces bromeó con su sobrina sobre la deserción de Wickham y la felicitó por llevarlo tan bien.

"Pero, querida Elizabeth," añadió, "¿qué tipo de chica es la señorita King? Me dolería pensar que nuestra amiga es mercenaria."

"Reza, querida tía, ¿cuál es la diferencia en los asuntos matrimoniales entre el motivo mercenario y el prudente? ¿Dónde termina la discreción y comienza la avaricia? La Navidad pasada temías que se casara conmigo porque sería imprudente; y ahora, porque está tratando de conseguir a una chica con solo diez mil libras, quieres descubrir que es mercenario."

"Si solo me dices qué tipo de chica es la señorita King, sabré qué pensar."

"Es una chica muy buena, creo. No sé nada malo de ella."

"Pero él no le prestó la más mínima atención hasta que la muerte de su abuelo la convirtió en dueña de esta fortuna."

"No, ¿por qué debería hacerlo? Si no era permitido que ganara mis afectos porque no tenía dinero, ¿qué motivo habría para cortejar a una chica que no le interesaba y que era igualmente pobre?"

"Pero parece una falta de delicadeza dirigir sus atenciones hacia ella tan pronto después de este evento."

"Un hombre en circunstancias difíciles no tiene tiempo para todas esas elegantes decoros que otras personas pueden observar. Si ella no se opone, ¿por qué deberíamos hacerlo nosotros?"

"El hecho de que ella no se oponga no lo justifica. Solo muestra que le falta algo a ella—sentido o sentimiento."

"Bueno," exclamó Elizabeth, "tenlo como quieras. Él será mercenario y ella será tonta."

"No, Lizzy, eso es lo que no quiero. Me daría pena, sabes, pensar mal de un joven que ha vivido tanto tiempo en Derbyshire."

"Oh, si eso es todo, tengo una muy mala opinión de los jóvenes que viven en Derbyshire; y sus amigos íntimos que viven en Hertfordshire no son mucho mejores. Estoy harta de todos ellos. ¡Gracias al cielo! Mañana iré a un lugar donde encontraré a un hombre que no tiene una sola cualidad agradable, que no tiene ni modales ni sentido que lo recomienden. Después de todo, los hombres estúpidos son los únicos que valen la pena conocer."

"Ten cuidado, Lizzy; esa declaración suena fuertemente a decepción."

Antes de que se separaran con el final de la obra, tuvo la inesperada felicidad de recibir una invitación para acompañar a su tío y a su tía en un viaje de placer que proponían realizar en verano.

"No hemos determinado exactamente hasta dónde nos llevará," dijo la señora Gardiner; "pero quizás, a los Lagos."

Ningún plan podría haber sido más agradable para Elizabeth, y su aceptación de la invitación fue de lo más rápida y agradecida. "Querida, querida tía," exclamó con entusiasmo, "¡qué deleite! ¡qué felicidad! Me dan nueva vida y vigor. Adiós a la decepción y al desánimo. ¿Qué son los hombres comparados con rocas y montañas? ¡Oh, qué horas de éxtasis pasaremos! Y cuando regresemos, no será como otros viajeros, sin poder dar una idea precisa de nada. Sabré dónde hemos ido; recordaremos lo que hemos visto. Lagos, montañas y ríos no estarán confundidos en nuestra imaginación; ni, cuando intentemos describir alguna escena particular, comenzaremos a discutir sobre su situación relativa. Que nuestras primeras efusiones sean menos insoportables que las de la mayoría de los viajeros."

28

CADA objeto en el viaje del día siguiente era nuevo e interesante para Elizabeth; y su ánimo estaba en un estado de disfrute; porque había visto a su hermana con tan buen aspecto que disipó todo temor por su salud, y la perspectiva de su gira por el norte era una fuente constante de deleite.

Cuando dejaron la carretera principal para tomar el camino hacia Hunsford, cada mirada buscaba la Parroquia, y en cada giro esperaban verla a la vista. La cerca del parque de Rosings era su límite por un lado. Elizabeth sonrió al recordar todo lo que había oído sobre sus habitantes.

Finalmente, la Parroquia se hizo visible. El jardín que descendía hacia el camino, la casa situada en él, las verdes vallas y el seto de laurel, todo indicaba que estaban llegando. El señor Collins y Charlotte aparecieron en la puerta, y la carruajes se detuvo en la pequeña puerta, que conducía, a través de un corto camino de grava, a la casa, en medio de los saludos y sonrisas de todo el grupo. En un instante, todos estaban fuera de la berlina, regocijándose al verse. La señora Collins recibió a su amiga con el más vivo placer, y Elizabeth se sintió cada vez más satisfecha por haber venido, al verse tan afectuosamente recibida. Vio de inmediato que los modales de su primo no habían cambiado tras su matrimonio: su formal cortesía era exactamente la misma que había sido; y lo retuvo algunos minutos en la puerta para escuchar y satisfacer sus preguntas sobre toda su familia. Luego, sin más demora que la de señalar la pulcritud de la entrada, los llevaron a la casa; y tan pronto como estuvieron en la sala, él los recibió por segunda vez, con ostentosa formalidad, en su humilde morada, y repitió puntualmente todas las ofertas de refrigerio de su esposa.

Elizabeth estaba preparada para verlo en todo su esplendor; y no podía evitar imaginar que, al mostrar la buena proporción de la habitación, su aspecto y sus muebles, se dirigía especialmente a ella, como si deseara hacerla sentir lo que había perdido al rechazarlo. Pero aunque todo parecía limpio y cómodo, no pudo gratificarlo con un suspiro de arrepentimiento; más bien miraba con asombro a su amiga, preguntándose cómo podía tener un aire tan alegre con un compañero así. Cuando el Sr. Collins decía algo de lo que su esposa podría sentirse razonablemente avergonzada, lo cual no era infrecuente, ella involuntariamente dirigía su mirada hacia Charlotte. Una o dos veces pudo discernir un ligero rubor; pero en general, Charlotte sabiamente hacía como si no escuchara. Después de sentarse el tiempo suficiente para admirar cada objeto de mobiliario en la habitación, desde el aparador hasta el borde de la chimenea, para dar cuenta de su viaje y de todo lo que había sucedido en Londres, el Sr. Collins les invitó a dar un paseo por el jardín, que era grande y estaba bien diseñado, y cuya cultivación atendía él mismo. Trabajar en su jardín era uno de sus placeres más respetables; y Elizabeth admiró el control de su expresión con el que Charlotte hablaba sobre la salud que proporcionaba el ejercicio, y admitía que lo fomentaba tanto como podía. Allí, guiando el camino a través de cada sendero y cruce, y apenas permitiendo que tuvieran un instante para expresar los elogios que pedía, cada vista era señalada con una minuciosidad que dejaba la belleza completamente atrás. Podía contar los campos en cada dirección y decía cuántos árboles había en el grupo más distante. Pero de todas las vistas que su jardín, o que el campo o el reino podían presumir, ninguna podía compararse con la perspectiva de Rosings, que ofrecía una abertura en los árboles que bordeaban el parque casi frente a la entrada de su casa. Era un edificio moderno y elegante, bien situado en una colina.

Desde su jardín, el señor Collins los habría llevado por sus dos prados; pero las damas, al no tener zapatos para enfrentar los restos de una escarcha blanca, dieron la vuelta; y mientras el señor William lo acompañaba, Charlotte llevó a su hermana y amiga por la casa, extremadamente complacida, probablemente, de tener la oportunidad de mostrarla sin la ayuda de su esposo. Era bastante pequeña, pero bien construida y cómoda; y todo estaba equipado y organizado con una pulcritud y coherencia, de las que Elizabeth le dio todo el crédito a Charlotte. Cuando se podía olvidar al señor Collins, realmente había un gran aire de confort en todo, y por el evidente disfrute de Charlotte, Elizabeth supuso que a menudo debía ser olvidado.

Ya había aprendido que Lady Catherine aún estaba en el campo. Se volvió a hablar de ello mientras estaban en la cena, cuando el señor Collins, al unirse a la conversación, observó:

"Sí, señorita Elizabeth, tendrá el honor de ver a Lady Catherine de Bourgh el próximo domingo en la iglesia, y no necesito decir que estará encantada con ella. Es toda amabilidad y condescendencia, y no dudo que tendrá el honor de recibir alguna parte de su atención una vez que finalice el servicio. Apenas tengo dudas en decir que le incluirá junto a mi hermana María en cada invitación con la que nos honre durante su estancia aquí. Su comportamiento hacia mi querida Charlotte es encantador. Cenamos en Rosings dos veces a la semana y nunca se nos permite caminar a casa. El carruaje de Su Ladyship se ordena regularmente para nosotros. Debería decir, uno de los carruajes de Su Ladyship, porque tiene varios."

"Lady Catherine es una mujer muy respetable y sensata, de hecho," añadió Charlotte, "y una vecina muy atenta."

"Es muy cierto, querida, eso es exactamente lo que digo. Ella es el tipo de mujer a la que no se puede considerar con demasiada deferencia."

La velada se pasó principalmente hablando sobre las noticias de Hertfordshire y repitiendo lo que ya se había escrito; y cuando concluyó, Elizabeth, en la soledad de su habitación, tuvo que meditar sobre el grado de satisfacción de Charlotte, entender su manera de guiar y su calma al lidiar con su esposo, y reconocer que todo se hacía muy bien. También tuvo que anticipar cómo transcurriría su visita, el tranquilo tono de sus ocupaciones habituales, las molestosas interrupciones del señor Collins y las alegrías de su interacción con Rosings. Una imaginación viva pronto lo resolvió todo.

Hacia la mitad del día siguiente, mientras estaba en su habitación preparándose para un paseo, un ruido repentino abajo parecía indicar que toda la casa estaba en confusión; y, después de escuchar un momento, oyó a alguien corriendo escaleras arriba con gran prisa y llamándola en voz alta. Abrió la puerta y se encontró con María en el descansillo, que, sin aliento de la agitación, exclamó:

"¡Oh, querida Eliza! ¡por favor, apúrate y ven al comedor, porque hay un espectáculo que ver! No te diré qué es. ¡Apúrate y baja este instante!"

Elizabeth hizo preguntas en vano; María no le diría nada más; y corrieron al comedor que daba a la calle, en busca de esta maravilla; eran dos damas que se detenían en un phaeton bajo en la puerta del jardín.

"¿Y eso es todo?" exclamó Elizabeth. "¡Esperaba al menos que los cerdos hubieran entrado al jardín, y aquí no hay más que Lady Catherine y su hija!"

"¡La! mi querida," dijo María, bastante sorprendida por el error, "no es Lady Catherine. La anciana es la Sra. Jenkinson, que vive con ellas. La otra es la Srta. De Bourgh. Solo mírala. Es una criatura muy pequeña. ¡Quién hubiera pensado que podría ser tan delgada y pequeña!"

"Es abominablemente grosera mantener a Charlotte afuera con todo este viento. ¿Por qué no entra?"

"Oh, Charlotte dice que casi nunca lo hace. Es un gran favor cuando la Srta. De Bourgh entra."

"Me gusta su apariencia," dijo Elizabeth, sorprendida por otros pensamientos. "Se ve enfermiza y malhumorada. Sí, le vendrá muy bien a él. Será una esposa muy adecuada para él."

El Sr. Collins y Charlotte estaban conversando en la puerta con las damas; y el Sr. William, para gran diversión de Elizabeth, estaba apostado en el umbral, en profunda contemplación de la grandeza que tenía delante, y continuamente inclinándose cada vez que la Srta. De Bourgh miraba en su dirección.

Al final no había nada más que decir; las damas continuaron su camino, y los demás regresaron a la casa. El Sr. Collins no vio a las dos chicas antes de comenzar a felicitarlas por su buena fortuna, que Charlotte explicó al informarles que todo el grupo había sido invitado a cenar en Rosings al día siguiente.

❧ 29 ❧

El triunfo del Sr. Collins, como consecuencia de esta invitación, fue completo. El poder de exhibir la grandeza de su patrona a sus asombrados visitantes, y de permitirles ver su cortesía hacia él y su esposa, era exactamente lo que había deseado; y que se le diera una oportunidad de hacerlo tan pronto fue un ejemplo de la condescendencia de Lady Catherine que no sabía cómo admirar lo suficiente.

"Confieso," dijo él, "que no me habría sorprendido en absoluto que su Ladyship nos invitara el domingo a tomar té y pasar la velada en Rosings. Más bien esperaba, por mi conocimiento de su afabilidad, que sucediera. Pero, ¿quién podría haber previsto una atención como esta? ¿Quién podría haber imaginado que recibiríamos una invitación a cenar allí (una invitación, además, que incluye a todo el grupo) tan pronto después de su llegada?"

"Menos me sorprende lo que ha sucedido," respondió Sir William, "gracias a ese conocimiento de cómo son realmente las maneras de los grandes, que mi situación en la vida me ha permitido adquirir. En la corte, tales ejemplos de elegante educación no son infrecuentes."

Casi no se habló durante todo el día ni la mañana siguiente de otra cosa que no fuera su visita a Rosings. El Sr. Collins les estaba instruyendo cuidadosamente sobre lo que debían esperar, para que la vista de tales habitaciones, tantos sirvientes y una cena tan espléndida no los abrumara del todo.

Cuando las damas se estaban separando para el aseo, él le dijo a Elizabeth:
—

"No te inquietes, querida prima, por tu vestimenta. Lady Catherine está lejos de exigirnos la elegancia de ropa que le corresponde a ella y a su hija. Te aconsejaría que simplemente te pusieras lo que sea superior al resto de tu ropa—no hay necesidad de nada más. Lady Catherine no pensará menos de ti por ir vestida de manera sencilla. A ella le gusta que se preserve la distinción de rango."

Mientras se vestían, él vino dos o tres veces a sus diferentes puertas para recomendarles que se apuraran, ya que a Lady Catherine le desagradaba mucho que la hicieran esperar para cenar. Tales relatos tan formidables sobre Su Ladyship y su manera de vivir asustaron bastante a Maria Lucas, quien no estaba muy acostumbrada a la compañía; y ella esperaba su presentación en Rosings con tanto temor como su padre lo había hecho para su presentación en St. James's.

Como el clima era agradable, tuvieron un paseo placentero de aproximadamente media milla a través del parque. Cada parque tiene su belleza y sus vistas; y Elizabeth vio mucho que le agradaba, aunque no pudo estar en tales éxtasis como Mr. Collins esperaba que la escena inspirara, y fue solo levemente afectada por su enumeración de las ventanas en la parte frontal de la casa y su relato sobre lo que el acristalamiento había costado originalmente a Sir Lewis de Bourgh.

Cuando subieron los escalones hacia el vestíbulo, la alarma de Maria aumentaba con cada momento, e incluso Sir William no parecía completamente tranquilo. El coraje de Elizabeth no la abandonó. No había oído nada de Lady Catherine que la hiciera parecer terrible por ningún talento extraordinario o virtud milagrosa, y pensaba que podía presenciar la mera majestad del dinero y el rango sin trepidación.

Desde el vestíbulo, del cual el señor Collins señaló, con un aire de entusiasmo, la fina proporción y los acabados ornamentales, siguieron a los sirvientes a través de una antecámara hasta la habitación donde estaban sentadas Lady Catherine, su hija y la señora Jenkinson. Su señoría, con gran condescendencia, se levantó para recibirlas; y como la señora Collins había acordado con su esposo que el deber de la presentación sería suyo, se llevó a cabo de manera adecuada, sin ninguna de esas disculpas y agradecimientos que él habría considerado necesarios.

A pesar de haber estado en St. James's, el señor William estaba tan completamente impresionado por la grandeza que lo rodeaba, que apenas tuvo el coraje suficiente para hacer una reverencia muy baja y tomar asiento sin decir una palabra; y su hija, aterrorizada casi fuera de sus sentidos, se sentó al borde de su silla, sin saber hacia dónde mirar. Elizabeth se sintió completamente a la altura de la situación y pudo observar a las tres damas delante de ella con calma. Lady Catherine era una mujer alta y corpulenta, con rasgos muy marcados, que en otro tiempo podrían haber sido atractivos. Su porte no era conciliador, ni su manera de recibirlas hacía que sus visitantes olvidaran su rango inferior. No se volvía formidable por su silencio; pero todo lo que decía se expresaba en un tono tan autoritario que evidenciaba su autoimportancia, y trajo inmediatamente a la mente de Elizabeth al señor Wickham; y, a partir de la observación del día en general, creía que Lady Catherine era exactamente lo que él había representado.

Cuando, tras examinar a la madre, en cuyo rostro y comportamiento pronto encontró cierta semejanza con el señor Darcy, volvió sus ojos hacia la hija, casi podría haber compartido la sorpresa de María al verla tan delgada y tan pequeña. No había, ni en figura ni en rostro, ninguna semejanza entre las damas. La señorita de Bourgh era pálida y enfermiza: sus rasgos, aunque no eran feos, eran insignificantes; y hablaba muy poco, excepto en voz baja, con la señora Jenkinson, en cuya apariencia no había nada notable, y que estaba completamente concentrada en escuchar lo que ella decía y en colocar una pantalla en la dirección correcta ante sus ojos.

Después de sentarse unos minutos, las enviaron a una de las ventanas para admirar la vista, con el señor Collins acompañándolas para señalar sus bellezas, y la señora de Bourgh amablemente informándoles que valía mucho más la pena mirarla en verano.

La cena fue extremadamente elegante, y estaban todos los sirvientes, así como todos los artículos de plata que el Sr. Collins había prometido; y, como él también había predicho, tomó su asiento al fondo de la mesa, a solicitud de su Señoría, y parecía como si sintiera que la vida no podría ofrecer nada mejor. Cortó, comió y alabó con una alegre disposición; y cada plato fue elogiado primero por él y luego por Sir William, quien ya estaba lo suficientemente recuperado para repetir lo que su yerno decía, de una manera que Elizabeth se preguntaba cómo podía soportar Lady Catherine. Pero Lady Catherine parecía satisfecha con su excesiva admiración y ofrecía sonrisas muy gracias, especialmente cuando algún plato en la mesa resultaba ser una novedad para ellos. La reunión no ofreció mucha conversación. Elizabeth estaba lista para hablar en cuanto se presentara una oportunidad, pero estaba sentada entre Charlotte y la Srta. de Bourgh; la primera estaba absorbida en escuchar a Lady Catherine, y la segunda no le dirigió palabra durante toda la cena. La Sra. Jenkinson estaba principalmente ocupada en observar cuánto comía la pequeña Srta. de Bourgh, instándola a probar algún otro plato y temiendo que estuviera indispuesta. María consideraba que hablar estaba fuera de cuestión, y los caballeros no hacían más que comer y admirar.

Cuando las damas regresaron al salón, poco había que hacer más que escuchar a Lady Catherine hablar, lo cual hizo sin interrupción hasta que sirvieron el café, expresando su opinión sobre cada tema de una manera tan decisiva que demostraba que no estaba acostumbrada a que se cuestionara su juicio. Preguntó a Charlotte sobre sus asuntos domésticos de manera familiar y minuciosa, y le dio muchos consejos sobre la gestión de todos ellos; le dijo cómo debía regularse todo en una familia tan pequeña como la suya, e instruyó sobre el cuidado de sus vacas y sus aves de corral. Elizabeth se dio cuenta de que nada estaba por debajo de la atención de esta gran dama que pudiera ofrecerle una ocasión para dictar a los demás. En los intervalos de su discurso con la señora Collins, dirigió una variedad de preguntas a María y a Elizabeth, pero especialmente a esta última, de cuyas conexiones sabía menos, y que, observó a la señora Collins, era una chica muy elegante y bonita. En diferentes momentos le preguntó cuántas hermanas tenía, si eran mayores o menores que ella, si alguna de ellas tenía posibilidades de casarse, si eran guapas, dónde habían sido educadas, qué carruaje tenía su padre y cuál era el apellido de soltera de su madre. Elizabeth sintió toda la impertinencia de sus preguntas, pero las respondió con gran compostura. Lady Catherine entonces observó:

"¿La propiedad de su padre está heredada por Mr. Collins, creo? Por su bien," dirigiéndose a Charlotte, "me alegra; pero de otro modo no veo la necesidad de heredar propiedades por la línea femenina. No se consideró necesario en la familia del Sir Lewis de Bourgh. ¿Tocas y cantas, señorita Bennet?"

"Un poco."

"Oh, entonces—en algún momento estaremos encantados de escucharte. Nuestro instrumento es excelente, probablemente superior a ——. Tendrás la oportunidad de probarlo algún día. ¿Tus hermanas tocan y cantan?"

"Una de ellas sí."

"¿Por qué no aprendieron todas? Deberían haberlo hecho. Las señoritas Webb todas tocan, y su padre no tiene un ingreso tan bueno como el tuyo. ¿Dibujas?"

"No, en absoluto."

"¿Qué, ninguna de ustedes?"

"Ni una sola."

"Eso es muy extraño. Pero supongo que no tuviste oportunidad. Tu madre debería haberte llevado a la ciudad cada primavera para el beneficio de los maestros."

"Mi madre no tendría objeción, pero mi padre odia Londres."

"¿Tu institutriz se ha ido?"

"Nosotros nunca tuvimos institutriz."

¿¡Sin institutriz!? ¿Cómo fue eso posible? ¡Cinco hijas criadas en casa sin una institutriz! Nunca he oído hablar de algo así. Tu madre debió haber sido toda una esclava de tu educación."

Elizabeth apenas pudo evitar sonreír, mientras le aseguraba que no había sido el caso.

"Entonces, ¿quién les enseñó? ¿quién se ocupó de ustedes? Sin una institutriz, deben haber sido descuidadas."

"Comparadas con algunas familias, creo que sí; pero aquellas de nosotras que quisieron aprender nunca carecieron de los medios. Siempre nos alentaron a leer y tuvimos todos los maestros que fueron necesarios. Aquellas que decidieron ser perezosas, ciertamente podían."

"Ay, sin duda: pero eso es lo que una institutriz evitará; y si hubiera conocido a tu madre, la habría aconsejado con vehemencia para que contratara una. Siempre digo que nada se puede hacer en educación sin una instrucción constante y regular, y nadie más que una institutriz puede proporcionarla. Es impresionante cuántas familias he ayudado a proveer en ese sentido. Siempre me alegra colocar bien a una joven. Cuatro sobrinas de la señora Jenkinson están en una situación muy agradable gracias a mí; y fue hace poco que recomendé a otra joven, que fue mencionada por casualidad, y la familia está encantada con ella. Señora Collins, ¿le conté que Lady Metcalfe me llamó ayer para agradecerme? Encuentra a la señorita Pope un tesoro. 'Lady Catherine', dijo ella, 'me has dado un tesoro.' ¿Están sus hermanas menores fuera, señorita Bennet?"

"Sí, señora, todas."

"¿Todas? ¿Qué, las cinco fuera a la vez? ¡Qué raro! Y tú solo la segunda. ¡Las menores fuera antes que las mayores estén casadas! ¿Sus hermanas menores deben ser muy jóvenes?"

"Sí, la más joven no tiene dieciséis. Quizás sea demasiado joven para estar mucho en compañía. Pero, de verdad, señora, creo que sería muy duro para las hermanas menores no tener su parte de sociedad y diversión, porque las mayores pueden no tener los medios o la inclinación de casarse temprano. La última tiene tanto derecho a los placeres de la juventud como la primera. ¡Y ser retenida por tal motivo! Creo que no sería muy probable que promoviera el afecto fraternal o la delicadeza de mente."

"Por mi palabra," dijo su Ladyship, "das tu opinión de manera muy decidida para ser tan joven. Por favor, ¿cuántos años tienes?"

"Con tres hermanas menores ya crecidas," respondió Elizabeth, sonriendo, "su Ladyship difícilmente puede esperar que lo admita."

Lady Catherine parecía bastante asombrada por no recibir una respuesta directa; y Elizabeth sospechaba que era la primera criatura que se había atrevido a jugar con tanta dignidad e impertinencia.

"No puedes tener más de veinte, estoy segura; por lo tanto, no necesitas ocultar tu edad."

"No tengo veintiuno."

Cuando los caballeros se unieron a ellas y el té había terminado, se colocaron las mesas de cartas. Lady Catherine, Sir William y el Sr. y la Sra. Collins se sentaron a jugar al cuadrille; y como la señorita De Bourgh decidió jugar al cassino, las dos chicas tuvieron el honor de ayudar a la Sra. Jenkinson a completar su grupo. Su mesa era extremadamente aburrida.

Apenas se pronunció una sílaba que no estuviera relacionada con el juego, excepto cuando la Sra. Jenkinson expresaba su temor de que la señorita De Bourgh estuviera demasiado caliente o demasiado fría, o que tuviera demasiada o muy poca luz. Pasó mucho más en la otra mesa. Lady Catherine hablaba en general, señalando los errores de los tres demás, o relatando alguna anécdota sobre sí misma. El Sr. Collins se dedicaba a estar de acuerdo con todo lo que decía su Ladyship, agradeciéndole por cada pez que ganaba y disculpándose si pensaba que ganaba demasiado. Sir William no dijo mucho. Estaba almacenando su memoria con anécdotas y nombres nobiliarios.

Cuando Lady Catherine y su hija habían jugado tanto como quisieron, se desmantelaron las mesas, se ofreció la carruaje a la señora Collins, que lo aceptó con gratitud y lo pidió de inmediato. El grupo luego se reunió alrededor del fuego para escuchar a Lady Catherine determinar qué clima tendrían al día siguiente. De estas instrucciones fueron interrumpidos por la llegada de la carruaje; y con muchos discursos de agradecimiento por parte de Mr. Collins y tantos reverencias por parte de Sir William, se marcharon. Tan pronto como se alejaron de la puerta, su prima llamó a Elizabeth para que diera su opinión sobre todo lo que había visto en Rosings, la cual, por el bien de Charlotte, hizo más favorable de lo que realmente fue. Pero su elogio, aunque le costó algo de esfuerzo, de ninguna manera pudo satisfacer a Mr. Collins, y muy pronto se vio obligado a tomar él mismo los elogios de su Ladyship.

SIR WILLIAM permaneció solo una semana en Hunsford; pero su visita fue lo suficientemente larga como para convencerlo de que su hija estaba muy bien establecida y de que poseía un esposo y un vecino que no eran fáciles de encontrar. Mientras Sir William estuvo con ellos, el Sr. Collins dedicó sus mañanas a llevarlo en su gig y a mostrarle el campo; pero cuando se fue, toda la familia volvió a sus ocupaciones habituales, y Elizabeth se sintió agradecida al ver que no tenían más contacto con su primo a causa de la alteración, ya que la mayor parte del tiempo entre el desayuno y la cena la pasaba él trabajando en el jardín, leyendo y escribiendo, y mirando por la ventana en su propia sala de libros, que daba a la carretera. La habitación donde las damas se sentaban estaba en la parte trasera. Al principio, Elizabeth se preguntaba por qué Charlotte no prefería el comedor para uso común; era una habitación de mejor tamaño y tenía un aspecto más agradable: pero pronto se dio cuenta de que su amiga tenía una excelente razón para lo que hacía, ya que el Sr. Collins, sin duda, habría estado mucho menos en su propio apartamento si se hubieran sentado en una habitación igualmente animada; y le dio crédito a Charlotte por la disposición.

Desde el salón no podían distinguir nada en el camino, y debían al Sr. Collins el conocimiento de qué carruajes pasaban, y con qué frecuencia, especialmente cuando la Srta. De Bourgh pasaba en su faetón, de lo cual nunca fallaba en venir a informarlos, aunque sucedía casi todos los días. No era infrecuente que se detuviera en la Parsonage y tuviera una breve conversación con Charlotte, pero rara vez se dejaba convencer de bajarse.

Pasaban muy pocos días en los que el Sr. Collins no caminara a Rosings, y no muchos en los que su esposa no considerara necesario ir también; y hasta que Elizabeth recordó que podría haber otros beneficios familiares que asignar, no pudo entender el sacrificio de tantas horas. De vez en cuando, eran honrados con una visita de su Ladyship, y nada escapaba a su observación de lo que sucedía en la habitación durante estas visitas. Ella examinaba sus actividades, miraba su trabajo y les aconsejaba hacerlo de otra manera; criticaba la disposición de los muebles o sorprendía a la sirvienta en negligencia; y si aceptaba algún refrigerio, parecía hacerlo solo para descubrir que los trozos de carne de la Sra. Collins eran demasiado grandes para su familia.

Elizabeth pronto se dio cuenta de que, aunque esta gran dama no estaba en la comisión de paz del condado, era una magistrada muy activa en su propia parroquia, cuyos asuntos más minuciosos le eran llevados por el Sr. Collins; y cada vez que alguno de los aldeanos estaba dispuesto a ser peleón, descontento o demasiado pobre, ella salía al pueblo para resolver sus diferencias, silenciar sus quejas y regañarlos para que vivieran en armonía y abundancia.

El entretenimiento de cenar en Rosings se repetía aproximadamente dos veces a la semana; y, considerando la ausencia de Sir William y que solo había una mesa de cartas por la noche, cada uno de esos entretenimientos era un reflejo del primero. Sus otros compromisos eran pocos, ya que el estilo de vida del vecindario en general estaba más allá de las posibilidades de los Collins. Sin embargo, esto no era un mal para Elizabeth, y en general pasaba su tiempo cómodamente: había ratos de agradable conversación con Charlotte, y el clima era tan hermoso para la época del año que a menudo disfrutaba mucho al aire libre. Su paseo favorito, al que frecuentemente iba mientras los demás visitaban a Lady Catherine, era a lo largo del claro que bordeaba ese lado del parque, donde había un bonito sendero resguardado, que parecía no ser apreciado por nadie más que por ella, y donde se sentía fuera del alcance de la curiosidad de Lady Catherine.

De esta manera tranquila, la primera quincena de su visita pasó rápidamente. Se acercaba la Pascua, y la semana anterior traería una adición a la familia en Rosings, que en un círculo tan pequeño debía ser importante.

Elizabeth había escuchado, poco después de su llegada, que se esperaba la visita del señor Darcy en el transcurso de unas pocas semanas; y aunque no había muchas personas de su conocimiento que no prefiriera, su llegada proporcionaría uno relativamente nuevo para observar en las reuniones de Rosings, y podría divertirse viendo cuán inútiles eran los planes de la señorita Bingley sobre él, a través de su comportamiento hacia su primo, para quien, evidentemente, estaba destinado por Lady Catherine, quien hablaba de su llegada con la mayor satisfacción, lo mencionaba en términos de la más alta admiración y parecía casi enojada al descubrir que ya había sido visto con frecuencia por la señorita Lucas y por ella misma.

Su llegada pronto fue conocida en la Parroquia; pues el Sr. Collins estuvo caminando toda la mañana a la vista de las casas que dan a Hunsford Lane, con el fin de tener la más temprana certeza de ello; y, después de hacer una reverencia cuando la carruajes se adentró en el parque, se apresuró a casa con la gran noticia. A la mañana siguiente, se dirigió a Rosings para presentar sus respetos. Había dos sobrinos de Lady Catherine que los requerían, ya que el Sr. Darcy había traído consigo al Coronel Fitzwilliam, el hijo menor de su tío, Lord ———; y, para gran sorpresa de todo el grupo, cuando el Sr. Collins regresó, los caballeros lo acompañaron. Charlotte los había visto desde la habitación de su esposo, cruzando la carretera, y, corriendo de inmediato hacia la otra, les dijo a las chicas qué honor podían esperar, añadiendo,—

"Debo agradecerte, Eliza, por esta cortesía. El Sr. Darcy nunca habría venido tan pronto a visitarme."

Elizabeth apenas tuvo tiempo de rechazar todo derecho al cumplido antes de que su acercamiento fuera anunciado por el timbre de la puerta, y poco después, los tres caballeros entraron en la habitación. El Coronel Fitzwilliam, que lideraba el camino, tenía alrededor de treinta años, no era atractivo, pero en persona y trato era verdaderamente un caballero. El Sr. Darcy lucía tal como había estado acostumbrado a verse en Hertfordshire, saludó con su habitual reserva a la Sra. Collins; y, cualesquiera que fueran sus sentimientos hacia su amiga, la enfrentó con toda apariencia de compostura. Elizabeth simplemente le hizo una reverencia, sin decir una palabra.

El coronel Fitzwilliam inició la conversación directamente, con la disposición y facilidad de un hombre bien educado, y habló de manera muy amena; pero su primo, después de dirigir una ligera observación sobre la casa y el jardín a la señora Collins, permaneció sentado un tiempo sin hablar con nadie. Sin embargo, al final, su cortesía se despertó lo suficiente como para preguntar a Elizabeth por la salud de su familia. Ella le respondió de la manera habitual; y, tras un momento de pausa, añadió:

"Mi hermana mayor ha estado en la ciudad estos tres meses. ¿Nunca ha tenido la oportunidad de verla allí?"

Ella era perfectamente consciente de que él nunca la había visto; pero quería ver si él revelaría alguna conciencia de lo que había pasado entre los Bingleys y Jane; y pensó que parecía un poco confundido al responder que nunca había tenido la suerte de encontrarse con la señorita Bennet. El tema no se continuó y los caballeros se marcharon poco después.

❧ 31 ❧

Los modales del coronel Fitzwilliam fueron muy admirados en el Parsonage, y todas las damas sintieron que él debía contribuir considerablemente al placer de sus compromisos en Rosings. Sin embargo, pasaron algunos días antes de que recibieran alguna invitación allí, ya que mientras hubiera visitantes en la casa no era necesario; y no fue hasta el día de Pascua, casi una semana después de la llegada de los caballeros, que se les honró con tal atención, y entonces solo se les pidió al salir de la iglesia que fueran allí por la noche. Durante la última semana habían visto muy poco a la señora Catherine o a su hija. El coronel Fitzwilliam había llamado al Parsonage más de una vez durante ese tiempo, pero al señor Darcy solo lo habían visto en la iglesia.

La invitación fue aceptada, por supuesto, y a la hora adecuada se unieron a la fiesta en el salón de Lady Catherine. Su Ladyship los recibió con cortesía, pero era evidente que su compañía no era tan aceptable como cuando no podía conseguir a nadie más; y, de hecho, estaba casi completamente absorta en sus sobrinos, hablando con ellos, especialmente con Darcy, mucho más que con cualquier otra persona en la sala.

El coronel Fitzwilliam parecía realmente contento de verlos: cualquier cosa era un alivio bienvenido para él en Rosings; y la bonita amiga de la señora Collins, además, le había llamado mucho la atención. Ahora se sentó junto a ella y habló de manera tan agradable sobre Kent y Hertfordshire, sobre viajar y quedarse en casa, sobre libros nuevos y música, que Elizabeth nunca había estado tan bien entretenida en esa sala antes; y conversaban con tanto espíritu y fluidez que atrajeron la atención de la propia Lady Catherine, así como del señor Darcy. Sus ojos se habían vuelto hacia ellos pronto y repetidamente con una mirada de curiosidad; y que su Ladyship, después de un tiempo, compartiera ese sentimiento fue más abiertamente reconocido, pues no dudó en llamar,—

"¿Qué es lo que están diciendo, Fitzwilliam? ¿De qué están hablando? ¿Qué le estás contando a la señorita Bennet? Déjame escuchar qué es."

"Estábamos hablando de música, señora," dijo él, cuando ya no pudo evitar una respuesta.

"¡De música! Entonces, por favor, habla en voz alta. Es, de todos los temas, mi deleite. Debo tener mi parte en la conversación, si están hablando de música. Supongo que hay pocas personas en Inglaterra que disfruten de la música más que yo, o que tengan un mejor gusto natural. Si alguna vez hubiera aprendido, habría sido un gran experto. Y lo sería Anne, si su salud se lo hubiera permitido. Estoy seguro de que habría interpretado maravillosamente. ¿Cómo le va a Georgiana, Darcy?"

El Sr. Darcy habló con afectuosa alabanza sobre el nivel de habilidad de su hermana.

"Me alegra mucho escuchar un buen informe sobre ella," dijo Lady Catherine; "y por favor, dile de mi parte que no puede esperar sobresalir si no practica mucho."

"Le aseguro, señora," respondió él, "que no necesita tal consejo. Practica muy a menudo."

"Mejor aún. No se puede hacer demasiado; y cuando le escriba la próxima vez, le diré que no lo descuide bajo ningún concepto. A menudo les digo a las jóvenes que no se puede alcanzar la excelencia en la música sin práctica constante. Le he dicho a la señorita Bennet varias veces que nunca tocará realmente bien, a menos que practique más; y aunque la Sra. Collins no tiene instrumento, es muy bienvenida, como le he dicho a menudo, a venir a Rosings todos los días y tocar el pianoforte en la habitación de la Sra. Jenkinson. No estorbaría a nadie, ya sabe, en esa parte de la casa."

El Sr. Darcy parecía un poco avergonzado por la falta de educación de su tía y no respondió.

Cuando el café se terminó, el coronel Fitzwilliam le recordó a Elizabeth que había prometido tocar para él; y ella se sentó de inmediato al instrumento. Él acercó una silla junto a ella. Lady Catherine escuchó la mitad de una canción y luego habló, como antes, con su otro sobrino; hasta que este se alejó de ella y, moviéndose con su habitual deliberación hacia el pianoforte, se colocó de manera que pudiera ver completamente el rostro de la bella intérprete. Elizabeth vio lo que él estaba haciendo y, en la primera pausa conveniente, se volvió hacia él con una sonrisa pícara y dijo:

"¿Pretende asustarme, Sr. Darcy, viniendo en todo este estado a escucharme? Pero no me alarmaré, aunque su hermana toque tan bien. Hay una terquedad en mí que nunca puede soportar asustarse ante la voluntad de otros. Mi valentía siempre aumenta con cada intento de intimidarme."

"No diré que está equivocada," respondió él, "porque realmente no podría creer que yo tuviera algún designio de asustarla; y he tenido el placer de conocerla el tiempo suficiente para saber que encuentra gran disfrute en profesar ocasionalmente opiniones que, de hecho, no son las suyas."

Elizabeth se rió a carcajadas ante esta imagen de sí misma y le dijo al coronel Fitzwilliam: "Su primo le dará una idea muy bonita de mí y le enseñará a no creer ni una palabra de lo que digo. Soy particularmente desafortunada al encontrarme con una persona tan capaz de exponer mi verdadero carácter, en una parte del mundo donde había esperado pasar desapercibida con algún grado de crédito. De hecho, Sr. Darcy, es muy mezquino de su parte mencionar todo lo que usted sabía en mi contra en Hertfordshire—y, permítame decir, muy imprudente también—porque me está provocando a retaliar, y podrían salir a la luz cosas que podría chocar a sus parientes."

"No tengo miedo de ti," dijo él, sonriendo.

"Por favor, déjame escuchar de qué lo acusas," exclamó el coronel Fitzwilliam. "Me gustaría saber cómo se comporta entre extraños."

"Lo escucharás, entonces, pero prepárate para algo muy terrible. La primera vez que lo vi en Hertfordshire, debes saber que fue en un baile—y en este baile, ¿qué crees que hizo? ¡Bailó solo cuatro danzas! Lamento causarte dolor, pero así fue. Bailó solo cuatro danzas, a pesar de que los caballeros eran escasos; y, según mi conocimiento, más de una joven estaba sentada esperando un compañero. Sr. Darcy, no puedes negar el hecho."

"En ese momento no tenía el honor de conocer a ninguna dama en la asamblea más allá de mi propio grupo."

"Es cierto; y nadie puede ser presentado en un salón de baile. Bueno, coronel Fitzwilliam, ¿qué toco a continuación? Mis dedos esperan tus órdenes."

"Quizás," dijo Darcy, "debería haber juzgado mejor si hubiera buscado una presentación, pero estoy mal calificado para recomendarme a extraños."

"¿Deberíamos preguntarle a tu primo la razón de esto?" dijo Elizabeth, dirigiéndose aún al coronel Fitzwilliam. "¿Deberíamos preguntarle por qué un hombre de sentido y educación, que ha vivido en el mundo, está mal calificado para recomendarse a extraños?"

"Puedo responder a tu pregunta," dijo Fitzwilliam, "sin necesidad de consultarlo. Es porque no se toma la molestia."

"Sin duda no tengo el talento que algunas personas poseen," dijo Darcy, "de conversar fácilmente con aquellos que nunca he visto antes. No puedo captar su tono de conversación, ni parecer interesado en sus asuntos, como a menudo veo que se hace."

"Mis dedos," dijo Elizabeth, "no se mueven sobre este instrumento de la manera magistral que veo que lo hacen tantas mujeres. No tienen la misma fuerza ni rapidez, y no producen la misma expresión. Pero siempre he supuesto que era culpa mía, porque no me he tomado la molestia de practicar. No es que no crea que mis dedos sean tan capaces como los de cualquier otra mujer de una ejecución superior."

Darcy sonrió y dijo: "Tienes toda la razón. Has empleado tu tiempo de una manera mucho mejor. Nadie que tenga el privilegio de escucharte puede pensar que te falta algo. Ninguno de los dos tocamos para extraños."

En ese momento, fueron interrumpidos por Lady Catherine, que llamó para preguntar de qué estaban hablando. Elizabeth comenzó a tocar de nuevo. Lady Catherine se acercó y, tras escuchar durante unos minutos, le dijo a Darcy:

"La señorita Bennet no tocaría nada mal si practicara más y pudiera tener la ventaja de un maestro de Londres. Tiene muy buena noción de los dedos, aunque su gusto no es igual al de Anne. Anne habría sido una intérprete encantadora, si su salud le hubiera permitido aprender."

Elizabeth miró a Darcy para ver cuán cordialmente asentía a los elogios de su prima, pero ni en ese momento ni en ningún otro pudo discernir ningún síntoma de amor; y de todo su comportamiento con Miss De Bourgh, sacó este consuelo para Miss Bingley: que podría haber sido igual de probable que se casara con ella, si hubiera sido su pariente.

Lady Catherine continuó sus comentarios sobre la interpretación de Elizabeth, mezclando con ellos muchas instrucciones sobre ejecución y gusto. Elizabeth las recibió con toda la paciencia de la cortesía; y a petición de los caballeros, permaneció en el instrumento hasta que el carruaje de su Ladyship estuvo listo para llevarlos a todos a casa.

❧ 32 ❧

ELIZABETH estaba sentada sola a la mañana siguiente, escribiendo a Jane, mientras la señora Collins y María habían salido por asuntos al pueblo, cuando se sorprendió al escuchar un timbrazo en la puerta, la señal segura de un visitante. Como no había oído ningún carruaje, pensó que probablemente se trataba de Lady Catherine; y bajo esa suposición, estaba guardando su carta a medio terminar, para evitar todas las preguntas impertinentes, cuando la puerta se abrió y, para su gran sorpresa, entró el señor Darcy, y solo el señor Darcy.

Él también parecía asombrado al encontrarla sola, y se disculpó por su intrusión, informándole que había entendido que todas las damas estaban dentro.

Luego se sentaron, y cuando ella hizo preguntas sobre Rosings, parecían en peligro de caer en un silencio total. Era absolutamente necesario, por lo tanto, pensar en algo; y en esta emergencia, recordando cuándo lo había visto por última vez en Hertfordshire, y sintiéndose curiosa por saber qué diría sobre su apresurada partida, observó:

"¡Qué repentinamente abandonaron todos Netherfield el noviembre pasado, señor Darcy! Debe haber sido una sorpresa muy agradable para el señor Bingley verlos a todos tan pronto detrás de él; porque, si no recuerdo mal, se marchó solo el día anterior. ¿Él y sus hermanas estaban bien, espero, cuando dejaron Londres?"

"Perfectamente, le agradezco."

Ella se dio cuenta de que no iba a recibir otra respuesta; y, después de una breve pausa, añadió:

"Creo que he entendido que el señor Bingley no tiene mucha idea de volver a Netherfield nuevamente, ¿verdad?"

"Nunca lo he oído decir eso; pero es probable que pase muy poco de su tiempo allí en el futuro. Tiene muchos amigos y está en una etapa de su vida en la que los amigos y los compromisos están aumentando continuamente."

"Si tiene la intención de estar poco en Netherfield, sería mejor para el vecindario que renunciara al lugar por completo, ya que así podríamos conseguir una familia establecida allí. Pero, quizás, el señor Bingley no tomó la casa tanto por la conveniencia del vecindario como por la suya propia, y debemos esperar que la mantenga o la abandone bajo el mismo principio."

"No me sorprendería," dijo Darcy, "si la dejara tan pronto como se presente alguna compra conveniente."

Elizabeth no respondió. Tenía miedo de hablar más sobre su amigo; y, no teniendo nada más que decir, estaba decidida a dejarle a él la tarea de encontrar un tema.

Él tomó la indirecta y pronto comenzó con: "Esta parece una casa muy cómoda. Lady Catherine, creo, hizo mucho por ella cuando el señor Collins llegó a Hunsford."

"Creo que sí, y estoy segura de que no podría haber otorgado su bondad a un objeto más agradecido."

"El señor Collins parece muy afortunado en su elección de esposa."

"Sí, de verdad; sus amigos pueden alegrarse de que haya encontrado a una de las pocas mujeres sensatas que lo habrían aceptado, o que lo habrían hecho feliz si lo hubieran hecho. Mi amiga tiene un excelente entendimiento—aunque no estoy segura de considerar que casarse con el señor Collins sea la cosa más sabia que haya hecho. Sin embargo, parece perfectamente feliz; y, desde un punto de vista prudencial, ciertamente es una muy buena unión para ella."

"Debe ser muy agradable para ella estar establecida a una distancia tan fácil de su propia familia y amigos."

"¿Una distancia fácil, dices? Son casi cincuenta millas."

"¿Y qué son cincuenta millas de buen camino? Poco más de medio día de viaje. Sí, lo considero una distancia muy fácil."

"Jamás habría considerado la distancia como una de las ventajas del matrimonio," exclamó Elizabeth. "Nunca habría dicho que la señora Collins estaba asentada cerca de su familia."

"Es una prueba de tu propio apego a Hertfordshire. Supongo que cualquier cosa más allá de la vecindad de Longbourn te parecería lejana."

Mientras hablaba, había una especie de sonrisa que Elizabeth pensó entender; debía estar suponiendo que ella estaba pensando en Jane y Netherfield, y se sonrojó al responder:—

"No quiero decir que una mujer no pueda estar asentada demasiado cerca de su familia. Lejos y cerca deben ser relativos y depender de muchas circunstancias cambiantes. Donde hay fortuna que haga que el gasto de viajar no sea importante, la distancia no se convierte en un mal. Pero ese no es el caso aquí. El señor y la señora Collins tienen un ingreso cómodo, pero no uno que permita viajes frecuentes—y estoy persuadida de que mi amiga no se llamaría a sí misma cerca de su familia a menos de la mitad de la distancia actual."

El señor Darcy acercó un poco su silla hacia ella y dijo: "No puedes tener derecho a un apego local tan fuerte. No puedes haber estado siempre en Longbourn."

Elizabeth se mostró sorprendida. El caballero experimentó un cambio de sentimientos; retrocedió su silla, tomó un periódico de la mesa y, echando un vistazo, dijo, en un tono más frío:—

"¿Estás contenta con Kent?"

Se desarrolló un breve diálogo sobre el tema del país, de manera calmada y concisa por ambas partes, y pronto se vio interrumpido por la entrada de Charlotte y su hermana, que acababan de regresar de su paseo. El tête-à-tête las sorprendió. El Sr. Darcy relató el error que había ocasionado su visita a la Srta. Bennet y, tras permanecer unos minutos más sentado, sin decir mucho a nadie, se marchó.

"¿Qué puede significar esto?" dijo Charlotte, en cuanto se fue. "Querida Eliza, debe estar enamorado de ti, o de otro modo nunca nos habría visitado de esta manera tan familiar."

Pero cuando Elizabeth habló de su silencio, no parecía muy probable, incluso para los deseos de Charlotte, que así fuera; y, tras varias conjeturas, al final solo pudieron suponer que su visita se debía a la dificultad de encontrar algo que hacer, lo cual era más probable debido a la época del año. Todos los deportes al aire libre habían terminado. Dentro de la casa estaba Lady Catherine, libros y una mesa de billar, pero los caballeros no pueden estar siempre dentro. Y, por la cercanía de la Parroquia, la agradable caminata hacia ella, o las personas que vivían allí, las dos primas encontraron una tentación en este periodo de ir allí casi todos los días. Pasaban a visitar en varios momentos de la mañana, a veces por separado, a veces juntas, y de vez en cuando acompañadas por su tía. Era evidente para todos que el Coronel Fitzwilliam venía porque disfrutaba de su compañía, una convicción que, por supuesto, lo hacía aún más recomendable; y Elizabeth, tanto por su propia satisfacción al estar con él como por su evidente admiración, fue recordada de su antiguo favorito, George Wickham; y aunque, al compararlos, vio que había menos suavidad cautivadora en los modales del Coronel Fitzwilliam, creía que podría tener una mente mejor informada.

Pero por qué el señor Darcy acudía tan a menudo a la casa del párroco era más difícil de entender. No podía ser por compañía, ya que frecuentemente se sentaba allí diez minutos sin abrir los labios; y cuando hablaba, parecía más el efecto de la necesidad que de la elección—un sacrificio a la propiedad, no un placer para él mismo. Rara vez parecía realmente animado. La señora Collins no sabía qué pensar de él. Las risas ocasionales del coronel Fitzwilliam ante su estupidez demostraban que generalmente era diferente, algo que su propio conocimiento de él no podría haberle dicho; y como le habría gustado creer que este cambio era efecto del amor, y que el objeto de ese amor era su amiga Eliza, se dispuso a averiguarlo seriamente: lo observó siempre que estaban en Rosings y cada vez que venía a Hunsford; pero sin mucho éxito. Ciertamente miraba a su amiga con mucha frecuencia, pero la expresión de esa mirada era discutible. Era una mirada intensa y fija, pero a menudo dudaba si había mucha admiración en ella, y a veces parecía no ser más que una ausencia de mente.

Una o dos veces sugirió a Elizabeth la posibilidad de que él pudiera estar interesado en ella, pero Elizabeth siempre se reía de la idea; y la señora Collins no pensaba que fuera correcto insistir en el tema, por el peligro de crear expectativas que solo podrían terminar en decepción; porque en su opinión no había duda de que todo el desagrado de su amiga desaparecería si pudiera suponer que él estaba en su poder.

En sus amables planes para Elizabeth, a veces pensaba en que se casara con el coronel Fitzwilliam. Él era, sin comparación, el hombre más agradable: sin duda la admiraba, y su situación en la vida era muy favorable; pero, para contrarrestar estas ventajas, el Sr. Darcy tenía un considerable patrocinio en la iglesia, y su primo no podía tener ninguno en absoluto.

🎕 33 🎕

Más de una vez, mientras paseaba por el parque, Elizabeth se encontró inesperadamente con el Sr. Darcy. Sintió toda la perversidad de la casualidad que lo llevaba a un lugar donde no había nadie más; y, para evitar que volviera a ocurrir, se aseguró de informarle, al principio, que era un lugar favorito para ella. Por lo tanto, ¡resultaba muy extraño que pudiera ocurrir una segunda vez! Sin embargo, así fue, e incluso una tercera. Parecía un mal carácter deliberado o una penitencia voluntaria; porque en estas ocasiones no se trataba solo de unas pocas preguntas formales y una pausa incómoda, y luego separarse, sino que él consideraba necesario regresar y caminar con ella. Nunca decía mucho, ni ella se molestaba en hablar o escuchar mucho; pero le llamó la atención, en el transcurso de su tercer encuentro, que él hacía algunas preguntas extrañas y desconectadas— sobre su placer al estar en Hunsford, su amor por los paseos solitarios y su opinión sobre la felicidad del Sr. y la Sra. Collins; y que al hablar de Rosings, y de su no entender perfectamente la casa, parecía esperar que cada vez que ella regresara a Kent, también se quedaría allí. Sus palabras parecían implicarlo. ¿Podría estar pensando en el coronel Fitzwilliam? Supuso que, si significaba algo, debía referirse a lo que podría surgir en ese ámbito. La inquietó un poco, y se sintió bastante aliviada al encontrarse en la puerta de la cerca opuesta al Parsonage.

Un día, mientras caminaba, estaba ocupada en volver a leer la última carta de Jane y reflexionando sobre algunos pasajes que demostraban que Jane no había escrito con buen ánimo, cuando, en lugar de verse nuevamente sorprendida por el Sr. Darcy, al levantar la vista, vio que el coronel Fitzwilliam se encontraba con ella. Guardando la carta de inmediato y forzando una sonrisa, dijo,—

"Antes no sabía que alguna vez paseabas por aquí."

"He estado recorriendo el parque," respondió él, "como suelo hacer cada año, y tenía la intención de finalizarlo con una visita al Parsonage. ¿Vas mucho más lejos?"

"No, debería haber girado en un momento."

Y efectivamente, ella giró, y caminaron juntos hacia el Parsonage.

"¿De verdad te vas de Kent el sábado?" le preguntó ella.

"Sí, si Darcy no lo pospone de nuevo. Pero estoy a su disposición. Él organiza los asuntos como le plazca."

"Y si no puede satisfacer sus propios deseos en la organización, al menos tiene un gran placer en el poder de elección. No conozco a nadie que parezca disfrutar más del poder de hacer lo que le gusta que el señor Darcy."

"Le gusta tener su propia manera," respondió el coronel Fitzwilliam. "Pero a todos nos gusta. Solo que él tiene mejores medios para lograrlo que muchos otros, porque es rico, y muchos otros son pobres. Hablo con sentimiento. Un hijo menor, ya sabes, debe estar acostumbrado a la autodisciplina y la dependencia."

"En mi opinión, el hijo menor de un conde puede conocer muy poco de ambas cosas. Ahora, en serio, ¿qué has conocido tú de la autodisciplina y la dependencia? ¿Cuándo te has visto impedido por la falta de dinero para ir a donde quisieras o para conseguir algo que te apetecía?"

"Estas son preguntas personales—y quizás no pueda decir que he experimentado muchas dificultades de esa naturaleza. Pero en cuestiones de mayor peso, puedo sufrir por la falta de dinero. Los hijos menores no pueden casarse donde les plazca."

"Salvo donde les gusten mujeres con fortuna, que creo que a menudo les gusta."

"Nuestros hábitos de gasto nos hacen demasiado dependientes, y no hay muchos en mi rango de vida que puedan permitirse casarse sin prestar atención al dinero."

"¿Es esto," pensó Elizabeth, "para mí?" y se sonrojó ante la idea; pero, recuperándose, dijo en un tono animado: "Y, por cierto, ¿cuál es el precio habitual de un hijo menor de un conde? A menos que el hermano mayor esté muy enfermo, supongo que no pedirías más de cincuenta mil libras."

Él le respondió en el mismo estilo, y el tema se dejó caer. Para interrumpir un silencio que podría hacerle pensar que ella estaba afectada por lo que había pasado, poco después dijo:

"Imagino que tu primo te trajo principalmente para tener a alguien a su disposición. Me pregunto por qué no se casa, para asegurar una conveniencia duradera de ese tipo. Pero, quizás, su hermana lo hace bien por ahora; y, como ella está bajo su único cuidado, puede hacer lo que le plazca con ella."

"No," dijo el coronel Fitzwilliam, "esa es una ventaja que debe compartir conmigo. Estoy asociado con él en la tutela de Miss Darcy."

"¿De verdad? Y, por cierto, ¿qué tipo de tutor eres? ¿Tu pupila te da muchos problemas? Las jóvenes de su edad a veces son un poco difíciles de manejar; y si tiene el verdadero espíritu Darcy, puede que le guste tener su propia manera."

Mientras hablaba, lo observó mirándola atentamente; y la manera en que inmediatamente le preguntó por qué suponía que Miss Darcy podría causarles alguna preocupación, la convenció de que de alguna manera había acertado bastante cerca de la verdad. Ella respondió directamente:

"No necesitas asustarte. Nunca he oído nada malo de ella; y estoy segura de que es una de las criaturas más manejables del mundo. Es una gran favorita de algunas damas de mi conocimiento, la señora Hurst y la señorita Bingley. Creo que te he oído decir que las conoces."

"Los conozco un poco. Su hermano es un hombre agradable, de buenos modales; es un gran amigo de Darcy."

"Oh sí," dijo Elizabeth con sequedad, "el señor Darcy es excepcionalmente amable con el señor Bingley y se preocupa enormemente por él."

"¿Se preocupa por él? Sí, realmente creo que Darcy se ocupa de él en aquellos aspectos donde más necesita cuidado. Por algo que me dijo en nuestro viaje hasta aquí, tengo razones para pensar que Bingley le debe mucho. Pero debo disculparme, ya que no tengo derecho a suponer que Bingley era la persona a la que se refería. Todo fue una conjetura."

"¿A qué te refieres?"

"Es una circunstancia que Darcy, por supuesto, no podría desear que se supiera en general, porque si llegara a oídos de la familia de la dama, sería algo desagradable."

"Puedes contar con que no lo mencionaré."

"Y recuerda que no tengo muchas razones para suponer que se trata de Bingley. Lo que me dijo fue meramente esto: que se congratulaba de haber salvado recientemente a un amigo de las inconveniencias de un matrimonio muy imprudente, pero sin mencionar nombres ni otros detalles; y solo sospeché que se trataba de Bingley porque creía que era el tipo de joven que podría meterse en un lío de ese tipo, y porque sabía que habían estado juntos todo el verano pasado."

"¿Te dio el señor Darcy sus razones para esta intervención?"

"Entendí que había algunas objeciones muy fuertes contra la dama."

"¿Y qué artimañas utilizó para separarlos?"

"No me habló de sus propias artimañas," dijo Fitzwilliam, sonriendo. "Solo me dijo lo que ahora te he contado."

Elizabeth no respondió y siguió caminando, su corazón hinchado de indignación. Después de observarla un poco, Fitzwilliam le preguntó por qué estaba tan pensativa.

"Estoy pensando en lo que me has estado diciendo," dijo ella. "La conducta de tu primo no se ajusta a mis sentimientos. ¿Por qué tenía que ser él el juez?"

"¿Tienes la tendencia de considerar su intervención como entrometida?"

"No veo qué derecho tenía el señor Darcy para decidir sobre la propiedad de la inclinación de su amigo; o por qué, basándose solo en su propio juicio, debía determinar y dirigir de qué manera su amigo debía ser feliz. Pero," continuó ella, recobrando la compostura, "como no conocemos ninguno de los detalles, no es justo condenarlo. No se puede suponer que había mucho afecto en el caso."

"Esa no es una suposición poco natural," dijo Fitzwilliam; "pero disminuye muy tristemente el honor del triunfo de mi primo."

Esto se dijo en tono de broma, pero a ella le pareció tan justo un retrato del Sr. Darcy, que no se atrevió a dar una respuesta; y, por lo tanto, cambiando abruptamente de conversación, habló de asuntos indiferentes hasta que llegaron a la casa parroquial. Allí, encerrada en su propia habitación, tan pronto como su visitante las dejó, pudo pensar sin interrupciones en todo lo que había escuchado. No se podía suponer que se referían a otras personas que no fueran aquellas con las que ella estaba relacionada. No podía existir en el mundo dos hombres sobre los que el Sr. Darcy pudiera tener una influencia tan desmedida. Nunca había dudado de que él había estado involucrado en las medidas tomadas para separar al Sr. Bingley y a Jane; pero siempre había atribuido a Miss Bingley el diseño y la organización principal de las mismas. Si su propia vanidad, sin embargo, no le engañaba, él era la causa—su orgullo y capricho eran la causa—de todo lo que Jane había sufrido, y que seguía sufriendo. Había arruinado durante un tiempo toda esperanza de felicidad para el corazón más afectuoso y generoso del mundo; y nadie podía decir qué mal tan duradero podría haber infligido.

"Había algunas objeciones muy fuertes contra la dama," fueron las palabras del coronel Fitzwilliam; y estas objeciones probablemente eran que ella tenía un tío que era un abogado rural y otro que estaba en negocios en Londres.

"¡Para Jane misma!" exclamó, "no podría haber ninguna posibilidad de objeción, ¡toda belleza y bondad como es! Su entendimiento es excelente, su mente está cultivada y sus modales son cautivadores. Tampoco se podría alegar nada en contra de mi padre, quien, aunque tiene algunas peculiaridades, posee habilidades que el propio Mr. Darcy no debería desdeñar, y una respetabilidad que probablemente él nunca alcanzará." Cuando pensaba en su madre, de hecho, su confianza se resquebrajaba un poco; pero no quería permitir que ninguna objeción tuviera un peso material para Mr. Darcy, cuyo orgullo, estaba convencida, recibiría una herida más profunda por la falta de importancia en las conexiones de su amigo que por su falta de sentido; y al final estaba decidida a que él había sido en parte gobernado por este peor tipo de orgullo, y en parte por el deseo de retener a Mr. Bingley para su hermana.

La agitación y las lágrimas que el tema provocaba le ocasionaron un dolor de cabeza; y se volvió tan intenso hacia la tarde que, sumado a su renuencia a ver a Mr. Darcy, la decidió a no acompañar a sus primos a Rosings, donde estaban comprometidos a tomar el té. La Sra. Collins, al ver que realmente no se encontraba bien, no la presionó para que fuera, y, tanto como pudo, evitó que su esposo la presionara; pero el Sr. Collins no pudo ocultar su aprehensión de que a Lady Catherine le desagradara un poco que ella se quedara en casa.

❦ 34 ❦

CUANDO se fueron, Elizabeth, como si quisiera exasperarse lo más posible contra el Sr. Darcy, eligió como ocupación el examen de todas las cartas que Jane le había escrito desde que estaba en Kent. No contenían ninguna queja real, ni había ninguna reactivación de sucesos pasados, ni comunicación de sufrimientos presentes. Pero en todas, y en casi cada línea de cada una, había una falta de esa alegría que solía caracterizar su estilo, y que, proveniente de la serenidad de una mente en paz consigo misma y bien dispuesta hacia los demás, apenas había sido nublada. Elizabeth notó cada oración que transmitía la idea de inquietud, con una atención que apenas había recibido en la primera lectura. La vergonzosa jactancia del Sr. Darcy sobre el sufrimiento que había podido infligir le dio una percepción más aguda de los sufrimientos de su hermana. Era un consuelo pensar que su visita a Rosings terminaría al día siguiente, y un consuelo aún mayor que en menos de dos semanas ella misma estaría nuevamente con Jane, y podría contribuir a la recuperación de su ánimo, por todo lo que el afecto pudiera hacer.

No podía pensar en la partida de Darcy de Kent sin recordar que su primo iría con él; pero el coronel Fitzwilliam había dejado claro que no tenía intenciones en absoluto, y, por agradable que fuera, no pensaba ser infeliz por él.

Mientras se ocupaba de este asunto, fue de repente despertada por el sonido del timbre de la puerta; y su ánimo se alteró un poco ante la idea de que pudiera ser el coronel Fitzwilliam, quien ya había llamado una vez tarde en la noche y podría ahora venir a informarse especialmente por ella. Pero esta idea pronto fue desechada, y su estado de ánimo se vio muy diferente cuando, para su total asombro, vio entrar a Mr. Darcy en la habitación. De manera apresurada, él comenzó de inmediato a preguntar por su salud, atribuyendo su visita al deseo de oír que se encontraba mejor. Ella le respondió con fría cortesía. Se sentó durante unos momentos y luego se levantó y comenzó a pasear por la habitación. Elizabeth estaba sorprendida, pero no dijo una palabra. Tras un silencio de varios minutos, se acercó a ella de manera agitada y comenzó así:

"En vano he luchado. No puedo más. Mis sentimientos no pueden ser reprimidos. Debes permitirme decirte cuánto te admiro y te amo con ardor."

El asombro de Elizabeth fue indescriptible. Se quedó mirando, se sonrojó, dudó y guardó silencio. Él consideró que eso era un estímulo suficiente, y la confesión de todo lo que sentía y había sentido por ella siguió inmediatamente. Habló bien; pero había sentimientos además de los del corazón que debían ser expresados, y no fue más elocuente en el tema de la ternura que en el de su orgullo. Su sentido de su inferioridad, de que era una degradación, de los obstáculos familiares que el juicio siempre había opuesto a la inclinación, fueron tratados con una calidez que parecía deberse a la consecuencia que estaba hiriendo, pero era muy poco probable que recomendara su propuesta.

A pesar de su aversión profundamente arraigada, no podía ser insensible al cumplido de la afecto de un hombre así, y aunque sus intenciones no variaron ni un instante, al principio se sintió apenada por el dolor que iba a recibir; hasta que, al ser provocada por su lenguaje posterior, perdió toda compasión en la ira. Sin embargo, trató de componerse para responderle con paciencia, cuando él hubiera terminado. Concluyó representándole la fuerza de ese apego que, a pesar de todos sus esfuerzos, había encontrado imposible conquistar; y expresando su esperanza de que ahora sería recompensado con su aceptación de su mano. Al decir esto, ella pudo ver fácilmente que no tenía dudas de una respuesta favorable. Habló de aprensión y ansiedad, pero su rostro expresaba una seguridad real. Tal circunstancia solo podía exasperarla más; y cuando él cesó, el color subió a sus mejillas y ella dijo:

"En casos como este, creo que es el modo establecido expresar un sentido de obligación por los sentimientos manifestados, por muy desiguales que puedan ser correspondidos. Es natural que se sienta obligación, y si pudiera sentir gratitud, ahora te agradecería. Pero no puedo; nunca he deseado tu buena opinión, y ciertamente la has otorgado de muy mala gana. Lamento haber ocasionado dolor a alguien. Sin embargo, ha sido hecho de manera completamente inconsciente, y espero que será de corta duración. Los sentimientos que me dices que han impedido durante tanto tiempo el reconocimiento de tu afecto no deberían tener mucha dificultad en superarlo después de esta explicación."

El señor Darcy, que estaba apoyado en la repisa de la chimenea con la mirada fija en su rostro, parecía recibir sus palabras con no menos resentimiento que sorpresa. Su complexión se volvió pálida de ira, y la perturbación de su mente era visible en cada rasgo de su cara. Luchaba por aparentar tranquilidad y no abriría los labios hasta que creyera haberlo conseguido. La pausa fue para los sentimientos de Elizabeth espantosa. Finalmente, con una voz de calma forzada, dijo:

"¿Y esta es toda la respuesta que tengo el honor de esperar? Quizás desearía saber por qué, con tan poco esfuerzo por ser cortés, soy así rechazado. Pero es de poca importancia."

"Podría preguntar lo mismo," respondió ella, "¿por qué, con un evidente propósito de ofender e insultarme, elegiste decirme que te gustaba en contra de tu voluntad, en contra de tu razón, e incluso en contra de tu carácter? ¿No era esto una excusa para la incivilidad, si yo fui incivil? Pero tengo otras provocaciones. Sabes que las tengo. Si mis propios sentimientos no se hubieran decidido en tu contra, si hubieran sido indiferentes, o incluso favorables, ¿crees que alguna consideración me tentaría a aceptar al hombre que ha sido el medio de arruinar, quizás para siempre, la felicidad de una hermana muy querida?"

Al pronunciar estas palabras, el señor Darcy cambió de color; pero la emoción fue breve, y escuchó sin intentar interrumpirla mientras ella continuaba,—

"Tengo toda la razón del mundo para pensar mal de ti. Ningún motivo puede excusar la parte injusta y mezquina que actuaste allí. No te atreves, no puedes negar que has sido el principal, si no el único medio de separarlos el uno del otro, de exponer a uno a la censura del mundo por capricho e inestabilidad, y al otro a su burla por esperanzas defraudadas, involucrándolos a ambos en una miseria de la más aguda."

Hizo una pausa y vio con no poca indignación que él escuchaba con una actitud que demostraba que estaba completamente impasible ante cualquier sentimiento de remordimiento. Incluso le miró con una sonrisa de incredulidad afectada.

"¿Puedes negar que lo has hecho?" repitió.

Con una tranquilidad aparente, respondió: "No tengo ninguna intención de negar que hice todo lo posible para separar a mi amigo de tu hermana, ni que me alegra mi éxito. Hacia él he sido más amable que hacia mí mismo."

Elizabeth despreció la apariencia de notar esta reflexión civil, pero su significado no se le escapó, ni era probable que la conciliara.

"Pero no es solo este asunto," continuó, "sobre el que se basa mi desagrado. Mucho antes de que ocurriera, mi opinión sobre ti estaba decidida. Tu carácter se reveló en el relato que recibí hace muchos meses de parte del Sr. Wickham. Sobre este tema, ¿qué puedes decir? ¿En qué acto imaginario de amistad puedes defenderte aquí? ¿O bajo qué tergiversación puedes engañar a los demás?"

"Te interesa mucho los asuntos de ese caballero," dijo Darcy, en un tono menos tranquilo y con un color más intenso.

"¿Quién, que sepa cuáles han sido sus desventajas, puede evitar interesarse en él?"

"¿Sus desventajas?" repitió Darcy, con desdén. —"Sí, sus desventajas han sido realmente grandes."

"Y de tu inflicción," exclamó Elizabeth con energía; "tú lo has reducido a su actual estado de pobreza—pobreza comparativa. Has retenido las ventajas que debes saber que estaban destinadas para él. Has privado a los mejores años de su vida de esa independencia que no era menos su derecho que su mérito. ¡Tú has hecho todo esto! Y, sin embargo, puedes tratar la mención de sus desdichas con desprecio y burla."

"¿Y esta," exclamó Darcy, mientras caminaba con pasos rápidos por la habitación, "es tu opinión sobre mí! ¡Esta es la estimación en la que me tienes! Te agradezco que lo hayas explicado tan claramente. Mis fallos, según este cálculo, son realmente graves. Pero, quizás," añadió, deteniéndose en su andar y volviéndose hacia ella, "estas ofensas podrían haber sido pasadas por alto, si tu orgullo no se hubiera herido por mi honesta confesión de los escrúpulos que durante tanto tiempo habían impedido que formara un diseño serio. Estas amargas acusaciones podrían haberse reprimido, si yo, con mayor astucia, hubiera ocultado mis luchas y te hubiera halagado hasta hacerte creer que estaba impulsado por una inclinación sin reservas, pura; por la razón, por la reflexión, por todo. Pero el disfraz de cualquier tipo es mi abominación. Ni me avergüenzo de los sentimientos que relaté. Eran naturales y justos. ¿Podrías esperar que me regocijara en la inferioridad de tus conexiones?—¿que me congratulara con la esperanza de relaciones cuya condición en la vida está tan decididamente por debajo de la mía?"

Elizabeth sintió que se enojaba más con cada momento; sin embargo, trató al máximo de hablar con compostura cuando dijo,—

"Se equivoca, señor Darcy, si supone que la manera de su declaración me afectó de alguna otra forma que no sea el hecho de que me ahorró la preocupación que podría haber sentido al rechazarlo, si usted se hubiera comportado de una manera más caballerosa."

Ella lo vio sobresaltarse ante esto; pero él no dijo nada, y ella continuó,—

"No podría haberme hecho la oferta de su mano de ninguna manera que me hubiera tentado a aceptarla."

Una vez más, su asombro era obvio; y la miró con una expresión de incredulidad y mortificación mezcladas. Ella prosiguió,—

"Desde el mismo principio, desde el primer momento, puedo casi decir, de mi conocimiento de usted, sus modales, impresionándome con la más plena creencia en su arrogancia, su vanidad y su egoísta desdén por los sentimientos de los demás, fueron tales que formaron la base de desaprobación sobre la cual los eventos sucesivos han erigido una aversión tan inquebrantable; y no lo conocí un mes antes de sentir que usted era el último hombre en el mundo con el que jamás podría ser persuadida a casarme."

"Ha dicho más que suficiente, señora. Comprendo perfectamente sus sentimientos y ahora solo tengo que avergonzarme de lo que han sido los míos. Perdóneme por haber ocupado tanto de su tiempo y acepte mis mejores deseos por su salud y felicidad."

Y con estas palabras salió apresuradamente de la habitación, y Elizabeth lo oyó al momento abrir la puerta principal y abandonar la casa. El tumulto en su mente era ahora dolorosamente grande. No sabía cómo sostenerse, y, por debilidad, se sentó y lloró durante media hora. Su asombro, al reflexionar sobre lo que había pasado, aumentaba con cada revisión de ello. ¡Que ella recibiera una propuesta de matrimonio de parte del Sr. Darcy! ¡Que él estuviera enamorado de ella durante tantos meses! Tan enamorado como para desear casarse con ella a pesar de todas las objeciones que le habían hecho impedir que su amigo se casara con su hermana, y que debían aparecer al menos con igual fuerza en su propio caso, era casi increíble. Era gratificante haber inspirado inconscientemente un afecto tan fuerte. Pero su orgullo, su abominable orgullo, su vergonzosa confesión de lo que había hecho respecto a Jane, su imperdonable seguridad al reconocerlo, aunque no pudiera justificarlo, y la insensibilidad con la que había mencionado al Sr. Wickham, cuya crueldad no había intentado negar, pronto superaron la compasión que la consideración de su apego había despertado por un momento.

Continuó en muy agitados pensamientos hasta que el sonido de la carreta de Lady Catherine le hizo sentir lo poco preparada que estaba para enfrentar la observación de Charlotte, lo que la apresuró a regresar a su habitación.

❧ 35 ❧

ELIZABETH despertó a la mañana siguiente con los mismos pensamientos y meditaciones que, al final, habían cerrado sus ojos. No podía recuperar todavía la sorpresa de lo que había sucedido: era imposible pensar en otra cosa; y, totalmente indispuesta para trabajar, decidió poco después del desayuno darse un gusto con aire y ejercicio. Se dirigía directamente a su paseo favorito, cuando el recuerdo de que el Sr. Darcy a veces venía allí la detuvo, y en lugar de entrar al parque, giró por el camino que la alejaba de la carretera principal. La cerca del parque seguía siendo el límite por un lado, y pronto pasó por una de las puertas que conducían al terreno.

Después de caminar dos o tres veces por esa parte del camino, se sintió tentada, por la agradable mañana, a detenerse en las puertas y mirar hacia el parque. Las cinco semanas que había pasado en Kent habían hecho una gran diferencia en el paisaje, y cada día añadía más verdor a los árboles tempranos. Estaba a punto de continuar su paseo, cuando vislumbró a un caballero dentro del tipo de arboleda que bordeaba el parque: se estaba moviendo en su dirección; y temiendo que fuera el Sr. Darcy, retrocedió de inmediato. Pero la persona que avanzaba estaba lo suficientemente cerca como para verla y, acercándose con entusiasmo, pronunció su nombre. Ella se había vuelto; pero al oír que la llamaban, aunque con una voz que la identificó como el Sr. Darcy, se movió nuevamente hacia la puerta. Para ese momento, él también había llegado; y, extendiendo una carta, que ella tomó instintivamente, dijo, con una expresión de altiva compostura: "He estado caminando en la arboleda un tiempo, con la esperanza de encontrarte. ¿Tendrás la amabilidad de leer esa carta?" y luego, con una ligera inclinación, volvió a adentrarse en la plantación y pronto desapareció de su vista.

Sin ninguna expectativa de placer, pero con la más intensa curiosidad, Elizabeth abrió la carta, y para su asombro creciente, percibió un sobre que contenía dos hojas de papel de carta, escritas completamente, en una letra muy pequeña. El sobre en sí también estaba lleno. Continuando su camino por el sendero, comenzó a leerla. Estaba fechada desde Rosings, a las ocho de la mañana, y decía lo siguiente:—

"No se alarmé, señora, al recibir esta carta, por la aprehensión de que contenga alguna repetición de esos sentimientos o renovación de esas ofertas, que la desagradaron tanto anoche. Escribo sin ninguna intención de herirla, o de humillarme, al insistir en deseos que, por la felicidad de ambos, no pueden ser olvidados lo suficientemente pronto; y el esfuerzo que la redacción y la lectura de esta carta deben ocasionar, debería haberse evitado, si no fuera porque mi carácter requiere que sea escrita y leída. Debe, por lo tanto, perdonar la libertad con la que exijo su atención; sé que sus sentimientos se lo brindarán de mala gana, pero lo exijo por su justicia."

"Anoche se me imputaron dos ofensas de muy diferente naturaleza y que de ninguna manera son de igual magnitud. La primera fue que, sin importar los sentimientos de ninguno de los dos, había separado a Mr. Bingley de su hermana; y la otra, que, desafiando diversas reclamaciones, en oposición al honor y a la humanidad, había arruinado la prosperidad inmediata y destruido las perspectivas de Mr. Wickham. Habría sido una depravación, arrojar deliberadamente y sin consideración al compañero de mi juventud, el favorito reconocido de mi padre, un joven que apenas tenía otra dependencia que la de nuestro patrocinio, y que había sido educado para esperar su ejercicio. Esto no puede compararse en absoluto con la separación de dos jóvenes cuyas afectos solo podían haber crecido en unas pocas semanas. Sin embargo, a partir de la severidad de la crítica que anoche se me impuso tan generosamente respecto a cada circunstancia, espero estar seguro en el futuro, una vez que se haya leído el siguiente relato de mis acciones y sus motivos. Si, en la explicación que debo a mí mismo, me veo en la necesidad de relatar sentimientos que pueden ser ofensivos para usted, solo puedo decir que lo siento. La necesidad debe ser obedecida, y una disculpa adicional sería absurda. No había pasado mucho tiempo en Hertfordshire antes de que, al igual que otros, viera que Bingley prefería a su hermana mayor sobre cualquier otra joven del país. Pero no fue hasta la noche del baile en Netherfield que tuve alguna sospecha de que sentía un apego serio. Lo había visto enamorado muchas veces antes. En ese baile, mientras tenía el honor de bailar con usted, supe por la información accidental de Sir William Lucas que las atenciones de Bingley hacia su hermana habían dado lugar a una expectativa general de su matrimonio. Él hablaba de ello como un evento cierto, cuyo tiempo solo podía estar indeciso. Desde ese momento, observé atentamente el comportamiento de mi amigo; y entonces pude darme cuenta de que su parcialidad por Miss Bennet era mayor de lo que había visto en él antes. También observé a su hermana. Su mirada y modales eran abiertos, alegres y cautivadores como siempre, pero sin ningún síntoma de un cariño particular; y permanecí convencido, a partir de la inspección de esa noche, de que aunque ella recibía sus atenciones con placer, no las invitaba con ninguna participación de sentimiento. Si usted no se ha equivocado aquí, debo haber estado en un error. Su superior conocimiento de su hermana debe hacer esto probable. Si es así, si he sido engañado por tal error para infligir dolor en ella, su resentimiento no ha sido irrazonable. Pero no dudaré en afirmar que la serenidad del semblante y la actitud de su hermana era tal que podría haber dado al observador más agudo la convicción de que, por amable que fuera su carácter, su corazón no era propenso a ser tocado fácilmente. Que deseaba creer que ella era indiferente es cierto; pero me atreveré a decir que mis investigaciones y decisiones no suelen estar influenciadas por mis esperanzas o temores. No creía que ella fuera indiferente porque lo deseara; lo creía por convicción imparcial, tan verdaderamente como lo deseaba con razón. Mis objeciones al matrimonio no eran meramente aquellas que anoche reconocí haber requerido la mayor fuerza de pasión para apartar en mi propio caso; la falta de conexión no podía ser un mal tan grande para mi amigo como para mí. Pero había otras causas de repugnancia; causas que, aunque aún existían y en igual medida en ambos casos, yo mismo había tratado de olvidar porque no estaban inmediatamente ante mí. Estas causas deben ser expuestas, aunque brevemente. La situación de la familia de su madre, aunque objetable, no era nada en comparación con esa total falta de propriedad que tan frecuentemente, casi uniformemente, era traicionada por ella misma, por sus tres hermanas menores, y ocasionalmente incluso por su padre: —perdóneme, —me duele ofenderle. Pero en medio de su preocupación por los defectos de sus parientes más cercanos, y su descontento por esta representación de ellos, permítame consolarle al considerar que haber conducido sus vidas de tal manera que evitaran cualquier parte de tal censura es un elogio no menos generalmente otorgado a usted y a su hermana mayor que es honorable para el sentido y disposición de ambas. Solo diré, además, que a partir de lo que ocurrió esa noche, mi opinión sobre todas las partes fue confirmada, y cada incentivo se intensificó, que podría haberme llevado antes a preservar a mi amigo de lo que consideraba una conexión muy infeliz. Él dejó Netherfield para Londres al día siguiente, como estoy seguro recuerda, con la intención de regresar pronto. La parte que actué ahora debe ser explicada. La inquietud de sus hermanas había sido igualmente excitada como la mía: nuestra coincidencia de sentimientos fue pronto descubierta; y, igualmente conscientes de que no había tiempo que perder en separar a su hermano, resolvimos unirnos a él directamente en Londres. Así que fuimos, y allí me comprometí de inmediato en la tarea de señalar a mi amigo los ciertos males de tal elección. Los describí y los enfaticé con fervor. Pero, sin embargo, esta amonestación podría haber vacilado o retrasado su determinación, no supongo que finalmente hubiera evitado el matrimonio, si no hubieran sido respaldados por la certeza, que no dudé en dar, de la indiferencia de su hermana. Él antes había creído que ella correspondía a su afecto con sinceridad, aunque no con igual consideración. Pero Bingley tiene una gran modestia natural, con una mayor dependencia de mi juicio que de su propio. Convencerlo, por lo tanto, de que se había engañado a sí mismo fue un punto muy difícil. Persuadirlo de no regresar a Hertfordshire, cuando se le había dado esa convicción, fue apenas tarea de un momento. No puedo culparme por haber hecho tanto. Solo hay una parte de mi conducta, en todo el asunto, en la que no reflexiono con satisfacción; es que me rebajé a adoptar medidas de artimaña hasta el punto de ocultarle que su hermana estaba en la ciudad. Yo lo sabía, así como lo sabía Miss Bingley; pero su hermano todavía lo ignora. Que podrían haberse encontrado sin consecuencia negativa es, quizás, probable; pero su afecto no me parecía lo suficientemente extinguido como para que él pudiera verla sin algún peligro. Quizás este encubrimiento, este disfraz, estaba por debajo de mí. Sin embargo, se hizo, y se hizo para el bien. Sobre este asunto no tengo nada más que decir, ninguna otra disculpa que ofrecer. Si he herido los sentimientos de su hermana, fue sin querer; y aunque los motivos que me gobernaron pueden parecerle muy naturalmente insuficientes, aún no he aprendido a condenarlos. —Con respecto a esa otra acusación más grave, de haber dañado a Mr. Wickham, solo puedo refutarla exponiéndole toda su conexión con mi familia. Ignoro de qué me ha acusado en particular; pero de la verdad de lo que relataré puedo convocar más de un testigo de indudable veracidad. Mr. Wickham es hijo de un hombre muy respetable, que durante muchos años tuvo la administración de todas las propiedades de Pemberley, y cuya buena conducta en el desempeño de su confianza inclinó naturalmente a mi padre a ser de ayuda para él; y sobre George Wickham, que era su ahijado, su bondad fue, por lo tanto, generosamente otorgada. Mi padre lo apoyó en la escuela y luego en Cambridge; una ayuda muy importante, ya que su propio padre, siempre pobre por la extravagancia de su esposa, no habría podido proporcionarle una educación de caballero. Mi padre no solo apreciaba la compañía de este joven, cuyas maneras siempre eran cautivadoras, sino que también tenía la más alta opinión de él, y esperando que la iglesia fuera su profesión, tenía la intención de proveer para él en ella. En cuanto a mí, han pasado muchos, muchos años desde que empecé a pensar en él de una manera muy diferente. Las propensiones viciosas, la falta de principios, que él se cuidaba de ocultar del conocimiento de su mejor amigo, no pudieron escapar a la observación de un joven de casi la misma edad que él, y que tuvo oportunidades de verlo en momentos desprotegidos, que Mr. Darcy no pudo haber tenido. Aquí de nuevo le causaré dolor; hasta qué punto solo usted puede decir. Pero, sea cuales sean los sentimientos que Mr. Wickham haya creado, una sospecha de su naturaleza no me impedirá revelar su verdadero carácter. Esto añade incluso otro motivo. Mi excelente padre murió hace unos cinco años; y su apego a Mr. Wickham fue hasta el final tan firme que en su testamento me recomendó específicamente que promoviera su avance de la mejor manera que su profesión pudiera permitir, y si tomaba órdenes, deseaba que una valiosa beneficencia familiar fuera suya tan pronto como quedara vacante. También había un legado de mil libras. Su propio padre no sobrevivió mucho a mi padre; y dentro de los seis meses de estos eventos, Mr. Wickham me escribió para informarme que, habiendo decidido finalmente no tomar órdenes, esperaba que no pensara que era irrazonable que esperara algún beneficio pecuniario más inmediato, en lugar de la preferencia, de la que no podría beneficiarse. Tenía alguna intención, añadió, de estudiar derecho, y debo ser consciente de que el interés de mil libras sería un apoyo muy insuficiente en ello. Más bien deseaba que él fuera sincero; pero, en cualquier caso, estaba perfectamente dispuesto a aceptar su propuesta. Sabía que Mr. Wickham no debería ser clérigo. El asunto se resolvió pronto. Él renunció a toda reclamación de ayuda en la iglesia, si fuera posible que alguna vez pudiera estar en una situación para recibirla, y aceptó a cambio tres mil libras. Toda conexión entre nosotros parecía ahora disuelta. Pensaba tan mal de él que no lo invité a Pemberley, ni admití su compañía en la ciudad. En la ciudad, creo, vivía principalmente, pero su estudio del derecho era una mera pretensión; y ahora, libre de toda restricción, su vida era una vida de ociosidad y disipación. Durante aproximadamente tres años supe poco de él; pero tras la muerte del titular de la beneficencia que había sido destinada para él, me escribió nuevamente por carta solicitando la presentación. Sus circunstancias, me aseguró, y no tuve dificultad en creerlo, eran extremadamente malas. Había encontrado que el derecho era un estudio muy poco rentable, y ahora estaba absolutamente decidido a ser ordenado, si yo lo presentaba a la beneficencia en cuestión, de la cual confiaba que no podría haber duda, ya que estaba bien seguro de que no tenía a nadie más a quien proveer, y no podría haber olvidado las intenciones de mi venerado padre. Difícilmente podrá culparme por negarme a cumplir con esta súplica o por resistir cada repetición de la misma. Su resentimiento fue en proporción a la angustia de su situación, y sin duda fue tan violento en sus abusos hacia mí como en sus reproches hacia mí. Después de este período, toda apariencia de conocimiento fue eliminada. Cómo vivió, no lo sé. Pero el verano pasado fue nuevamente impuesto a mi atención de manera muy dolorosa. Debo ahora mencionar una circunstancia que desearía olvidar, y que ninguna obligación menos que la presente debería inducirme a revelar a ningún ser humano. Habiendo dicho tanto, no dudo de su secreto. Mi hermana, que es más de diez años menor que yo, fue dejada bajo la tutela del sobrino de mi madre, el coronel Fitzwilliam, y yo mismo. Hace aproximadamente un año, fue retirada de la escuela, y se formó un establecimiento para ella en Londres; y el verano pasado fue con la dama que lo presidía a Ramsgate; y allí también fue Mr. Wickham, indudablemente por designio; pues resultó que había habido una relación previa entre él y Mrs. Younge, en cuyo carácter fuimos más que desafortunadamente engañados; y por su connivencia y ayuda, él se recomendó a Georgiana, cuyo corazón afectuoso conservaba una fuerte impresión de su bondad hacia ella de niña, de tal manera que se convenció de que estaba enamorada y consintió en una fuga. Entonces solo tenía quince años, lo cual debe ser su excusa; y después de expresar su imprudencia, me complace agregar que debo el conocimiento de esto a ella misma. Los sorprendí inesperadamente uno o dos días antes de la fuga prevista; y entonces Georgiana, incapaz de soportar la idea de herir y ofender a un hermano a quien casi veía como a un padre, me confesó todo. Puede imaginar lo que sentí y cómo actué. El respeto por el crédito y los sentimientos de mi hermana impidió cualquier exposición pública; pero escribí a Mr. Wickham, quien dejó el lugar de inmediato, y, por supuesto, Mrs. Younge fue retirada de su cargo. El principal objetivo de Mr. Wickham era sin duda la fortuna de mi hermana, que asciende a treinta mil libras; pero no puedo evitar suponer que la esperanza de vengarse de mí fue un fuerte incentivo. Su venganza habría sido completa, de hecho. Esto, señora, es una narrativa fiel de cada evento en el que hemos estado involucrados juntos; y si no lo rechaza absolutamente como falso, espero que me absuelva a partir de ahora de crueldad hacia Mr. Wickham. No sé de qué manera, bajo qué forma de falsedad, le ha impuesto a usted; pero su éxito no es quizás de extrañar, ignorante como estaba previamente de todo lo relacionado con ambos. La detección no podría estar en su poder, y la sospecha ciertamente no estaba en su inclinación. Puede que se pregunte por qué no se le contó todo esto anoche. Pero entonces no era lo suficientemente dueño de mí mismo para saber qué podía o debía revelarse. Para la verdad de todo lo aquí relatado, puedo apelar más particularmente al testimonio del coronel Fitzwilliam, quien, por nuestra estrecha relación y constante intimidad, y aún más como uno de los ejecutores del testamento de mi padre, ha estado inevitablemente al tanto de cada detalle de estas transacciones. Si su aborrecimiento hacia mí hace que mis afirmaciones carezcan de valor, no puede ser impedida por la misma causa a confiar en mi primo; y para que haya la posibilidad de consultarlo, intentaré encontrar alguna oportunidad de poner esta carta en sus manos durante la mañana. Solo agregaré, que Dios la bendiga.

"Fitzwilliam Darcy."

❧ 36 ❧

ELIZABETH, cuando el Sr. Darcy le entregó la carta, no esperaba que contuviera una renovación de sus ofertas, no había formado ninguna expectativa sobre su contenido. Pero, sea como fuere, se puede suponer cuán ansiosamente las leyó y qué contrariedad de emociones despertaron en ella. Sus sentimientos mientras leía eran casi indefinibles. Con asombro, entendió por primera vez que él creía que cualquier disculpa estaba en su poder; y estaba firmemente convencida de que no podía ofrecer ninguna explicación que un justo sentido de la vergüenza no ocultara. Con un fuerte prejuicio contra todo lo que pudiera decir, comenzó su relato de lo sucedido en Netherfield. Leyó con una ansia que apenas le dejaba capacidad de comprensión; y por la impaciencia de saber qué traería la siguiente frase, no pudo atender al sentido de la que tenía ante sus ojos. Su creencia en la insensibilidad de su hermana la llevó a resolver de inmediato que era falsa; y su relato de las verdaderas, las peores objeciones al matrimonio, la enfureció tanto que no tenía ningún deseo de hacerle justicia. No expresó ningún remordimiento por lo que había hecho que la satisficiera; su estilo no era penitente, sino altivo. Era todo orgullo e insolencia.

Pero cuando este tema fue sucedido por su relato sobre el Sr. Wickham— cuando leyó, con una atención algo más clara, una relación de eventos que, de ser ciertos, debían derribar cada opinión apreciada sobre su valía, y que guardaba una alarmante afinidad con su propia historia—sus sentimientos fueron aún más agudamente dolorosos y más difíciles de definir. La asombro, la aprensión e incluso el horror la oprimieron. Deseaba desacreditarlo por completo, exclamando repetidamente: "¡Esto debe ser falso! ¡Esto no puede ser! ¡Esto debe ser la más grosera falsedad!"—y cuando había leído toda la carta, aunque apenas recordaba algo de las últimas páginas, la guardó apresuradamente, protestando que no la consideraría, que nunca volvería a mirarla.

En este estado de perturbación mental, con pensamientos que no podían descansar en nada, continuó caminando; pero no podía ser: en menos de medio minuto, la carta fue desplegada de nuevo; y tratando de recomponerse lo mejor que pudo, comenzó otra vez la mortificante lectura de todo lo relacionado con Wickham, y se obligó a examinar el significado de cada oración. El relato de su conexión con la familia Pemberley era exactamente lo que él mismo había contado; y la bondad del difunto señor Darcy, aunque no conocía antes su extensión, coincidía igualmente con sus propias palabras. Hasta ese momento, cada relato confirmaba al otro; pero cuando llegó al testamento, la diferencia fue grande. Lo que Wickham había dicho sobre el beneficio estaba fresco en su memoria; y al recordar sus mismas palabras, era imposible no sentir que había una grosera duplicidad de un lado o del otro, y, durante unos momentos, se halagó a sí misma pensando que sus deseos no se equivocaban. Pero cuando leyó y releyó, con la más cercana atención, los detalles inmediatamente siguientes sobre la renuncia de Wickham a todas las pretensiones al beneficio, de su recepción a cambio de una suma tan considerable como tres mil libras, nuevamente se vio obligada a dudar. Dejó la carta, pesó cada circunstancia con lo que pretendía ser imparcialidad—deliberó sobre la probabilidad de cada declaración—pero con poco éxito. De ambos lados, solo había afirmaciones. Nuevamente continuó leyendo. Pero cada línea demostraba más claramente que el asunto, que había creído imposible que cualquier artimaña pudiera representarlo de manera que hiciera que la conducta del señor Darcy en él fuera menos que infame, era capaz de un giro que debía hacerlo completamente inocente en todo.

La extravagancia y la desaprensión general que no dudó en atribuir al Sr. Wickham la sorprendieron enormemente; más aún, ya que no podía aportar ninguna prueba de su injusticia. Nunca había oído hablar de él antes de su ingreso en la milicia de ——shire, en la que se había comprometido por persuasión del joven que, al encontrarse accidentalmente con él en la ciudad, había renovado allí un ligero conocimiento. De su anterior forma de vida, nada se había sabido en Hertfordshire más allá de lo que él mismo contó.

En cuanto a su verdadero carácter, si hubiera tenido información a su disposición, nunca habría sentido el deseo de investigar. Su rostro, voz y manera de ser lo habían establecido de inmediato en la posesión de todas las virtudes. Intentó recordar algún ejemplo de bondad, algún rasgo distintivo de integridad o benevolencia que pudiera rescatarlo de los ataques de Mr. Darcy; o al menos, que por la predominancia de la virtud, pudiera expiar esos errores casuales, bajo los cuales intentaría clasificar lo que Mr. Darcy había descrito como la ociosidad y el vicio de muchos años. Pero ningún recuerdo de ese tipo la acompañó. Podía verlo de inmediato ante ella, con todos los encantos de su porte y trato, pero no podía recordar nada más sustancial que la aprobación general del vecindario y el respeto que sus habilidades sociales le habían ganado en el grupo. Después de detenerse en este punto un considerable tiempo, volvió a leer. Pero, ¡ay! La historia que siguió, sobre sus intenciones con la señorita Darcy, recibió alguna confirmación de lo que había pasado entre el coronel Fitzwilliam y ella solo la mañana anterior; y al final se la refería para la verdad de cada detalle al coronel Fitzwilliam mismo, de quien había recibido previamente la información de su estrecha preocupación en todos los asuntos de su primo y cuyo carácter no tenía razones para cuestionar. En un momento, casi decidió recurrir a él, pero la idea fue frenada por la incomodidad de la solicitud, y al final se desvaneció por completo ante la convicción de que Mr. Darcy nunca habría arriesgado tal propuesta, si no hubiera estado bien asegurado de la corroboración de su primo.

Ella recordaba perfectamente todo lo que había pasado en la conversación entre Wickham y ella en su primera velada en casa del Sr. Philips. Muchas de sus expresiones aún estaban frescas en su memoria. Ahora se sorprendía de la impropiedad de tales comunicaciones a un extraño, y se preguntaba cómo le había pasado desapercibido antes. Veía la indecorosidad de presentarse como lo había hecho, y la inconsistencia de sus profesiones con su conducta. Recordaba que había presumido de no tener miedo de ver al Sr. Darcy; que el Sr. Darcy podría abandonar el país, pero que él se mantendría firme; sin embargo, había evitado el baile de Netherfield la semana siguiente. También recordaba que hasta que la familia Netherfield había dejado el país, solo le había contado su historia a ella; pero que después de su partida, había sido discutida en todas partes; que entonces no tenía reservas, ni escrúpulos en desacreditar el carácter del Sr. Darcy, aunque le había asegurado que el respeto por el padre siempre le impediría exponer al hijo.

¡Qué diferente se veía todo ahora en lo que a él concernía! Sus atenciones hacia la señorita King eran ahora consecuencia de intereses únicamente y odiosamente mercenarios; y la mediocridad de su fortuna ya no era la moderación de sus deseos, sino su ansia de aferrarse a cualquier cosa. Su comportamiento hacia ella no podía tener ya un motivo tolerable: o había sido engañado respecto a su fortuna, o había estado gratificando su vanidad al fomentar la preferencia que ella creía haber mostrado más descuidadamente. Cada lucha persistente a su favor se desvanecía cada vez más; y, en una mayor justificación de Mr. Darcy, no podía dejar de reconocer que Mr. Bingley, cuando fue interrogado por Jane, había afirmado hace tiempo su inocencia en el asunto;—que, por orgullosos y repulsivos que fueran sus modales, nunca en toda la duración de su conocimiento— un conocimiento que últimamente los había acercado mucho y le había dado una especie de intimidad con sus maneras—había visto nada que lo delatara como carente de principios o injusto—nada que sugiriera que tuviera hábitos irreligiosos o inmorales;—que entre sus propias conexiones era estimado y valorado;—que incluso Wickham había reconocido su mérito como hermano, y que a menudo lo había oído hablar tan cariñosamente de su hermana que demostraba que era capaz de algún sentimiento amable;—que si sus acciones hubieran sido lo que Wickham representaba, una violación tan grosera de todo lo correcto difícilmente podría haber sido ocultada del mundo; y que la amistad entre una persona capaz de ello y un hombre tan amable como Mr. Bingley era incomprensible.

Se sintió absolutamente avergonzada de sí misma. Ni de Darcy ni de Wickham podía pensar sin sentir que había estado ciega, parcial, prejuiciada, absurda.

"¡Qué despreciablemente he actuado!" exclamó. "¡Yo, que me he enorgullecido de mi discernimiento! ¡Yo, que he valorado mis habilidades! ¡Yo, que a menudo he desdeñado la generosa candidez de mi hermana y he satisfecho mi vanidad en una desconfianza inútil o inocente! ¡Qué humillante es este descubrimiento! Sin embargo, ¡qué justa es esta humillación! Si hubiera estado enamorada, no podría haber estado más ciegamente desdichada. Pero la vanidad, no el amor, ha sido mi locura. Satisfecha con la preferencia de uno y ofendida por la negligencia del otro, desde el mismo inicio de nuestra relación, he buscado la preconcepción y la ignorancia, y he alejado la razón donde cualquiera de ellas estaba involucrada. Hasta este momento, nunca me conocí a mí misma."

De ella a Jane, de Jane a Bingley, sus pensamientos seguían una línea que pronto le recordó que la explicación de Mr. Darcy allí había parecido muy insuficiente; y la leyó de nuevo. El efecto de una segunda lectura fue muy diferente. ¿Cómo podía negar el crédito a sus afirmaciones en un caso, que había estado obligada a otorgar en el otro? Él declaró haber estado totalmente ajeno al apego de su hermana; y no pudo evitar recordar cuál había sido siempre la opinión de Charlotte. Tampoco podía negar la justicia de su descripción de Jane. Sentía que los sentimientos de Jane, aunque fervientes, se mostraban poco, y que había una constante complacencia en su aire y manera, no a menudo unida a una gran sensibilidad.

Cuando llegó a la parte de la carta en la que se mencionaba a su familia, con tonos de un reproche tan mortificante, pero merecido, su sentido de la vergüenza fue severo. La justicia de la acusación la golpeó con tanta fuerza que no pudo negarlo; y las circunstancias a las que él aludía en particular, como habiendo sucedido en el baile de Netherfield, y que confirmaban toda su primera desaprobación, no pudieron haber dejado una impresión más fuerte en su mente que en la de ella.

El cumplido hacia ella y su hermana no pasó desapercibido. La consoló, pero no pudo consolarla por el desprecio que así había sido autoinducido por el resto de su familia; y al considerar que la decepción de Jane había sido, de hecho, obra de sus parientes más cercanos, y reflexionar sobre cuánto debía verse perjudicada la reputación de ambas por tal impropiedad de conducta, se sintió más deprimida de lo que jamás había conocido antes.

Después de vagar por el camino durante dos horas, cediendo a toda variedad de pensamientos, reconsiderando eventos, determinando probabilidades y reconciliándose, lo mejor que pudo, con un cambio tan repentino y tan importante, el cansancio y el recuerdo de su larga ausencia la hicieron finalmente regresar a casa; y entró en la casa con el deseo de parecer alegre como de costumbre, y con la resolución de reprimir tales reflexiones que debían hacerla inapta para la conversación.

Se le informó de inmediato que los dos caballeros de Rosings habían hecho cada uno una visita durante su ausencia; el Sr. Darcy, solo por unos minutos, para despedirse, pero que el Coronel Fitzwilliam había estado sentado con ellos al menos una hora, esperando su regreso y casi resolviendo seguirla hasta que pudieran encontrarla. Elizabeth solo pudo fingir preocupación por no haberlo visto; en realidad, se alegraba de ello. El Coronel Fitzwilliam ya no era un objeto de interés. Solo podía pensar en su carta.

❧ 37 ❧

Los dos caballeros dejaron Rosings a la mañana siguiente; y el Sr. Collins, habiendo estado esperando cerca de las entradas, para hacerles su reverencia de despedida, pudo llevar a casa la placentera noticia de que se encontraban en muy buena salud y en un estado de ánimo tan tolerable como se podía esperar, después de la escena melancólica que habían atravesado en Rosings. Luego se apresuró a Rosings para consolar a Lady Catherine y su hija; y a su regreso trajo, con gran satisfacción, un mensaje de su Ladyship, que indicaba que se sentía tan aburrida que deseaba mucho tenerlos a todos a cenar con ella.

Elizabeth no podía ver a Lady Catherine sin recordar que, de haberlo deseado, para este momento podría haber sido presentada a ella como su futura sobrina; ni podía pensar, sin sonreír, en cuál habría sido la indignación de su Ladyship. "¿Qué habría dicho? ¿cómo se habría comportado?" eran las preguntas con las que se divertía.

Su primer tema fue la disminución del grupo en Rosings. "Le aseguro que lo siento mucho", dijo Lady Catherine; "creo que nadie siente la pérdida de amigos tanto como yo. Pero estoy particularmente unida a estos jóvenes; ¡y sé que ellos están muy unidos a mí! ¡Estaban excesivamente apenados por irse! Pero así son siempre. El querido Coronel mantuvo su ánimo bastante bien hasta el final; pero Darcy parecía sentirlo con más intensidad—más, creo, que el año pasado. Su apego a Rosings ciertamente aumenta."

El Sr. Collins tenía un cumplido y una alusión que lanzar en este momento, los cuales fueron bien recibidos por la madre y la hija.

Lady Catherine observó, después de la cena, que la Srta. Bennet parecía de mal humor; y al explicarse inmediatamente, supuso que no le agradaba volver a casa tan pronto, y añadió:—

"Pero si ese es el caso, debes escribirle a tu madre para pedirle que te dejen quedarte un poco más. Estoy segura de que a la Sra. Collins le alegrará mucho tu compañía."

"Le agradezco mucho su amable invitación, su Ladyship," respondió Elizabeth; "pero no puedo aceptarla. Debo estar en la ciudad el próximo sábado."

"Bueno, a ese ritmo, solo habrás estado aquí seis semanas. Esperaba que te quedaras dos meses. Se lo dije a la Sra. Collins antes de que llegaras. No hay necesidad de que te vayas tan pronto. La Sra. Bennet ciertamente podría prescindir de ti por otra quincena."

"Pero mi padre no puede. Escribió la semana pasada para apresurar mi regreso."

"Oh, su padre, por supuesto, puede dispensarle, si su madre puede. Las hijas nunca son de tanta importancia para un padre. Y si decides quedarte un mes más completo, estará en mi poder llevar a una de ustedes hasta Londres, ya que iré allí a principios de junio, por una semana; y como Dawson no se opone al compartimento de la barouche, habrá muy buen espacio para una de ustedes; y, de hecho, si el clima llegara a ser fresco, no me importaría llevar a ambas, ya que ninguna de ustedes es grande."

"Usted es toda amabilidad, señora; pero creo que debemos ceñirnos a nuestro plan original."

Lady Catherine pareció resignada. "Sra. Collins, usted debe enviar a un sirviente con ellas. Sabe que siempre digo lo que pienso, y no puedo soportar la idea de que dos jóvenes viajen solas. Es altamente inapropiado. Debe ingeniárselas para enviar a alguien. Tengo la mayor aversión en el mundo a ese tipo de cosas. Las jóvenes siempre deben estar debidamente protegidas y atendidas, de acuerdo a su situación en la vida. Cuando mi sobrina Georgiana fue a Ramsgate el verano pasado, me aseguré de que la acompañaran dos sirvientes. La señorita Darcy, la hija del Sr. Darcy de Pemberley, y Lady Anne, no podrían haber aparecido de manera apropiada de otra forma. Soy excesivamente atenta a todas esas cosas. Debe enviar a John con las jóvenes, Sra. Collins. Me alegra que se me haya ocurrido mencionarlo; porque realmente sería deshonroso para usted dejarlas ir solas."

"Mi tío va a enviar un sirviente por nosotras."

"¡Oh! ¿Su tío? ¿Él tiene un sirviente? Me alegra mucho que tenga a alguien que se preocupe por esas cosas. ¿Dónde cambiarán de caballos? Oh, en Bromley, por supuesto. Si menciona mi nombre en el Bell, serán atendidas."

Lady Catherine tenía muchas otras preguntas que hacer sobre su viaje; y como no las respondía todas ella misma, era necesario prestar atención—lo cual Elizabeth creía que era afortunado para ella; de lo contrario, con una mente tan ocupada, podría haber olvidado dónde estaba. La reflexión debía reservarse para horas solitarias: siempre que estaba sola, se entregaba a ello como el mayor alivio; y no pasaba un día sin que diera un paseo en solitario, en el que pudiera deleitarse con todos los recuerdos desagradables.

La carta del Sr. Darcy estaba en buen camino de ser aprendida de memoria. Estudiaba cada frase; y sus sentimientos hacia el autor eran a veces muy diferentes. Cuando recordaba el tono de su discurso, seguía llena de indignación: pero cuando consideraba lo injustamente que lo había condenado y reprochado, su ira se volvía contra ella misma; y los sentimientos decepcionados de él se convertían en objeto de compasión. Su apego despertaba gratitud, su carácter general respeto: pero no podía aprobarlo; ni por un momento podía arrepentirse de su rechazo, o sentir la más mínima inclinación a volver a verlo. En su propio comportamiento pasado, había una fuente constante de vexación y arrepentimiento; y en los desgraciados defectos de su familia, un tema de aún mayor pesar. Eran sin esperanza de remedio. Su padre, contento con reírse de ellos, nunca se esforzaría por frenar la locura de sus hijas menores; y su madre, con modales tan lejanos de ser correctos, era completamente insensible al mal. Elizabeth se había unido con Jane en un intento de frenar la imprudencia de Catherine y Lydia; pero mientras tuvieran el apoyo de la indulgencia de su madre, ¿qué posibilidad había de mejora? Catherine, de espíritu débil, irritable y completamente bajo la guía de Lydia, siempre había tomado a mal sus consejos; y Lydia, obstinada y despreocupada, apenas les prestaba atención. Eran ignorantes, ociosas y vanidosas. Mientras hubiera un oficial en Meryton, coquetearían con él; y como Meryton estaba a un paseo de Longbourn, irían allí una y otra vez.

La ansiedad por Jane era otra preocupación dominante; y la explicación de Mr. Darcy, al restaurar a Bingley en toda su antigua buena opinión, intensificó la sensación de lo que Jane había perdido. Su afecto se demostró sincero, y su conducta quedó libre de toda culpa, a menos que alguna pudiera asociarse a la implícita confianza que tenía en su amigo. ¡Qué doloroso era, entonces, pensar que, de una situación tan deseable en todos los aspectos, tan colmada de ventajas, tan prometedora para la felicidad, Jane había sido privada por la necedad y la indecorosidad de su propia familia!

Cuando a estos recuerdos se añadió el desarrollo del carácter de Wickham, es fácil creer que el ánimo alegre que rara vez había estado deprimido antes se vio tan afectado que se volvió casi imposible para ella parecer razonablemente alegre.

Sus compromisos en Rosings fueron tan frecuentes durante la última semana de su estancia como lo habían sido al principio. La última noche la pasaron allí; y su Ladyship volvió a preguntar minuciosamente sobre los detalles de su viaje, les dio instrucciones sobre el mejor método para empacar y fue tan insistente en la necesidad de colocar los vestidos de la única manera correcta, que María pensó que estaba obligada, a su regreso, a deshacer todo el trabajo de la mañana y empacar su baúl de nuevo.

Cuando se despidieron, Lady Catherine, con gran condescendencia, les deseó un buen viaje e invitó a que volvieran a Hunsford el próximo año; y la señorita de Bourgh se esforzó lo suficiente como para hacer una reverencia y extender la mano a ambas.

❧ 38 ❧

El sábado por la mañana, Elizabeth y el señor Collins se encontraron para desayunar unos minutos antes de que aparecieran los demás; y él aprovechó la oportunidad para expresar las cortesías de despedida que consideraba indispensables.

"No sé, señorita Elizabeth," dijo él, "si la señora Collins ha expresado aún su agradecimiento por su amabilidad al venir a visitarnos; pero estoy muy seguro de que no abandonará la casa sin recibir su agradecimiento por ello. La favor de su compañía ha sido muy apreciada, se lo aseguro. Sabemos lo poco que hay para tentar a alguien a nuestro humilde hogar. Nuestra sencilla manera de vivir, nuestras pequeñas habitaciones y pocos sirvientes, y el poco contacto que tenemos con el mundo, deben hacer de Hunsford un lugar extremadamente aburrido para una joven como usted; pero espero que nos crea agradecidos por su condescendencia y que hemos hecho todo lo posible para evitar que pase su tiempo de manera desagradable."

Elizabeth estaba ansiosa por expresar su agradecimiento y asegurar su felicidad. Había pasado seis semanas con gran disfrute; y el placer de estar con Charlotte, y la amable atención que había recibido, debían hacerla sentir obligada. El señor Collins se mostró complacido; y con una solemnidad más sonriente respondió:

"Me da el mayor placer escuchar que has pasado tu tiempo de manera no desagradable. Sin duda hemos hecho nuestro mejor esfuerzo; y, afortunadamente, teniendo la posibilidad de presentarte a una sociedad muy superior, y por nuestra conexión con Rosings, los frecuentes medios de variar la humilde escena del hogar, creo que podemos darnos el lujo de pensar que tu visita a Hunsford no ha podido ser del todo molesta. Nuestra situación respecto a la familia de Lady Catherine es, de hecho, una ventaja extraordinaria y una bendición de las que pocos pueden presumir. Ves en qué pie estamos. Ves cuán continuamente estamos comprometidos allí. En verdad, debo reconocer que, con todas las desventajas de esta humilde parroquia, no debería pensar que alguien que viva aquí sea un objeto de compasión, mientras sean partícipes de nuestra intimidad en Rosings."

Las palabras eran insuficientes para expresar la elevación de sus sentimientos; y se vio obligado a caminar por la habitación, mientras Elizabeth intentaba unir la cortesía y la verdad en unas pocas frases breves.

"En efecto, puedes llevar un informe muy favorable de nosotros a Hertfordshire, querida prima. Me permito pensar, al menos, que podrás hacerlo. Las grandes atenciones de Lady Catherine hacia la señora Collins tú has sido testigo a diario; y en general confío en que no parezca que tu amiga ha hecho una elección desafortunada—pero en este punto será mejor guardar silencio. Solo déjame asegurarte, querida señorita Elizabeth, que desde el fondo de mi corazón deseo más que cordialmente que tengas igual felicidad en el matrimonio. Mi querida Charlotte y yo tenemos una sola mente y una forma de pensar. Hay en todo una notable semejanza de carácter e ideas entre nosotros. Parece que hemos sido diseñados el uno para el otro."

Elizabeth podía decir con seguridad que era una gran felicidad que así fuera, y con igual sinceridad podía añadir que creía firmemente y se regocijaba en sus comodidades domésticas. Sin embargo, no le desagradaba que el relato de ellas fuera interrumpido por la entrada de la dama de la que provenían. ¡Pobre Charlotte! Era melancólico dejarla en tal compañía. Pero ella había elegido esa vida con los ojos abiertos; y aunque evidentemente lamentaba que sus visitantes tuvieran que irse, no parecía pedir compasión. Su hogar y su administración, su parroquia y su gallinero, y todos sus asuntos dependientes, aún no habían perdido su encanto.

Finalmente, llegó la calesa, se aseguraron los baúles, se colocaron los paquetes dentro, y se declaró que estaba lista. Tras una afectuosa despedida entre las amigas, Elizabeth fue acompañada hasta la carruaje por el Sr. Collins; y mientras caminaban por el jardín, él le encomendaba sus mejores respetos a toda su familia, sin olvidar sus agradecimientos por la amabilidad que había recibido en Longbourn durante el invierno, y sus cumplidos al Sr. y la Sra. Gardiner, aunque fueran desconocidos. Luego la ayudó a subir, María lo siguió, y la puerta estaba a punto de cerrarse, cuando él de repente les recordó, con cierta consternación, que hasta ese momento habían olvidado dejar algún mensaje para las damas de Rosings.

"Pero," añadió, "ustedes querrán, por supuesto, que se les entreguen sus humildes respetos, junto con sus agradecimientos por la amabilidad que les han brindado mientras han estado aquí."

Elizabeth no puso objeciones: entonces se permitió cerrar la puerta y la carruaje se marchó.

"¡Vaya, Dios mío!" exclamó María, después de unos minutos de silencio, "¡parece que fue hace un día o dos cuando llegamos por primera vez! ¡y sin embargo, cuántas cosas han sucedido!"

"Muchísimas, de hecho," dijo su compañera, con un suspiro.

"¡Hemos cenado nueve veces en Rosings, además de haber tomado té allí dos veces! ¡Cuánto tendré que contar!"

Elizabeth añadió en privado: "¡Y cuánto tendré que ocultar!"

Su viaje se realizó sin mucha conversación ni ningún tipo de alarma; y dentro de las cuatro horas posteriores a su salida de Hunsford llegaron a la casa del Sr. Gardiner, donde iban a quedarse unos días.

Jane se veía bien, y Elizabeth tuvo pocas oportunidades de estudiar su estado de ánimo, en medio de los varios compromisos que la amabilidad de su tía había reservado para ellas. Pero Jane iba a volver a casa con ella, y en Longbourn habría suficiente tiempo para la observación.

No fue sin un esfuerzo, mientras tanto, que pudo esperar incluso hasta Longbourn, antes de contarle a su hermana sobre las propuestas del Sr. Darcy. Saber que tenía el poder de revelar algo que asombraría tanto a Jane, y que al mismo tiempo podría satisfacer en gran medida cualquier parte de su propia vanidad que aún no había logrado razonar, era una tentación a la apertura que nada podría haber conquistado, excepto el estado de indecisión en el que se encontraba respecto a la magnitud de lo que debería comunicar, y su miedo, si una vez comenzaba con el tema, de ser apresurada a repetir algo sobre Bingley, lo cual podría solo entristecer aún más a su hermana.

❦ 39 ❦

Era la segunda semana de mayo, en la que las tres jóvenes se dirigieron juntas desde Gracechurch Street hacia la ciudad de ——, en Hertfordshire; y, al acercarse a la posada designada donde el carruaje del Sr. Bennet las iba a encontrar, rápidamente se dieron cuenta, como señal de la puntualidad del cochero, de que tanto Kitty como Lydia estaban mirando desde un comedor en el piso de arriba. Estas dos chicas habían estado allí más de una hora, felizmente ocupadas en visitar a una modista que estaba enfrente, observando al centinela de guardia y preparando una ensalada y un pepino.

Después de dar la bienvenida a sus hermanas, exhibieron triunfalmente una mesa dispuesta con las carnes frías que usualmente ofrece la despensa de una posada, exclamando: "¿No es bonito? ¿No es una agradable sorpresa?"

"Y pensamos tratarles a todas," añadió Lydia; "pero deben prestarnos el dinero, porque acabamos de gastar el nuestro en la tienda de afuera." Luego, mostrando sus compras, dijo: "Miren, he comprado este sombrero. No creo que sea muy bonito; pero pensé que era mejor comprarlo que no. Lo desarmaré tan pronto como llegue a casa y veré si puedo mejorarlo."

Y cuando sus hermanas lo criticaron por feo, ella agregó, con total desinterés: "Oh, pero había dos o tres mucho más feos en la tienda; y cuando compre un satén de colores más bonitos para adornarlo, creo que será bastante aceptable. Además, no importará mucho lo que se use este verano, después de que los ——shire hayan dejado Meryton, y se van en dos semanas."

"¿De verdad?" exclamó Elizabeth, con la mayor satisfacción.

"Van a acampar cerca de Brighton; y realmente quiero que papá nos lleve a todos allí por el verano. ¡Sería un plan tan delicioso, y me atrevería a decir que apenas costaría algo! ¡A mamá también le gustaría ir, de todas las cosas! ¡Solo piensa en lo miserable que será nuestro verano de otra manera!"

"Sí," pensó Elizabeth; "ese sería un plan encantador, de hecho, y nos vendría muy bien de inmediato. ¡Santo cielo! Brighton y todo un campamento de soldados, para nosotras, que ya hemos sido desbordadas por un pobre regimiento de milicia y los bailes mensuales de Meryton!"

"Ahora tengo una noticia para ustedes," dijo Lydia, mientras se sentaban a la mesa. "¿Qué creen? Es una excelente noticia, una noticia fantástica, y sobre una persona que a todos nos gusta."

Jane y Elizabeth se miraron, y se le dijo al camarero que no necesitaba quedarse. Lydia se rió y dijo,—

"Sí, eso es justo como tu formalidad y discreción. Pensaste que el camarero no debía escuchar, como si le importara. Estoy segura de que a menudo escucha cosas peores que lo que voy a decir. ¡Pero es un tipo feo! Me alegra que se haya ido. Nunca vi una barbilla tan larga en mi vida. Bueno, pero ahora, sobre mi noticia: es sobre el querido Wickham; demasiado buena para el camarero, ¿no? ¡No hay peligro de que Wickham se case con Mary King—ahí lo tienes! Ella ha ido a quedarse con su tío en Liverpool; se ha ido a quedarse. Wickham está a salvo."

"Y Mary King está a salvo," añadió Elizabeth; "a salvo de una conexión imprudente en cuanto a fortuna."

"Es una gran tonta por irse, si le gustaba."

"Pero espero que no haya un fuerte apego de ninguna parte," dijo Jane.

"Estoy segura de que no de su parte. Te lo aseguro, a él nunca le importó tres pajas sobre ella. ¿Quién podría interesarse por una cosita tan desagradable y llena de pecas?"

Elizabeth se sorprendió al pensar que, aunque ella misma no era capaz de tal grosería en la expresión, la grosería del sentimiento no era más que lo que su propio pecho había albergado anteriormente y había creído ser liberal.

Tan pronto como todos comieron y los mayores pagaron, se ordenó la carruaje; y, tras algunas maniobras, toda la comitiva, con todas sus cajas, bolsas de trabajo y paquetes, y la indeseada adición de las compras de Kitty y Lydia, se acomodaron en él.

"¡Qué bien estamos apretujados!" exclamó Lydia. "Me alegra haber traído mi sombrero, aunque sea solo por la diversión de tener otra caja de música. Bueno, ahora seamos cómodos y estemos a gusto, y hablemos y riamos todo el camino a casa. Y en primer lugar, cuéntenme qué les ha pasado desde que se fueron. ¿Han visto a algún hombre agradable? ¿Han coqueteado? Tenía grandes esperanzas de que alguna de ustedes hubiera conseguido un marido antes de volver. ¡Jane pronto será una solterona, lo juro! ¡Ya casi tiene veintitrés años! ¡Dios! qué vergüenza me daría no estar casada antes de los veintitrés. Mi tía Philips quiere que consigan maridos de una manera que no se imaginan. Dice que Lizzy debió haberse quedado con el Sr. Collins; pero no creo que hubiera habido diversión en eso. ¡Dios! ¡cómo me gustaría casarme antes que ninguna de ustedes! Y entonces las acompañaría a todos los bailes. ¡Ay, tuvimos una gran diversión el otro día en casa del coronel Forster! Kitty y yo íbamos a pasar el día allí, y la Sra. Forster prometió hacer un pequeño baile por la noche; (por cierto, ¡la Sra. Forster y yo somos muy amigas!) y entonces invitó a los dos Harrington a venir; pero Harriet estaba enferma, así que Pen se vio obligada a venir sola; y entonces, ¿qué creen que hicimos? Vestimos a Chamberlayne con ropa de mujer, ¡con el propósito de que pasara por una dama, solo piensen en la diversión! Nadie lo supo, excepto el coronel y la Sra. Forster, y Kitty y yo, a excepción de mi tía, porque tuvimos que pedir prestado uno de sus vestidos; ¡y no pueden imaginar lo bien que se veía! Cuando entraron Denny, Wickham, Pratt y dos o tres más de los hombres, no lo reconocieron en absoluto. ¡Dios! ¡cómo me reí! y la Sra. Forster también. Pensé que me iba a morir. Y eso hizo que los hombres sospecharan algo, y pronto descubrieron qué pasaba."

Con historias de sus fiestas y buenos chistes, Lydia, asistida por las sugerencias y aportes de Kitty, intentó divertir a sus compañeras todo el camino hacia Longbourn. Elizabeth escuchaba lo menos que podía, pero no pudo evitar la frecuente mención del nombre de Wickham.

Su recibimiento en casa fue muy amable. La Sra. Bennet se alegró al ver a Jane en su inalterada belleza; y más de una vez durante la cena, el Sr. Bennet le dijo a Elizabeth, de forma voluntaria:——

"Me alegra que hayas regresado, Lizzy."

Su grupo en el comedor era grande, ya que casi todos los Lucas vinieron a ver a María y escuchar las novedades; y variados fueron los temas que los ocuparon: Lady Lucas preguntaba a María, desde el otro lado de la mesa, sobre el bienestar y las aves de corral de su hija mayor; la Sra. Bennet estaba doblemente ocupada, por un lado recopilando información sobre las modas actuales de Jane, que estaba un poco más abajo, y por otro, transmitiéndoselas a las jóvenes señoritas Lucas; y Lydia, en un tono algo más alto que el de los demás, enumeraba los diversos placeres de la mañana a cualquiera que quisiera escucharla.

"Oh, Mary," dijo ella, "¡desearía que hubieras venido con nosotras, porque nos divertimos tanto! Mientras íbamos, Kitty y yo subimos todas las persianas y pretendimos que no había nadie en la carreta; y habría seguido así todo el camino, si Kitty no se hubiera puesto enferma; y cuando llegamos al George, creo que nos comportamos muy bien, porque invitamos a las otras tres a un delicioso almuerzo frío, y si hubieses venido, también te hubiéramos invitado. Y luego, cuando nos fuimos, ¡fue tan divertido! Pensé que nunca lograríamos entrar en la carreta. Estaba lista para morir de risa. ¡Y luego estuvimos tan alegres todo el camino a casa! Hablamos y reímos tan alto, que cualquiera podría habernos oído a diez millas de distancia!"

A esto, Mary respondió muy gravemente: "Lejos de mí, querida hermana, de depreciar tales placeres. Sin duda serían congeniales con la mayoría de las mentes femeninas. Pero confieso que no tendrían ningún encanto para mí. Yo preferiría infinitamente un libro."

Pero de esta respuesta Lydia no oyó ni una palabra. Rara vez escuchaba a alguien durante más de medio minuto y nunca prestaba atención a Mary.

Por la tarde, Lydia insistía con el resto de las chicas para que fueran a Meryton y vieran cómo iban las cosas; pero Elizabeth se opuso firmemente al plan. No se debería decir que las señoritas Bennet no podían estar en casa medio día antes de que comenzaran a perseguir a los oficiales. Había otra razón para su oposición. Temía ver a Wickham de nuevo y estaba decidida a evitarlo el mayor tiempo posible. El consuelo que le brindaba la próxima partida del regimiento era, de hecho, indescriptible. En dos semanas debían irse, y una vez que se fueran, esperaba que no hubiera nada más que le atormentara por su causa.

No había pasado muchas horas en casa, antes de darse cuenta de que el plan de Brighton, del cual Lydia les había dado una pista en la posada, estaba bajo frecuente discusión entre sus padres. Elizabeth vio de inmediato que su padre no tenía la más mínima intención de ceder; pero sus respuestas eran al mismo tiempo tan vagas y equívocas que su madre, aunque a menudo desalentada, aún no había desesperado de tener éxito al final.

✥ 40 ✥

La impaciencia de ELIZABETH por informar a Jane sobre lo que había sucedido ya no podía ser contenida; y finalmente, resolviendo suprimir cada detalle en el que su hermana estuviera involucrada y preparándola para estar sorprendida, le relató a la mañana siguiente lo principal de la escena entre el Sr. Darcy y ella misma.

El asombro de la señorita Bennet pronto se mitigó por el fuerte parcialidad fraternal que hacía que cualquier admiración por Elizabeth pareciera perfectamente natural; y toda sorpresa se perdió rápidamente en otros sentimientos. Lamentaba que el señor Darcy hubiera expresado sus sentimientos de una manera tan poco adecuada para recomendarlos; pero aún más le dolía la infelicidad que la negativa de su hermana debía haberle causado.

"Su seguridad en el éxito fue un error," dijo ella, "y ciertamente no debió haber aparecido; pero considera cuánto debe aumentar su decepción."

"De verdad," respondió Elizabeth, "siento mucho por él; pero tiene otros sentimientos que probablemente pronto alejarán su aprecio por mí. ¿No me culpas, sin embargo, por rechazarlo?"

¿Culparte? ¡Oh, no!

"Pero ¿me culpas por haber hablado tan calurosamente de Wickham?"

"No—no sé si estuviste mal al decir lo que dijiste."

"Pero lo sabrás cuando te cuente lo que sucedió al día siguiente."

Entonces habló de la carta, repitiendo todo su contenido en lo que respectaba a George Wickham. ¡Qué golpe fue este para la pobre Jane, que habría estado dispuesta a recorrer el mundo sin creer que existiera tanta maldad en toda la humanidad como la que aquí se reunía en un solo individuo! Ni la vindicación de Darcy, aunque agradecida para sus sentimientos, fue capaz de consolarla por tal descubrimiento. Con gran empeño intentó demostrar la probabilidad de un error y buscar limpiar uno, sin involucrar al otro.

"Esto no puede ser," dijo Elizabeth; "nunca podrás hacer que ambos sirvan para algo. Elige, pero debes quedarte solo con uno. Hay tan poca cantidad de mérito entre ellos; solo lo suficiente para hacer a un buen hombre; y últimamente ha estado cambiando bastante. Por mi parte, estoy inclinada a creer que todo es del Sr. Darcy, pero harás como desees."

Sin embargo, pasó un tiempo antes de que se pudiera arrancar una sonrisa de Jane.

"No sé cuándo he estado más sorprendida," dijo ella. "¡Wickham tan malo! Es casi increíble. Y el pobre Sr. Darcy. Querida Lizzy, solo considera lo que él debió haber sufrido. ¡Qué decepción! ¡y con el conocimiento de tu mala opinión también! ¡y tener que relatar algo así de su hermana! Es realmente demasiado angustiante, estoy segura de que tú lo sientes así."

"Oh no, mi arrepentimiento y compasión se desvanecen al verte tan llena de ambos. Sé que le harás tanta justicia, que cada momento me siento más despreocupada e indiferente. Tu profusión me hace ahorrar; y si sigues lamentándote por él mucho más tiempo, mi corazón estará tan ligero como una pluma."

"¡Pobre Wickham! ¡hay tal expresión de bondad en su rostro! ¡tal apertura y gentileza en su manera de ser!"

"Ciertamente hubo una gran mala gestión en la educación de esos dos jóvenes. Uno tiene toda la bondad, y el otro toda la apariencia de ella."

"Nunca pensé que el Sr. Darcy estuviera tan deficiente en la apariencia de ello como solías pensar."

"Y sin embargo, tenía la intención de ser extraordinariamente ingenioso al tomarle un desagrado tan decidido, sin ninguna razón. Es un gran estímulo para el ingenio de uno, una apertura para la sátira, tener un desagrado de ese tipo. Se puede ser continuamente abusivo sin decir nada justo; pero no se puede estar siempre riéndose de un hombre sin tropezar de vez en cuando con algo ingenioso."

"Lizzy, cuando leíste esa carta por primera vez, estoy segura de que no podías tratar el asunto como lo haces ahora."

"De hecho, no podía. Estaba lo suficientemente incómoda, estaba muy incómoda—puedo decir infeliz. Y sin nadie con quien hablar de lo que sentía, sin Jane que me consolara y me dijera que no había sido tan débil, vanidosa y absurda como sabía que había sido. ¡Oh, cuánto te necesitaba!"

"Qué desafortunado que hayas usado expresiones tan fuertes al hablar de Wickham con el Sr. Darcy, porque ahora parecen totalmente inmerecidas."

"Ciertamente. Pero la desgracia de hablar con amargura es una consecuencia natural de los prejuicios que había estado fomentando. Hay un punto en el que quiero tu consejo. Quiero que me digas si debo, o no, hacer que nuestra conocida en general entienda el carácter de Wickham."

La señorita Bennet hizo una pequeña pausa y luego respondió: "Seguramente no hay necesidad de exponerlo de una manera tan terrible. ¿Cuál es tu propia opinión?"

"Que no debería intentarse. El Sr. Darcy no me ha autorizado a hacer pública su comunicación. Al contrario, cada detalle relativo a su hermana estaba destinado a mantenerse, en la medida de lo posible, para mí; y si intento desengañar a la gente sobre el resto de su conducta, ¿quién me creerá? El prejuicio general contra el Sr. Darcy es tan violento que sería la muerte de la mitad de las buenas personas en Meryton intentar presentarlo de una manera amable. No soy capaz de ello. Wickham pronto se irá; y, por lo tanto, no le importará a nadie aquí lo que realmente es. Dentro de algún tiempo, todo se descubrirá, y entonces podremos reírnos de su estupidez por no haberlo sabido antes. Por el momento, no diré nada al respecto."

"Tienes toda la razón. Hacer públicas sus faltas podría arruinarlo para siempre. Ahora, quizás, se arrepiente de lo que ha hecho y está ansioso por restablecer su carácter. No debemos hacerlo desesperar."

El tumulto de la mente de Elizabeth se calmó con esta conversación. Se había deshecho de dos de los secretos que la habían pesado durante una quincena, y estaba segura de tener una oyente dispuesta en Jane, siempre que quisiera hablar de nuevo sobre alguno de ellos. Pero aún había algo acechando detrás, de lo cual la prudencia le prohibía la revelación. No se atrevía a relatar la otra mitad de la carta de Mr. Darcy, ni a explicar a su hermana cuánto la había valorado sinceramente su amigo. Aquí había un conocimiento del que nadie podía participar; y era consciente de que nada menos que un entendimiento perfecto entre las partes podría justificarla en deshacerse de esta última carga de misterio. "Y entonces," dijo, "si ese evento tan improbable llegara a ocurrir, solo podré contar lo que Bingley podría decir de una manera mucho más agradable. ¡La libertad de comunicación no puede ser mía hasta que haya perdido todo su valor!"

Ahora que estaba instalada en casa, tenía tiempo para observar el verdadero estado de los ánimos de su hermana. Jane no era feliz. Aún albergaba un cariño muy tierno por Bingley. Nunca se había imaginado enamorada antes, su afecto tenía toda la calidez de un primer amor, y debido a su edad y disposición, mayor estabilidad que la que suelen tener los primeros amores; y tan fervorosamente valoraba su recuerdo, y lo prefería a cualquier otro hombre, que todo su sentido común, y toda su atención a los sentimientos de sus amigos, eran necesarios para frenar la indulgencia de esos lamentos que debían haber sido perjudiciales para su propia salud y su tranquilidad.

"Bueno, Lizzy," dijo la señora Bennet un día, "¿cuál es tu opinión ahora sobre este triste asunto de Jane? Por mi parte, estoy decidida a no volver a hablar de ello con nadie. Se lo dije a mi hermana Philips el otro día. Pero no puedo averiguar que Jane haya visto algo de él en Londres. Bueno, es un joven muy indigno, y no supongo que haya la menor posibilidad de que ella alguna vez lo consiga ahora. No se habla de que él vuelva a Netherfield este verano; y he preguntado a todo el mundo que podría saber."

"Estoy decidida a no volver a hablar de ello."

"No creo que él vuelva a vivir en Netherfield nunca más."

"Oh, bueno, ¡es como él elija! Nadie quiere que venga; aunque siempre diré que trató a mi hija de forma extremadamente cruel; y, si yo fuera ella, no lo habría soportado. Bueno, mi consuelo es que estoy segura de que Jane morirá de un corazón roto, y entonces él se arrepentirá de lo que ha hecho."

Pero como Elizabeth no podía encontrar consuelo en tal expectativa, no respondió.

"Bueno, Lizzy," continuó su madre poco después, "¿y así los Collins viven muy cómodos, ¿verdad? Bueno, bueno, solo espero que dure. ¿Y qué tipo de mesa tienen? Charlotte es una excelente administradora, estoy segura. Si es la mitad de astuta que su madre, está ahorrando lo suficiente. No hay nada extravagante en su economía, estoy segura."

"No, nada en absoluto."

"Mucha buena administración, confía en eso. Sí, sí. Se cuidarán de no gastar más de lo que ingresan. Nunca estarán angustiados por dinero. Bueno, ¡que les haga mucho bien! Y supongo que a menudo hablan de quedarse con Longbourn cuando tu padre muera. Lo consideran casi como propio, estoy segura, cada vez que eso suceda."

"Era un tema que no podían mencionar delante de mí."

"No; habría sido extraño si lo hubieran hecho. Pero no tengo dudas de que a menudo hablan de ello entre ellos. Bueno, si pueden estar tranquilos con una propiedad que no es legítimamente suya, mejor para ellos. Yo me sentiría avergonzada de tener una que solo me fue heredada."

🐾 41 🐾

La primera semana de su regreso pronto se fue. Comenzó la segunda. Era la última de la estancia del regimiento en Meryton, y todas las jóvenes del vecindario se estaban marchitando rápidamente. La deyección era casi universal. Solo las señoritas Bennet mayores eran capaces de comer, beber, dormir y continuar con el curso habitual de sus ocupaciones. Con mucha frecuencia eran reprendidas por esta insensibilidad por Kitty y Lydia, cuya propia miseria era extrema, y que no podían comprender tal dureza de corazón en ninguna de la familia.

"¡Buen cielo! ¿Qué va a ser de nosotras? ¿Qué vamos a hacer?" exclamaban a menudo en la amargura de su dolor. "¿Cómo puedes sonreír así, Lizzy?"

Su cariñosa madre compartía toda su tristeza; recordaba lo que había soportado ella misma en una ocasión similar hace veinticinco años.

"Estoy segura," dijo ella, "que lloré durante dos días seguidos cuando se fue el regimiento del Coronel Miller. Pensé que se me iba a romper el corazón."

"Estoy segura de que se me romperá el mío," dijo Lydia.

"¡Si tan solo pudiéramos ir a Brighton!" observó la señora Bennet.

"Oh sí; ¡si tan solo pudiéramos ir a Brighton! Pero papá es tan desagradable."

233

"Un poco de mar me devolvería por completo," dijo.

"Y mi tía Philips está segura de que me haría mucho bien," añadió Kitty.

Tal eran las lamentaciones que resonaban perpetuamente en la Casa Long-bourn. Elizabeth trató de distraerse con ellas; pero todo sentido de placer se perdió en la vergüenza. Sintió de nuevo la justicia de las objeciones del señor Darcy; y nunca antes había estado tan dispuesta a perdonar su interferencia en los planes de su amigo.

Pero la oscuridad de la perspectiva de Lydia se despejó rápidamente; pues recibió una invitación de la señora Forster, la esposa del coronel del regimiento, para acompañarla a Brighton. Esta amiga invaluable era una mujer muy joven y recién casada. Una similitud en buen humor y buen ánimo las había recomendado mutuamente, y de su conocimiento de tres meses, habían sido íntimas durante dos.

El éxtasis de Lydia en esta ocasión, su adoración por la señora Forster, el deleite de la señora Bennet y la mortificación de Kitty son casi indescriptibles. Totalmente desatenta a los sentimientos de su hermana, Lydia corría por la casa en una euforia inquieta, pidiendo las felicitaciones de todos, riendo y hablando con más ímpetu que nunca; mientras la desafortunada Kitty permanecía en el salón lamentándose de su destino en términos tan irracionales como su acento era quejumbroso.

"No entiendo por qué la señora Forster no debería invitarme a mí también, así como a Lydia," dijo ella, "aunque no sea su amiga particular. Tengo tanto derecho a ser invitada como ella, y más, porque soy dos años mayor."

En vano intentó Elizabeth hacerla razonable, y Jane hacerla resignada. En cuanto a la propia Elizabeth, esta invitación estaba tan lejos de excitar en ella los mismos sentimientos que en su madre y Lydia, que la consideraba como la sentencia de muerte de toda posibilidad de sentido común para la última; y, detestable como tal paso debía hacerla, de ser conocido, no pudo evitar aconsejar secretamente a su padre que no la dejara ir. Le expuso todas las impropiedades del comportamiento general de Lydia, la poca ventaja que podía derivar de la amistad de una mujer como la señora Forster, y la probabilidad de que fuera aún más imprudente con una compañera en Brighton, donde las tentaciones debían ser mayores que en casa. Él la escuchó atentamente y luego dijo:

"Lydia nunca estará tranquila hasta que se exponga en algún lugar público o en otro, y nunca podemos esperar que lo haga con tan poco gasto o inconveniente para su familia como en las circunstancias actuales."

"Si supieras," dijo Elizabeth, "la gran desventaja que todos nosotros debemos sufrir por la atención pública al comportamiento imprudente e imprudente de Lydia, e incluso que ya ha surgido de ello, estoy segura de que juzgarías de manera diferente en este asunto."

"¿Ya ha surgido?" repitió el señor Bennet. "¿Qué? ¿Ha asustado a algunos de tus pretendientes? ¡Pobrecita Lizzy! Pero no te desanimes. Tales jóvenes escrupulosos que no pueden soportar estar conectados con un poco de absurdidad no valen la pena. Vamos, déjame ver la lista de los miserables que han sido apartados por la locura de Lydia."

"En efecto, te equivocas. No tengo tales heridas que resentir. No se trata de males particulares, sino de males generales de los que me quejo ahora. Nuestra importancia, nuestro respeto en el mundo, debe verse afectada por la salvaje volatilidad, la seguridad y el desdén de toda restricción que marcan el carácter de Lydia. Disculpa, porque debo hablar con franqueza. Si tú, querido padre, no te tomas la molestia de frenar su exuberante espíritu y de enseñarle que sus actuales ocupaciones no deben ser el propósito de su vida, pronto estará más allá del alcance de la enmienda. Su carácter estará fijado; y a los dieciséis años, será la coqueta más decidida que jamás haya ridiculizado a sí misma y a su familia;—una coqueta, además, en el peor y más mezquino grado de coqueteo; sin ninguna atracción más allá de la juventud y de un aspecto tolerable; y, debido a la ignorancia y vacuidad de su mente, completamente incapaz de evitar cualquier parte de ese desprecio universal que su rabia por la admiración provocará. En este peligro también se comprende a Kitty. Ella seguirá a donde Lydia la lleve. ¡Vanidosa, ignorante, ociosa y absolutamente descontrolada! Oh, querido padre, ¿puedes suponer que es posible que no sean censuradas y despreciadas dondequiera que sean conocidas, y que sus hermanas no se vean a menudo involucradas en la deshonra?"

El Sr. Bennet vio que todo su corazón estaba en el asunto; y, tomando su mano con afecto, respondió:

"No te inquietes, mi amor. Dondequiera que tú y Jane sean conocidas, deben ser respetadas y valoradas; y no parecerás menos por tener un par de —o podría decir, tres—hermanas muy tontas. No tendremos paz en Longbourn si Lydia no va a Brighton. Que se vaya, entonces. El coronel Forster es un hombre sensato y la mantendrá alejada de cualquier verdadero mal; y afortunadamente es demasiado pobre para ser un objeto de presa para nadie. En Brighton será de menos importancia, incluso como una coqueta común, de lo que ha sido aquí. Los oficiales encontrarán mujeres que valgan más su atención. Por lo tanto, esperemos que su presencia allí le enseñe su propia insignificancia. De todos modos, no puede empeorar mucho más sin autorizarnos a encerrarla por el resto de su vida."

Con esta respuesta, Elizabeth se vio obligada a conformarse; pero su propia opinión se mantuvo igual, y lo dejó decepcionado y apenado. Sin embargo, no era en su naturaleza aumentar sus vexaciones al reflexionar sobre ellas. Tenía confianza en haber cumplido con su deber; y preocuparse por males inevitables, o aumentarlos con ansiedad, no formaba parte de su disposición.

Si Lydia y su madre hubieran conocido el contenido de su conferencia con su padre, su indignación difícilmente habría encontrado expresión en su volubilidad unida. En la imaginación de Lydia, una visita a Brighton abarcaba todas las posibilidades de felicidad terrenal. Veía, con el ojo creativo de la fantasía, las calles de ese alegre balneario llenas de oficiales. Se veía a sí misma como el objeto de atención de decenas y decenas de ellos, actualmente desconocidos. Veía todas las glorias del campamento: sus tiendas extendidas en hermosa uniformidad de líneas, abarrotadas de jóvenes y alegres, y deslumbrantes con el color escarlata; y, para completar la escena, se veía sentada bajo una tienda, coqueteando dulcemente con al menos seis oficiales a la vez.

Si hubiera sabido que su hermana buscaba alejarla de tales perspectivas y realidades, ¿cuáles habrían sido sus sensaciones? Solo su madre podría haberlas comprendido, ya que podría haber sentido algo muy similar. La partida de Lydia a Brighton era lo único que la consolaba por la melancólica convicción de que su esposo nunca tenía la intención de ir allí.

Pero estaban completamente ignorantes de lo que había sucedido; y sus éxtasis continuaron, con pocas interrupciones, hasta el mismo día en que Lydia dejó su hogar.

Elizabeth estaba a punto de ver al Sr. Wickham por última vez. Habiendo estado frecuentemente en compañía de él desde su regreso, la agitación había disminuido bastante; las emociones de la antigua parcialidad habían desaparecido por completo. Incluso había aprendido a detectar, en la misma dulzura que primero la había deleitado, una afectación y una monotonía que la disgustaban y cansaban. Además, en su comportamiento actual hacia ella, había una nueva fuente de desagrado; pues la inclinación que pronto mostró de renovar aquellas atenciones que habían marcado la primera parte de su conocimiento solo podía servir, tras lo que había sucedido desde entonces, para provocarla. Perdió todo interés por él al verse así seleccionada como objeto de una galantería tan ociosa y frívola; y, mientras reprimía firmemente este sentimiento, no podía evitar sentir la reprimenda implícita en su creencia de que, aunque sus atenciones se hubieran retirado por mucho tiempo y por cualquier causa, su vanidad sería satisfecha y su preferencia asegurada, en cualquier momento, por su renovación.

En el último día que el regimiento permaneció en Meryton, él cenó, junto con otros oficiales, en Longbourn; y tan poco estaba dispuesta Elizabeth a despedirse de él de buen humor, que, al hacer él alguna pregunta sobre cómo había pasado su tiempo en Hunsford, mencionó que el coronel Fitzwilliam y el Sr. Darcy habían pasado ambos tres semanas en Rosings, y le preguntó si conocía al primero.

Él se mostró sorprendido, descontento, alarmado; pero, tras un momento de reflexión y una sonrisa que regresaba, respondió que lo había visto a menudo en el pasado; y, tras observar que era un hombre muy caballeroso, le preguntó cómo le había parecido. Su respuesta fue cálidamente a su favor. Con un aire de indiferencia, poco después añadió: "¿Cuánto tiempo dijiste que estuvo en Rosings?"

"Casi tres semanas."

"¿Y lo viste con frecuencia?"

"Sí, casi todos los días."

"Sus modales son muy diferentes a los de su primo."

"Sí, muy diferentes; pero creo que el señor Darcy mejora con el trato."

"¿De verdad?" exclamó Wickham, con una expresión que no pasó desapercibida para ella. "Y, por favor, ¿puedo preguntar—" pero deteniéndose, añadió, en un tono más alegre, "¿Es en su forma de dirigirse que mejora? ¿Se ha dignado a añadir algo de cortesía a su estilo habitual? porque no me atrevo a esperar," continuó, en un tono más bajo y serio, "que haya mejorado en lo esencial."

"Oh, no!" dijo Elizabeth. "En lo esencial, creo que es muy parecido a lo que siempre ha sido."

Mientras hablaba, Wickham parecía no saber si alegrarse por sus palabras o desconfiar de su significado. Había algo en su rostro que le hizo escuchar con una atención ansiosa y aprensiva, mientras ella añadía,—

"Cuando dije que él mejora con el trato, no quise decir que su mente o sus modales estuvieran en un estado de mejora; sino que, al conocerlo mejor, su disposición se comprende mejor."

La alarma de Wickham ahora se reflejaba en su color y su expresión agitada; durante unos minutos guardó silencio; hasta que, sacudiendo su incomodidad, se volvió hacia ella nuevamente y dijo con el tono más suave, —

"Tú, que conoces tan bien mis sentimientos hacia el Sr. Darcy, comprenderás fácilmente cuán sinceramente debo regocijarme de que sea lo suficientemente sabio como para asumir incluso la apariencia de lo que es correcto. Su orgullo, en ese sentido, puede ser útil, si no para él mismo, para muchos otros, ya que debe disuadirlo de tal conducta vil como la que he sufrido. Solo temo que el tipo de cautela a la que, imagino, te has estado refiriendo, sea adoptada únicamente en sus visitas a su tía, de cuya buena opinión y juicio él se siente muy intimidado. Sé que su temor hacia ella siempre ha influido cuando están juntos; y gran parte de esto se debe a su deseo de fomentar el matrimonio con la Srta. de Bourgh, lo cual estoy segura de que le importa mucho."

Elizabeth no pudo reprimir una sonrisa ante esto, pero solo respondió con una leve inclinación de cabeza. Vio que él quería involucrarla en el viejo tema de sus quejas, y no estaba de humor para concederle eso. El resto de la velada transcurrió con un aire de habitual alegría por su parte, pero sin más intentos de distinguir a Elizabeth; y finalmente se despidieron con mutua cortesía, y posiblemente un mutuo deseo de no volverse a encontrar.

Cuando la fiesta terminó, Lydia regresó con la señora Forster a Meryton, de donde debían partir temprano al día siguiente. La separación entre ella y su familia fue más ruidosa que patética. Kitty fue la única que derramó lágrimas; pero lo hizo por enfado y envidia. La señora Bennet se extendió en sus buenos deseos por la felicidad de su hija y fue contundente en sus recomendaciones de que no dejara pasar la oportunidad de divertirse tanto como fuera posible, un consejo que había toda razón para creer que sería atendido; y, en la bulliciosa alegría de Lydia despidiéndose, los más suaves adioses de sus hermanas fueron pronunciados sin ser escuchados.

❧ 42 ❧

Si la opinión de Elizabeth se hubiera formado únicamente a partir de su propia familia, no podría haber creado una imagen muy placentera de la felicidad conyugal o del confort doméstico. Su padre, cautivado por la juventud y la belleza, y por esa apariencia de buen humor que generalmente acompaña a la juventud y la belleza, se había casado con una mujer cuyo entendimiento débil y mente cerrada habían puesto muy pronto fin a todo afecto real por ella. El respeto, la estima y la confianza habían desaparecido para siempre; y todas sus expectativas de felicidad doméstica se habían derrumbado. Pero el Sr. Bennet no era de esos que buscan consuelo en las decepciones que su propia imprudencia había traído, en ninguno de esos placeres que a menudo consuelan a los desafortunados por su locura o su vicio. Le gustaba el campo y los libros; y de estos gustos habían surgido sus principales placeres. A su esposa le debía muy poco, salvo que su ignorancia y tontería habían contribuido a su diversión. Este no es el tipo de felicidad que un hombre desearía generalmente deberle a su esposa; pero donde faltan otros poderes de entretenimiento, el verdadero filósofo obtendrá beneficio de aquellos que se le ofrecen.

Elizabeth, sin embargo, nunca había sido ciega a la impropiedad del comportamiento de su padre como esposo. Siempre lo había visto con dolor; pero, respetando sus habilidades y agradecida por su trato afectuoso hacia ella, se esforzaba por olvidar lo que no podía pasar por alto y por desterrar de sus pensamientos esa continua violación de la obligación conyugal y del decoro que, al exponer a su esposa al desprecio de sus propios hijos, era tan altamente reprobable. Pero nunca había sentido tan intensamente como ahora las desventajas que debían acompañar a los hijos de un matrimonio tan inapropiado, ni había sido tan plenamente consciente de los males que surgían de una dirección tan mal concebida de los talentos, talentos que, si se hubieran utilizado correctamente, al menos podrían haber preservado la respetabilidad de sus hijas, incluso si eran incapaces de ampliar la mente de su esposa.

Cuando Elizabeth se alegró por la partida de Wickham, encontró pocas otras razones para sentirse satisfecha con la pérdida del regimiento. Sus salidas eran menos variadas que antes; y en casa tenía a una madre y una hermana, cuyas constantes quejas sobre la monotonía de todo lo que las rodeaba sumían realmente su círculo doméstico en una profunda tristeza. Y, aunque Kitty podría recuperar con el tiempo su grado natural de sensatez, ya que los perturbadores de su mente habían sido removidos, su otra hermana, de cuya disposición podría temerse un mayor daño, estaba destinada a endurecerse en toda su necedad y desfachatez, por una situación de doble peligro como un balneario y un campamento. En conjunto, por lo tanto, descubrió, lo que a veces se ha encontrado antes, que un evento que había esperado con impaciencia no trajo, al ocurrir, toda la satisfacción que se había prometido. Por consiguiente, era necesario fijar algún otro momento para el comienzo de la verdadera felicidad; tener algún otro punto en el que sus deseos y esperanzas pudieran centrarse, y al disfrutar nuevamente del placer de la anticipación, consolarse por el presente y prepararse para otra decepción. Su viaje a los Lagos era ahora el objeto de sus pensamientos más felices: era su mejor consuelo por todas las horas incómodas que el descontento de su madre y Kitty hacían inevitables; y si hubiera podido incluir a Jane en el plan, cada parte de él habría sido perfecta.

"Pero es afortunado," pensó ella, "que tenga algo por lo que desear. Si todo el arreglo estuviera completo, mi decepción sería segura. Pero aquí, al llevar conmigo una fuente incesante de pesar por la ausencia de mi hermana, puedo esperar razonablemente que todas mis expectativas de placer se realicen. Un plan del cual cada parte promete deleite nunca puede ser exitoso; y la decepción general solo se evita gracias a la defensa de algún pequeño y peculiar desagrado."

Cuando Lydia se fue, prometió escribir muy a menudo y con muchos detalles a su madre y a Kitty; pero sus cartas eran siempre muy esperadas y siempre muy breves. Las que enviaba a su madre contenían poco más que que acababan de regresar de la biblioteca, donde tales y cuales oficiales las habían atendido, y donde había visto unos adornos tan hermosos que la volvían completamente loca; que tenía un vestido nuevo o un nuevo parasol, que habría descrito con más detalle, pero que se vio obligada a interrumpir de manera violenta, ya que la señora Forster la llamaba, y estaban yendo al campamento; y de su correspondencia con su hermana había aún menos que aprender, porque sus cartas a Kitty, aunque un poco más largas, estaban demasiado llenas de líneas subrayadas en las palabras como para ser publicadas.

Después de la primera quincena o tres semanas de su ausencia, la salud, el buen humor y la alegría comenzaron a reaparecer en Longbourn. Todo tenía un aspecto más feliz. Las familias que habían estado en la ciudad durante el invierno regresaron, y surgieron las galas de verano y los compromisos estivales. La señora Bennet fue restaurada a su habitual serenidad quejumbrosa; y para mediados de junio, Kitty se había recuperado lo suficiente como para poder entrar en Meryton sin lágrimas, un acontecimiento de tan feliz promesa que hizo que Elizabeth esperara que, para la próxima Navidad, podría ser lo suficientemente razonable como para no mencionar a un oficial más de una vez al día, a menos que, por algún cruel y malicioso arreglo en el Ministerio de Guerra, otro regimiento fuera acuartelado en Meryton.

El momento fijado para el comienzo de su gira por el norte se acercaba rápidamente; y solo faltaban dos semanas para ello, cuando llegó una carta de la Sra. Gardiner, que a la vez retrasó su inicio y redujo su extensión. El Sr. Gardiner no podría partir hasta dentro de dos semanas en julio debido a negocios y debía estar de regreso en Londres en un mes; y como eso dejaba un período demasiado corto para que pudieran ir tan lejos y ver tanto como habían propuesto, o al menos verlo con el tiempo y la comodidad que habían planeado, se vieron obligados a renunciar a los Lagos y sustituirlo por una gira más corta; y, según el plan actual, no irían más al norte que Derbyshire. En ese condado había suficiente por ver para ocupar la mayor parte de sus tres semanas; y para la Sra. Gardiner tenía un atractivo particularmente fuerte. La ciudad donde ella había pasado algunos años de su vida, y donde ahora iban a pasar unos días, era probablemente un objeto de su curiosidad tan grande como todas las célebres bellezas de Matlock, Chatsworth, Dovedale o el Peak.

Elizabeth estaba extremadamente decepcionada: había puesto su corazón en ver los Lagos; y aún pensaba que podría haber habido suficiente tiempo. Pero era su deber estar satisfecha—y ciertamente su carácter ser feliz; y pronto todo volvió a estar bien.

Con la mención de Derbyshire, se relacionaron muchas ideas. Era imposible para ella ver la palabra sin pensar en Pemberley y su propietario. "Pero, sin duda," dijo ella, "puedo entrar en su condado con impunidad y robarle unos pocos cristales petrificados, sin que él me perciba."

El periodo de espera se había duplicado. Debían pasar cuatro semanas antes de la llegada de su tío y su tía. Pero esas semanas pasaron, y el Sr. y la Sra. Gardiner, junto con sus cuatro hijos, finalmente aparecieron en Longbourn. Los niños, dos niñas de seis y ocho años, y dos niños más pequeños, iban a quedar bajo el cuidado especial de su prima Jane, que era la favorita general, y cuyo sentido común y dulzura de carácter la hacían idónea para atenderlos en todos los aspectos: enseñándoles, jugando con ellos y queriéndolos.

Los Gardiner solo se quedaron una noche en Longbourn y partieron a la mañana siguiente con Elizabeth en busca de novedades y diversión. Una satisfacción era segura: la de ser compañeros adecuados; una adecuación que comprendía salud y carácter para soportar inconvenientes, alegría para realzar cada placer, y afecto e inteligencia, que podrían suplirse entre ellos si había decepciones en el exterior.

No es el objetivo de este trabajo dar una descripción de Derbyshire, ni de ninguno de los lugares notables por los que pasaron en su ruta hacia allí—Oxford, Blenheim, Warwick, Kenilworth, Birmingham, etc., son suficientemente conocidos. Solo una pequeña parte de Derbyshire es de interés en este momento. Se dirigieron al pequeño pueblo de Lambton, escenario de la antigua residencia de la señora Gardiner, y donde ella había aprendido recientemente que algunos conocidos aún permanecían. Después de haber visto todas las maravillas principales del país, se encaminaron allí, y a menos de cinco millas de Lambton, Elizabeth supo por su tía que Pemberley estaba situado. No estaba en su ruta directa; ni a más de una o dos millas de ella. Al hablar sobre su ruta la noche anterior, la señora

Gardiner expresó su inclinación por volver a ver el lugar. El señor Gardiner declaró su disposición, y se le pidió a Elizabeth su aprobación.

"Querida, ¿no te gustaría ver un lugar del que has oído tanto?" dijo su tía. "Un lugar, además, con el que están conectados muchos de tus conocidos. Wickham pasó toda su juventud allí, ya sabes."

Elizabeth se sintió angustiada. Sentía que no tenía nada que hacer en Pemberley y se vio obligada a asumir una aversión por verlo. Debía admitir que estaba cansada de las grandes casas: después de haber recorrido tantas, realmente no tenía placer en alfombras finas ni en cortinas de satén.

La señora Gardiner criticó su estupidez. "Si se tratara meramente de una casa bonita ricamente amueblada," dijo ella, "a mí tampoco me importaría; pero los jardines son encantadores. Tienen algunos de los bosques más bellos del país."

Elizabeth no dijo más; pero su mente no podía estar en paz. La posibilidad de encontrarse con el Sr. Darcy, mientras visitaba el lugar, le ocurrió de inmediato. ¡Sería espantoso! Se sonrojó ante la misma idea y pensó que sería mejor hablar abiertamente con su tía que correr tal riesgo. Pero había objeciones a esto; y finalmente resolvió que podría ser el último recurso, si sus indagaciones privadas sobre la ausencia de la familia eran respondidas desfavorablemente.

Así que, cuando se retiró por la noche, preguntó a la camarera si Pemberley no era un lugar muy bonito, cuál era el nombre de su propietario y, con cierta alarma, si la familia estaba allí para el verano. Una respuesta negativa muy bienvenida siguió a la última pregunta; y al sentirse ahora aliviada, tuvo tiempo para sentir una gran curiosidad por ver la casa ella misma; y cuando el tema se reavivó a la mañana siguiente, y nuevamente la consultaron, pudo responder con facilidad, y con un aire adecuado de indiferencia, que realmente no tenía ningún desagrado hacia el plan.

Por lo tanto, iban a ir a Pemberley.

❧ 43 ❧

ELIZABETH, mientras avanzaban, observaba con cierta perturbación la primera aparición de los bosques de Pemberley; y cuando finalmente giraron hacia la entrada, su ánimo estaba muy agitado.

El parque era muy grande y contenía una gran variedad de terrenos. Entraron por uno de sus puntos más bajos y condujeron durante algún tiempo a través de un hermoso bosque que se extendía sobre una amplia extensión.

La mente de Elizabeth estaba demasiado llena para conversar, pero veía y admiraba cada lugar y punto de vista destacado. Ascendieron gradualmente durante media milla y luego se encontraron en la cima de una considerable elevación, donde el bosque cesaba, y la vista fue inmediatamente capturada por Pemberley House, situada al otro lado del valle, por el que la carretera serpenteaba con cierta abruptidad. Era un gran y hermoso edificio de piedra, ubicado en un terreno elevado y respaldado por una cresta de altas colinas boscosas; y frente a él, un arroyo de cierta importancia natural se ensanchaba sin ninguna apariencia artificial. Sus orillas no eran formales ni estaban adornadas falsamente. Elizabeth estaba encantada. Nunca había visto un lugar para el cual la naturaleza hubiera hecho tanto, o donde la belleza natural hubiera sido tan poco contrarrestada por un gusto torpe. Todos estaban entusiasmados en su admiración; y en ese momento, ella sintió que ser la dueña de Pemberley podría ser algo.

Descendieron la colina, cruzaron el puente y condujeron hasta la puerta; y, mientras examinaban el aspecto más cercano de la casa, regresaron todas sus inquietudes sobre conocer a su propietario. Temía que la camarera se hubiera equivocado. Al solicitar ver el lugar, fueron admitidos en el vestíbulo; y Elizabeth, mientras esperaban a la ama de llaves, tuvo tiempo para preguntarse cómo había llegado a estar allí.

La ama de llaves llegó; una mujer anciana de aspecto respetable, mucho menos distinguida y más cortés de lo que ella había imaginado encontrarla. La siguieron al comedor. Era una habitación grande y bien proporcionada, elegantemente decorada. Elizabeth, tras observarla brevemente, se acercó a una ventana para disfrutar de la vista. La colina, coronada de bosques, de la que habían descendido, se veía aún más abrupta desde la distancia, y era un objeto hermoso. Cada disposición del terreno era agradable; y ella contempló toda la escena, el río, los árboles dispersos en sus orillas y el sinuoso valle, tan lejos como podía distinguirlo, con deleite. A medida que pasaban a otras habitaciones, esos objetos adoptaban diferentes posiciones; pero desde cada ventana había bellezas que contemplar. Las habitaciones eran altas y elegantes, y su mobiliario se correspondía con la fortuna de su propietario; pero Elizabeth vio, con admiración por su gusto, que no era ni ostentoso ni inútilmente fino, con menos esplendor y más verdadera elegancia que el mobiliario de Rosings.

"Y de este lugar," pensó ella, "¡podría haber sido la dueña! Con estas habitaciones podría haber estado familiarmente acquainted ahora. En lugar de verlas como una extraña, podría haberme regocijado en ellas como si fueran mías, y haber recibido a mi tío y tía como visitantes. Pero, no," recordándose, "eso nunca podría ser; mi tío y tía habrían estado perdidos para mí; no se me habría permitido invitarlos."

Esta fue una afortunada reflexión: la salvó de algo parecido al arrepentimiento.

Ella deseaba preguntar a la ama de llaves si su amo estaba realmente ausente, pero no tenía valor para hacerlo. Sin embargo, al final, la pregunta fue hecha por su tío; y ella se volvió alarmada, mientras la señora Reynolds respondía que sí; añadiendo: "Pero esperamos que llegue mañana, con un gran grupo de amigos." ¡Qué contenta estaba Elizabeth de que su propio viaje no se hubiera retrasado ni un día por ninguna circunstancia!

Su tía la llamó ahora para que mirara un retrato. Se acercó y vio la imagen del señor Wickham, suspendida, entre varios otros miniaturas, sobre la repisa de la chimenea. Su tía le preguntó, sonriendo, qué le parecía. La ama de llaves se adelantó y les dijo que era el retrato de un joven caballero, el hijo del mayordomo de su difunto amo, que había sido criado por él a su propio costo. "Ahora se ha ido al ejército," añadió; "pero temo que se ha vuelto muy salvaje."

La señora Gardiner miró a su sobrina con una sonrisa, pero Elizabeth no pudo devolverle la sonrisa.

"Y ese," dijo la señora Reynolds, señalando a otra de las miniaturas, "es mi amo—y se parece mucho a él. Fue dibujado al mismo tiempo que el otro— hace unos ocho años."

"He oído mucho sobre la buena apariencia de su amo," dijo la señora Gardiner, mirando el retrato; "es un rostro atractivo. Pero, Lizzy, tú puedes decirnos si se parece o no."

El respeto de la señora Reynolds por Elizabeth parecía aumentar con esta indicación de que conocía a su amo.

"¿Esa joven dama conoce al señor Darcy?"

Elizabeth se sonrojó y dijo, "Un poco."

"¿Y no lo considera un caballero muy apuesto, señora?"

"Sí, muy apuesto."

"Estoy segura de que no conozco a nadie tan apuesto; pero en la galería de arriba verás un retrato más grande y más bonito de él que este. Esta habitación era la favorita de mi difunto amo, y estas miniaturas son tal como solían ser entonces. A él le gustaban mucho."

Esto le explicó a Elizabeth por qué el Sr. Wickham estaba entre ellos.

La Sra. Reynolds luego dirigió su atención hacia uno de la Srta. Darcy, dibujado cuando ella tenía solo ocho años.

"¿Y es la Srta. Darcy tan hermosa como su hermano?" preguntó el Sr. Gardiner.

"Oh, sí—la joven más hermosa que jamás se haya visto; ¡y tan talentosa! Toca y canta todo el día. En la habitación de al lado hay un nuevo instrumento que acaba de llegar para ella—un regalo de mi amo: ella viene aquí mañana con él."

El Sr. Gardiner, cuya manera de ser era fácil y agradable, animó su comunicatividad con sus preguntas y comentarios: la Sra. Reynolds, ya sea por orgullo o por apego, evidentemente disfrutaba mucho hablando de su amo y de su hermana.

"¿Su amo pasa mucho tiempo en Pemberley a lo largo del año?"

"No tanto como quisiera, señor: pero estoy segura de que puede pasar aquí la mitad de su tiempo; y la Srta. Darcy siempre viene en los meses de verano."

"Excepto," pensó Elizabeth, "cuando va a Ramsgate."

"Si su amo se casara, podría verlo más."

"Sí, señor; pero no sé cuándo será eso. No sé quién es lo suficientemente buena para él."

El Sr. y la Sra. Gardiner sonrieron. Elizabeth no pudo evitar decir: "Es muy digno de él, estoy segura, que usted piense así."

"Yo no digo más que la verdad, y lo que todo el mundo dirá que lo conoce," respondió la otra. Elizabeth pensó que esto era bastante extremo; y escuchó con creciente asombro mientras la ama de llaves añadía: "Nunca he tenido una palabra áspera de él en mi vida, y lo conozco desde que tenía cuatro años."

Este era un elogio de los más extraordinarios, el más opuesto a sus ideas. Que no era un hombre de buen humor había sido su opinión más firme. Su atención se despertó intensamente: deseaba escuchar más; y estaba agradecida a su tío por decir,—

"Hay muy pocas personas de las que se puede decir tanto. Tienes suerte de tener un maestro así."

"Sí, señor, sé que lo tengo. Si yo recorriera el mundo, no podría encontrar a uno mejor. Pero siempre he observado que quienes son de buen carácter cuando son niños, lo son también cuando crecen; y él siempre fue el niño de mejor temperamento y el más generoso del mundo."

Elizabeth casi se quedó mirando a la ama de llaves. "¿Puede ser este el Sr. Darcy?" pensó.

"Su padre fue un hombre excelente," dijo la Sra. Gardiner.

"Sí, señora, efectivamente lo fue; y su hijo será igual a él—igual de afable con los pobres."

Elizabeth escuchó, se maravilló, dudó, y estaba impaciente por saber más. La Sra. Reynolds no pudo interesarla en ningún otro tema. Relató los temas de los cuadros, las dimensiones de las habitaciones y el precio de los muebles en vano. El Sr. Gardiner, muy divertido por el tipo de prejuicio familiar, al que atribuía su excesivo elogio hacia su maestro, pronto volvió a dirigir la conversación hacia el tema; y ella insistió con energía en sus muchos méritos mientras subían juntos por la gran escalera.

"Él es el mejor arrendador y el mejor amo," dijo ella, "que jamás ha vivido. No como los jóvenes salvajes de hoy en día, que no piensan en nada más que en sí mismos. No hay un solo inquilino o sirviente que no le dé un buen nombre. Algunas personas lo llaman orgulloso; pero estoy segura de que nunca he visto nada de eso. A mi parecer, es solo porque no habla sin parar como otros jóvenes."

"¡Qué luz tan amable le da esto!" pensó Elizabeth.

"Este hermoso relato de él," susurró su tía mientras caminaban, "no es del todo consistente con su comportamiento hacia nuestro pobre amigo."

"Quizás podríamos estar equivocados."

"No es muy probable; nuestra autoridad era demasiado buena."

Al llegar al espacioso vestíbulo de arriba, les mostraron una sala de estar muy bonita, recientemente decorada con mayor elegancia y luminosidad que los apartamentos de abajo; y les informaron que se había hecho recientemente para agradar a la señorita Darcy, quien había tomado gusto por la habitación durante su última visita a Pemberley.

"Él es, sin duda, un buen hermano," dijo Elizabeth, mientras se acercaba a una de las ventanas.

La señora Reynolds anticipó el deleite de la señorita Darcy cuando entrara en la habitación. "Y así es siempre con él," añadió. "Cualquier cosa que pueda darle placer a su hermana, se hace al instante. No hay nada que no haría por ella."

La galería de pinturas y dos o tres de los principales dormitorios eran lo único que quedaba por mostrar. En la primera había muchas buenas pinturas; pero Elizabeth no sabía nada del arte; y de las que ya habían sido visibles abajo, se había vuelto gustosamente para ver algunos dibujos de la señorita Darcy, en crayones, cuyos temas eran generalmente más interesantes y también más comprensibles.

En la galería había muchos retratos familiares, pero pocos podían captar la atención de un extraño. Elizabeth continuó buscando el único rostro cuyos rasgos le fueran conocidos. Por fin, uno la detuvo—y contempló un sorprendente parecido con el Sr. Darcy, con una sonrisa en su rostro que recordaba haber visto a veces cuando él la miraba. Permaneció varios minutos ante el retrato, en profunda contemplación, y regresó a él nuevamente antes de abandonar la galería. La Sra. Reynolds les informó que había sido pintado en vida de su padre.

Ciertamente, en ese momento, en la mente de Elizabeth había una sensación más suave hacia el original de lo que jamás había sentido en el auge de su conocimiento. Los elogios que le otorgó la Sra. Reynolds no eran de poca importancia. ¿Qué alabanza es más valiosa que la de un sirviente inteligente? Como hermano, propietario y jefe, consideró cuanta felicidad estaba en su custodia. ¡Cuánto placer o dolor podía otorgar! ¡Cuánto bien o mal debía realizar! Cada idea que había presentado la ama de llaves era favorable a su carácter; y mientras se encontraba ante el lienzo en el que estaba representado, y él fijaba sus ojos en ella, pensó en su afecto con un sentimiento más profundo de gratitud que nunca antes había sentido: recordó su calidez y suavizó la impropiedad de su expresión.

Cuando hubo visto todo lo que la casa tenía abierto a la inspección general, regresaron escaleras abajo; y, despidiéndose de la ama de llaves, fueron entregados al jardinero, quien los recibió en la puerta del vestíbulo.

Mientras caminaban por el césped hacia el río, Elizabeth se volvió para mirar de nuevo; su tío y su tía también se detuvieron; y mientras el primero conjeturaba sobre la fecha de la construcción, el propietario de la misma apareció de repente por el camino que conducía detrás hacia los establos.

Estaban a menos de veinte yardas el uno del otro; y tan abrupta fue su aparición que era imposible evitar su vista. Sus miradas se encontraron al instante, y las mejillas de ambos se cubrieron con el más profundo rubor.

Él se sobresaltó por completo y, por un momento, pareció inmóvil de sorpresa; pero, recuperándose rápidamente, se acercó al grupo y habló con Elizabeth, si no en términos de perfecta compostura, al menos con perfecta cortesía.

Ella se había vuelto instintivamente, pero al detenerse ante su acercamiento, recibió sus cumplidos con una incomodidad imposible de superar. Si su primera aparición, o su parecido con el retrato que acababan de estar examinando, no fue suficiente para asegurar a los otros dos que ahora veían al Sr. Darcy, la expresión de sorpresa del jardinero al ver a su amo debía haberlo dejado claro de inmediato. Ellos se mantuvieron un poco apartados mientras él hablaba con su sobrina, quien, asombrada y confundida, apenas se atrevía a levantar los ojos hacia su rostro y no sabía qué respuesta dar a sus amables preguntas sobre su familia. Asombrada por el cambio en su manera de ser desde la última vez que se separaron, cada frase que él pronunciaba aumentaba su incomodidad; y cada idea sobre la impropiedad de que ella estuviera allí volviendo a su mente, los pocos minutos que continuaron juntos fueron algunos de los más incómodos de su vida. Él tampoco parecía estar mucho más a gusto; cuando hablaba, su acento no tenía la serenidad habitual; y repetía sus preguntas sobre el tiempo que había dejado Longbourn y su estancia en Derbyshire con tanta frecuencia y de manera tan apresurada que claramente mostraba la distracción de sus pensamientos.

Finalmente, pareció que todas las ideas le fallaban; y después de estar unos momentos en silencio, de repente se dio cuenta, y se despidió.

Los demás se unieron a ella y expresaron su admiración por su figura; pero Elizabeth no oyó una palabra y, completamente absorta en sus propios sentimientos, los siguió en silencio. Se sentía abrumada por la vergüenza y la irritación. ¡Su llegada allí fue lo más desafortunado, lo más mal pensado del mundo! ¿Qué extraño le parecería? ¿En qué luz tan deshonrosa podría verlo un hombre tan vanidoso? ¡Podría parecer como si ella se hubiera puesto deliberadamente en su camino otra vez! ¡Oh! ¿por qué vino? ¿o por qué él llegó así un día antes de lo esperado? Si hubieran llegado solo diez minutos antes, habrían estado fuera de su alcance; porque era evidente que él había llegado en ese momento, que en ese momento descendía de su caballo o de su carruaje. Se sonrojó una y otra vez por la perversidad del encuentro. Y su comportamiento, tan notablemente alterado, ¿qué podría significar? ¡Que él incluso le hablara era asombroso!—pero hablarle con tal cortesía, preguntar por su familia. Nunca en su vida había visto sus modales tan poco dignos, nunca había hablado con tanta gentileza como en este encuentro inesperado. ¡Qué contraste ofrecía con su última intervención en Rosings Park, cuando le puso la carta en la mano! No sabía qué pensar ni cómo explicarlo.

Ahora habían entrado en un hermoso paseo junto al agua, y cada paso los acercaba a una caída de terreno más noble o a un rincón más hermoso del bosque al que se dirigían; pero pasó un tiempo antes de que Elizabeth fuera consciente de ello; y, aunque respondía mecánicamente a los repetidos llamados de su tío y tía, y parecía dirigir su mirada hacia los objetos que ellos señalaban, no distinguía ninguna parte de la escena. Todos sus pensamientos estaban fijos en ese único lugar de Pemberley House, cualquiera que fuera, donde se encontraba el Sr. Darcy. Anhelaba saber qué estaba pasando en su mente en ese momento; de qué manera pensaba en ella y si, a pesar de todo, todavía le era querida. Quizás había sido cortés solo porque se sentía a gusto; sin embargo, había algo en su voz que no era como la comodidad. No podía decir si había sentido más dolor o placer al verla, pero ciertamente no la había mirado con calma.

Finalmente, sin embargo, los comentarios de sus compañeros sobre su falta de atención la despertaron, y sintió la necesidad de parecer más como ella misma.

Entraron en el bosque y, despidiéndose del río por un tiempo, ascendieron a algunos de los terrenos más altos; desde donde, en lugares donde la apertura de los árboles permitía que la vista vagara, había muchas vistas encantadoras del valle, de las colinas opuestas, con la larga fila de bosques que cubría muchas, y ocasionalmente parte del arroyo. El Sr. Gardiner expresó su deseo de rodear todo el parque, pero temía que pudiera ser demasiado para una caminata. Con una sonrisa triunfante, le dijeron que eran diez millas alrededor. Eso decidió el asunto; y siguieron el circuito acostumbrado, que los llevó nuevamente, después de un tiempo, en un descenso entre bosques colgantes, hasta el borde del agua, y una de sus partes más estrechas. Lo cruzaron por un puente sencillo, en consonancia con el aire general de la escena: era un lugar menos adornado que cualquiera que hubieran visitado hasta ahora; y el valle, aquí contraído en un desfiladero, solo permitía espacio para el arroyo y un camino estrecho entre la densa maleza que lo bordeaba. Elizabeth anhelaba explorar sus meandros; pero cuando cruzaron el puente y percibieron la distancia hasta la casa, la Sra.

Gardiner, que no era una gran caminante, no pudo ir más lejos y pensó solo en regresar a la carruaje lo más rápido posible. Por lo tanto, su sobrina se vio obligada a ceder, y tomaron el camino hacia la casa en el lado opuesto del río, en la dirección más cercana; pero su progreso fue lento, ya que el Sr. Gardiner, aunque raramente podía satisfacer su gusto, era muy aficionado a la pesca y estaba tan ocupado observando la aparición ocasional de algunas truchas en el agua y hablando con el hombre sobre ellas, que avanzaba muy poco. Mientras vagaban de esta manera tan lenta, se sorprendieron nuevamente, y el asombro de Elizabeth fue igual al que había sentido al principio, al ver aproximarse al Sr. Darcy, y no a gran distancia. El sendero, al ser aquí menos resguardado que en el otro lado, les permitió verlo antes de encontrarse. Elizabeth, aunque asombrada, estaba al menos más preparada para un encuentro que antes, y decidió aparecer y hablar con calma, si realmente tenía la intención de encontrarse con ellos. Durante unos momentos, de hecho, sintió que probablemente él tomaría otro camino. La idea persistió mientras un giro en el sendero lo ocultaba de su vista; al pasar el giro, él estaba inmediatamente frente a ellos. Con una mirada vio que no había perdido ninguna de su reciente cortesía; y, para imitar su amabilidad, comenzó a admirar la belleza del lugar al encontrarse; pero no había ido más allá de las palabras "encantador" y "maravilloso", cuando algunos recuerdos desafortunados se interpusieron, y le pareció que un elogio a Pemberley de su parte podría ser interpretado maliciosamente. Su color cambió y no dijo más.

La señora Gardiner estaba de pie un poco detrás; y al detenerse ella, él le preguntó si le haría el honor de presentarle a sus amigos. Esto fue un gesto de cortesía para el que ella no estaba en absoluto preparada; y apenas pudo reprimir una sonrisa al ver que ahora él buscaba la compañía de algunas de aquellas mismas personas, contra las cuales su orgullo había rebelado en su ofrecimiento a ella. "¿Cuál será su sorpresa," pensó ella, "cuando sepa quiénes son! Ahora los toma por gente de alta sociedad."

Sin embargo, la presentación se hizo de inmediato; y mientras ella nombraba su relación con ella, le lanzó una mirada disimulada para ver cómo lo estaba llevando; y no sin la expectativa de que se marchara lo más rápido que pudiera de tan deshonrosas compañías. Que quedó sorprendido por la conexión era evidente; sin embargo, lo soportó con fortaleza: y, lejos de irse, regresó con ellos y entabló una conversación con el señor Gardiner. Elizabeth no pudo evitar sentirse complacida, no pudo evitar triunfar. Era reconfortante que él supiera que tenía algunos parientes de los que no había necesidad de sonrojarse. Escuchó con la mayor atención todo lo que pasaba entre ellos, y se regocijó en cada expresión, cada frase de su tío, que evidenciaba su inteligencia, su gusto o sus buenos modales.

La conversación pronto giró en torno a la pesca; y ella oyó a Mr. Darcy invitarlo, con la mayor cortesía, a pescar allí tan a menudo como deseara, mientras permaneciera en la vecindad, ofreciéndole al mismo tiempo suministrarle equipo de pesca y señalando aquellas partes del arroyo donde generalmente había más actividad. La Sra. Gardiner, que caminaba del brazo con Elizabeth, le lanzó una mirada que expresaba su asombro. Elizabeth no dijo nada, pero le agradó enormemente; el cumplido debía ser solo para ella. Su asombro, sin embargo, era extremo; y continuamente repetía: "¿Por qué ha cambiado tanto? ¿De qué puede proceder esto? No puede ser por mí, no puede ser por mi causa que sus modales se hayan suavizado así. Mis reprimendas en Hunsford no podían provocar un cambio como este. Es imposible que todavía me ame."

Después de caminar un tiempo de esta manera, las dos damas al frente, los dos caballeros detrás, al retomar sus lugares, después de descender a la orilla del río para inspeccionar mejor algunas plantas acuáticas curiosas, ocurrió una pequeña alteración. Todo se originó en la señora Gardiner, quien, fatigada por el ejercicio de la mañana, encontró que el brazo de Elizabeth no era suficiente para su apoyo y, por consiguiente, prefirió el de su esposo. El Sr. Darcy ocupó su lugar junto a su sobrina, y caminaron juntos. Tras un breve silencio, la dama fue la primera en hablar. Quería que él supiera que le habían asegurado su ausencia antes de que ella llegara al lugar, y, por lo tanto, comenzó observando que su llegada había sido muy inesperada—"porque su ama de llaves," añadió, "nos informó que usted no estaría aquí hasta mañana; y, de hecho, antes de que saliéramos de Bakewell, entendimos que no se le esperaba inmediatamente en el campo." Él reconoció la verdad de todo ello y dijo que asuntos con su mayordomo habían ocasionado que llegara unas horas antes que el resto del grupo con el que había estado viajando. "Se unirán a mí temprano mañana," continuó, "y entre ellos hay algunos que reclamarán un conocimiento con usted,—el Sr. Bingley y sus hermanas."

Elizabeth respondió solo con una ligera inclinación de cabeza. Sus pensamientos fueron instantáneamente llevados de vuelta al momento en que se mencionó por última vez el nombre del Sr. Bingley entre ellos; y si podía juzgar por su complexión, su mente no estaba muy diferente ocupada.

"También hay otra persona en el grupo," continuó después de una pausa, "que desea ser conocida por usted. ¿Me permitirá, o pido demasiado, presentar a mi hermana durante su estancia en Lambton?"

La sorpresa por tal solicitud fue realmente grande; era demasiado grande para que ella supiera de qué manera accedió a ella. Inmediatamente sintió que cualquier deseo que la señorita Darcy pudiera tener de conocerla debía ser obra de su hermano, y sin mirar más allá, eso resultaba satisfactorio; era gratificante saber que su resentimiento no lo había llevado a pensar realmente mal de ella.

Ahora caminaban en silencio; cada uno sumido en sus pensamientos. Elizabeth no se sentía cómoda; eso era imposible; pero se sentía halagada y complacida. Su deseo de presentar a su hermana era un cumplido de la más alta categoría. Pronto superaron a los demás; y cuando llegaron a la carruajes, el señor y la señora Gardiner estaban a medio cuarto de milla detrás.

Entonces él le pidió que entrara en la casa, pero ella declaró que no estaba cansada, y se quedaron juntos en el jardín. En un momento así se podría haber dicho mucho, y el silencio era muy incómodo. Quería hablar, pero parecía haber un embargo sobre cada tema. Finalmente recordó que había estado viajando, y hablaron de Matlock y Dovedale con gran perseverancia. Sin embargo, el tiempo y su tía avanzaban lentamente, y su paciencia y sus ideas estaban casi agotadas antes de que la conversación a solas concluyera.

Cuando el señor y la señora Gardiner llegaron, todos fueron instados a entrar en la casa y tomar un refrigerio; pero esto fue declinado, y se despidieron de la manera más educada. El señor Darcy ayudó a las damas a subir a la carruaje; y cuando esta se alejó, Elizabeth lo vio caminando lentamente hacia la casa.

Las observaciones de su tío y su tía comenzaron ahora; y cada uno de ellos lo consideró infinitamente superior a lo que habían esperado.

"Él es perfectamente educado, cortés y modesto," dijo su tío.

"Hay algo un poco majestuoso en él, sin duda," respondió su tía; "pero se limita a su porte, y no es inapropiado. Ahora puedo decir, como la ama de llaves, que aunque algunas personas puedan llamarlo orgulloso, yo no he visto nada de eso."

"Nunca me sorprendió más que su comportamiento con nosotros. Fue más que cortés; fue realmente atento; y no había necesidad de tal atención. Su conocimiento con Elizabeth era muy trivial."

"Por supuesto, Lizzy," dijo su tía, "no es tan guapo como Wickham; o más bien, no tiene el semblante de Wickham, porque sus rasgos son perfectamente buenos. Pero, ¿cómo se te ocurrió decirnos que era tan desagradable?"

Elizabeth se excusó lo mejor que pudo: dijo que le había gustado más cuando se conocieron en Kent que antes, y que nunca lo había visto tan agradable como esta mañana.

"Pero quizás pueda ser un poco caprichoso en sus cortesías," respondió su tío. "Tus grandes hombres a menudo lo son; y por eso no le tomaré la palabra sobre la pesca, ya que podría cambiar de opinión otro día y advertirme que no entre en sus terrenos."

Elizabeth sintió que habían malinterpretado por completo su carácter, pero no dijo nada.

"Por lo que hemos visto de él," continuó la señora Gardiner, "realmente no hubiera pensado que podría haber actuado de una manera tan cruel con nadie, tal como lo ha hecho con el pobre Wickham. No tiene una apariencia de mal carácter. Por el contrario, hay algo agradable en su boca cuando habla. Y hay algo de dignidad en su semblante que no daría una idea desfavorable de su corazón. Pero, por supuesto, la buena dama que nos mostró la casa le dio un carácter muy halagador. A veces, apenas pude evitar reírme en voz alta. Pero supongo que es un amo generoso, y eso, a los ojos de un sirviente, comprende todas las virtudes."

Elizabeth sintió que debía decir algo en defensa de su comportamiento con Wickham; por lo tanto, les hizo entender, de la manera más cautelosa posible, que según lo que había oído de sus relaciones en Kent, sus acciones eran susceptibles de una interpretación muy diferente; y que su carácter no era en absoluto tan defectuoso, ni el de Wickham tan amable, como habían sido considerados en Hertfordshire. En confirmación de esto, relató los pormenores de todas las transacciones pecuniarias en las que habían estado involucrados, sin nombrar realmente su fuente, pero afirmando que era de fiar.

La señora Gardiner se sorprendió y preocupó: pero como ahora se acercaban al escenario de sus placeres pasados, cada idea fue cediendo ante el encanto del recuerdo; y estaba demasiado ocupada señalándole a su esposo todos los lugares interesantes en los alrededores como para pensar en otra cosa. A pesar de lo fatigada que había estado por la caminata de la mañana, no habían terminado de cenar cuando ella se puso en marcha nuevamente en busca de sus antiguas amistades, y la velada se pasó en las satisfacciones de una conversación renovada después de muchos años de interrupción.

Los acontecimientos del día estaban tan llenos de interés que Elizabeth no podía prestar mucha atención a ninguno de estos nuevos amigos; y no podía hacer otra cosa que pensar, y pensar con asombro, en la cortesía del Sr. Darcy y, sobre todo, en su deseo de que conociera a su hermana.

❦ 44 ❦

ELIZABETH había decidido que el señor Darcy llevaría a su hermana a visitarla al día siguiente de su llegada a Pemberley; y, en consecuencia, estaba resuelta a no apartarse del inn durante toda esa mañana. Pero su conclusión era errónea; porque en la misma mañana después de su llegada a Lambton, estos visitantes llegaron. Habían estado paseando por el lugar con algunos de sus nuevos amigos, y acababan de regresar al inn para prepararse para cenar con la misma familia, cuando el sonido de una carruaje los atrajo a una ventana, y vieron a un caballero y a una dama en un currículo conduciendo por la calle. Elizabeth, reconociendo de inmediato la librea, intuyó lo que significaba, y causó no poco asombro a sus parientes al informarles del honor que esperaba. Su tío y su tía estaban completamente asombrados; y la incomodidad de su modo de hablar, unida a la circunstancia misma y a muchos de los acontecimientos del día anterior, les dio una nueva idea sobre el asunto. Nunca antes se les había ocurrido, pero ahora sentían que no había otra forma de explicar tales atenciones de tal parte que no fuera suponer una inclinación hacia su sobrina. Mientras estas nuevas ideas pasaban por sus cabezas, la perturbación de los sentimientos de Elizabeth aumentaba cada momento. Estaba completamente asombrada por su propia descomposición; pero, entre otras causas de inquietud, temía que la inclinación del hermano hubiera dicho demasiado en su favor; y, más ansiosa de lo habitual por agradar, sospechaba naturalmente que todo su poder de agradar podría fallarle.

Ella se retiró de la ventana, temerosa de ser vista; y mientras caminaba de un lado a otro de la habitación, tratando de componer su ánimo, vio en el rostro de su tío y su tía expresiones de asombro inquisitivo que solo empeoraron las cosas.

Aparecieron Miss Darcy y su hermano, y tuvo lugar esta formidable presentación. Con asombro, Elizabeth vio que su nuevo conocido estaba al menos tan avergonzado como ella. Desde que estaba en Lambton, había oído que Miss Darcy era extremadamente orgullosa; pero la observación de unos pocos minutos la convenció de que solo era extremadamente tímida. Le resultaba difícil obtener incluso una palabra de ella más allá de un monosílabo.

Miss Darcy era alta y de mayor envergadura que Elizabeth; y, aunque poco más de dieciséis años, su figura estaba formada y su apariencia era femenina y elegante. Era menos hermosa que su hermano, pero había sensatez y buen humor en su rostro, y sus modales eran perfectamente modestos y amables. Elizabeth, que había esperado encontrar en ella una observadora tan aguda y desenfadada como lo había sido el Sr. Darcy, se sintió mucho más aliviada al percibir sentimientos tan diferentes.

No habían estado mucho tiempo juntas antes de que Darcy le dijera que Bingley también vendría a visitarla; y apenas tuvo tiempo de expresar su satisfacción y prepararse para tal visitante, cuando se oyó el rápido paso de Bingley en las escaleras, y en un instante entró en la habitación. Todo el enfado de Elizabeth hacia él había desaparecido hacía tiempo; pero si todavía hubiera sentido algo, difícilmente podría haberse mantenido frente a la cordialidad sincera con la que se expresó al verla de nuevo. Preguntó de manera amistosa, aunque general, por su familia, y miró y habló con la misma facilidad de buen humor que siempre había tenido.

Para el señor y la señora Gardiner, él era apenas una persona menos interesante que para ella. Llevaban mucho tiempo deseando verlo. Todo el grupo ante ellos, de hecho, despertaba una atención viva. Las sospechas que acababan de surgir sobre el señor Darcy y su sobrina dirigieron su observación hacia cada uno con una indagación seria, aunque cautelosa; y pronto sacaron de esas indagaciones la plena convicción de que al menos uno de ellos sabía lo que era amar. Sobre las sensaciones de la dama, permanecieron un poco en duda; pero que el caballero estaba rebosante de admiración era evidentemente claro.

Elizabeth, por su parte, tenía mucho que hacer. Quería averiguar los sentimientos de cada uno de sus visitantes, quería componer los suyos y hacerse agradable para todos; y en este último objetivo, donde más temía fallar, estaba más segura de tener éxito, pues aquellos a quienes intentaba complacer estaban predispuestos a su favor. Bingley estaba dispuesto, Georgiana estaba ansiosa y Darcy decidido a complacer.

Al ver a Bingley, sus pensamientos volaron naturalmente hacia su hermana; y ¡oh! cuánto anhelaba saber si alguno de los suyos estaba dirigido en la misma dirección. A veces podía imaginar que él hablaba menos que en ocasiones anteriores, y una o dos veces se complacía con la idea de que, al mirarla, intentaba encontrar un parecido. Pero, aunque esto podría ser imaginario, no podía engañarse respecto a su comportamiento con la señorita Darcy, quien había sido presentada como una rival para Jane. No hubo ninguna mirada de parte de ninguno que indicara un interés particular. No ocurrió nada entre ellos que pudiera justificar las esperanzas de su hermana. En este punto, pronto se sintió satisfecha; y dos o tres pequeñas circunstancias ocurrieron antes de que se separaran, que, en su ansiosa interpretación, denotaban un recuerdo de Jane, no exento de ternura, y un deseo de decir más que pudiera llevar a mencionarla, si él se hubiera atrevido. En un momento en que los demás estaban hablando entre sí, él le observó, con un tono que tenía algo de verdadero pesar, que "había pasado mucho tiempo desde que había tenido el placer de verla;" y, antes de que ella pudiera responder, añadió: "Han pasado más de ocho meses. No nos hemos visto desde el 26 de noviembre, cuando todos estábamos bailando juntos en Netherfield."

Elizabeth se sintió complacida de encontrar su memoria tan exacta; y luego aprovechó la ocasión para preguntarle, cuando no estaban acompañados por los demás, si todas sus hermanas estaban en Longbourn. No había mucho en la pregunta, ni en el comentario anterior; pero había una mirada y una manera que les daban significado.

No era común que ella pudiera fijar su mirada en el propio señor Darcy; pero cada vez que lograba vislumbrarlo, veía una expresión de general complacencia, y en todo lo que él decía, escuchaba un acento tan alejado de la altanería o el desdén hacia sus compañeros, que la convencía de que la mejora en sus modales que había presenciado el día anterior, por muy temporal que pudiera resultar, al menos había sobrevivido un día. Cuando lo veía así buscando la compañía y cortejando la buena opinión de personas con las que cualquier interacción hace unos meses habría sido una deshonra; cuando lo veía así cortés, no solo con ella, sino también con los mismos parientes a quienes él había despreciado abiertamente, y recordaba su última escena animada en el Parsonage de Hunsford, la diferencia, el cambio era tan grande y golpeaba tan intensamente su mente, que apenas podía contener su asombro para que no fuera visible. Nunca, ni siquiera en compañía de sus queridos amigos en Netherfield, o de sus dignos parientes en Rosings, lo había visto tan deseoso de agradar, tan libre de autoimportancia o reserva inflexible, como ahora, cuando ningún resultado importante podía derivarse del éxito de sus esfuerzos, y cuando incluso la relación con aquellos a quienes dirigía sus atenciones atraerían el ridículo y la censura de las damas tanto de Netherfield como de Rosings.

Sus visitantes se quedaron con ellos más de media hora; y cuando se levantaron para irse, el Sr. Darcy llamó a su hermana para que se uniera a él en expresar su deseo de invitar al Sr. y la Sra. Gardiner, y a la Srta. Bennet, a cenar en Pemberley, antes de que se marcharan del país. La Srta. Darcy, aunque con una timidez que evidenció su poca costumbre de hacer invitaciones, obedeció de inmediato. La Sra. Gardiner miró a su sobrina, deseosa de saber cómo se sentía ella, a quien más concernía la invitación, respecto a su aceptación, pero Elizabeth había apartado la mirada. Presumiendo, sin embargo, que esta evitación estudiada hablaba más de un momento de incomodidad que de algún desagrado hacia la propuesta, y viendo en su esposo, quien disfrutaba de la compañía, una disposición perfecta para aceptarla, se aventuró a comprometer su asistencia, fijando para el día siguiente.

Bingley expresó gran placer ante la certeza de volver a ver a Elizabeth, ya que todavía tenía mucho que decirle y muchas preguntas que hacer sobre todos sus amigos de Hertfordshire. Elizabeth, interpretando todo esto como un deseo de oírla hablar de su hermana, se sintió complacida; y por esta razón, así como por algunas otras, se encontró, cuando sus visitantes se despidieron, en condiciones de considerar la última media hora con cierta satisfacción, aunque mientras estaba sucediendo, el disfrute había sido escaso. Deseosa de estar a solas y temerosa de las preguntas o insinuaciones de su tío y tía, se quedó con ellos solo el tiempo suficiente para escuchar su opinión favorable sobre Bingley, y luego se apresuró a vestirse.

Pero ella no tenía razón para temer la curiosidad de los señores Gardiner; no era su deseo forzar su comunicación. Era evidente que ella conocía mucho mejor al señor Darcy de lo que ellos habían imaginado; era evidente que él estaba muy enamorado de ella. Vieron mucho que les interesaba, pero nada que justificara una indagación.

Ahora era motivo de ansiedad pensar bien del señor Darcy; y, en la medida en que llegaba su conocimiento, no había nada de qué quejarse. No podían permanecer indiferentes ante su cortesía; y si hubieran formado su opinión sobre él basándose en sus propios sentimientos y el informe de su sirviente, sin hacer referencia a ninguna otra versión, el círculo en Hertfordshire donde era conocido no lo habría reconocido como el señor Darcy. Sin embargo, había un interés en creer a la ama de llaves; y pronto se dieron cuenta de que la autoridad de un sirviente que lo conocía desde que tenía cuatro años, y cuyos propios modales indicaban respetabilidad, no debía ser rechazado a la ligera. Tampoco había ocurrido nada en la información de sus amigos de Lambton que pudiera disminuir materialmente su peso. No tenían nada de qué acusarlo más que de orgullo; orgullo que probablemente tenía, y si no, sin duda sería imputado por los habitantes de un pequeño pueblo de mercado donde la familia no visitaba. Sin embargo, se reconocía que era un hombre generoso y que hacía mucho bien entre los pobres.

Respecto a Wickham, los viajeros pronto descubrieron que no era muy estimado allí; pues aunque los principales de sus asuntos con el hijo de su patrono eran comprendidos de manera imperfecta, era un hecho bien conocido que, al abandonar Derbyshire, había dejado muchas deudas pendientes, que el señor Darcy luego pagó.

En cuanto a Elizabeth, sus pensamientos estaban esta noche más en Pemberley que la última vez; y la velada, aunque a medida que pasaba parecía larga, no fue lo suficientemente larga como para determinar sus sentimientos hacia alguien en esa mansión; y permaneció despierta dos horas enteras, tratando de aclararlos. Ciertamente no lo odiaba. No; el odio había desaparecido hace mucho tiempo, y casi desde entonces había estado avergonzada de haber sentido alguna vez un desagrado hacia él, que así se pudiera llamar. El respeto creado por la convicción de sus valiosas cualidades, aunque al principio admitido de mala gana, había dejado de ser repugnante para sus sentimientos; y ahora se había transformado en algo de un carácter más amistoso por el testimonio tan favorable hacia él que se había presentado ayer, mostrando su disposición bajo una luz tan amable. Pero, sobre todo, por encima del respeto y la estima, había un motivo dentro de ella de buena voluntad que no podía pasarse por alto. Era gratitud;—gratitud, no solo por haberla amado una vez, sino por amarla aún lo suficiente como para perdonar toda la petulancia y acrimonia de su manera de rechazarlo, así como todas las injustas acusaciones que acompañaron su rechazo. Él, quien, según la habían convencido, la evitaría como a su mayor enemigo, parecía, en este encuentro accidental, muy ansioso por mantener la amistad; y sin ninguna exhibición indecorosa de afecto, ni peculiaridad alguna en su comportamiento, donde solo estaban ellos dos, estaba solicitando la buena opinión de sus amigos y decidido a presentarle a su hermana. Tal cambio en un hombre de tanto orgullo no solo despertó asombro, sino también gratitud—pues debe atribuirse a un amor ardiente; y, como tal, su impresión en ella era de un tipo que debía ser fomentado, ya que no era en absoluto desagradable, aunque no podía definirse exactamente. Lo respetaba, lo estimaba, le sentía gratitud, y tenía un interés real en su bienestar; y solo quería saber hasta qué punto deseaba que ese bienestar dependiera de ella, y hasta qué punto sería para la felicidad de ambos que empleara el poder, que su imaginación le decía que aún poseía, de propiciar la renovación de sus propuestas.

Se había acordado por la tarde, entre la tía y la sobrina, que una cortesía tan notable como la de la señorita Darcy, al venir a visitarlas el mismo día de su llegada a Pemberley—pues había llegado solo para un desayuno tardío—debería ser imitada, aunque no igualada, con algún esfuerzo de cortesía de su parte; y, en consecuencia, que sería muy conveniente visitarla en Pemberley a la mañana siguiente. Por lo tanto, debían ir. Elizabeth estaba complacida; aunque cuando se preguntó a sí misma la razón, tuvo muy poco que decir en respuesta.

El señor Gardiner las dejó poco después del desayuno. El plan de pesca había sido renovado el día anterior, y había un compromiso firme de que se encontraría con algunos de los caballeros en Pemberley al mediodía.

❧ 45 ❧

Convencida como estaba Elizabeth de que el desagrado de la señorita Bingley hacia ella había surgido de los celos, no pudo evitar sentir cuán poco bienvenida debía ser su aparición en Pemberley para aquella, y tenía curiosidad por saber con cuánta cortesía por parte de esa dama se renovaría ahora el conocimiento.

Al llegar a la casa, las condujeron a través del vestíbulo hasta el salón, cuyo aspecto norte lo hacía encantador para el verano. Sus ventanas, que se abrían hasta el suelo, ofrecían una vista muy refrescante de las altas colinas boscosas detrás de la casa, y de los hermosos robles y castaños españoles que estaban esparcidos por el césped intermedio.

En esta habitación fueron recibidos por la señorita Darcy, quien estaba sentada allí con la señora Hurst y la señorita Bingley, y la dama con quien vivía en Londres. La recepción de Georgiana hacia ellos fue muy cortés, pero estuvo acompañada de toda esa incomodidad que, aunque procedía de la timidez y el temor de hacer algo mal, fácilmente podría dar a aquellos que se sentían inferiores la creencia de que ella era orgullosa y reservada. Sin embargo, la señora Gardiner y su sobrina le hicieron justicia y la compadecieron.

Por la señora Hurst y la señorita Bingley fueron notados solo con una cortesía; y al sentarse, siguió un silencio, tan incómodo como siempre son esos silencios, durante unos momentos. Fue primero roto por la señora Annesley, una mujer elegante y de aspecto agradable, cuyo esfuerzo por iniciar algún tipo de conversación demostró que era realmente más educada que las otras; y entre ella y la señora Gardiner, con ayuda ocasional de Elizabeth, la conversación continuó. La señorita Darcy parecía desear tener suficiente valor para unirse a ella; y a veces se aventuraba a pronunciar una breve frase, cuando había menos peligro de que se escuchara.

Elizabeth pronto se dio cuenta de que estaba siendo observada de cerca por la señorita Bingley, y que no podía pronunciar una palabra, especialmente a la señorita Darcy, sin llamar su atención. Esta observación no le habría impedido intentar hablar con la última, de no haber estado sentadas a una distancia incómoda; pero no le desagradaba ser ahorrada de la necesidad de decir mucho: sus propios pensamientos la ocupaban. Esperaba en cualquier momento que algunos de los caballeros entraran en la sala: deseaba, temía, que el dueño de la casa pudiera estar entre ellos; y no podía determinar si lo deseaba o temía más. Después de estar sentada de esta manera un cuarto de hora, sin escuchar la voz de la señorita Bingley, Elizabeth fue despertada por una fría consulta de esta sobre la salud de su familia. Ella respondió con igual indiferencia y brevedad, y la otra no dijo más.

La siguiente variación que su visita ofrecía fue producida por la entrada de sirvientes con carne fría, pasteles y una variedad de las mejores frutas de temporada; pero esto no ocurrió hasta después de que se intercambiaran muchas miradas y sonrisas significativas entre la señora Annesley y la señorita Darcy, para recordarle su puesto. Ahora había ocupación para todo el grupo; porque aunque no todos podían hablar, todos podían comer; y las hermosas pirámides de uvas, nectarinas y duraznos pronto los reunieron alrededor de la mesa.

Mientras estaban así ocupados, Elizabeth tuvo una buena oportunidad de decidir si temía o deseaba más la aparición del señor Darcy, según los sentimientos que predominaban al entrar en la sala; y entonces, aunque un momento antes había creído que sus deseos predominaban, empezó a arrepentirse de que él viniera.

Había estado un tiempo con el Sr. Gardiner, quien, junto con dos o tres otros caballeros de la casa, estaba ocupado junto al río; y lo había dejado solo al enterarse de que las damas de la familia tenían la intención de visitar a Georgiana esa mañana. No bien apareció, Elizabeth resolvió sabiamente estar completamente tranquila y sin incomodidades;—una resolución que era más necesaria de hacer, pero quizás no más fácil de mantener, porque vio que las sospechas de todo el grupo se habían despertado contra ellos, y que apenas había un ojo que no observaba su comportamiento cuando entró en la habitación. En ningún rostro se marcaba la curiosidad atenta tan claramente como en el de Miss Bingley, a pesar de las sonrisas que cubrían su rostro cada vez que hablaba con uno de los objetos de su interés; porque los celos aún no la habían llevado a la desesperación, y sus atenciones hacia el Sr. Darcy no habían cesado en absoluto. Miss Darcy, al entrar su hermano, se esforzó mucho más por hablar; y Elizabeth vio que él estaba ansioso por que su hermana y ella se conocieran, y fomentó, tanto como pudo, cada intento de conversación de ambas partes. Miss Bingley también vio todo esto; y, en la imprudencia de la ira, aprovechó la primera oportunidad para decir, con una civilidad burlona,—

"Por favor, Miss Eliza, ¿no se ha retirado la milicia de ——shire de Meryton? Deben ser una gran pérdida para su familia."

En presencia de Darcy, ella no se atrevió a mencionar el nombre de Wickham; pero Elizabeth comprendió de inmediato que él era lo que más ocupaba sus pensamientos, y los diversos recuerdos asociados con él le causaron un momento de angustia. Sin embargo, esforzándose enérgicamente por repeler el ataque malintencionado, respondió a la pregunta en un tono razonablemente desapegado. Mientras hablaba, una mirada involuntaria le mostró a Darcy con un color más intenso, mirándola intensamente, y a su hermana abrumada por la confusión, incapaz de levantar la vista. Si la señorita Bingley hubiera sabido el dolor que le estaba causando a su querida amiga, sin duda se habría abstenido de la insinuación; pero simplemente había pretendido descomponer a Elizabeth, al sacar a la luz la idea de un hombre por el que creía que tenía un afecto especial, para hacerla traicionar una sensibilidad que podría perjudicarla a los ojos de Darcy y, quizás, para recordarle a este último todas las tonterías y absurdidades con las que parte de su familia estaba conectada con ese grupo. Nunca había llegado a sus oídos nada sobre el plan de fuga meditado de la señorita Darcy. A ninguna criatura se le había revelado, donde la discreción era posible, excepto a Elizabeth; y de todas las conexiones de Bingley, su hermano estaba particularmente ansioso por ocultarlo, por ese mismo deseo que Elizabeth le había atribuido hace mucho tiempo, de que en el futuro se convirtieran en su propio vínculo. Sin duda, había formado tal plan; y sin intención de que esto afectara su esfuerzo por separarlo de la señorita Bennet, es probable que pudiera añadir algo a su vivo interés por el bienestar de su amigo.

El comportamiento recogido de Elizabeth, sin embargo, pronto calmó su emoción; y como la señorita Bingley, molesta y decepcionada, no se atrevía a acercarse más a Wickham, Georgiana también se recuperó con el tiempo, aunque no lo suficiente como para poder hablar más. Su hermano, cuyo mirada temía encontrar, apenas recordaba su interés en el asunto; y la misma circunstancia que había sido diseñada para desviar sus pensamientos de Elizabeth, parecía haber fijado su atención en ella con más alegría.

Su visita no continuó mucho tiempo después de la pregunta y respuesta mencionadas; y mientras el Sr. Darcy los acompañaba a su carruaje, la señorita Bingley estaba desahogando sus sentimientos en críticas sobre la persona, el comportamiento y el vestido de Elizabeth. Pero Georgiana no se unió a ella. La recomendación de su hermano era suficiente para asegurar su favor: su juicio no podía errar; y había hablado en tales términos de Elizabeth, que dejaba a Georgiana sin la posibilidad de encontrarla de otro modo que no fuera hermosa y amable. Cuando Darcy regresó al salón, la señorita Bingley no pudo evitar repetirle parte de lo que había estado diciendo a su hermana.

"Qué mal se ve esta mañana Eliza Bennet, Sr. Darcy," exclamó: "Nunca en mi vida vi a alguien tan cambiado como ella desde el invierno. ¡Se ha puesto tan morena y tosco! Louisa y yo estábamos de acuerdo en que no la habríamos reconocido de nuevo."

Por muy poco que le gustara al Sr. Darcy tal comentario, se contentó con responder con frialdad que no percibía otra alteración que la de estar un poco bronceada, sin ninguna consecuencia milagrosa de viajar en verano.

"Por mi parte," replicó ella, "debo confesar que nunca he podido ver ninguna belleza en ella. Su cara es demasiado delgada; su piel no tiene brillantez; y sus rasgos no son en absoluto atractivos. Su nariz carece de carácter; no hay nada marcado en sus líneas. Sus dientes son aceptables, pero no fuera de lo común; y en cuanto a sus ojos, que a veces han sido llamados tan finos, nunca he podido percibir nada extraordinario en ellos. Tienen una mirada aguda y malhumorada, que no me gusta en absoluto; y en su porte en general, hay una autosuficiencia sin estilo, que es intolerable."

Convencida como estaba Miss Bingley de que Darcy admiraba a Elizabeth, este no era el mejor método para recomendarse; pero la gente enojada no siempre es sabia; y al verlo, por fin, parecer algo molesto, tuvo todo el éxito que esperaba. Sin embargo, él permaneció resueltamente en silencio; y, con la determinación de hacer que hablara, ella continuó:

"Recuerdo que, cuando la conocimos por primera vez en Hertfordshire, todos quedamos sorprendidos al descubrir que era considerada una belleza; y recuerdo particularmente que dijiste una noche, después de que habían cenado en Netherfield, '¿Ella una belleza? Tan pronto la llamaría a su madre ingeniosa.' Pero luego pareció mejorar en tu opinión, y creo que en un momento la consideraste bastante bonita."

"Sí," respondió Darcy, que ya no pudo contenerse, "pero eso fue solo cuando la conocí por primera vez; porque hace muchos meses que la considero una de las mujeres más hermosas que conozco."

Luego se marchó, y Miss Bingley quedó satisfecha de haberlo obligado a decir algo que no le causaba dolor a nadie más que a ella misma.

La señora Gardiner y Elizabeth hablaron de todo lo que había ocurrido durante su visita, mientras regresaban, excepto de lo que particularmente les había interesado a ambas. Discutieron las miradas y el comportamiento de todos los que habían visto, excepto de la persona que más había llamado su atención. Hablaron de su hermana, de sus amigos, de su casa, de sus frutas, de todo menos de él; sin embargo, Elizabeth deseaba saber qué pensaba la señora Gardiner sobre él, y la señora Gardiner se habría sentido muy complacida si su sobrina hubiera comenzado el tema.

❧ 46 ❧

Elizabeth se había sentido bastante decepcionada al no encontrar una carta de Jane en su llegada a Lambton; y esta decepción se había renovado cada una de las mañanas que habían pasado allí; pero en la tercera, su desánimo se disipó, y su hermana se justificó al recibir dos cartas de ella a la vez, en una de las cuales estaba marcado que había sido enviada por error a otro lugar. Elizabeth no se sorprendió, ya que Jane había escrito la dirección de manera notablemente mala.

Justo se estaban preparando para salir a caminar cuando llegaron las cartas; y su tío y su tía, dejándola disfrutar de ellas en tranquilidad, se marcharon por su cuenta. La que había sido enviada por error debía ser atendida primero; había sido escrita cinco días antes. El principio contenía un relato de todas sus pequeñas reuniones y compromisos, con las noticias que el país ofrecía; pero la segunda mitad, que estaba fechada un día después y escrita en evidente agitación, daba información más importante. Decía lo siguiente:—

"Desde que escribí lo anterior, querida Lizzy, ha ocurrido algo de una naturaleza muy inesperada y grave; pero temo alarmarte—ten la certeza de que todos estamos bien. Lo que tengo que decir se relaciona con la pobre Lydia. Anoche, a las doce, llegó un mensajero, justo cuando todos nos habíamos ido a la cama, del coronel Forster, para informarnos que se había ido a Escocia con uno de sus oficiales; a decir verdad, ¡con Wickham!

Imagina nuestra sorpresa. Sin embargo, para Kitty, no parece tan del todo inesperado. Lamento mucho esto. ¡Un emparejamiento tan imprudente de ambas partes! Pero estoy dispuesta a esperar lo mejor, y a que su carácter ha sido malinterpretado. Puedo creerlo despreocupado e indiscreto, pero este paso (y regocijémonos por ello) no marca nada malo en su corazón. Su elección es desinteresada al menos, pues debe saber que mi padre no puede darle nada. Nuestra pobre madre está muy afligida. Mi padre lo lleva mejor. Cuán agradecida estoy de que nunca les permitimos saber lo que se ha dicho en su contra; debemos olvidarlo nosotras mismas. Salieron el sábado por la noche alrededor de las doce, según se conjetura, pero no se notó su ausencia hasta ayer por la mañana a las ocho. El mensajero fue enviado de inmediato. Querida Lizzy, deben haber pasado a menos de diez millas de nosotros. El coronel Forster nos da razones para esperar que él esté aquí pronto. Lydia dejó unas líneas para su esposa, informándole de su intención. Debo concluir, pues no puedo estar mucho tiempo lejos de mi pobre madre. Temo que no podrás entenderlo, pero apenas sé lo que he escrito."

Sin darse tiempo para reflexionar y sin saber muy bien lo que sentía, Elizabeth, al terminar esta carta, tomó de inmediato la otra y, abriéndola con la mayor impaciencia, leyó lo siguiente: había sido escrita un día después de la conclusión de la primera.

"Para este momento, mi querida hermana, ya has recibido mi carta apresurada; deseo que esta sea más inteligible, pero aunque no estoy limitada por el tiempo, mi cabeza está tan confundida que no puedo asegurar que sea coherente. Querida Lizzy, apenas sé qué escribir, pero tengo malas noticias para ti, y no pueden ser retrasadas. Por imprudente que sea un matrimonio entre el Sr. Wickham y nuestra pobre Lydia, ahora estamos ansiosos por asegurarnos de que haya tenido lugar, porque hay demasiadas razones para temer que no se han ido a Escocia. El coronel Forster vino ayer, habiendo dejado Brighton el día anterior, no muchas horas después del aviso. Aunque la breve carta de Lydia a la Sra. F. les dio a entender que iban a Gretna Green, se dejó caer algo por Denny que expresaba su creencia de que W. nunca tuvo la intención de ir allí, o de casarse con Lydia en absoluto, lo cual se repitió al coronel F., quien, alarmado, partió de B., con la intención de rastrear su ruta. Lo rastreó fácilmente hasta Clapham, pero no más allá; porque al entrar en ese lugar, se trasladaron a un coche de alquiler y despidieron la berlina que los trajo de Epsom. Todo lo que se sabe después de esto es que se les vio continuar por la carretera de

Londres. No sé qué pensar. Después de hacer todas las posibles indagaciones en ese lado de Londres, el coronel F. continuó hacia Hertfordshire, renovando ansiosamente sus búsquedas en todos los peajes y en las posadas de Barnet y Hatfield, pero sin éxito; no se había visto pasar a tales personas. Con el mayor de los cuidados, vino a Longbourn y nos comunicó sus temores de una manera muy digna de su corazón. Estoy sinceramente afligida por él y por la Sra. F.; pero nadie puede culparlos. Nuestra angustia, querida Lizzy, es muy grande. Mi padre y mi madre creen lo peor, pero no puedo pensar tan mal de él. Muchas circunstancias podrían hacer que fuera más conveniente que se casaran en privado en la ciudad que seguir con su plan inicial; e incluso si él pudiera formar tal diseño en contra de una joven de las conexiones de Lydia, lo cual no es probable, ¿puedo suponer que ella está tan perdida para todo? ¡Imposible! Sin embargo, lamento encontrar que el coronel F. no está dispuesto a confiar en su matrimonio: sacudió la cabeza cuando expresé mis esperanzas y dijo que temía que W. no era un hombre de fiar. Mi pobre madre está realmente enferma y se queda en su habitación. Si pudiera esforzarse, sería mejor, pero no se puede esperar eso; y en cuanto a mi padre, nunca en mi vida lo he visto tan afectado. La pobre Kitty tiene ira por haber ocultado su apego; pero como fue un asunto de confianza, no se puede sorprender. Estoy verdaderamente contenta, querida Lizzy, de que te hayas ahorrado algo de estas escenas angustiosas; pero ahora, como el primer impacto ha pasado, ¿debo confesar que anhelo tu regreso? No soy tan egoísta, sin embargo, como para presionar por ello, si resulta inconveniente. ¡Adiós! Vuelvo a tomar mi pluma para hacer lo que te acabo de decir que no haría; pero las circunstancias son tales, que no puedo evitar rogarte a todas que vengáis aquí lo antes posible. Conozco tan bien a mi querido tío y a mi tía, que no tengo miedo de solicitarlo, aunque aún tengo algo más que pedirle al primero. Mi padre va a Londres con el coronel Forster de inmediato, para intentar descubrirla. Lo que él pretende hacer, no estoy segura de saberlo; pero su angustia excesiva no le permitirá seguir ningún plan de la mejor y más segura manera, y el coronel Forster está obligado a volver a Brighton mañana por la noche. En tal exigencia, el consejo y la asistencia de mi tío serían todo en el mundo; él comprenderá inmediatamente lo que debo sentir, y confío en su bondad."

"Oh, ¿dónde, dónde está mi tío?" exclamó Elizabeth, levantándose de su asiento al terminar la carta, deseosa de seguirlo sin perder ni un momento de ese tiempo tan precioso; pero cuando llegó a la puerta, un sirviente la abrió y apareció el Sr. Darcy. Su rostro pálido y su manera impetuosa lo hicieron sobresaltarse, y antes de que pudiera recuperarse lo suficiente para hablar, ella, en cuya mente cada idea era desplazada por la situación de Lydia, exclamó rápidamente: "Le pido disculpas, pero debo dejarlo. Debo encontrar al Sr. Gardiner en este momento por un asunto que no puede demorarse; no tengo un instante que perder."

"¡Dios mío! ¿qué sucede?" exclamó él, con más sentimiento que cortesía; luego, recordándose, añadió: "No lo retendré ni un minuto; pero déjame, o deja que el sirviente, vaya tras el Sr. y la Sra. Gardiner. No estás lo suficientemente bien; no puedes ir tú misma."

Elizabeth dudó; pero sus rodillas temblaban y sentía que poco ganaría al intentar perseguirlos. Por lo tanto, llamó de nuevo al sirviente y le encargó, aunque con un acento tan entrecortado que casi la hacía incomprensible, que trajera a su amo y a su ama inmediatamente.

Al salir del cuarto, se sentó, incapaz de sostenerse, y luciendo tan miserablemente enferma que era imposible para Darcy dejarla o evitar decir, en un tono de dulzura y compasión: "Déjame llamar a tu criada. ¿Hay algo que puedas tomar para darte alivio inmediato? ¿Una copa de vino? ¿Te traigo una? Estás muy mal."

"No, gracias," respondió ella, esforzándose por recuperarse. "No me pasa nada. Estoy perfectamente bien, solo estoy angustiada por unas noticias terribles que acabo de recibir de Longbourn."

Ella estalló en lágrimas al aludir a ello y, durante unos minutos, no pudo pronunciar otra palabra. Darcy, en una angustiosa incertidumbre, solo pudo decir algo indistintamente sobre su preocupación y observarla en compasivo silencio. Finalmente, ella habló de nuevo. "Acabo de recibir una carta de Jane, con unas noticias tan horribles. No se puede ocultar a nadie. Mi hermana menor ha dejado a todos sus amigos—ha huido; se ha entregado a—al Sr. Wickham. Se han ido juntos de Brighton. Lo conoces demasiado bien como para dudar del resto. Ella no tiene dinero, ni conexiones, nada que pueda tentarlo a—está perdida para siempre."

Darcy quedó fijo en asombro.

"¡Cuando considero," añadió, con una voz aún más agitada, "que podría haberlo prevenido! Yo, que sabía lo que él era. ¡Si tan solo hubiera explicado alguna parte de ello—alguna parte de lo que aprendí, a mi propia familia! Si se hubiera conocido su carácter, esto no podría haber sucedido. Pero ahora es todo, todo demasiado tarde."

"Estoy verdaderamente apenado," exclamó Darcy: "apenado—impactado. Pero, ¿es cierto, absolutamente cierto?"

"Oh, sí! Salieron de Brighton juntos el domingo por la noche y fueron rastreados casi hasta Londres, pero no más allá: ciertamente no han ido a Escocia."

"¿Y qué se ha hecho, qué se ha intentado, para recuperarla?"

"Mi padre ha ido a Londres, y Jane ha escrito para rogar la inmediata asistencia de mi tío, y espero que partamos en media hora. Pero no se puede hacer nada; sé muy bien que no se puede hacer nada. ¿Cómo se puede presionar a tal hombre? ¿Cómo se puede incluso descubrirlos? No tengo la más mínima esperanza. ¡Es horrible por donde se lo mire!"

Darcy sacudió la cabeza en silenciosa conformidad.

"Cuando mis ojos se abrieron a su verdadero carácter, ¡oh! ¡si hubiera sabido lo que debía, lo que me atreví a hacer! Pero no lo supe—tenía miedo de hacer demasiado. ¡Qué miserable, qué miserable error!"

Darcy no respondió. Parecía apenas escucharla y caminaba de un lado a otro en la habitación, sumido en una profunda meditación; su frente fruncida, su aire sombrío. Elizabeth pronto lo notó y lo entendió de inmediato. Su poder se desvanecía; todo debía hundirse bajo tal prueba de debilidad familiar, tal aseguramiento de la más profunda deshonra. No podía ni asombrarse ni condenar; pero la creencia en su autocontrol no le traía consuelo alguno, no aliviaba su angustia. Por el contrario, estaba exactamente calculada para hacerle entender sus propios deseos; y nunca había sentido tan honestamente que podría haberlo amado, como ahora, cuando todo amor debía ser en vano.

Pero el yo, aunque se intrometía, no podía absorberla por completo. Lydia —la humillación, la miseria que estaba causando a todos—pronto devoró cada preocupación personal; y cubriéndose la cara con su pañuelo, Elizabeth pronto se perdió en todo lo demás; y, tras una pausa de varios minutos, solo volvió a tener conciencia de su situación por la voz de su compañero, quien, de una manera que, aunque expresaba compasión, también hablaba de contención, dijo:

"Temo que has deseado mi ausencia durante mucho tiempo, y no tengo nada que alegar en excusa de mi permanencia, salvo una preocupación real, aunque inútil. ¡Ojalá pudiera decirse o hacerse algo de mi parte que pudiera ofrecer consuelo a tal angustia! Pero no quiero atormentarte con deseos vanos, que pueden parecer que piden tus agradecimientos de manera intencionada. Este desafortunado asunto, temo, impedirá que mi hermana tenga el placer de verte en Pemberley hoy."

"Oh, sí. Tenga la amabilidad de disculparse por nosotros ante la señorita Darcy. Diga que un asunto urgente nos llama a casa de inmediato. Oculte la desafortunada verdad todo el tiempo que le sea posible. Sé que no podrá ser por mucho tiempo."

Él le aseguró de inmediato su secreto, nuevamente expresó su pesar por su angustia, deseó que tuviera un final más feliz del que en ese momento había razones para esperar y, dejando sus saludos para sus familiares, con solo una mirada seria de despedida, se marchó.

Al salir de la habitación, Elizabeth sintió lo improbable que era que volvieran a verse jamás en términos de cordialidad como los que habían marcado sus encuentros en Derbyshire; y mientras echaba una mirada retrospectiva sobre toda su relación, tan llena de contradicciones y variedades, suspiró por la terquedad de esos sentimientos que ahora habrían promovido su continuación y que antes se habrían alegrado de su final.

Si la gratitud y el respeto son buenos cimientos del afecto, el cambio de sentimiento de Elizabeth no será ni improbable ni erróneo. Pero si, por el contrario, si la consideración que surge de tales fuentes es irracional o antinatural, en comparación con lo que tan a menudo se describe como surgido en un primer encuentro con su objeto, e incluso antes de que se hayan intercambiado dos palabras, nada se puede decir en su defensa, excepto que había dado algo de prueba al último método, en su parcialidad por Wickham, y que su mal resultado podría, quizás, autorizarla a buscar el otro modo de apego menos interesante. Sea como sea, ella lo vio irse con pesar; y en este temprano ejemplo de lo que la infamia de Lydia debía producir, encontró angustia adicional al reflexionar sobre ese lamentable asunto. Desde que leyó la segunda carta de Jane, nunca había tenido la esperanza de que Wickham tuviera la intención de casarse con ella. Nadie más que Jane, pensó, podría engañarse con tal expectativa. La sorpresa era lo menos de todos sus sentimientos ante este desenlace. Mientras los contenidos de la primera carta permanecían en su mente, estaba llena de sorpresa, de asombro, por que Wickham se casara con una chica con la que era imposible que se casara por dinero; y cómo Lydia pudo haberlo cautivado le había parecido incomprensible. Pero ahora era todo demasiado natural. Para un apego como este, podría tener suficientes encantos; y aunque no suponía que Lydia estuviera deliberadamente involucrada en una fuga, sin la intención de casarse, no le costaba creer que ni su virtud ni su entendimiento la preservarían de caer fácilmente en la trampa.

Nunca había percibido, mientras el regimiento estaba en Hertfordshire, que Lydia tuviera alguna preferencia por él; pero estaba convencida de que Lydia solo había querido un poco de aliento para unirse a alguien. A veces un oficial, a veces otro, había sido su favorito, a medida que sus atenciones los elevaban en su opinión. Sus afectos habían estado continuamente fluctuando, pero nunca sin un objeto. ¡Qué daño causaba la negligencia y la indulgencia equivocada hacia una chica así—oh! ¡cómo lo sentía ahora con tanta agudeza!

Estaba ansiosa por estar en casa—por escuchar, por ver, por estar en el lugar y compartir con Jane las preocupaciones que ahora recaerían completamente sobre ella, en una familia tan desquiciada; un padre ausente, una madre incapaz de actuar y que requería atención constante; y aunque casi convencida de que nada podía hacerse por Lydia, la intervención de su tío parecía de la máxima importancia, y hasta que él entrara en la habitación, la miseria de su impaciencia era severa. El Sr. y la Sra. Gardiner habían regresado de prisa, alarmados, suponiendo, según el relato del sirviente, que su sobrina había caído repentinamente enferma; pero al satisfacerlos de inmediato sobre ese punto, ella comunicó ansiosamente la causa de su llamado, leyendo las dos cartas en voz alta y haciendo hincapié en el posdata de la última con temblorosa energía. Aunque Lydia nunca había sido su favorita, el Sr. y la Sra. Gardiner no podían evitar sentirse profundamente afectados. No solo Lydia, sino que todos estaban involucrados en ello; y después de las primeras exclamaciones de sorpresa y horror, el Sr. Gardiner prometió con gusto toda la asistencia que estuviera a su alcance. Elizabeth, aunque no esperaba menos, le agradeció con lágrimas de gratitud; y los tres, actuando con un mismo espíritu, arreglaron rápidamente todo lo relacionado con su viaje. Debían partir tan pronto como fuera posible. "¿Pero qué se hará con Pemberley?" exclamó la Sra. Gardiner. "John nos dijo que el Sr. Darcy estaba aquí cuando ustedes nos enviaron a buscar; ¿era así?"

"Sí; y le dije que no podríamos cumplir con nuestro compromiso. Eso ya está decidido."

"¿Qué está decidido?" repitió la otra, mientras corría a su habitación para prepararse. "¿Y están en términos como para que ella revele la verdad real? ¡Oh, cómo quisiera saber cómo es!"

Pero los deseos eran vanos; o, en el mejor de los casos, solo podían servir para distraerla en la prisa y confusión de la hora siguiente. Si Elizabeth hubiera tenido tiempo para estar ociosa, habría permanecido convencida de que cualquier trabajo era imposible para alguien tan desdichada como ella; pero tenía su parte de ocupaciones, al igual que su tía, y entre otras cosas, había notas que escribir a todos sus amigos en Lambton, con falsas excusas por su repentina partida. Sin embargo, en una hora, todo quedó completado; y el Sr. Gardiner, mientras tanto, había saldado su cuenta en la posada, y no quedaba nada por hacer más que irse; y Elizabeth, tras toda la miseria de la mañana, se encontró, en un tiempo más corto de lo que hubiera supuesto, sentada en la carroza y en camino a Longbourn.

❧ 47 ❧

"He estado reflexionando sobre ello de nuevo, Elizabeth," dijo su tío, mientras se alejaban de la ciudad; "y, en realidad, tras una seria consideración, estoy mucho más inclinado que antes a juzgar el asunto como lo hace tu hermana mayor. Me parece tan poco probable que un joven forme un diseño así contra una chica que de ninguna manera está desprotegida o desamparada, y que, de hecho, se estaba quedando en la familia de su coronel, que estoy fuertemente inclinado a esperar lo mejor. ¿Podría él esperar que sus amigos no intervinieran? ¿Podría esperar ser notado nuevamente por el regimiento, después de tal afrenta al Coronel Forster? Su tentación no es adecuada al riesgo."

"¿De verdad lo crees así?" exclamó Elizabeth, iluminándose por un momento.

"Por mi palabra," dijo la señora Gardiner, "empiezo a estar de acuerdo con la opinión de tu tío. Es realmente una violación demasiado grande de la decencia, el honor y el interés, para que él sea culpable de ello. No puedo pensar tan mal de Wickham. ¿Puedes tú, Lizzie, renunciar por completo a él, como para creer que es capaz de eso?"

"Quizás no de descuidar su propio interés. Pero de todo otro descuido puedo creer que es capaz. Si, de hecho, así fuera. ¡Pero no me atrevo a esperar eso! ¿Por qué no habrían de ir a Escocia, si ese hubiera sido el caso?"

"En primer lugar," respondió el señor Gardiner, "no hay prueba absoluta de que no hayan ido a Escocia."

"Oh, pero su cambio del coche a un taxi es una presunción tan grande. Además, no se encontraron rastros de ellos en el camino a Barnet."

"Bueno, entonces, suponiendo que estén en Londres, pueden estar allí, aunque sea con el propósito de ocultarse, y no por un propósito más cuestionable. No es probable que el dinero sea muy abundante de ninguna de las partes; y podría parecerles que podrían casarse de manera más económica, aunque menos expedita, en Londres que en Escocia."

"¿Pero por qué tanto secreto? ¿Por qué tanto miedo a ser descubiertos? ¿Por qué debe su matrimonio ser privado? Oh, no, no—esto no es probable. Su amigo más cercano, como puedes ver en el relato de Jane, estaba convencido de que nunca tuvo la intención de casarse con ella. Wickham nunca se casará con una mujer que no tenga dinero. No puede permitírselo. ¿Y qué derechos tiene Lydia, qué atracciones tiene ella más allá de su juventud, salud y buen humor, que podrían hacer que él, por su sake, renunciara a cualquier oportunidad de beneficiarse casándose bien? En cuanto a qué restricción podrían imponer las aprensiones de deshonra en el cuerpo sobre un elope deshonroso con ella, no soy capaz de juzgar; porque no sé nada sobre los efectos que tal paso podría producir. Pero en cuanto a tu otra objeción, me temo que difícilmente se sostendrá. Lydia no tiene hermanos que intervengan; y él podría imaginar, a partir del comportamiento de mi padre, de su indolencia y la poca atención que siempre ha parecido prestar a lo que sucede en su familia, que haría tan poco y pensaría tan poco al respecto como cualquier padre podría hacerlo en un asunto así."

"¿Pero puedes pensar que Lydia está tan perdida en todo menos en el amor por él, como para consentir en vivir con él en cualquier otro término que no sea el matrimonio?"

"Parece, y es realmente muy impactante, de hecho," respondió Elizabeth, con lágrimas en los ojos, "que el sentido de decencia y virtud de una hermana en un asunto así pueda ser objeto de duda. Pero, realmente, no sé qué decir. Quizás no le estoy haciendo justicia. Pero es muy joven: nunca le han enseñado a reflexionar sobre temas serios; y durante el último medio año, o más bien, durante un año, se ha entregado a nada más que a la diversión y la vanidad. Se le ha permitido disponer de su tiempo de la manera más ociosa y frívola, y adoptar cualquier opinión que se le presentara. Desde que los ——shire fueron acuartelados por primera vez en Meryton, solo ha tenido en la cabeza el amor, la coqueteo y a los oficiales. Ha estado haciendo todo lo posible, pensando y hablando sobre el tema, para dar mayor—¿cómo lo llamaré?—susceptibilidad a sus sentimientos; que son lo suficientemente vivos por naturaleza. Y todos sabemos que Wickham tiene todos los encantos de persona y maneras que pueden cautivar a una mujer."

"Pero ves que Jane," dijo su tía, "no piensa tan mal de Wickham como para creer que es capaz de tal intento."

"¿De quién piensa Jane alguna vez mal? ¿Y quién hay, sea cual sea su conducta anterior, que ella creería capaz de tal intento, hasta que se demostrara en su contra? Pero Jane sabe, tan bien como yo, lo que Wickham realmente es. Ambas sabemos que ha sido disoluto en todos los sentidos de la palabra; que no tiene ni integridad ni honor; que es tan falso y engañoso como es insinuante."

"¿Y realmente sabes todo esto?" exclamó la señora Gardiner, cuya curiosidad sobre la manera en que había obtenido esa información estaba completamente despierta.

"Sí, de hecho," respondió Elizabeth, sonrojándose. "Te conté el otro día sobre su comportamiento infame hacia el Sr. Darcy; y tú, cuando estuviste por última vez en Longbourn, escuchaste de qué manera habló del hombre que había actuado con tanta paciencia y generosidad hacia él. Y hay otras circunstancias de las que no estoy en condiciones de hablar—que no vale la pena relatar; pero sus mentiras sobre toda la familia Pemberley son interminables. Por lo que dijo de la Srta. Darcy, estaba completamente preparada para ver a una chica orgullosa, reservada y desagradable. Sin embargo, él sabía lo contrario. Debe saber que ella era tan amable y sincera como la hemos encontrado."

"¿Pero Lydia no sabe nada de esto? ¿Puede estar ignorante de lo que tú y Jane parecen entender tan bien?"

"Oh, sí. ¡Eso, eso es lo peor de todo! Hasta que estuve en Kent y vi tanto al Sr. Darcy como a su pariente, el coronel Fitzwilliam, yo misma ignoraba la verdad. Y cuando regresé a casa, el ——shire iba a dejar Meryton en una semana o dos. Dado que ese era el caso, ni Jane, a quien le conté todo, ni yo pensamos que era necesario hacer pública nuestra información; porque, ¿de qué serviría aparentemente a alguien que la buena opinión que toda la vecindad tenía de él se viera entonces derribada? Y incluso cuando se decidió que Lydia debería ir con la Sra. Forster, la necesidad de abrirle los ojos sobre su carácter nunca me ocurrió. Que pudiera estar en algún peligro por la decepción nunca entró en mi cabeza. Que una consecuencia como esta pudiera suceder, puedes creer que estaba muy lejos de mis pensamientos."

"Entonces, cuando todos se mudaron a Brighton, no tenías razones, supongo, para creer que se querían?"

"Ni el más mínimo. No puedo recordar ningún síntoma de afecto por parte de ninguno; y si algo de eso hubiera sido perceptible, debes ser consciente de que nuestra familia no es una en la que se podría desperdiciar. Cuando él ingresó al cuerpo, ella estaba dispuesta a admirarlo; pero así estábamos todos. Cada chica en o cerca de Meryton estaba fuera de sí por él durante los primeros dos meses: pero él nunca la distinguió con ninguna atención particular; y, en consecuencia, después de un período moderado de admiración extravagante y desenfrenada, su interés por él se desvaneció, y otros del regimiento, que la trataban con más distinción, volvieron a convertirse en sus favoritos."

Se puede creer fácilmente que, aunque poco de novedad pudiera añadirse a sus temores, esperanzas y conjeturas sobre este interesante tema mediante su repetida discusión, nada más podría mantenerlos alejados de él durante todo el viaje. En los pensamientos de Elizabeth nunca estuvo ausente. Fijado allí por la más aguda de todas las angustias, la autocrítica, no pudo encontrar ningún intervalo de tranquilidad o olvido.

Viajaron tan rápidamente como les fue posible; y, durmiendo una noche en el camino, llegaron a Longbourn para la hora de la comida del día siguiente. Era un consuelo para Elizabeth considerar que Jane no podría haber estado cansada por largas esperas.

Los pequeños Gardiner, atraídos por la vista de una berlina, estaban de pie en los escalones de la casa, mientras entraban en el prado; y cuando la carroza llegó a la puerta, la alegre sorpresa que iluminó sus rostros y se manifestó en todo su cuerpo, en una variedad de saltos y brincos, fue el primer y placentero indicio de su bienvenida.

Elizabeth saltó; y después de dar a cada uno de ellos un beso apresurado, se dirigió rápidamente al vestíbulo, donde Jane, que bajaba corriendo de la habitación de su madre, la encontró de inmediato.

Elizabeth, mientras la abrazaba con cariño, mientras las lágrimas llenaban los ojos de ambas, no perdió un momento en preguntar si se había oído algo de los fugitivos.

"Todavía no," respondió Jane. "Pero ahora que ha llegado mi querido tío, espero que todo estará bien."

"¿Está mi padre en la ciudad?"

"Sí, vino el martes, como te escribí."

"¿Y has oído de él a menudo?"

"Solo hemos oído una vez. Me escribió unas líneas el miércoles, para decirme que había llegado sano y salvo, y para darme sus instrucciones, que le pedí especialmente. Solo añadió que no escribiría de nuevo hasta que tuviera algo importante que mencionar."

"¿Y mi madre—cómo está? ¿Cómo están todos ustedes?"

"Mi madre está razonablemente bien, espero; aunque su ánimo está muy afectado. Ella está arriba y tendrá gran satisfacción en verlos a todos. Aún no sale de su tocador. ¡Mary y Kitty, gracias a Dios! están bastante bien."

"Pero tú—¿cómo estás?" exclamó Elizabeth. "Te ves pálida. ¡Cuánto debes haber pasado!"

Sin embargo, su hermana le aseguró que estaba perfectamente bien; y su conversación, que había tenido lugar mientras el Sr. y la Sra. Gardiner estaban ocupados con sus hijos, se vio interrumpida por la llegada de todo el grupo. Jane corrió hacia su tío y tía, y los recibió y agradeció a ambos, alternando sonrisas y lágrimas.

Cuando todos estaban en el salón, las preguntas que Elizabeth ya había hecho fueron, por supuesto, repetidas por los demás, y pronto descubrieron que Jane no tenía ninguna información que aportar. Sin embargo, la esperanza optimista de que todo saldría bien, que la benevolencia de su corazón sugería, aún no la había abandonado; seguía esperando que todo terminara bien, y que cada mañana llegara alguna carta, ya sea de Lydia o de su padre, para explicar sus acciones y, quizás, anunciar el matrimonio.

La Sra. Bennet, a cuyo apartamento todos se dirigieron, después de unos minutos de conversación entre ellos, los recibió exactamente como se podía esperar; con lágrimas y lamentos de arrepentimiento, invectivas contra la villanosa conducta de Wickham y quejas sobre sus propios sufrimientos y maltratos; culpando a todo el mundo menos a la persona cuya indulgencia mal juzgada debía ser la principal responsable de los errores de su hija.

"Si hubiera podido," dijo ella, "lograr mi objetivo de ir a Brighton con toda mi familia, esto no habría sucedido: pero la pobre querida Lydia no tenía a nadie que la cuidara. ¿Por qué los Forster la dejaron salir de su vista? Estoy segura de que hubo algún gran descuido de su parte, porque no es el tipo de chica que haría algo así si la hubieran cuidado bien. Siempre pensé que eran muy ineptos para tener la responsabilidad de ella; pero siempre me han sobrepasado. ¡Pobre, querida niña! Y ahora aquí está el Sr. Bennet que se ha ido, y sé que peleará con Wickham, dondequiera que lo encuentre, y entonces lo matarán, y ¿qué será de nosotros? Los Collins nos echarán antes de que él esté frío en su tumba; y si no son amables con nosotros, hermano, no sé qué haremos."

Todos exclamaron en contra de tales ideas terribles; y el Sr. Gardiner, tras asegurarle en términos generales su afecto por ella y por toda su familia, le dijo que tenía la intención de estar en Londres al día siguiente y que ayudaría al Sr. Bennet en todos los esfuerzos para recuperar a Lydia.

"No te dejes llevar por un alarmismo inútil", añadió: "aunque es correcto estar preparado para lo peor, no hay razón para considerarlo como algo seguro. No ha pasado ni una semana desde que se fueron de Brighton. En unos días más, podríamos obtener algunas noticias de ellos; y hasta que sepamos que no están casados y que no tienen intención de casarse, no debemos dar el asunto por perdido. Tan pronto como llegue a la ciudad, iré a ver a mi hermano y haré que venga a casa conmigo a Gracechurch Street, y entonces podremos consultar juntos qué hacer".

"Oh, querido hermano", respondió la Sra. Bennet, "eso es exactamente lo que más deseo. Y ahora, cuando llegues a la ciudad, encuéntralos, dondequiera que estén; y si no están casados ya, haz que se casen. Y en cuanto a la ropa de boda, no dejes que esperen por eso, sino dile a Lydia que tendrá tanto dinero como desee para comprarlas, después de que se casen. Y, sobre todo, evita que el Sr. Bennet pelee. Dile en qué estado tan dreadful estoy—¡que estoy aterrorizada!; y tengo temblores, tales aleteos por todo mi cuerpo, espasmos en el costado, dolores en la cabeza, y palpitaciones en el corazón, que no puedo descansar ni de noche ni de día. Y dile a mi querida Lydia que no dé ninguna indicación sobre su ropa hasta que me haya visto, porque no sabe cuáles son las mejores tiendas. Oh, hermano, ¡qué amable eres! Sé que lo conseguirás todo."

Pero el Sr. Gardiner, aunque le aseguró nuevamente que se esforzaba since- ramente en la causa, no pudo evitar recomendarle moderación, tanto en sus esperanzas como en sus temores; y después de hablar con ella de esta manera hasta que la cena estuvo servida, la dejaron para que desahogara todos sus sentimientos con el ama de llaves, que estaba presente en ausencia de sus hijas.

Aunque su hermano y su hermana estaban convencidos de que no había una razón real para tal aislamiento de la familia, no intentaron oponerse; pues sabían que ella no tenía la prudencia suficiente para mantener la boca cerrada delante de los sirvientes, mientras esperaban en la mesa, y conside- raron que era mejor que solo una persona del hogar, y la que más podían confiar, comprendiera todos sus temores y preocupaciones sobre el asunto.

En el comedor, pronto se les unieron Mary y Kitty, que habían estado demasiado ocupadas en sus respectivos aposentos para aparecer antes. Una venía de sus libros y la otra de su tocador. Sin embargo, los rostros de ambas estaban bastante serenos; y no se notaba ningún cambio en ninguna de las dos, excepto que la pérdida de su hermana favorita, o la ira que había provocado en el asunto, había dado un toque de mayor irritablez a los acentos de Kitty. En cuanto a Mary, tenía suficiente dominio sobre sí misma para susurrar a Elizabeth, con un semblante de grave reflexión, poco después de que se sentaron a la mesa:

"Este es un asunto muy desafortunado, y probablemente se hablará mucho de ello. Pero debemos contrarrestar la marea de la malicia y verter en los corazones heridos de cada una el bálsamo del consuelo fraternal."

Entonces, al percibir en Elizabeth ninguna inclinación a responder, añadió: "Desdichada como debe ser la situación para Lydia, podemos extraer de ella esta lección útil:—que la pérdida de la virtud en una mujer es irrepara- ble, que un paso en falso la involucra en una ruina interminable, que su reputación es tan frágil como hermosa, y que no puede estar demasiado protegida en su comportamiento hacia los que no lo merecen del sexo opuesto."

Elizabeth levantó los ojos con asombro, pero estaba demasiado abrumada para hacer alguna respuesta. Sin embargo, Mary continuó consolándose con este tipo de reflexiones morales sobre el mal que tenían ante sí.

Por la tarde, las dos hermanas mayores Bennet pudieron estar solas durante media hora; y Elizabeth aprovechó de inmediato la oportunidad para hacer las preguntas que Jane también estaba ansiosa por satisfacer. Después de unirse a las lamentaciones generales sobre el terrible desenlace de este evento, que Elizabeth consideraba casi seguro, y que Miss Bennet no podía afirmar que fuera completamente imposible, la primera continuó el tema diciendo: "Pero cuéntame todo y cada detalle sobre esto que no he oído ya. Dame más pormenores. ¿Qué dijo el coronel Forster? ¿No tenían ninguna sospecha de nada antes de que ocurriera la fuga? Deben haberlos visto juntos siempre."

"El coronel Forster admitió que a menudo había sospechado cierta inclinación, especialmente por parte de Lydia, pero nada que le diera alguna alarma. Estoy tan apenada por él. Su comportamiento fue atento y amable al máximo. Iba a venir a nosotros para asegurarnos de su preocupación, antes de que tuviera idea de que no se habían ido a Escocia: cuando esa preocupación comenzó a circular, apresuró su viaje."

"¿Y estaba Denny convencido de que Wickham no se casaría? ¿Sabía que tenían la intención de irse? ¿Había visto el coronel Forster a Denny en persona?"

"Sí; pero cuando él le preguntó, Denny negó saber algo de su plan y no quiso dar su verdadera opinión al respecto. No repitió su persuasión de que no se casaran, y de eso me inclino a pensar que podría haber sido malinterpretado antes."

"Y hasta que vino el coronel Forster, supongo que ninguno de ustedes dudaba de que realmente estuvieran casados."

"¿Cómo era posible que tal idea entrara en nuestras cabezas? Me sentía un poco inquieto, un poco temeroso por la felicidad de mi hermana con él en el matrimonio, porque sabía que su conducta no había sido siempre del todo correcta. Mis padres no sabían nada de eso; solo sentían cuán imprudente debía ser ese matrimonio. Kitty entonces admitió, con un triunfo muy natural por saber más que nosotros, que en la última carta de Lydia ella la había preparado para tal paso. Según parece, había sabido que estaban enamorados el uno del otro desde hacía muchas semanas."

"¿Pero no antes de que fueran a Brighton?"

"No, creo que no."

"¿Y el coronel Forster parecía pensar mal de Wickham? ¿Conoce su verdadero carácter?"

"Debo confesar que no habló tan bien de Wickham como lo había hecho antes. Creía que era imprudente y extravagante; y desde que ocurrió este triste asunto, se dice que dejó Meryton con muchas deudas: pero espero que esto sea falso."

"Oh, Jane, si hubiéramos sido menos secretos, si hubiéramos contado lo que sabíamos de él, ¡esto no podría haber sucedido!"

"Quizás habría sido mejor," respondió su hermana.

"Pero exponer los errores pasados de cualquier persona, sin saber cuáles eran sus sentimientos actuales, parecía injustificable."

"Actuamos con las mejores intenciones."

"¿Podría el coronel Forster repetir los detalles de la nota de Lydia a su esposa?"

"Él la trajo consigo para que la viéramos."

Jane luego la sacó de su libro de bolsillo y se la dio a Elizabeth. Este era el contenido:—

"Querida Harriet,

"Te reirás cuando sepas a dónde he ido, y no puedo evitar reírme yo misma ante tu sorpresa mañana por la mañana, tan pronto como me echen de menos. Me voy a Gretna Green, y si no puedes adivinar con quién, te consideraré una simple, porque solo hay un hombre en el mundo a quien amo, y él es un ángel. Nunca sería feliz sin él, así que no pienses que está mal irme. No es necesario que les avises en Longbourn sobre mi partida, si no te gusta, porque eso hará que la sorpresa sea mayor cuando les escriba y firme como Lydia Wickham. ¡Qué buena broma será! Apenas puedo escribir de tanto reír. Por favor, discúlpame con Pratt por no cumplir con mi compromiso y bailar con él esta noche. Dile que espero que me excuse cuando sepa todo, y dile que con mucho gusto bailaré con él en el próximo baile que nos encontremos. Enviaré a buscar mi ropa cuando llegue a Longbourn; pero desearía que le dijeras a Sally que repare un gran desgarro en mi vestido de muselina bordada antes de que lo empaquen. Adiós. Dale mis saludos al coronel Forster. Espero que brindes por nuestro buen viaje.

"Tu amiga afectuosa,

"Lydia Bennet."

"Oh, ¡Lydia, imprudente, imprudente!" exclamó Elizabeth cuando terminó de leerla. "¡Qué carta es esta, escrita en un momento así! Pero al menos muestra que ella estaba seria en el objetivo de su viaje. Lo que él pudiera persuadirla después, no fue un plan de infamia por su parte. ¡Pobre padre! ¡cómo debe haberlo sentido!"

"Jamás vi a nadie tan impactado. No pudo pronunciar una palabra durante diez minutos enteros. Mi madre se puso enferma de inmediato, ¡y toda la casa estaba en tal confusión!"

"Oh, Jane," exclamó Elizabeth, "¿había algún sirviente que no conociera toda la historia antes de que terminara el día?"

"No lo sé: espero que sí. Pero es muy difícil mantenerse en guardia en un momento así. Mi madre estaba en hysterias; y aunque intenté darle toda la asistencia que pude, me temo que no hice tanto como podría haber hecho. Pero el horror de lo que podría suceder casi me hizo perder la razón."

"Tu atención hacia ella ha sido demasiado para ti. No te ves bien. ¡Oh, ojalá hubiera estado contigo! has tenido toda la preocupación y ansiedad sobre tus hombros."

"Mary y Kitty han sido muy amables, y estoy segura de que habrían compartido cada fatiga, pero no creí que fuera correcto para ninguna de ellas. Kitty es delgada y delicada, y Mary estudia tanto que sus horas de descanso no deberían ser interrumpidas. Mi tía Philips vino a Longbourn el martes, después de que mi padre se fue; y fue tan buena que se quedó hasta el jueves conmigo. Nos fue de gran ayuda y consuelo a todos, y Lady Lucas ha sido muy amable: caminó hasta aquí el miércoles por la mañana para condolerse con nosotros, y ofreció sus servicios, o los de cualquiera de sus hijas, si podían ser de utilidad."

"Más le hubiera valido quedarse en casa," gritó Elizabeth: "quizás tenía buenas intenciones, pero, bajo una desgracia como esta, no se puede ver a los vecinos demasiado. La asistencia es imposible; la condolencia, insoportable. Que triunfen sobre nosotros a distancia y que se queden satisfechos."

Luego procedió a preguntar sobre las medidas que su padre había pensado llevar a cabo, mientras estaba en la ciudad, para la recuperación de su hija.

"Quería, creo," respondió Jane, "ir a Epsom, el lugar donde cambiaron de caballos por última vez, ver a los postillones y tratar de averiguar si podían decirle algo. Su objetivo principal debe ser descubrir el número de la berlina que los llevó desde Clapham. Había llegado con un pasajero de Londres; y como pensaba que el hecho de que un caballero y una dama se trasladaran de un carruaje a otro podría ser notado, planeaba hacer indagaciones en Clapham. Si pudiera averiguar en qué casa el cochero había dejado a su pasajero, tenía la intención de hacer preguntas allí, y esperaba que no fuera imposible descubrir la parada y el número de la berlina. No sé de otros planes que hubiera formado; pero estaba tan apurado por irse, y su ánimo tan alterado, que me costó trabajo averiguar siquiera esto."

48

Todo el grupo tenía la esperanza de recibir una carta del Sr. Bennet a la mañana siguiente, pero el correo llegó sin traer una sola línea de él. Su familia sabía que, en ocasiones comunes, era un corresponsal muy negligente y dilatorio; pero en ese momento esperaban un esfuerzo por su parte. Se vieron forzados a concluir que no tenía buenas noticias que enviar; pero incluso de eso les habría gustado estar seguros. El Sr. Gardiner solo había esperado por las cartas antes de partir.

Cuando se fue, al menos estaban seguros de recibir información constante sobre lo que estaba sucediendo; y su tío prometió, al despedirse, convencer al Sr. Bennet de regresar a Longbourn tan pronto como pudiera, para el gran consuelo de su hermana, quien lo consideraba como la única garantía de que su esposo no fuera asesinado en un duelo.

La señora Gardiner y los niños iban a permanecer en Hertfordshire unos días más, ya que ella pensaba que su presencia podría ser útil para sus sobrinas. Participaba en su atención a la señora Bennet y les brindaba un gran consuelo en sus momentos de libertad. Su otra tía también las visitaba con frecuencia, y siempre, como decía, con el propósito de animarlas y darles ánimo; aunque, como nunca venía sin informar de alguna nueva extravagancia o irregularidad de Wickham, rara vez se iba sin dejarlas más desalentadas de lo que las había encontrado.

Todo Meryton parecía esforzarse por ensuciar el nombre del hombre que, apenas tres meses antes, había sido casi un ángel de luz. Se decía que estaba endeudado con todos los comerciantes del lugar, y sus intrigas, todas honradas con el título de seducción, se habían extendido a cada familia de comerciante. Todo el mundo afirmaba que era el joven más malvado del mundo; y todos empezaron a descubrir que siempre habían desconfiado de la apariencia de su bondad. Elizabeth, aunque no creía más de la mitad de lo que se decía, creía lo suficiente como para hacer que su anterior certeza sobre la ruina de su hermana fuera aún más segura; e incluso Jane, que creía aún menos en todo eso, se volvió casi desesperanzada, sobre todo porque ahora había llegado el momento en que, si habían ido a Escocia, cosa de la que nunca se había desesperado del todo, debían, en toda probabilidad, haber obtenido alguna noticia de ellas.

El Sr. Gardiner salió de Longbourn el domingo; el martes, su esposa recibió una carta de él: en ella les decía que, a su llegada, había encontrado inmediatamente a su hermano y lo había convencido de ir a Gracechurch Street. Que el Sr. Bennet había estado en Epsom y Clapham antes de su llegada, pero sin obtener ninguna información satisfactoria; y que ahora estaba decidido a preguntar en todos los principales hoteles de la ciudad, ya que el Sr. Bennet pensaba que era posible que se hubieran alojado en uno de ellos, al llegar a Londres, antes de conseguir un alojamiento. El Sr. Gardiner no esperaba ningún éxito de esta medida; pero, como su hermano estaba ansioso por hacerlo, tenía la intención de ayudarlo en su búsqueda. Añadió que el Sr. Bennet parecía estar totalmente reacio en este momento a dejar Londres, y prometió escribir de nuevo muy pronto. También había un posdata con este efecto:

"He escrito al Coronel Forster para pedirle que averigüe, si es posible, a través de algunos de los jóvenes del regimiento, si Wickham tiene algún pariente o conexión que pudiera saber en qué parte de la ciudad se ha ocultado ahora. Si hubiera alguien a quien se pudiera acudir con una posibilidad de obtener una pista como esa, podría ser de suma importancia. En este momento no tenemos nada que nos guíe. Estoy seguro de que el Coronel Forster hará todo lo posible para satisfacer nuestras inquietudes al respecto. Pero, pensándolo bien, quizás Lizzy podría decirnos qué parientes tiene ahora vivos mejor que cualquier otra persona."

Elizabeth no tuvo dificultades para entender de dónde provenía esta deferencia hacia su autoridad; pero no estaba en su poder proporcionar ninguna información de una naturaleza tan satisfactoria como el cumplido merecía.

Ella nunca había oído que él hubiera tenido relaciones, excepto un padre y una madre, ambos fallecidos desde hacía muchos años. Sin embargo, era posible que algunos de sus compañeros en el ——shire pudieran ofrecer más información; y aunque no era muy optimista al respecto, la solicitud era algo a lo que aferrarse.

Cada día en Longbourn se había convertido en un día de ansiedad; pero la parte más angustiante de cada uno era cuando se esperaba el correo. La llegada de cartas era el primer gran objetivo de la impaciencia matutina. A través de las cartas, todo lo bueno o malo que se tuviera que comunicar sería transmitido; y se esperaba que cada día siguiente trajera alguna noticia importante.

Pero antes de que volvieran a saber de Mr. Gardiner, llegó una carta para su padre, de una fuente diferente, de Mr. Collins; la cual, como Jane había recibido instrucciones de abrir todas las que llegaran para él en su ausencia, leyó en consecuencia; y Elizabeth, que sabía lo curiosas que eran siempre sus cartas, miró por encima de ella y también la leyó. Decía lo siguiente:——

"Estimado Señor,

"Me siento llamado, por nuestra relación y mi situación en la vida, a expresar mis condolencias por la grave aflicción que ahora sufres, de la cual fuimos informados ayer mediante una carta de Hertfordshire. Ten la seguridad, querido señor, de que la Sra. Collins y yo sinceramente sentimos tu dolor, así como el de toda tu respectable familia, en esta angustia presente, que debe ser de la más amarga, porque proviene de una causa que ningún tiempo puede eliminar. No faltarán argumentos de mi parte que puedan aliviar tan severa desgracia; o que puedan confortarte en una circunstancia que debe ser, de todas, la más aflictiva para la mente de un padre. La muerte de tu hija habría sido una bendición en comparación con esto. Y es aún más lamentable, porque hay razones para suponer, como me informa mi querida Charlotte, que esta licenciosidad de comportamiento en tu La hija ha procedido de un grado erróneo de indulgencia; aunque, al mismo tiempo, para la consolación de usted y la señora Bennet, estoy inclinado a pensar que su propia disposición debe ser naturalmente mala, o no podría ser culpable de tal enormidad a tan temprana edad. Sea como sea, usted es dignamente de ser compadecido; en esta opinión no solo me acompaña la señora Collins, sino también Lady Catherine y su hija, a quienes he relatado el asunto. Ellas coinciden conmigo en que este paso en falso de una hija perjudicará las fortunas de todas las demás: porque, ¿quién, como dice condescendientemente Lady Catherine, se unirá a una familia así? Y esta consideración me lleva, además, a reflexionar, con mayor satisfacción, sobre un cierto evento del pasado noviembre; porque si hubiera sido de otra manera, habría estado involucrado en toda su tristeza y deshonra. Permítame aconsejarle, entonces, querido señor, que se consuele lo más posible, que despoje a su indigna hija de su afecto para siempre y la deje cosechar los frutos de su propio y atroz delito.

"Soy, querido señor," etc., etc.

El señor Gardiner no volvió a escribir hasta que recibió una respuesta del coronel Forster; y entonces no tenía nada agradable que enviar. No se sabía que Wickham tuviera algún familiar con el que mantuviera alguna conexión, y era seguro que no tenía ningún pariente cercano vivo. Sus conocidos habían sido numerosos; pero desde que estaba en la milicia, no parecía que tuviera una relación de amistad particular con ninguno de ellos. Por lo tanto, no había nadie que pudiera ser señalado como probable fuente de noticias sobre él. Y en el lamentable estado de sus propias finanzas, había un motivo muy poderoso para el secreto, además de su miedo a ser descubierto por los parientes de Lydia; pues acababa de trascender que había dejado deudas de juego por una cantidad muy considerable. El coronel Forster creía que serían necesarias más de mil libras para saldar sus gastos en Brighton. Debía bastante en la ciudad, pero sus deudas de honor eran aún más formidables. El señor Gardiner no intentó ocultar estos detalles a la familia Longbourn; Jane los escuchó con horror. "¿Un jugador?" exclamó. "Esto es completamente inesperado; no tenía ni idea de ello."

El señor Gardiner añadió en su carta que podrían esperar ver a su padre en casa al día siguiente, que era sábado. Desanimado por el mal resultado de todos sus esfuerzos, había cedido a la súplica de su cuñado de que regresara con su familia y dejara en sus manos lo que la ocasión pudiera sugerir como recomendable para continuar su búsqueda. Cuando se le informó a la señora Bennet sobre esto, no expresó tanto satisfacción como sus hijos esperaban, considerando la ansiedad que había tenido por su vida anteriormente.

"¿Qué! ¿Viene a casa, y sin la pobre Lydia?" exclamó ella. "Seguro que no dejará Londres antes de haberlas encontrado. ¿Quién va a enfrentarse a Wickham y obligarlo a casarse con ella, si se va?"

Como la señora Gardiner comenzó a desear estar en casa, se decidió que ella y sus hijos irían a Londres al mismo tiempo que el señor Bennet regresaba de allí. Así que el carruaje los llevó la primera parte de su viaje y trajo de vuelta a su dueño a Longbourn.

La señora Gardiner se marchó con toda la confusión sobre Elizabeth y su amigo de Derbyshire, que la había acompañado desde esa parte del mundo. Su nombre nunca había sido mencionado voluntariamente ante ella por su sobrina; y la especie de media expectativa que la señora Gardiner había formado sobre que les seguiría una carta de él, no había llevado a nada. Elizabeth no había recibido ninguna desde su regreso que pudiera provenir de Pemberley.

El actual y desafortunado estado de la familia hacía innecesaria cualquier otra excusa para la tristeza de su ánimo; por lo tanto, no se podía conjeturar nada de manera justa a partir de eso, aunque Elizabeth, que ya estaba bastante familiarizada con sus propios sentimientos, era perfectamente consciente de que, si no hubiera sabido nada de Darcy, podría haber soportado el temor a la infamia de Lydia algo mejor. Pensó que le habría ahorrado una noche sin dormir de cada dos.

Cuando llegó el señor Bennet, tenía toda la apariencia de su habitual compostura filosófica. Dijo tan poco como siempre solía decir; no mencionó el asunto que lo había llevado fuera; y pasó un tiempo antes de que sus hijas tuvieran el valor de hablar sobre ello.

No fue hasta la tarde, cuando se unió a ellos para el té, que Elizabeth se atrevió a introducir el tema; y luego, al expresar brevemente su pesar por lo que él debió haber soportado, él respondió: "No digas nada de eso. ¿Quién debería sufrir sino yo mismo? Ha sido mi propia culpa, y debo sentirlo".

"No debes ser demasiado severo contigo mismo", respondió Elizabeth.

"Bien puedes advertirme contra tal mal. ¡La naturaleza humana es tan propensa a caer en ello! No, Lizzy, déjame sentir una vez en mi vida cuánto he estado en falta. No tengo miedo de ser abrumado por la impresión. Pasará pronto".

"¿Supongas que están en Londres?"

"Sí; ¿dónde más podrían estar tan bien ocultos?"

"Y a Lydia le gustaba ir a Londres", añadió Kitty.

"Entonces ella es feliz", dijo su padre, secamente; "y su estancia allá probablemente será de cierta duración".

Después de un breve silencio, continuó: "Lizzy, no te guardo rencor por haber estado en lo cierto con tu consejo para mí el pasado mayo, lo cual, considerando el evento, muestra cierta grandeza de espíritu".

Fueron interrumpidos por Miss Bennet, quien vino a recoger el té de su madre.

"Esto es un espectáculo", exclamó él, "que hace bien; ¡le da tal elegancia a la desdicha! Otro día haré lo mismo; me sentaré en mi biblioteca, con mi gorro de dormir y mi bata de polvo, y causaré tantos problemas como pueda,—o tal vez lo deje para cuando Kitty se escape".

"No voy a escaparme, papá", dijo Kitty, con desagrado. "Si alguna vez voy a Brighton, me comportaré mejor que Lydia".

"¡Tú vas a Brighton! ¡No te confiaría a menos de que estuvieras tan cerca como Eastbourne, ni por cincuenta libras! No, Kitty, al menos he aprendido a ser cauteloso, y sentirás los efectos de ello. Ningún oficial volverá a entrar en mi casa, ni siquiera a pasar por el pueblo. Los bailes estarán absolutamente prohibidos, a menos que bailes con alguna de tus hermanas. Y nunca debes salir de casa, hasta que puedas demostrar que has pasado diez minutos de cada día de manera racional."

Kitty, que tomó todas estas amenazas muy en serio, comenzó a llorar.

"Bueno, bueno," dijo él, "no te pongas triste. Si eres una buena chica durante los próximos diez años, te llevaré a una revisión al final de ellos."

❧ 49 ❧

Dos días después del regreso del Sr. Bennet, mientras Jane y Elizabeth caminaban juntas por el arboreto detrás de la casa, vieron a la ama de llaves acercándose a ellas, y suponiendo que venía a llamarlas con su madre, fueron a su encuentro; pero en lugar de la convocatoria esperada, cuando se acercaron, le dijo a la Srta. Bennet: "Le pido disculpas, señora, por interrumpirla, pero tenía la esperanza de que hubiera recibido buenas noticias de la ciudad, así que me tomé la libertad de venir a preguntar."

"¿Qué quieres decir, Hill? No hemos escuchado nada de la ciudad."

"Querida señora," exclamó la Sra. Hill, con gran asombro, "¿no sabe que ha llegado un mensajero para el amo de parte del Sr. Gardiner? Ha estado aquí media hora, y el amo ha recibido una carta."

Las chicas salieron corriendo, demasiado ansiosas por entrar como para tener tiempo de hablar. Corrieron a través del vestíbulo hacia el comedor; de allí a la biblioteca;—su padre no estaba en ninguna parte; y estaban a punto de buscarlo arriba con su madre, cuando se encontraron con el mayordomo, quien dijo,—

"Si está buscando a mi maestro, señora, él está caminando hacia el pequeño bosquecillo."

Con esta información, pasaron instantáneamente por el pasillo una vez más y corrieron por el césped tras su padre, que se dirigía deliberadamente hacia un pequeño bosque a un lado del prado.

Jane, que no era tan ágil ni tan dada a correr como Elizabeth, pronto se quedó atrás, mientras su hermana, jadeando, alcanzaba a su padre y exclamaba con entusiasmo:

"Oh, papá, ¿qué noticias? ¿qué noticias? ¿has oído de mi tío?"

"Sí, he recibido una carta de él por mensajero."

"Bueno, ¿y qué noticias trae—buenas o malas?"

"¿Qué cosas buenas se pueden esperar?" dijo él, sacando la carta de su bolsillo; "pero quizás te gustaría leerla."

Elizabeth la tomó impacientemente de su mano. Jane llegó en ese momento.

"Léela en voz alta," dijo su padre, "porque yo apenas sé de qué se trata."

"Gracechurch Street, lunes, 2 de agosto.

"Querido hermano,

"Por fin puedo enviarte algunas noticias sobre mi sobrina, y tales que, en general, espero te darán satisfacción. Poco después de que te fueras el sábado, tuve la fortuna de descubrir en qué parte de Londres se encontraban. Los detalles los reservaré hasta que nos veamos. Es suficiente saber que han sido descubiertos: los he visto a ambos——"

"Entonces es como siempre esperé," exclamó Jane: "¡están casados!"

Elizabeth continuó leyendo:

"Los he visto a ambos. No están casados, ni puedo encontrar que haya habido intención de hacerlo; pero si usted está dispuesto a cumplir con los compromisos que me he atrevido a hacer en su nombre, espero que no pasará mucho tiempo antes de que lo estén. Todo lo que se requiere de usted es asegurar a su hija, mediante un acuerdo, su parte equitativa de las cinco mil libras, que se repartirá entre sus hijos tras el fallecimiento de usted y mi hermana; y, además, comprometerse a otorgarle, durante su vida, cien libras al año. Estas son condiciones que, considerando todo, no dudé en aceptar, en la medida en que me sentí privilegiado, por usted. Enviaré esto por mensajería, para que no se pierda tiempo en traerme su respuesta. Comprenderá fácilmente, a partir de estos detalles, que las circunstancias del Sr. Wickham no son tan desesperadas como generalmente se cree. El mundo ha sido engañado al respecto; y me alegra decir que habrá algo de dinero, incluso cuando todas sus deudas sean saldadas, para asignar a mi sobrina, además de su propia fortuna. Si, como concluyo que será el caso, me envía plenos poderes para actuar en su nombre a lo largo de todo este asunto, daré instrucciones inmediatamente a Haggerston para preparar un acuerdo adecuado. No habrá la menor necesidad de que venga a la ciudad nuevamente; por lo tanto, quédese tranquilo en Longbourn y confíe en mi diligencia y cuidado. Envíe su respuesta tan pronto como pueda, y asegúrese de escribir de manera explícita. Hemos considerado que lo mejor sería que mi sobrina se casara desde esta casa, lo cual espero que apruebe. Ella viene a nosotros hoy. Escribiré de nuevo tan pronto como se decida algo más. Suyo, etc.

"Edw. Gardiner."

"¿Es posible?" exclamó Elizabeth, al terminar. "¿Puede ser posible que él se case con ella?"

"Wickham no es tan indigno, entonces, como hemos pensado," dijo su hermana. "Querido padre, le felicito."

"¿Y has respondido la carta?" preguntó Elizabeth.

"No; pero debe hacerse pronto."

Entonces ella le suplicó con gran fervor que no perdiera más tiempo antes de escribir.

"Oh, querido padre," exclamó, "vuelve y escribe de inmediato. Considera lo importante que es cada momento en un caso así."

"Déjame escribir por ti," dijo Jane, "si no te gusta la molestia."

"No me gusta nada," respondió él; "pero debe hacerse."

Y diciendo esto, regresó con ellas y caminó hacia la casa.

"Y—¿puedo preguntar?" dijo Elizabeth; "pero las condiciones, supongo, deben cumplirse."

"¿Cumplirse? Solo me da vergüenza que pida tan poco."

"¡Y deben casarse! Sin embargo, él es un hombre así."

"Sí, sí, deben casarse. No hay otra opción. Pero hay dos cosas que quiero saber con urgencia: una es cuánto dinero ha puesto tu tío para que esto suceda; y la otra, cómo voy a pagárselo."

"¿Dinero? ¿mi tío?" exclamó Jane. "¿Qué quieres decir, señor?"

"Quiero decir que ningún hombre en su sano juicio se casaría con Lydia por una tentación tan ligera como cien al año durante mi vida, y cincuenta después de que yo me haya ido."

"Eso es muy cierto," dijo Elizabeth; "aunque no me lo había planteado antes. Sus deudas deben ser pagadas, ¡y aún debe quedar algo! Oh, debe ser cosa de mi tío. Generoso, buen hombre, me temo que se ha angustiado. Una suma pequeña no podría hacer todo esto."

"No," dijo su padre. "Wickham es un tonto si la toma con un penique menos de diez mil libras: me sentiría mal al pensar tan mal de él, al inicio de nuestra relación."

"¡Diez mil libras! ¡Dios no lo quiera! ¿Cómo se va a devolver la mitad de tal suma?"

El señor Bennet no respondió; y cada uno de ellos, sumido en sus pensamientos, continuó en silencio hasta que llegaron a la casa. Su padre luego fue a la biblioteca a escribir, y las chicas entraron al comedor.

"¿Y realmente se van a casar?" exclamó Elizabeth, tan pronto como se quedaron solas. "¡Qué extraño es esto! Y por esto debemos estar agradecidas. Que se casen, aunque sus posibilidades de felicidad sean mínimas y su carácter sea miserable, ¡estamos obligadas a regocijarnos! ¡Oh, Lydia!"

"Me consuelo pensando," respondió Jane, "que él ciertamente no se casaría con Lydia si no tuviera un verdadero afecto por ella. Aunque nuestro amable tío ha hecho algo para limpiarle un poco el nombre, no puedo creer que se haya adelantado diez mil libras o algo parecido. Tiene hijos propios, y puede que tenga más. ¿Cómo podría desprenderse de cinco mil libras?"

"Si alguna vez logramos averiguar cuáles han sido las deudas de Wickham," dijo Elizabeth, "y cuánto se ha establecido de su parte para nuestra hermana, sabremos exactamente lo que ha hecho el señor Gardiner por ellos, porque Wickham no tiene un penique propio. La bondad de mi tío y tía nunca podrá ser correspondida. Su decisión de llevarla a casa y ofrecerle su protección y apoyo personal es un sacrificio por su bienestar que años de gratitud no pueden reconocer lo suficiente. ¡Para este momento, ella ya está con ellos! Si tal bondad no la hace infeliz ahora, ¡nunca merecerá ser feliz! ¡Qué encuentro para ella cuando vea a mi tía por primera vez!"

"Debemos esforzarnos por olvidar todo lo que ha pasado de ambos lados," dijo Jane: "Espero y confío en que aún podrán ser felices. Su consentimiento para casarse con ella es una prueba, quiero creer, de que ha llegado a una forma de pensar correcta. Su afecto mutuo los estabilizará; y me ilusiono pensando que se establecerán de manera tan tranquila y vivirán de una forma tan racional, que con el tiempo harán que su imprudencia pasada se olvide."

"Su conducta ha sido tal," respondió Elizabeth, "que ni tú, ni yo, ni nadie, podemos olvidar. Es inútil hablar de ello."

A las chicas les ocurrió que su madre probablemente estaba completamente ignorante de lo que había sucedido. Así que fueron a la biblioteca y le preguntaron a su padre si no querría que se lo comunicaran. Él estaba escribiendo y, sin levantar la vista, respondió con frialdad:—

"Como quieran."

"¿Podemos llevar la carta de mi tío para leerle?"

"Lleven lo que quieran y lárguense."

Elizabeth tomó la carta de su mesa de escritura y subieron juntas. Mary y Kitty estaban con la señora Bennet: así que una sola comunicación serviría para todas. Después de una ligera preparación para dar buenas noticias, la carta fue leída en voz alta. La señora Bennet apenas pudo contenerse. Tan pronto como Jane leyó la esperanza del señor Gardiner de que Lydia se casara pronto, su alegría estalló, y cada frase siguiente añadía a su exuberancia. Ahora estaba en una irritación tan violenta por el deleite como había estado inquieta por alarma y frustración. Saber que su hija se iba a casar era suficiente. No la perturbaba ningún miedo por su felicidad, ni se sentía humillada por el recuerdo de su mala conducta.

"¡Querida, querida Lydia!" exclamó: "¡esto es realmente encantador! ¡Se va a casar! ¡La volveré a ver! ¡Se casará a los dieciséis! ¡Mi buen y amable hermano! Sabía cómo sería—sabía que él lo organizaría todo. ¡Cuánto deseo verla! Y también ver al querido Wickham. ¡Pero la ropa, la ropa de la boda! Escribiré a mi hermana Gardiner sobre eso de inmediato. Lizzy, querida, baja a ver a tu padre y pregúntale cuánto le dará. Espera, espera, iré yo misma. Llama a Kitty para Hill. Me pondré mis cosas en un momento. ¡Querida, querida Lydia! ¡Qué felices estaremos juntas cuando nos encontremos!"

Su hija mayor intentó dar algo de alivio a la violencia de esos transportes, dirigiendo sus pensamientos hacia las obligaciones que el comportamiento del Sr. Gardiner les imponía a todos.

"Porque debemos atribuir esta feliz conclusión," añadió, "en gran medida a su amabilidad. Estamos convencidas de que se ha comprometido a ayudar al Sr. Wickham con dinero."

"Bueno," gritó su madre, "todo está muy bien; ¿quién debería hacerlo sino su propio tío? Si no hubiera tenido una familia propia, yo y mis hijos tendríamos que haber tenido todo su dinero, ya sabes; y es la primera vez que hemos recibido algo de él excepto algunos regalos. ¡Bueno! Estoy tan feliz. En poco tiempo, tendré una hija casada. ¡Sra. Wickham! ¡Qué bien suena! Y ella solo tenía dieciséis el junio pasado. Querida Jane, estoy tan emocionada que estoy segura de que no puedo escribir; así que dictaré, y tú escribirás por mí. Luego nos arreglaremos con tu padre sobre el dinero; pero las cosas deben ser ordenadas de inmediato."

Ella estaba entonces detallando todos los pormenores sobre calicó, muselina y batista, y pronto habría dictado unos pedidos muy abundantes, si no hubiera sido porque Jane, aunque con algo de dificultad, la persuadió para que esperara hasta que su padre estuviera libre para ser consultado. Un día de retraso, observó, sería de poca importancia; y su madre estaba demasiado feliz para ser tan obstinada como de costumbre. También le vinieron a la mente otros planes.

"Voy a Meryton," dijo ella, "tan pronto como esté vestida, y le contaré las buenas, buenas noticias a mi hermana Philips. Y al volver, puedo visitar a Lady Lucas y a la señora Long. Kitty, baja y pide la carruaje. Un paseo me haría mucho bien, estoy segura. Chicas, ¿puedo hacer algo por ustedes en Meryton? ¡Oh! aquí viene Hill. Querida Hill, ¿has oído las buenas noticias? ¡La señorita Lydia se va a casar; y todas ustedes tendrán un tazón de ponche para celebrar su boda!"

La señora Hill comenzó inmediatamente a expresar su alegría. Elizabeth recibió sus felicitaciones entre las demás, y luego, harta de esta locura, buscó refugio en su propia habitación para poder pensar con libertad. La situación de la pobre Lydia debía ser, en el mejor de los casos, bastante mala; pero de que no fuera peor, debía estar agradecida. Así lo sentía; y aunque, al mirar hacia adelante, no se podía esperar justicia ni felicidad racional, ni prosperidad mundana para su hermana, al mirar hacia atrás a lo que habían temido, solo dos horas antes, sentía todas las ventajas de lo que habían ganado.

El SR. BENNET había deseado muy a menudo, antes de este periodo de su vida, que en lugar de gastar toda su renta, hubiera ahorrado una suma anual para el mejor sustento de sus hijos y de su esposa, si ella lo sobrevivía. Ahora lo deseaba más que nunca. Si hubiera cumplido con su deber en ese aspecto, Lydia no habría tenido que deberle a su tío lo que de honor o crédito podría comprarse para ella en este momento. La satisfacción de haber convencido a uno de los jóvenes más indignos de Gran Bretaña para que fuera su esposo podría haberse quedado en su lugar adecuado.

Estaba seriamente preocupado de que una causa tan poco ventajosa para nadie se estuviera promoviendo a expensas de su cuñado; y estaba decidido, si era posible, a averiguar el alcance de su ayuda y a saldar la obligación tan pronto como pudiera.

Cuando el Sr. Bennet se casó por primera vez, la economía se consideraba completamente inútil; porque, por supuesto, iban a tener un hijo. Este hijo debía unirse para cortar la herencia tan pronto como fuera mayor de edad, y la viuda y los hijos menores estarían así provistos. Cinco hijas entraron sucesivamente al mundo, pero aún así el hijo debía venir; y la Sra. Bennet, durante muchos años después del nacimiento de Lydia, estuvo segura de que lo haría. Este evento, al final, se había dado por perdido, pero ya era demasiado tarde para ahorrar. La Sra. Bennet no tenía inclinación por la economía; y el amor de su esposo por la independencia había sido el único motivo que les había impedido exceder su ingreso.

Cinco mil libras fueron asignadas por los artículos matrimoniales a la señora Bennet y a los niños. Pero las proporciones en que debían dividirse entre estos últimos dependían de la voluntad de los padres. Este era un punto que, al menos en lo que respecta a Lydia, debía resolverse ahora, y el señor Bennet no podía tener ninguna duda en aceptar la propuesta que tenía ante sí. En términos de agradecimiento por la amabilidad de su hermano, aunque expresado de la manera más concisa, entonces manifestó por escrito su total aprobación de todo lo que se había hecho y su disposición a cumplir con los compromisos que se habían establecido por él. Nunca antes había supuesto que, si se lograba convencer a Wickham de casarse con su hija, se haría con tan poco inconveniente para él como con el arreglo actual. Apenas perdería diez libras al año con los cien que se les iban a pagar; porque, sumando su manutención y la mesada, así como los constantes regalos en dinero que le pasaban a través de las manos de su madre, los gastos de Lydia habían estado muy por debajo de esa cantidad.

Que se hiciera con tan poco esfuerzo de su parte también fue otra sorpresa muy bienvenida; pues su principal deseo en ese momento era tener el menor problema posible en el asunto. Cuando las primeras explosiones de rabia que habían motivado su actividad en buscarla se desvanecieron, naturalmente regresó a toda su anterior pereza. Su carta fue enviada rápidamente; porque, aunque era lento en emprender negocios, era rápido en su ejecución. Rogó saber más detalles sobre lo que le debía a su hermano; pero estaba demasiado enojado con Lydia para enviarle algún mensaje.

Las buenas noticias se esparcieron rápidamente por la casa y, con la misma velocidad, por el vecindario. Allí se recibieron con una filosofía decentemente complaciente. Ciertamente, hubiera sido más provechoso para la conversación que la señorita Lydia Bennet hubiese llegado a la ciudad; o, como la mejor alternativa, haber estado recluida en algún lejano granja. Pero había mucho de qué hablar sobre su matrimonio; y los buenos deseos por su bienestar, que antes habían emanado de todas las maliciosas ancianas de Meryton, perdieron muy poco de su espíritu en este cambio de circunstancias, porque con un marido así, su miseria se consideraba cierta.

Había pasado una quincena desde que la señora Bennet había bajado las escaleras, pero en este día feliz volvió a ocupar su lugar en la cabecera de la mesa, y con un ánimo desmesuradamente elevado. Ningún sentimiento de vergüenza empañó su triunfo. El matrimonio de una hija, que había sido el primer objetivo de sus deseos desde que Jane tenía dieciséis años, estaba a punto de cumplirse, y sus pensamientos y palabras giraban completamente en torno a los acompañamientos de unas elegantes nupcias: muselinas finas, nuevos carruajes y sirvientes. Ella estaba ocupada buscando por el vecindario una situación adecuada para su hija; y, sin saber ni considerar cuál podría ser su ingreso, rechazaba muchas por considerarlas deficientes en tamaño e importancia.

"Haye Park podría servir," dijo ella, "si los Goulding se mudan, o la gran casa en Stoke, si el salón fuera más grande; pero Ashworth está demasiado lejos. No podría soportar tenerla a diez millas de mí; y en cuanto a Purvis Lodge, los áticos son horribles."

Su esposo le permitió hablar sin interrupciones mientras los sirvientes permanecían. Pero cuando se retiraron, él le dijo: "Sra. Bennet, antes de que tome alguna, o todas estas casas, para su hijo e hija, lleguemos a un entendimiento. En una casa de este vecindario nunca tendrán admisión. No voy a alentar la imprudencia de ninguno, recibiéndolos en Longbourn."

Siguió una larga disputa tras esta declaración; pero el Sr. Bennet se mantuvo firme: pronto condujo a otra discusión; y la Sra. Bennet descubrió, con asombro y horror, que su esposo no iba a avanzar una guinea para comprar ropa para su hija. Protestó que no debía recibir de él ninguna muestra de afecto por la ocasión. La Sra. Bennet apenas podía comprenderlo. Que su ira pudiera llegar a tal punto de inconcebible resentimiento como para negarle a su hija un privilegio, sin el cual su matrimonio apenas parecería válido, superaba todo lo que ella podía creer posible. Estaba más consciente de la deshonra que la falta de ropa nueva debía reflejar en las nupcias de su hija, que de cualquier sentido de vergüenza por su fuga y por vivir con Wickham dos semanas antes de que tuvieran lugar.

Elizabeth ahora se sentía muy apenada de haber, en la angustia del momento, llevado a Mr. Darcy a conocer sus temores por su hermana; ya que, dado que su matrimonio daría tan pronto el cierre adecuado a la fuga, podían esperar ocultar su comienzo desfavorable a todos aquellos que no estaban inmediatamente en el lugar.

No tenía miedo de que se extendiera más, a través de él. Había pocas personas en las que hubiera confiado más en su secreto; pero al mismo tiempo, no había nadie cuyo conocimiento sobre la debilidad de una hermana la hubiera mortificado tanto. No, sin embargo, por miedo a un inconveniente individual para ella; porque, de todos modos, parecía haber un abismo insalvable entre ellos. Si el matrimonio de Lydia se hubiera llevado a cabo en los términos más honorables, no se podía suponer que el Sr. Darcy se uniera a una familia, donde a cada otra objeción ahora se añadiría una alianza y relación de la más cercana con el hombre a quien tan justamente despreciaba.

De tal conexión, no podía extrañarse de que él se apartara. El deseo de procurar su afecto, del cual se había asegurado de que él sentía en Derbyshire, no podía, en una expectativa racional, sobrevivir a un golpe como este. Se sentía humillada, estaba dolida; se arrepentía, aunque apenas sabía de qué. Se volvió celosa de su estima, cuando ya no podía esperar beneficiarse de ella. Quería escuchar de él, cuando parecía haber la menor posibilidad de obtener noticias. Estaba convencida de que podría haber sido feliz con él, cuando ya no era probable que se encontraran.

¡Qué triunfo para él, pensaba a menudo, si supiera que las propuestas que ella había despreciado con orgullo solo cuatro meses atrás ahora habrían sido recibidas con gusto y gratitud! Era tan generoso, no lo dudaba, como el más generoso de su sexo. Pero mientras él fuera mortal, debía haber un triunfo.

Ella comenzó a comprender que él era exactamente el hombre que, por su disposición y talentos, más le convenía. Su entendimiento y temperamento, aunque diferentes a los suyos, habrían satisfecho todos sus deseos. Era una unión que habría beneficiado a ambos: gracias a su facilidad y vivacidad, su mente podría haberse suavizado, sus modales mejorados; y de su juicio, información y conocimiento del mundo, ella sin duda habría recibido beneficios de mayor importancia.

Pero ningún matrimonio tan feliz podría ahora enseñar a la multitud admiradora lo que realmente era la felicidad conyugal. Una unión de una tendencia diferente, y que excluía la posibilidad de la otra, estaba a punto de formarse en su familia.

No podía imaginar cómo Wickham y Lydia podrían ser mantenidos en una independencia tolerable. Pero cuánto de felicidad permanente podría pertenecer a una pareja que solo se había unido porque sus pasiones eran más fuertes que su virtud, podía conjeturar fácilmente.

El Sr. Gardiner pronto escribió nuevamente a su hermano. A las palabras de agradecimiento del Sr. Bennet, respondió brevemente, asegurándole su deseo de promover el bienestar de cualquier miembro de su familia; y concluyó con súplicas para que el tema nunca se mencionara de nuevo. El propósito principal de su carta era informarles que el Sr. Wickham había decidido abandonar la milicia.

"Era un gran deseo mío que él lo hiciera," añadió, "tan pronto como se fijara su matrimonio. Y creo que estarás de acuerdo conmigo en considerar muy aconsejable un traslado de ese cuerpo, tanto por su cuenta como por la de mi sobrina. Es intención del Sr. Wickham ingresar en los Regulares; y entre sus antiguos amigos, todavía hay algunos que son capaces y están dispuestos a ayudarlo en el ejército. Tiene la promesa de un teniente en el regimiento del General——, que ahora está acuartelado en el norte. Es una ventaja tenerlo tan lejos de esta parte del reino. Promete bien; y espero que entre diferentes personas, donde cada uno puede tener un carácter que preservar, ambos sean más prudentes. He escrito al Coronel Forster para informarle de nuestros arreglos actuales y para solicitarle que satisfaga a los diversos acreedores del Sr. Wickham en y cerca de Brighton con la garantía de un pago rápido, por el cual me he comprometido. ¿Te importaría llevar esas garantías similares a sus acreedores en Meryton, de los cuales adjuntaré una lista, según su información? Ha declarado todas sus deudas; espero que al menos no nos haya engañado. Haggerston tiene nuestras instrucciones, y todo estará completado en una semana. Luego se unirán a su regimiento, a menos que primero sean invitados a Longbourn; y entiendo por la Sra. Gardiner que mi sobrina está muy deseosa de verlos a todos antes de abandonar el sur. Ella está bien y pide que la recuerdes con respeto a ti y a su madre.—Tuyo, etc.

"E. Gardiner."

El Sr. Bennet y sus hijas vieron todas las ventajas de la marcha de Wickham del ——shire, tan claramente como el Sr. Gardiner. Pero la Sra. Bennet no estaba tan satisfecha con ello. Que Lydia se estableciera en el norte, justo cuando ella esperaba disfrutar más de su compañía y sentirse orgullosa de ella, ya que de ninguna manera había renunciado a su plan de que residieran en Hertfordshire, fue una gran decepción; y, además, era una pena que Lydia tuviera que alejarse de un regimiento donde conocía a todo el mundo y tenía tantos favoritos.

"¡Le tiene tanto cariño a la Sra. Forster!" dijo, "¡será realmente chocante enviarla lejos! Y hay varios jóvenes también, a los que le gusta mucho. Los oficiales pueden no ser tan agradables en el regimiento del General———."

La solicitud de su hija, ya que podría considerarse tal, de ser admitida nuevamente en su familia, antes de partir hacia el norte, recibió al principio una negativa absoluta. Pero Jane y Elizabeth, que coincidían en desear, por el bienestar y la consideración de su hermana, que sus padres la reconocieran en su matrimonio, lo instaron de manera tan sincera, racional y suave, a recibirla a ella y a su esposo en Longbourn, tan pronto como se casaran, que lograron convencerlo para que pensara como ellas y actuara como deseaban. Y su madre tuvo la satisfacción de saber que podría presentar a su hija casada en el vecindario, antes de que fuera desterrada al norte. Por lo tanto, cuando el Sr. Bennet escribió nuevamente a su hermano, envió su permiso para que vinieran; y se acordó que, tan pronto como la ceremonia terminara, se dirigirían a Longbourn. Sin embargo, Elizabeth se sorprendió de que Wickham accediera a tal plan; y, si solo hubiera consultado su propia inclinación, cualquier encuentro con él habría sido el último de sus deseos.

ᘓ 5 1 ᘓ

Llegó el día de la boda de su hermana; y Jane y Elizabeth sintieron por ella probablemente más de lo que ella sentía por sí misma. Se envió una carroza para recibirlas en——, y debían regresar en ella para la hora de la cena. Su llegada era temida por las hermanas mayores Bennet—y especialmente por Jane, quien experimentaba los sentimientos que la habrían acompañado a ella, de haber sido la culpable, y se sentía miserable al pensar en lo que su hermana debía soportar.

Llegaron. La familia estaba reunida en el comedor para recibirlos. Sonrisas adornaban el rostro de la Sra. Bennet, mientras la carruaje se detenía en la puerta; su esposo lucía gravemente impenetrable; sus hijas, alarmadas, ansiosas e inquietas.

La voz de Lydia se escuchó en el vestíbulo; la puerta se abrió de golpe, y ella corrió hacia la habitación. Su madre dio un paso adelante, la abrazó y la recibió con alegría; le ofreció su mano con una sonrisa afectuosa a Wickham, quien seguía a su dama; y les deseó a ambos felicidad, con una prontitud que no dejaba lugar a dudas sobre su dicha.

La recepción por parte del Sr. Bennet, a quien luego se dirigieron, no fue tan cordial. Su expresión se tornó más austera; y apenas abrió los labios. La confianza desenvuelta de la joven pareja, de hecho, era suficiente para provocarlo.

Elizabeth se sintió disgustada, e incluso la Srta. Bennet se mostró sorprendida. Lydia seguía siendo Lydia; indómita, desinhibida, salvaje, ruidosa y temeraria. Se movía de hermana a hermana, exigiendo sus felicitaciones; y cuando finalmente todos se sentaron, miró ansiosamente alrededor de la habitación, notó algunas pequeñas alteraciones en ella, y observó, con una risa, que había pasado mucho tiempo desde su última visita.

Wickham no estaba más angustiado que ella; pero sus modales eran siempre tan agradables que, de haber sido su carácter y su matrimonio exactamente lo que debían ser, sus sonrisas y su trato desenfadado, mientras reclamaba su relación, habrían encantado a todos. Elizabeth no había creído antes que él fuera capaz de tal desfachatez; pero se sentó, resolviendo en su interior no poner límites en el futuro a la impudencia de un hombre insolente. Se sonrojó, y Jane también se sonrojó; pero las mejillas de los dos que causaron su confusión no mostraron ningún cambio de color.

No faltó la conversación. La novia y su madre no podían hablar lo suficientemente rápido; y Wickham, que casualmente se sentaba cerca de Elizabeth, comenzó a preguntar por sus conocidos en la vecindad, con una facilidad de buen humor que ella se sentía incapaz de igualar en sus respuestas. Parecía que cada uno de ellos tenía los recuerdos más felices del mundo. Nada del pasado se recordaba con dolor; y Lydia llevaba la conversación voluntariamente a temas que sus hermanas no habrían mencionado por nada del mundo.

"¡Solo piensa que han pasado tres meses," exclamó, "desde que me fui: parece que fue hace una quincena, ¡lo juro! Y, sin embargo, han sucedido suficientes cosas en este tiempo. ¡Dios mío! Cuando me fui, estoy segura de que no tenía ni idea de que me iba a casar hasta que regresara. Aunque pensé que sería muy divertido si lo hiciera."

Su padre levantó la vista, Jane estaba angustiada, Elizabeth miró expresivamente a Lydia; pero ella, que nunca escuchaba ni veía nada de lo que decidía ser insensible, continuó alegremente,—

"Oh, mamá, ¿saben las personas de aquí que estoy casada hoy? Temía que no lo supieran; y encontramos a William Goulding en su currículo, así que decidí que él debía saberlo, y bajé la ventanilla del lado junto a él, me quité un guante y dejé mi mano descansar sobre el marco de la ventana, para que pudiera ver el anillo, y luego hice una reverencia y sonreí como si nada."

Elizabeth no pudo soportarlo más. Se levantó y salió corriendo de la habitación; y no regresó hasta que oyó que pasaban por el vestíbulo hacia el comedor. Entonces se unió a ellos lo suficientemente rápido como para ver a Lydia, con un aire ansioso, acercarse a la mano derecha de su madre y oírla decirle a su hermana mayor,—

"Ah, Jane, ahora ocupo tu lugar, y tú debes ir más abajo, porque soy una mujer casada."

No se suponía que el tiempo le causara a Lydia esa incomodidad de la que había estado tan completamente libre al principio. Su tranquilidad y buen ánimo aumentaban. Deseaba ver a la señora Philips, a los Lucas y a todos sus otros vecinos, y oírse llamar "señora Wickham" por cada uno de ellos; y mientras tanto, después de la cena, fue a mostrar su anillo y presumir de estar casada ante la señora Hill y las dos sirvientas.

"Bueno, mamá," dijo ella, cuando todos volvieron al comedor, "¿y qué piensas de mi esposo? ¿No es un hombre encantador? Estoy segura de que mis hermanas deben envidiarme. Solo espero que tengan la mitad de mi buena suerte. Todas deben ir a Brighton. ¡Ese es el lugar para conseguir maridos! ¡Qué pena, mamá, que no fuimos todas!"

"Es muy cierto; y si fuera por mí, iríamos. Pero, querida Lydia, no me gusta nada que vayas tan lejos. ¿Es necesario?"

"Oh, ¡por Dios! sí; no hay nada de eso. Me encantará. Tú y papá, y mis hermanas, deben venir a vernos. Estaremos en Newcastle todo el invierno, y estoy segura de que habrá algunos bailes, y me encargaré de conseguir buenos compañeros para todas ellas."

"¡Me gustaría más que nada!" dijo su madre.

"Y entonces, cuando ustedes se vayan, pueden dejar a una o dos de mis hermanas atrás; y estoy segura de que conseguiré maridos para ellas antes de que termine el invierno."

"Te agradezco por mi parte del favor," dijo Elizabeth; "pero no me gusta especialmente tu manera de conseguir maridos."

Sus visitantes no iban a quedarse más de diez días con ellos. El señor Wickham había recibido su comisión antes de dejar Londres, y se uniría a su regimiento al final de una quincena.

Nadie más que la señora Bennet lamentó que su estancia fuera tan breve; y aprovechó al máximo el tiempo visitando a su hija y organizando muy frecuentes reuniones en casa. Estas fiestas eran bienvenidas por todos; evitar un círculo familiar era aún más deseable para aquellos que sí pensaban que para aquellos que no.

El afecto de Wickham por Lydia era justo lo que Elizabeth había esperado encontrar; no era igual al que Lydia sentía por él. Apenas necesitaba su observación actual para estar satisfecha, por la razón de las cosas, de que su fuga había sido impulsada por la fuerza de su amor más que por el de él; y se habría preguntado por qué, sin preocuparse intensamente por ella, él eligió huir con ella en absoluto, si no hubiera sentido que su fuga era necesaria por la angustia de las circunstancias; y si ese fuera el caso, él no era el joven que resistiría la oportunidad de tener una compañera.

Lydia estaba extremadamente encariñada con él. Era su querido Wickham en todas las ocasiones; nadie debía ser comparado con él. Hacía todo mejor que nadie en el mundo; y estaba segura de que mataría más pájaros el primero de septiembre que cualquier otro en el país.

Una mañana, poco después de su llegada, mientras estaba sentada con sus dos hermanas mayores, le dijo a Elizabeth:

"Lizzy, creo que nunca te he contado sobre mi boda. No estabas cuando le conté a mamá y a los demás todo al respecto. ¿No tienes curiosidad por saber cómo se gestionó?"

"No, realmente," respondió Elizabeth; "creo que no se puede hablar demasiado poco sobre el tema."

"¡La! ¡Eres tan extraña! Pero debo contarte cómo sucedió todo. Nos casamos, ya sabes, en San Clemente, porque los alojamientos de Wickham estaban en esa parroquia. Y se había acordado que todos debíamos estar allí a las once en punto. Mi tío, mi tía y yo íbamos juntos; y los demás debían encontrarnos en la iglesia.

"Bueno, llegó el lunes por la mañana, y yo estaba tan nerviosa. Tenía tanto miedo, ya sabes, de que algo sucediera que lo impidiera, y entonces me habría vuelto completamente loca. Y allí estaba mi tía, todo el tiempo que me vestía, predicando y hablando como si estuviera leyendo un sermón. Sin embargo, no escuché más de una palabra de cada diez, porque estaba pensando, como puedes imaginar, en mi querido Wickham. Anhelaba saber si se casaría con su abrigo azul.

"Bueno, y así, desayunamos a las diez como de costumbre: pensé que nunca terminaría; porque, a propósito, debes entender que mi tío y mi tía eran horriblemente desagradables todo el tiempo que estuve con ellos. Si me crees, no puse un pie fuera de la casa, aunque estuve allí una quincena. ¡Ni una fiesta, ni un plan, ni nada! Claro que Londres estaba un poco vacío, pero, sin embargo, el Teatro Pequeño estaba abierto.

"Bueno, y justo cuando la carruajes llegó a la puerta, mi tío fue llamado por negocios a ese horrible hombre, el Sr. Stone. Y entonces, ya sabes, cuando ellos se juntan, no hay forma de que acaben. Bueno, estaba tan asustada que no sabía qué hacer, porque mi tío iba a darme en matrimonio; y si pasábamos la hora no podríamos casarnos en todo el día. Pero, por suerte, volvió en diez minutos, y entonces todos nos pusimos en marcha. Sin embargo, recordé después que si le hubieran impedido ir, la boda no tendría que haberse pospuesto, porque el Sr. Darcy podría haberlo hecho igual."

"¡Señor Darcy!" repitió Elizabeth, en total asombro.

"¡Oh, sí! Tenía que venir allí con Wickham, ya sabes. ¡Pero, Dios mío! ¡Casi lo olvido! No debí haber dicho una palabra sobre esto. ¡Les prometí tan fielmente! ¿Qué dirá Wickham? ¡Iba a ser un secreto!"

"Si iba a ser un secreto," dijo Jane, "no digas ni una palabra más sobre el tema. Puedes contar con que no buscaré más información."

"Oh, por supuesto," dijo Elizabeth, aunque ardía de curiosidad; "no te haremos preguntas."

"Gracias," dijo Lydia; "porque si lo hicierais, ciertamente os lo contaría todo, y entonces Wickham se enojaría mucho."

Con tal aliento a preguntar, Elizabeth se vio obligada a ponerlo fuera de su alcance, saliendo corriendo.

Pero vivir en la ignorancia sobre tal asunto era imposible; o al menos era imposible no intentar obtener información. El señor Darcy había estado en la boda de su hermana. Era exactamente una escena, y exactamente entre personas, donde aparentemente tenía menos que ver y menos tentación de ir. Conjeturas sobre el significado de esto, rápidas y salvajes, se apresuraron a su mente; pero ninguna la satisfizo. Aquellas que más le agradaban, al colocar su conducta en la luz más noble, parecían las más improbables. No podía soportar tal suspenso; y apresurándose, tomó una hoja de papel y escribió una breve carta a su tía, para solicitar una explicación sobre lo que Lydia había mencionado, si era compatible con el secreto que se había pretendido.

"Puedes comprender fácilmente," añadió, "cuán grande es mi curiosidad por saber cómo una persona no relacionada con ninguno de nosotros, y, comparativamente hablando, un extraño para nuestra familia, ha estado entre ustedes en un momento así. Por favor, escribe de inmediato y déjame entenderlo— a menos que, por razones muy convincentes, deba permanecer en el secreto que Lydia parece considerar necesario; y entonces tendré que esforzarme por estar satisfecha con la ignorancia."

"No es que lo haga, aunque," se dijo a sí misma, y terminó la carta; "y, querida tía, si no me lo cuentas de manera honorable, sin duda me veré obligada a recurrir a trucos y estratagemas para averiguarlo."

El delicado sentido del honor de Jane no le permitió hablar con Elizabeth en privado sobre lo que Lydia había mencionado; Elizabeth se alegró de ello:—hasta que apareciera si sus indagaciones recibirían alguna satisfacción, prefería estar sin confidente.

❧ 52 ❧

ELIZABETH tuvo la satisfacción de recibir una respuesta a su carta tan pronto como fue posible. No había pasado mucho tiempo desde que la tuvo en sus manos, cuando, apurada hacia el pequeño bosque, donde era menos probable que la interrumpieran, se sentó en uno de los bancos y se preparó para ser feliz; porque la extensión de la carta la convenció de que no contenía una negativa.

> *"Gracechurch Street, 6 de septiembre.*
>
> *"Querida sobrina,*
>
> *"Acabo de recibir tu carta y voy a dedicar toda esta mañana a responderla, ya que preveo que un poco de escritura no abarcará todo lo que tengo que decirte. Debo confesar que me sorprende tu solicitud; no lo esperaba de ti. Sin embargo, no pienses que estoy enojada, solo quiero que sepas que no imaginaba que tales preguntas fueran necesarias de tu parte. Si no eliges entenderme, perdona mi impertinencia. Tu tío está tan sorprendido como yo; y nada más que la creencia de que tú eres una parte interesada le habría permitido actuar como lo ha hecho. Pero si realmente eres inocente e ignorante, debo ser más explícita. El mismo día en que volví a casa de Longbourn, tu tío tuvo un visitante muy inesperado. El Sr. Darcy vino y estuvo encerrado con él varias horas. Todo había terminado antes de que yo llegara; así que mi curio-*

sidad no fue tan atormentada como parece haber sido la tuya.
Vino a decirle al Sr. Gardiner que había descubierto dónde
estaban tu hermana y el Sr. Wickham, y que había visto y
hablado con ambos: con Wickham repetidamente, y con Lydia
una vez. Por lo que puedo reunir, dejó Derbyshire solo un día
después que nosotros y vino a la ciudad con la resolución de
buscarlos. El motivo que expresó fue su convicción de que era
debido a él que la falta de Wickham no había sido tan bien cono-
cida como para hacer imposible que cualquier joven de carácter
lo amara o confiara en él. Generosamente atribuyó todo a su
orgullo malentendido y confesó que antes había considerado que
era inferior a él abrir sus acciones privadas al mundo. Su
carácter debía hablar por sí mismo. Por lo tanto, lo llamó su
deber presentarse y tratar de remediar un mal que había sido
causado por él mismo. Si tenía otro motivo, estoy segura de que
nunca lo deshonraría. Había estado algunos días en la ciudad
antes de poder localizarlos; pero tenía algo que dirigir su
búsqueda, lo cual era más de lo que teníamos nosotros; y la
conciencia de esto fue otra razón para decidir seguirnos. Hay una
dama, parece, la Sra. Younge, que fue hace algún tiempo gober-
nanta de la Srta. Darcy y fue despedida de su cargo por alguna
causa de desaprobación, aunque no dijo cuál. Luego alquiló una
gran casa en Edward Street y desde entonces se ha mantenido
alquilando habitaciones. Esta Sra. Younge conocía íntimamente
a Wickham; y él fue a ella en busca de información sobre él, tan
pronto como llegó a la ciudad. Pero pasaron dos o tres días antes
de que pudiera obtener de ella lo que quería. Supongo que no
traicionaría su confianza sin soborno y corrupción, porque real-
mente sabía dónde se podía encontrar a su amigo. Wickham, de
hecho, había ido a verla en su primera llegada a Londres; y si
ella hubiera podido recibirlos en su casa, habrían tomado allí su
residencia. Finalmente, sin embargo, nuestro amable amigo
consiguió la dirección buscada. Estaban en —— Street. Vio a
Wickham y luego insistió en ver a Lydia. Su primer objetivo con
ella, reconoció, había sido persuadirla para que abandonara su
actual situación vergonzosa y regresara con sus amigos tan
pronto como pudieran ser convencidos de recibirla, ofreciéndole
su ayuda en la medida de lo posible. Pero encontró a Lydia abso-
lutamente resuelta a quedarse donde estaba. No le importaban

ninguno de sus amigos; no quería su ayuda; no quería oír hablar de dejar a Wickham. Estaba segura de que se casarían en algún momento, y no importaba mucho cuándo. Dado que tales eran sus sentimientos, solo le quedó, pensó, asegurar y acelerar un matrimonio, que, en su primera conversación con Wickham, supo fácilmente que nunca había sido su intención. Confesó que se vio obligado a dejar el regimiento debido a algunas deudas de honor que eran muy urgentes; y no dudó en atribuir todas las malas consecuencias de la fuga de Lydia a su propia necedad. Tenía la intención de renunciar a su comisión de inmediato; y en cuanto a su situación futura, podía conjeturar muy poco al respecto. Tenía que ir a algún lugar, pero no sabía a dónde, y sabía que no tendría nada de qué vivir. El Sr. Darcy preguntó por qué no se casaba con tu hermana de inmediato. Aunque no se creía que el Sr. Bennet fuera muy rico, habría podido hacer algo por él, y su situación se habría beneficiado con el matrimonio. Pero encontró, en respuesta a esta pregunta, que Wickham aún albergaba la esperanza de hacer su fortuna de manera más efectiva a través del matrimonio en algún otro país. Bajo tales circunstancias, sin embargo, no era probable que resistiera la tentación de un alivio inmediato. Se encontraron varias veces, ya que había mucho que discutir. Wickham, por supuesto, quería más de lo que podía conseguir; pero al final se vio reducido a ser razonable. Una vez que todo estuvo resuelto entre ellos, el siguiente paso del Sr. Darcy fue poner a tu tío al tanto, y primero llamó a Gracechurch Street la noche anterior a mi regreso a casa. Pero no se pudo ver al Sr. Gardiner; y el Sr. Darcy encontró, tras una consulta más, que tu padre aún estaba con él, pero que saldría de la ciudad a la mañana siguiente. No consideró a tu padre como una persona a la que pudiera consultar tan adecuadamente como a tu tío, y por lo tanto aplazó ver a este último hasta después de la partida del primero. No dejó su nombre, y hasta el día siguiente solo se supo que un caballero había llamado por negocios. El sábado volvió. Tu padre se había ido, tu tío estaba en casa, y, como dije antes, tuvieron una larga conversación juntos. Se encontraron de nuevo el domingo, y entonces yo también lo vi. No se resolvió todo antes del lunes; tan pronto como lo fue, se envió un mensajero a Longbourn. Pero nuestro visitante fue muy obstinado. Me temo, Lizzy, que la

*obstinación es el verdadero defecto de su carácter, después de
todo. Se le ha acusado de muchos fallos en diferentes ocasiones;
pero este es el verdadero. No se hizo nada que no hiciera él
mismo; aunque estoy segura (y no lo digo para que me lo agradez-
cas, así que no digas nada al respecto) que tu tío habría resuelto
todo con mucho gusto. Batallaron juntos durante mucho tiempo,
lo cual fue más de lo que merecieron tanto el caballero como la
dama involucrados. Pero al final tu tío se vio obligado a ceder, y
en lugar de poder ser útil a su sobrina, se vio forzado a conformarse con solo tener el probable crédito de ello, lo cual le resultó
muy desagradable; y realmente creo que tu carta de esta mañana
le dio un gran placer, porque requería una explicación que le
quitaría sus plumas prestadas y daría el elogio donde era debido.
Pero, Lizzy, esto no debe ir más allá de ti misma, o Jane como
mucho. Sabes bastante bien, supongo, lo que se ha hecho por los
jóvenes. Sus deudas van a ser pagadas, sumando, creo, considerablemente más de mil libras, otras mil en adición a las propias que
se le han asegurado, y su comisión comprada. La razón por la
cual todo esto debía ser hecho solo por él, fue tal como he dado
anteriormente. Fue por él, por su reserva y falta de la debida
consideración, que el carácter de Wickham había sido tan malinterpretado, y, en consecuencia, había sido recibido y notado como
lo fue. Quizás había algo de verdad en esto; aunque dudo que su
reserva, o la reserva de nadie, pueda ser responsable del evento.
Pero a pesar de toda esta charla, mi querida Lizzy, puedes estar
perfectamente segura de que tu tío nunca habría cedido, si no
hubiéramos confiado en que tenía otro interés en el asunto.
Cuando todo esto se resolvió, regresó nuevamente a sus amigos,
que aún estaban en Pemberley; pero se acordó que debería estar
en Londres una vez más cuando se celebrara la boda, y todos los
asuntos de dinero debían recibir entonces su último ajuste. Creo
que ya te he contado todo. Es una relación que me dices que te
dará una gran sorpresa; espero al menos que no te cause ningún
desagrado. Lydia vino a nosotros y Wickham tenía acceso constante a la casa. Él era exactamente lo que había sido cuando lo
conocí en Hertfordshire; pero no te diré cuánto me desagrada su
comportamiento mientras estuvo con nosotros, si no hubiera
percibido, por la carta de Jane el miércoles pasado, que su
conducta al regresar a casa era exactamente la misma, y por lo*

tanto lo que ahora te cuento no puede darte ningún dolor nuevo. Hablé con ella repetidamente de la manera más seria, representándole la maldad de lo que había hecho y toda la infelicidad que había traído a su familia. Si me escuchó, fue por suerte, porque estoy segura de que no prestó atención. A veces me sentía bastante provocada; pero luego recordaba a mi querida Elizabeth y a Jane, y por su sake tuve paciencia con ella. El Sr. Darcy fue puntual en su regreso, y, como Lydia te informó, asistió a la boda. Cenó con nosotros al día siguiente y debía salir de la ciudad nuevamente el miércoles o jueves. ¿Te enojarás mucho conmigo, mi querida Lizzy, si aprovecho esta oportunidad para decir (lo que nunca tuve el valor de decir antes) cuánto me gusta? Su comportamiento hacia nosotros ha sido, en todos los aspectos, tan agradable como cuando estábamos en Derbyshire. Su entendimiento y opiniones me agradan; no le falta más que un poco más de vivacidad, y eso, si se casa prudentemente, su esposa puede enseñarle. Lo encontré muy astuto; casi nunca mencionó tu nombre. Pero la astucia parece estar de moda. Por favor, perdóname si he sido muy presuntuosa, o al menos no me castigues tanto como para excluirme de P. Nunca seré completamente feliz hasta que haya recorrido todo el parque. Un phaeton bajo con un agradable par de ponis sería lo ideal. Pero no debo escribir más. Los niños me han estado llamando durante media hora."

"Suya, muy sinceramente,

"M. Gardiner."

El contenido de esta carta sumió a Elizabeth en un torbellino de emociones, en el cual era difícil determinar si el placer o el dolor dominaban. Las vagas y desconcertantes sospechas que la incertidumbre había producido sobre lo que el Sr. Darcy podría haber estado haciendo para favorecer el emparejamiento de su hermana—el cual había temido alentar, como un acto de bondad demasiado grande como para ser probable, y al mismo tiempo temía que fuera cierto, por el dolor de la obligación—se habían confirmado en su mayor extensión. ¡Él las había seguido intencionadamente a la ciudad, había asumido todo el trabajo y la mortificación que conllevaba tal investigación; en la que había tenido que suplicar a una mujer a quien debía abominar y despreciar, y donde se había visto reducido a encontrarse, a menudo encontrarse, razonar, persuadir y, finalmente, sobornar al hombre a quien siempre deseaba evitar, y cuyo simple nombre le resultaba un castigo pronunciar! Había hecho todo esto por una chica a quien no podía ni considerar ni estimar. Su corazón susurraba que lo había hecho por ella. Pero era una esperanza pronto frenada por otras consideraciones; y pronto sintió que incluso su vanidad era insuficiente, cuando se requería depender de su afecto hacia ella, por una mujer que ya le había rechazado, como capaz de superar un sentimiento tan natural como el desdén hacia la relación con Wickham. ¡Cuñado de Wickham! Todo tipo de orgullo debía rebelarse ante tal conexión. Había, por supuesto, hecho mucho. Se sentía avergonzada de pensar cuánto. Pero había dado una razón para su intervención, que no pedía una extraordinaria extensión de creencia. Era razonable que sintiera que había estado equivocado; tenía generosidad, y tenía los medios para ejercerla; y aunque no se colocaría a sí misma como su principal incentivo, quizás podría creer que un cariño persistente hacia ella podría ayudar en sus esfuerzos en una causa donde su paz mental debía estar materialmente implicada. Era doloroso, sumamente doloroso, saber que estaban bajo la obligación de una persona que nunca podría recibir un retorno. Le debían la restauración de Lydia, su carácter, todo a él. ¡Oh, cuánto se afligía por cada sensación ingrata que había fomentado, cada comentario despectivo que le había dirigido! Por ella misma se sentía humillada; pero se sentía orgullosa de él—orgullosa de que en una causa de compasión y honor había podido superarse a sí mismo. Leyó una y otra vez los elogios de su tía hacia él. Apenas era suficiente; pero le agradaba. Incluso era consciente de cierto placer, aunque mezclado con pesar, al descubrir cuán firmemente tanto ella como su tío habían estado convencidos de que existía afecto y confianza entre el Sr. Darcy y ella.

Fue despertada de su asiento y de sus reflexiones por la aproximación de alguien; y, antes de que pudiera tomar otro camino, fue alcanzada por Wickham.

"Me temo que interrumpo tu paseo solitario, querida hermana," dijo él al unirse a ella.

"Ciertamente lo haces," respondió ella con una sonrisa; "pero no significa que la interrupción deba ser indeseable."

"Me sentiría muy apenado si lo fuera. Siempre hemos sido buenos amigos, y ahora somos mejores."

"Cierto. ¿Los demás están saliendo?"

"No lo sé. La señora Bennet y Lydia están yendo en el carruaje a Meryton. Y así, querida hermana, me entero, por parte de nuestro tío y tía, que realmente has visto Pemberley."

Ella respondió afirmativamente.

"Casi te envidio el placer, y sin embargo creo que sería demasiado para mí, de lo contrario podría aprovechar para ir a Newcastle. Y supongo que viste a la antigua ama de llaves, ¿no? La pobre Reynolds, siempre fue muy cariñosa conmigo. Pero, por supuesto, no te mencionó mi nombre."

"Sí, sí lo hizo."

"¿Y qué dijo?"

"Que te habías ido al ejército, y que temía que no te hubiera ido bien. A tal distancia, ya sabes, las cosas se representan de manera extraña."

"Ciertamente," respondió él, mordiendo sus labios. Elizabeth esperaba haberlo silenciado; pero poco después dijo:

"Me sorprendió ver a Darcy en la ciudad el mes pasado. Nos cruzamos varias veces. Me pregunto qué estará haciendo allí."

"Quizás preparando su matrimonio con la señorita de Bourgh," dijo Elizabeth. "Debe ser algo particular para llevarlo allí en esta época del año."

"Sin duda. ¿Lo viste mientras estabas en Lambton? Pensé entender de los Gardiner que sí lo habías hecho."

"Sí; él nos presentó a su hermana."

"¿Y te gusta?"

"Mucho."

"De hecho, he oído que ha mejorado de manera extraordinaria en este año o dos. La última vez que la vi, no era muy prometedora. Me alegra mucho que te haya gustado. Espero que resulte bien."

"Me atrevería a decir que sí; ha superado la edad más complicada."

"¿Pasaste por el pueblo de Kympton?"

"No recuerdo que lo hiciéramos."

"Lo menciono porque es el puesto que debí haber tenido. ¡Un lugar encantador! ¡Una casa parroquial excelente! Me habría venido bien en todos los aspectos."

"¿Cómo te habría gustado hacer sermones?"

"Excesivamente bien. Lo habría considerado parte de mi deber, y el esfuerzo pronto no habría sido nada. No se debe lamentar; pero, desde luego, ¡habría sido algo increíble para mí! La tranquilidad, el retiro de tal vida, habría respondido a todas mis ideas de felicidad. ¡Pero no debía ser así! ¿Alguna vez escuchaste a Darcy mencionar la circunstancia cuando estabas en Kent?"

"He oído de una fuente que consideré buena, que se te dejó solo de manera condicional y a voluntad del actual patrón."

"¿De verdad? Sí, había algo en eso; te lo dije desde el principio, lo recordarás."

"También escuché que hubo un tiempo en que hacer sermones no te parecía tan agradable como parece ser ahora; que declaraste tu resolución de nunca tomar órdenes, y que el asunto se había comprometido en consecuencia."

"¡Lo hiciste! Y no fue del todo infundado. Recuerdas lo que te dije sobre eso cuando hablamos de ello por primera vez."

Ahora estaban casi en la puerta de la casa, porque ella había caminado rápido para deshacerse de él; y, poco dispuesta, por el bien de su hermana, a provocarlo, solo dijo en respuesta, con una sonrisa de buen humor,—

"Vamos, señor Wickham, somos hermano y hermana, ¿sabe? No dejemos que discutamos sobre el pasado. En el futuro, espero que siempre estemos de acuerdo."

Ella le tendió la mano: él la besó con una galantería afectuosa, aunque apenas sabía cómo mirar, y entraron en la casa.

❧ 53 ❧

El señor WICKHAM estaba tan satisfecho con esta conversación, que nunca más se angustiò ni provocó a su querida hermana Elizabeth al introducir el tema; y ella se sintió complacida al darse cuenta de que había dicho lo suficiente para mantenerlo en silencio.

El día de su partida junto a Lydia llegó pronto; y la señora Bennet se vio obligada a someterse a una separación, que, dado que su marido no participaba en su plan de que todos fueran a Newcastle, probablemente continuaría al menos durante un año.

"Oh, mi querida Lydia," exclamó, "¿cuándo volveremos a vernos?"

"Oh, Dios! No lo sé. Quizás no en estos dos o tres años."

"Escríbeme muy a menudo, querida."

"Tantas veces como pueda. Pero ya sabes que las mujeres casadas nunca tienen mucho tiempo para escribir. Mis hermanas pueden escribirme. No tendrán nada más que hacer."

Las despedidas del señor Wickham fueron mucho más afectuosas que las de su esposa. Sonrió, lució apuesto y dijo muchas cosas bonitas.

"Es un tipo excepcional," dijo el señor Bennet, tan pronto como salieron de la casa, "como nunca he visto. Sonríe, coquetea y nos hace la corte a todos. Estoy prodigiosamente orgulloso de él. Desafío incluso al propio sir William Lucas a presentar un yerno más valioso."

La pérdida de su hija hizo que la señora Bennet estuviera muy apagada durante varios días.

"A menudo pienso," dijo ella, "que no hay nada tan malo como separarse de los amigos. Uno se siente tan desolado sin ellos."

"Esta es la consecuencia, ve, señora, de casarse con una hija," dijo Elizabeth. "Debes sentirte más satisfecha de que tus otros cuatro estén solteros."

"No es así. Lydia no me deja porque esté casada; sino solo porque el regimiento de su marido está tan lejos. Si hubiera estado más cerca, no se habría ido tan pronto."

Pero la condición desanimada en la que este acontecimiento la sumió se vio pronto aliviada, y su mente se abrió de nuevo a la agitación de la esperanza, por un artículo de noticias que comenzaba a circular. La ama de llaves de Netherfield había recibido órdenes de preparar la llegada de su amo, que venía en un día o dos para cazar allí durante varias semanas. La señora Bennet estaba bastante nerviosa. Miraba a Jane, sonreía y movía la cabeza, por turnos.

"Bueno, bueno, y así que el señor Bingley viene, hermana," (pues la señora Philips le trajo primero la noticia). "Bueno, mejor aún. No es que me importe, sin embargo. No es nada para nosotras, ya sabes, y estoy segura de que nunca quiero volver a verlo. Pero, sin embargo, es muy bienvenido a venir a Netherfield, si le apetece. ¿Y quién sabe lo que puede pasar? Pero eso no nos concierne. Sabes, hermana, que acordamos hace mucho no mencionar una palabra al respecto. ¿Y así, es bastante seguro que viene?"

"Puedes depender de ello," respondió la otra, "pues la señora Nichols estuvo en Meryton anoche: la vi pasar y salí yo misma a propósito para saber la verdad; y ella me dijo que era ciertamente cierto. Viene el jueves, a más tardar, muy probablemente el miércoles. Ella iba al carnicero, me dijo, a propósito para encargar algo de carne para el miércoles, y ha conseguido tres parejas de patos listos para ser sacrificados."

La señorita Bennet no había podido escuchar su llegada sin cambiar de color. Habían pasado muchos meses desde que había mencionado su nombre a Elizabeth; pero ahora, tan pronto como estuvieron a solas, dijo:

"Te vi mirarme hoy, Lizzy, cuando mi tía nos habló del rumor actual; y sé que parecí angustiada; pero no imagines que fue por alguna causa tonta. Solo estuve confundida por un momento, porque sentí que debía ser observada. Te aseguro que la noticia no me afecta ni con placer ni con dolor. Me alegra una cosa, que él venga solo; porque así lo veremos menos. No es que tenga miedo de mí misma, pero temo los comentarios de los demás."

Elizabeth no sabía qué pensar al respecto. Si no lo hubiera visto en Derbyshire, podría haber supuesto que venía allí con otro propósito que el que se reconocía; pero aún pensaba que tenía un interés especial por Jane, y dudaba sobre la mayor probabilidad de que viniera allí con el permiso de su amigo, o que fuera lo suficientemente audaz como para venir sin él.

"Sin embargo, es duro," pensaba a veces, "que este pobre hombre no pueda venir a una casa que ha alquilado legalmente, sin generar toda esta especulación. Lo dejaré en paz."

A pesar de lo que su hermana declaró, y que realmente creía que eran sus sentimientos, ante la expectativa de su llegada, Elizabeth podía percibir fácilmente que su ánimo se veía afectado por ello. Estaba más perturbado, más desigual, de lo que ella a menudo lo había visto.

El tema que había sido tan discutido entre sus padres, hace aproximadamente un año, fue mencionado de nuevo.

"Tan pronto como llegue el señor Bingley, querida," dijo la señora Bennet, "tú lo recibirás, por supuesto."

"No, no. Me obligaste a visitarlo el año pasado y prometiste que, si iba a verlo, él debería casarse con una de mis hijas. Pero no resultó en nada, y no me enviarás de nuevo en una misión absurda."

Su esposa le explicó lo absolutamente necesario que sería tal atención por parte de todos los caballeros vecinos, a su regreso a Netherfield.

"Es una etiqueta que desprecio," dijo él. "Si quiere nuestra compañía, que la busque. Sabe dónde vivimos. No voy a pasar mis horas persiguiendo a mis vecinos cada vez que se van y vuelven."

"Bueno, todo lo que sé es que sería abominablemente grosero si no lo visitas. Pero, de todos modos, eso no impedirá que lo invite a cenar aquí, estoy decidida. Debemos invitar a la señora Long y a los Goulding pronto. Eso hará trece con nosotros, así que habrá espacio en la mesa para él."

Consolada por esta resolución, pudo soportar mejor la incivilidad de su esposo; aunque era muy mortificante saber que sus vecinos podrían ver al señor Bingley como consecuencia de esto, antes que ellas. A medida que se acercaba el día de su llegada—

"Empiezo a sentirme mal por su llegada," dijo Jane a su hermana. "No sería nada; podría verlo con total indiferencia; pero apenas puedo soportar oírlo hablar así perpetuamente. Mi madre tiene buenas intenciones; pero no sabe, nadie puede saber, cuánto sufro por lo que dice. ¡Seré feliz cuando su estancia en Netherfield haya terminado!"

"Ojalá pudiera decir algo para consolarte," respondió Elizabeth; "pero está completamente fuera de mi poder. Debes sentirlo; y la satisfacción habitual de predicar paciencia a un sufridor me está negada, porque siempre has tenido tanta."

El señor Bingley llegó. La señora Bennet, con la ayuda de los sirvientes, logró tener las primeras noticias al respecto, para que el período de ansiedad y nerviosismo de su parte fuera lo más largo posible. Contó los días que debían transcurrir antes de que pudiera enviarse la invitación—sin esperanza de verlo antes. Pero en la tercera mañana después de su llegada a Hertfordshire, lo vio desde la ventana de su tocador entrar al prado y montar hacia la casa.

Sus hijas fueron llamadas con entusiasmo para compartir su alegría. Jane se mantuvo resuelta en su lugar en la mesa; pero Elizabeth, para satisfacer a su madre, fue a la ventana—miró—vio al señor Darcy con él, y volvió a sentarse junto a su hermana.

"Hay un caballero con él, mamá," dijo Kitty; "¿quién podrá ser?"

"Algún conocido, supongo, querida; estoy segura de que no lo sé."

"¡Vaya!" respondió Kitty, "se parece justo a ese hombre que solía estar con él antes. Mr. ¿cómo se llama?—ese hombre alto y orgulloso."

"¡Dios mío! ¡Mr. Darcy!—y así es, lo juro. Bueno, cualquier amigo del señor Bingley siempre será bienvenido aquí, por supuesto; pero de lo contrario, debo decir que odio la misma vista de él."

Jane miró a Elizabeth con sorpresa y preocupación. Sabía muy poco sobre su encuentro en Derbyshire y, por lo tanto, sentía la incomodidad que debía acompañar a su hermana al verlo casi por primera vez después de recibir su carta explicativa. Ambas hermanas estaban lo suficientemente incómodas. Cada una sentía por la otra, y, por supuesto, también por sí mismas; y su madre continuaba hablando de su desagrado hacia el Sr. Darcy y su resolución de ser civil con él solo como amigo del Sr. Bingley, sin que ninguna de ellas la escuchara. Pero Elizabeth tenía fuentes de inquietud que aún no podían ser sospechadas por Jane, a quien nunca había tenido el valor de mostrarle la carta de la Sra. Gardiner, ni de relatarle su propio cambio de sentimientos hacia él. Para Jane, él solo podía ser un hombre cuyas propuestas había rechazado y cuyos méritos había subestimado; pero para su propia información más amplia, él era la persona a quien toda la familia debía el primero de los beneficios, y a quien ella se refería con un interés, si no tan tierno, al menos tan razonable y justo, como el que Jane sentía por Bingley. Su asombro por su llegada—por su llegada a Netherfield, a Longbourn, y por buscarla de nuevo de manera voluntaria—era casi igual al que había sentido al presenciar por primera vez su comportamiento cambiado en Derbyshire.

El color que había desaparecido de su rostro volvió por medio minuto con un brillo adicional, y una sonrisa de deleite añadió lustre a sus ojos, mientras pensaba por ese breve momento que su afecto y deseos debían seguir intactos; pero no se sentiría segura.

"Primero déjame ver cómo se comporta," dijo; "entonces será lo suficientemente pronto para tener expectativas."

Ella se sentó concentrada en su trabajo, esforzándose por mantener la compostura, y sin atreverse a levantar la vista, hasta que la curiosidad ansiosa la llevó a mirar el rostro de su hermana cuando el sirviente se acercaba a la puerta. Jane lucía un poco más pálida de lo habitual, pero más serena de lo que Elizabeth había esperado. Al aparecer los caballeros, su color aumentó; sin embargo, los recibió con una facilidad tolerable y con un comportamiento que estaba igualmente libre de cualquier síntoma de resentimiento o de una complacencia innecesaria.

Elizabeth dijo lo menos posible a ambos, conforme a lo que la cortesía permitía, y se sentó de nuevo a su trabajo, con un entusiasmo que no solía tener. Solo se atrevió a echarle un vistazo a Darcy. Él lucía serio como de costumbre; y, pensó, más como solía verse en Hertfordshire, que como lo había visto en Pemberley. Pero, quizás, no podía ser lo que era ante su madre como lo era ante su tío y tía. Era una conjetura dolorosa, pero no improbable.

A Bingley también lo había visto por un instante, y en ese breve período lo observó luciendo tanto complacido como avergonzado. Fue recibido por la señora Bennet con un grado de cortesía que hizo que sus dos hijas se sintieran avergonzadas, especialmente al contrastar con la fría y ceremoniosa amabilidad con que trató a su amigo.

Elizabeth, en particular, quien sabía que su madre debía a este último la salvación de su hija favorita de una infamia irremediable, se sintió herida y angustiada en un grado sumamente doloroso por una distinción tan mal aplicada.

Darcy, después de preguntarle cómo estaban el Sr. y la Sra. Gardiner—una pregunta a la que no podía responder sin confusión—dijo casi nada. No estaba sentado a su lado: tal vez esa fue la razón de su silencio; pero no había sido así en Derbyshire. Allí había hablado con sus amigos cuando no podía hacerlo con ella. Pero ahora pasaron varios minutos sin que él pronunciara una palabra; y cuando, en ocasiones, incapaz de resistir el impulso de la curiosidad, ella levantaba los ojos hacia su rostro, a menudo lo encontraba mirando a Jane tanto como a ella, y frecuentemente sin fijar la vista en nada más que en el suelo. Se expresaba claramente más reflexión y menos ansiedad por agradar que en su último encuentro. Ella se sintió decepcionada y enojada consigo misma por estar así.

"¿Podría esperar que fuera de otra manera?" se dijo. "¿Pero por qué vino?"

No estaba de humor para conversar con nadie más que con él; y apenas tenía valor para hablarle.

Preguntó por su hermana, pero no pudo hacer más.

"Ha pasado mucho tiempo, Sr. Bingley, desde que se fue," dijo la Sra. Bennet.

Él estuvo de acuerdo con ello.

"Empecé a tener miedo de que nunca volvieras. La gente decía que pensabas dejar el lugar por completo en el día de San Miguel; pero, sin embargo, espero que no sea cierto. Han ocurrido muchos cambios en el vecindario desde que te fuiste. La señorita Lucas se ha casado y se ha establecido: y una de mis propias hijas. Supongo que ya te has enterado; de hecho, debes haberlo visto en los periódicos. Estuvo en el 'Times' y en el 'Courier', lo sé; aunque no se publicó como debería. Solo decía: 'Recientemente, el Sr. George Wickham, a la Srta. Lydia Bennet', sin mencionar ni una sílaba sobre su padre, ni el lugar donde vivía, ni nada. También fue mi hermano Gardiner quien lo redactó, y me pregunto cómo pudo hacer un asunto tan torpe. ¿Lo viste?"

Bingley respondió que sí, y le ofreció sus felicitaciones. Elizabeth no se atrevió a levantar la vista. Por lo tanto, no pudo decir cómo lucía el Sr. Darcy.

"Es algo encantador, desde luego, tener una hija bien casada," continuó su madre; "pero al mismo tiempo, Sr. Bingley, es muy duro que me la quiten. Se han ido a Newcastle, un lugar bastante al norte, parece, y allí se quedarán, no sé cuánto tiempo. Su regimiento está allí; supongo que ya te has enterado de que dejó el ——shire y de que se ha ido a los Regulares. ¡Gracias al cielo! tiene algunos amigos, aunque, tal vez, no tantos como merece."

Elizabeth, que sabía que esto iba dirigido al Sr. Darcy, estaba tan miserable de vergüenza que apenas podía mantenerse en su asiento. Sin embargo, le exigió el esfuerzo de hablar, algo que nada más había conseguido de manera tan efectiva antes; y le preguntó a Bingley si tenía intención de quedarse en el país por el momento. Creía que unas pocas semanas.

"Cuando hayas matado todos tus propios pájaros, señor Bingley," dijo su madre, "te ruego que vengas aquí y mates tantos como desees en la propiedad de Mr. Bennet. Estoy segura de que él estará encantado de complacerte y te reservará todos los mejores grupos."

La miseria de Elizabeth aumentó ante tal atención innecesaria y tan entrometida. Si la misma perspectiva favorable surgiera en este momento, como les había halagado hace un año, todo, estaba convencida, se apresuraría hacia la misma conclusión molesta. En ese instante sintió que años de felicidad no podrían compensar a Jane o a ella por momentos de tan dolorosa confusión.

"El primer deseo de mi corazón," se dijo a sí misma, "es no volver a estar nunca más en compañía de ninguno de ellos. Su sociedad no puede ofrecer ningún placer que compense tal desdicha como esta. ¡Que nunca más vea a uno ni al otro!"

Sin embargo, la miseria, por la cual años de felicidad no ofrecerían compensación, recibió poco después un alivio material al observar cuánto la belleza de su hermana reavivaba la admiración de su antiguo amante. Cuando él llegó, le había hablado muy poco, pero cada cinco minutos parecía prestarle más atención. La encontró tan hermosa como había sido el año pasado; tan buena y tan desinteresada, aunque no tan habladora. Jane estaba ansiosa por que no se notara ninguna diferencia en ella, y realmente estaba convencida de que hablaba tanto como siempre; pero su mente estaba tan ocupada que no siempre se daba cuenta de cuándo estaba en silencio.

Cuando los caballeros se levantaron para irse, la señora Bennet recordó su intención de ser cortés, y los invitaron y comprometieron a cenar en Longbourn en unos días.

"Está usted bastante en deuda conmigo, señor Bingley," añadió ella; "porque cuando fue a la ciudad el invierno pasado, prometió cenar con nosotros en familia tan pronto como regresara. No lo he olvidado, ya ve; y le aseguro que me decepcionó mucho que no regresara y cumpliera con su compromiso."

Bingley se mostró un poco tonto ante esta reflexión y dijo algo sobre su preocupación por haber estado impedido por asuntos de trabajo. Luego se marcharon.

La señora Bennet había estado fuertemente inclinada a invitarlos a quedarse y cenar allí ese día; pero, aunque siempre ofrecía una muy buena mesa, no pensó que algo menos de dos platos pudiera ser lo suficientemente bueno para un hombre sobre el que tenía tales ansias, o satisfacer el apetito y el orgullo de alguien que tenía diez mil al año.

❧ 54 ❧

Tan pronto como se fueron, Elizabeth salió a recuperar el ánimo; o, en otras palabras, a reflexionar sin interrupción sobre esos temas que debían deprimirla aún más. El comportamiento del señor Darcy la sorprendía y la irritaba.

"¿Por qué, si vino solo para estar en silencio, grave e indiferente," dijo ella, "vino en absoluto?"

No podía resolverlo de ninguna manera que le diera placer.

"Podía ser aún amable, aún agradable para mi tío y mi tía cuando estaba en la ciudad; ¿y por qué no para mí? Si me teme, ¿por qué viene aquí? Si ya no le importo, ¿por qué está en silencio? ¡Hombre fastidioso, fastidioso! No pensaré más en él."

Su resolución se mantuvo involuntariamente por un corto tiempo con la llegada de su hermana, quien se unió a ella con una expresión alegre que mostraba que estaba más satisfecha con sus visitantes que Elizabeth.

"Ahora," dijo ella, "ahora que esta primera reunión ha terminado, me siento perfectamente tranquila. Conozco mi propia fortaleza y nunca volveré a sentirme incómoda por su llegada. Me alegra que cene aquí el martes. Así se verá públicamente que, de ambas partes, nos encontramos solo como conocidos comunes e indiferentes."

"Sí, muy indiferentes, de hecho," dijo Elizabeth riendo. "¡Oh, Jane! ten cuidado."

"Querida Lizzy, no puedes pensar que soy tan débil como para estar en peligro ahora."

"Creo que estás en un gran peligro de hacer que él se enamore de ti tanto como antes."

No volvieron a ver a los caballeros hasta el martes; y mientras tanto, la Sra. Bennet se entregaba a todos los felices planes que el buen humor y la cortesía común de Bingley, en una visita de media hora, habían reavivado.

El martes se reunió una gran fiesta en Longbourn; y los dos que se esperaban con más ansiedad, para crédito de su puntualidad como deportistas, llegaron a muy buen tiempo. Cuando se dirigieron al comedor, Elizabeth observó con ansias si Bingley tomaría el lugar que, en todas sus reuniones anteriores, le había pertenecido, al lado de su hermana. Su prudente madre, ocupada con las mismas ideas, se abstuvo de invitarlo a sentarse a su lado. Al entrar en la habitación, pareció dudar; pero Jane se volvió casualmente y sonrió: estaba decidido. Él se sentó junto a ella.

Elizabeth, con una sensación de triunfo, miró hacia su amigo. Él lo soportó con noble indiferencia; y ella habría imaginado que Bingley había recibido su aprobación para ser feliz, si no hubiera visto sus ojos también dirigidos hacia el Sr. Darcy, con una expresión de medio alarmante risa.

Su comportamiento hacia su hermana durante la cena mostraba una admiración por ella que, aunque más reservada que antes, persuadía a Elizabeth de que, si se le dejaba completamente a su aire, la felicidad de Jane y la suya propia se asegurarían rápidamente. Aunque no se atrevía a depender de esa consecuencia, aún así disfrutaba al observar su comportamiento. Le daba toda la animación que su ánimo podía presumir; pues no se encontraba en un estado de ánimo alegre. El señor Darcy estaba casi tan lejos de ella como la mesa podía separarlos. Él estaba al lado de su madre. Sabía cuán poco placer podría proporcionarles a ambos una situación así, o hacer que alguno de los dos pareciera estar en ventaja. No estaba lo suficientemente cerca para escuchar ninguno de sus discursos; pero podía ver cuán raramente se hablaban y cuán formal y fría era su manera cada vez que lo hacían. La falta de amabilidad de su madre hacía que la sensación de lo que le debían a él fuera más dolorosa para la mente de Elizabeth; y a veces habría dado lo que fuera por poder decirle que su amabilidad no era ni desconocida ni ignorada por toda la familia.

Tenía la esperanza de que la velada ofreciera alguna oportunidad de reunirlos; que toda la visita no pasara sin permitirles entablar algo más de conversación que la mera salutación ceremonial que acompañaba su entrada. Ansiosa e inquieta, el tiempo que pasó en la sala de estar antes de que llegaran los caballeros fue tedioso y aburrido hasta un grado que casi la hacía incivil. Esperaba su entrada como el punto en el que toda su posibilidad de placer para la noche debía depender.

"Si no viene hacia mí, entonces," dijo, "lo daré por perdido para siempre."

Los caballeros llegaron; y ella pensó que él parecía dispuesto a responder a sus esperanzas; pero, ¡ay!, las damas se habían agolpado alrededor de la mesa, donde la señorita Bennet estaba haciendo el té, y Elizabeth sirviendo el café, en una confederación tan cercana, que no había un solo lugar vacío cerca de ella que pudiera admitir una silla. Y al acercarse los caballeros, una de las chicas se movió más cerca de ella que nunca y dijo, en un susurro:

"¡Los hombres no vendrán a separarnos, estoy decidida! No los queremos; ¿verdad?"

Darcy se había alejado a otra parte de la habitación. Ella lo siguió con la mirada, envidiando a todos a quienes él hablaba, apenas tuvo paciencia para ayudar a alguien con el café, y luego se enfadó consigo misma por ser tan tonta.

"¡Un hombre que ha sido rechazado una vez! ¿Cómo pude ser tan ingenua como para esperar una renovación de su amor? ¿Hay alguno entre ellos que no proteste contra tal debilidad como una segunda propuesta a la misma mujer? No hay indignidad tan aborrecible para sus sentimientos."

Sin embargo, se sintió un poco animada al ver que él traía su taza de café por sí mismo; y aprovechó la oportunidad para decir:

"¿Tu hermana sigue en Pemberley?"

"Sí; se quedará allí hasta Navidad."

"¿Y completamente sola? ¿Se han ido todos sus amigos?"

"Mrs. Annesley está con ella. Los demás se han ido a Scarborough hace tres semanas."

No pudo pensar en nada más que decir; pero si él deseaba conversar con ella, podría tener mejor suerte. Sin embargo, él permaneció a su lado, en silencio, durante algunos minutos; y, al final, cuando la joven volvió a susurrarle a Elizabeth, se alejó.

Cuando se retiraron las cosas del té y se colocaron las mesas de cartas, todas las damas se levantaron; y Elizabeth esperaba ser pronto unida por él, cuando todas sus esperanzas se vieron frustradas al verlo caer víctima de la avaricia de su madre por los jugadores de whist, y en pocos momentos después lo vio sentado con el resto del grupo. Ahora había perdido toda expectativa de placer. Estaban separados durante la noche en diferentes mesas; y solo podía esperar que sus ojos se volvieran hacia su lado de la habitación con tanta frecuencia que lo hicieran jugar tan mal como a ella.

La señora Bennet había planeado retener a los dos caballeros de Netherfield para la cena; pero, desgraciadamente, su carruaje fue pedido antes que el de los demás, y no tuvo oportunidad de retenerlos.

"Bueno, chicas," dijo ella, tan pronto como quedaron solas, "¿qué opinan del día? Creo que todo ha transcurrido extraordinariamente bien, se los aseguro. La cena estuvo tan bien preparada como cualquier otra que haya visto. La carne de ciervo estaba asada a la perfección—y todos dijeron que nunca habían visto una cadera tan gorda. La sopa estaba cincuenta veces mejor que la que tuvimos en casa de los Lucas la semana pasada; e incluso el señor Darcy reconoció que las perdices estaban excepcionalmente bien hechas; y supongo que tiene al menos dos o tres cocineros franceses. Y, querida Jane, nunca te vi más hermosa. La señora Long también lo dijo, porque le pregunté si no era así. ¿Y qué crees que dijo además? '¡Ah! Señora Bennet, ¡al fin la tendremos en Netherfield!' Así fue, de verdad. Creo que la señora Long es una criatura tan buena como la que haya vivido jamás—y sus sobrinas son chicas muy bien educadas, y no son nada guapas: me agradan muchísimo."

La señora Bennet, en resumen, estaba de muy buen humor: había visto suficiente del comportamiento de Bingley hacia Jane para estar convencida de que al final ella lo conseguiría; y sus expectativas de beneficios para su familia, cuando estaba de buen ánimo, eran tan desmesuradas que se sintió bastante decepcionada al no verlo allí de nuevo al día siguiente, para hacerle sus propuestas.

"Ha sido un día muy agradable," le dijo la señorita Bennet a Elizabeth. "El grupo parecía tan bien seleccionado, tan adecuado entre sí. Espero que podamos volver a encontrarnos a menudo."

Elizabeth sonrió.

"Lizzy, no debes hacer eso. No debes sospechar de mí. Me mortifica. Te aseguro que ahora he aprendido a disfrutar de su conversación como un joven agradable y sensato sin desear nada más. Estoy perfectamente satisfecha, por lo que son ahora sus modales, de que nunca tuvo ningún diseño de atraer mi afecto. Solo es que está dotado de una mayor dulzura en su trato y un deseo más fuerte de agradar en general que cualquier otro hombre."

"Eres muy cruel," dijo su hermana, "no me dejas sonreír y me provocas a ello en cada momento."

"¡Qué difícil es, en algunos casos, ser creído! ¡Y qué imposible en otros! Pero, ¿por qué deberías querer persuadirme de que siento más de lo que reconozco?"

"Esa es una pregunta que apenas sé cómo responder. Todos amamos instruir, aunque solo podemos enseñar lo que no vale la pena saber. Perdóname; y si persistes en la indiferencia, no me hagas tu confidente."

❧ 55 ☙

Unos días después de esta visita, el señor Bingley volvió a llamar, y solo. Su amigo lo había dejado esa mañana para ir a Londres, pero iba a regresar a casa en diez días. Se quedó con ellas más de una hora y estaba en un estado de ánimo notablemente bueno. La señora Bennet lo invitó a cenar con ellos; pero, con muchas expresiones de preocupación, confesó que ya tenía un compromiso en otro lugar.

"Espero que la próxima vez que vengas," dijo ella, "tengamos más suerte."

Él estaría particularmente feliz en cualquier momento, etc., etc.; y si ella le daba permiso, tomaría una oportunidad temprana de visitarlas.

"¿Puedes venir mañana?"

Sí, no tenía ningún compromiso para mañana; y aceptó la invitación con entusiasmo.

Vino, y a una hora tan oportuna, que ninguna de las damas estaba vestida. La señora Bennet corrió a la habitación de sus hijas, en su bata de casa y con el cabello medio arreglado, gritando:

"Querida Jane, date prisa y baja. ¡Ha llegado! ¡El señor Bingley ha llegado! De verdad. ¡Apresúrate, apresúrate! ¡Aquí, Sarah, ven a ayudar a la señorita Bennet con su vestido en este momento! No te preocupes por el cabello de la señorita Lizzy."

"Bajaremos tan pronto como podamos," dijo Jane; "pero me atrevo a decir que Kitty está más lista que nosotras, porque subió hace media hora."

"¡Oh! ¡Que le den a Kitty! ¿Qué tiene que ver ella con esto? ¡Vamos, rápido, rápido! ¿Dónde está tu cinta, querida?"

Pero cuando su madre se fue, Jane no se dejó convencer para bajar sin una de sus hermanas.

La misma ansiedad por dejarlos a solas se hizo evidente otra vez por la tarde. Después del té, el Sr. Bennet se retiró a la biblioteca, como era su costumbre, y Mary subió a tocar su instrumento. Al eliminar así dos de los cinco obstáculos, la Sra. Bennet se sentó mirando y guiñando el ojo a Elizabeth y Catherine durante un buen rato, sin lograr impresionar a ninguna de las dos. Elizabeth no la miraba; y cuando por fin Kitty lo hizo, muy inocentemente dijo: "¿Qué te pasa, mamá? ¿Por qué me estás guiñando el ojo? ¿Qué debo hacer?"

"Nada, hija, nada. No te guiñé el ojo." Luego se quedó quieta cinco minutos más; pero incapaz de dejar pasar una ocasión tan valiosa, de repente se levantó y, diciéndole a Kitty,—

"Ven aquí, mi amor, quiero hablar contigo," la sacó de la habitación. Jane instantáneamente le lanzó una mirada a Elizabeth que expresaba su angustia por tal premeditación y su súplica para que no cediera a ello. En unos minutos, la Sra. Bennet entreabrió la puerta y llamó,—

"Lizzy, querida, quiero hablar contigo."

Elizabeth se vio obligada a ir.

"Podemos dejarlos a solas, ya sabes," dijo su madre tan pronto como estuvo en el vestíbulo. "Kitty y yo vamos a subir a sentarnos en mi tocador."

Elizabeth no intentó razonar con su madre, sino que permaneció tranquila en el vestíbulo hasta que ella y Kitty desaparecieron de la vista, luego regresó al salón.

Los planes de la Sra. Bennet para ese día fueron ineficaces. Bingley era todo lo encantador que se podía ser, excepto el pretendiente de su hija. Su desparpajo y alegría lo convertían en una adición muy agradable a su velada; y soportó la inoportuna insistencia de la madre, escuchando todas sus tontas observaciones con una paciencia y control de su expresión que fueron particularmente gratos para la hija.

Casi no necesitó una invitación para quedarse a cenar; y antes de irse se formó un compromiso, principalmente a través de él y los medios de la señora Bennet, para que viniera la mañana siguiente a cazar con su esposo.

Después de ese día, Jane no volvió a mencionar su indiferencia. No intercambiaron palabra alguna entre las hermanas sobre Bingley; pero Elizabeth se fue a la cama con la feliz creencia de que todo debía concluirse pronto, a menos que el señor Darcy regresara dentro del tiempo estipulado. Sin embargo, en serio, se sentía bastante persuadida de que todo esto debía haber tenido lugar con el consentimiento de ese caballero.

Bingley fue puntual a su cita; y él y el señor Bennet pasaron la mañana juntos, como se había acordado. Este último resultó ser mucho más agradable de lo que su compañero esperaba. No había nada de presunción o necedad en Bingley que pudiera provocar su ridículo o disgustarlo hasta el silencio; y era más comunicativo y menos excéntrico de lo que el otro lo había visto nunca. Bingley, por supuesto, regresó con él para la cena; y por la noche la inventiva de la señora Bennet estaba nuevamente en marcha para alejar a todos de él y de su hija. Elizabeth, que tenía una carta que escribir, se fue al comedor para ese propósito poco después del té; ya que como los demás iban a sentarse a jugar a las cartas, no podría ser necesaria para contrarrestar los planes de su madre.

Pero al regresar al salón, cuando terminó su carta, se dio cuenta, para su infinita sorpresa, de que había motivos para temer que su madre había sido demasiado ingeniosa para ella. Al abrir la puerta, percibió a su hermana y a Bingley de pie juntos junto a la chimenea, como si estuvieran inmersos en una conversación seria; y si esto no hubiera generado ninguna sospecha, las expresiones de ambos, al girar rápidamente y alejarse el uno del otro, lo habrían revelado todo. Su situación era lo suficientemente incómoda; pero ella pensaba que la suya era aún peor. Ninguna sílaba fue pronunciada por ninguno de ellos; y Elizabeth estaba a punto de irse de nuevo, cuando Bingley, quien al igual que el otro se había sentado, se levantó de repente y, susurrándole unas palabras a su hermana, salió corriendo de la habitación.

Jane no podía tener reservas con Elizabeth, donde la confianza brindaría placer; y, abrazándola de inmediato, reconoció, con la más viva emoción, que era la criatura más feliz del mundo.

"¡Es demasiado!" añadió, "por mucho, demasiado. No lo merezco. Oh, ¿por qué no es todo el mundo tan feliz?"

Las felicitaciones de Elizabeth fueron expresadas con sinceridad, calidez y deleite, que las palabras apenas podían expresar. Cada frase de bondad era una nueva fuente de felicidad para Jane. Pero no se permitiría quedarse con su hermana, ni decir la mitad de lo que quedaba por decir, por el momento.

"Debo ir inmediatamente a ver a mi madre," exclamó. "No quisiera de ninguna manera jugar con su afectuosa preocupación, ni permitir que lo oyera de otra persona que no fuera yo. Él ya ha ido a ver a mi padre. Oh, Lizzy, ¡saber que lo que tengo que contar dará tanto placer a toda mi querida familia! ¿cómo soportaré tanta felicidad?"

Ella se apresuró a ir con su madre, quien había roto deliberadamente la partida de cartas y estaba sentada en el piso de arriba con Kitty.

Elizabeth, que se quedó sola, sonrió ante la rapidez y facilidad con la que se resolvió un asunto que les había dado tantos meses de suspense y vexaciones.

"Y esto," dijo, "es el final de toda la ansiosa circunspección de su amigo, de todas las falsedades y artimañas de su hermana. ¡El final más feliz, sabio y razonable!"

En pocos minutos se le unió Bingley, cuya conversación con su padre había sido breve y al grano.

"¿Dónde está tu hermana?" dijo apresuradamente, al abrir la puerta.

"Con mi madre en el piso de arriba. Bajará en un momento, estoy segura."

Entonces cerró la puerta y, acercándose a ella, reclamó los buenos deseos y el afecto de una hermana. Elizabeth expresó sincera y de todo corazón su alegría ante la perspectiva de su relación. Se dieron la mano con gran cordialidad; y luego, hasta que su hermana bajara, tuvo que escuchar todo lo que él tenía que decir sobre su propia felicidad y las perfecciones de Jane; y a pesar de ser un amante, Elizabeth realmente creía que todas sus expectativas de felicidad estaban fundamentadas de manera racional, porque se basaban en la excelente comprensión y la disposición superlativa de Jane, y una similitud general de sentimientos y gustos entre ella y él.

Era una noche de deleite poco común para todos ellos; la satisfacción en la mente de la señorita Bennet daba un brillo de dulce animación a su rostro, que la hacía lucir más hermosa que nunca. Kitty sonreía y esperaba que su turno llegara pronto. La señora Bennet no podía dar su consentimiento ni expresar su aprobación con palabras lo suficientemente cálidas para satisfacer sus sentimientos, aunque habló con Bingley de nada más durante media hora; y cuando el señor Bennet se unió a ellos en la cena, su voz y su manera de ser mostraban claramente lo feliz que estaba realmente.

Sin embargo, no pasó palabra de su parte en alusión a ello, hasta que su visitante se despidió por la noche; pero tan pronto como se fue, se volvió hacia su hija y le dijo:

"Jane, te felicito. Vas a ser una mujer muy feliz."

Jane se acercó a él al instante, lo besó y le agradeció por su bondad.

"Eres una buena chica," respondió él, "y tengo un gran placer en pensar que estarás tan felizmente establecida. No tengo ninguna duda de que se llevarán muy bien juntos. Sus temperamentos no son en absoluto desiguales. Ambos son tan complacientes que nunca se resolverá nada; tan fáciles que cada sirviente los engañará; y tan generosos que siempre excederán sus ingresos."

"Espero que no sea así. La imprudencia o la falta de atención en asuntos de dinero serían imperdonables en mí."

"¡Supera sus ingresos! Querido señor Bennet," exclamó su esposa, "¿de qué estás hablando? ¡Por Dios, él tiene cuatro o cinco mil al año, y muy probablemente más!" Luego, dirigiéndose a su hija, "¡Oh, querida Jane, estoy tan feliz! Estoy segura de que no voy a dormir en toda la noche. Sabía cómo sería. Siempre dije que debía ser así, al final. ¡Estaba segura de que no podías ser tan hermosa por nada! Recuerdo que, en cuanto lo vi, cuando llegó por primera vez a Hertfordshire el año pasado, pensé en lo probable que era que ustedes terminaran juntos. ¡Oh, él es el joven más guapo que jamás se haya visto!"

Wickham, Lydia, fueron todos olvidados. Jane era, sin duda, su hija favorita. En ese momento, no le importaba ninguna otra. Sus hermanas menores pronto comenzaron a hacerle peticiones por objetos de felicidad que ella podría, en el futuro, poder dispensarles.

Mary pidió el uso de la biblioteca en Netherfield; y Kitty rogó encarecidamente por unos pocos bailes allí cada invierno.

Bingley, a partir de este momento, era, por supuesto, un visitante diario en Longbourn; viniendo frecuentemente antes del desayuno y permaneciendo siempre hasta después de la cena; a menos que algún vecino bárbaro, al que no podía detestarse lo suficiente, le hubiera hecho una invitación a cenar, la cual consideraba obligado a aceptar.

Elizabeth tenía ahora poco tiempo para conversar con su hermana; porque mientras él estaba presente, Jane no prestaba atención a nadie más: pero se encontraba considerablemente útil para ambos, en esas horas de separación que a veces debían ocurrir. En la ausencia de Jane, él siempre se unía a Elizabeth por el placer de hablar de ella; y cuando Bingley se iba, Jane buscaba constantemente el mismo medio de alivio.

"Él me ha hecho tan feliz," dijo ella, una tarde, "al decirme que estaba totalmente ignorante de que yo estuviera en la ciudad el pasado primavera. ¡No había creído que fuera posible!"

"Lo sospechaba," respondió Elizabeth. "Pero, ¿cómo lo explicó?"

"Debió ser cosa de sus hermanas. Ciertamente no eran amigas de su relación conmigo, lo cual no me sorprende, ya que podría haber elegido de manera mucho más ventajosa en muchos aspectos. Pero cuando vean, como espero que lo hagan, que su hermano es feliz conmigo, aprenderán a estar contentas, y volveremos a llevarnos bien: aunque nunca podremos ser lo que una vez fuimos el uno para el otro."

"Esa es la declaración más rencorosa," dijo Elizabeth, "que jamás te he oído pronunciar. ¡Buena chica! De verdad me molestaría verte de nuevo como la víctima del supuesto afecto de Miss Bingley."

"¿Lo creerías, Lizzy, que cuando él fue a la ciudad el pasado noviembre realmente me amaba, y nada más que la persuasión de que yo era indiferente habría evitado que viniera de nuevo?"

"Hizo un pequeño error, por supuesto; pero eso habla bien de su modestia."

Esto naturalmente introdujo un panegírico de Jane sobre su timidez y el poco valor que le daba a sus propias cualidades.

Elizabeth se sintió complacida al descubrir que él no había traicionado la interferencia de su amigo; porque, aunque Jane tenía el corazón más generoso y perdonador del mundo, sabía que era una circunstancia que debía prejudicarla contra él.

"¡Ciertamente soy la criatura más afortunada que jamás existió!" exclamó Jane. "¡Oh, Lizzy, ¿por qué estoy así apartada de mi familia y bendecida por encima de todas ellas? Si tan solo pudiera verte tan feliz! ¡Si tan solo hubiera otro hombre así para ti!"

"Si me dieras cuarenta hombres como tú, nunca podría ser tan feliz como tú. Hasta que no tenga tu disposición, tu bondad, nunca podré tener tu felicidad. No, no, déjame arreglármelas solo; y, tal vez, si tengo mucha suerte, podré encontrar a otro señor Collins con el tiempo."

La situación de la familia Bennet no podía permanecer en secreto por mucho tiempo. La Sra. Bennet se sintió con el privilegio de susurrárselo a la Sra. Philips, y se atrevió, sin ningún permiso, a hacer lo mismo con todos sus vecinos en Meryton.

Los Bennet fueron rápidamente proclamados como la familia más afortunada del mundo; aunque solo unas semanas antes, cuando Lydia había huido por primera vez, se había demostrado en general que estaban destinados a la desgracia.

❧ 56 ❧

Una mañana, aproximadamente una semana después de que se formalizara el compromiso de Bingley con Jane, mientras él y las mujeres de la familia estaban sentados juntos en el comedor, de repente su atención fue atraída hacia la ventana por el sonido de una carruaje; y vieron un coche de cuatro caballos acercándose por el césped. Era demasiado temprano en la mañana para visitantes; y además, la carroza no correspondía a la de ninguno de sus vecinos. Los caballos eran de posta; y ni el carruaje, ni la librea del sirviente que lo precedía, les eran familiares. Sin embargo, como era seguro que alguien venía, Bingley inmediatamente persuadió a la señorita Bennet para evitar el confinamiento de tal intrusión y caminar con él hacia el arboreto. Ambos se pusieron en marcha; y las conjeturas de los tres restantes continuaron, aunque con poco agrado, hasta que la puerta se abrió y su visitante entró. Era Lady Catherine de Bourgh.

Por supuesto, todos estaban esperando estar sorprendidos; pero su asombro superó sus expectativas; y, en el caso de la señora Bennet y Kitty, aunque ella les era completamente desconocida, fue incluso inferior al que sintió Elizabeth.

Ella entró en la habitación con un aire más que habitualmente poco amable, no hizo otra respuesta a la salutación de Elizabeth que una ligera inclinación de cabeza, y se sentó sin decir una palabra. Elizabeth había mencionado su nombre a su madre al entrar su Ladyship, aunque no se había hecho ninguna solicitud de presentación.

La señora Bennet, llena de asombro, aunque halagada por tener como invitada a una persona de tan alta importancia, la recibió con la mayor cortesía. Después de sentarse un momento en silencio, le dijo, muy rígidamente, a Elizabeth:

"Espero que estés bien, señorita Bennet. Esa dama, supongo, es tu madre."

Elizabeth respondió de manera muy concisa que sí lo era.

"Y esa, supongo, es una de tus hermanas."

"Sí, madame," dijo la señora Bennet, encantada de hablar con una Lady Catherine. "Ella es mi segunda hija menor. Mi hija menor de todas acaba de casarse, y mi hija mayor está por aquí, paseando con un joven que, creo, pronto se convertirá en parte de la familia."

"Tienes un parque muy pequeño aquí," respondió Lady Catherine, después de un breve silencio.

"No se compara con Rosings, mi Lady, lo aseguro; pero, le aseguro que es mucho más grande que el de Sir William Lucas."

"Debe ser una sala de estar muy inconveniente para la noche en verano: las ventanas dan al oeste."

La señora Bennet le aseguró que nunca se sentaban allí después de la cena; y luego añadió:

"¿Puedo tomar la libertad de preguntar a su Ladyship si dejó bien al señor y la señora Collins?"

"Sí, muy bien. Los vi anteayer."

Elizabeth ahora esperaba que produjera una carta para ella de parte de Charlotte, ya que parecía ser el único motivo probable de su visita. Pero no apareció ninguna carta, y ella estaba completamente desconcertada.

La señora Bennet, con gran civilidad, le rogó a su Ladyship que tomara algún refrigerio: pero Lady Catherine, con gran resolución y no muy cortésmente, rechazó comer nada; y luego, levantándose, le dijo a Elizabeth:

"Señorita Bennet, parece haber un pequeño y bonito tipo de selva a un lado de su jardín. Me gustaría dar un paseo por allí, si me honra con su compañía."

"Ve, querida," exclamó su madre, "y muéstrale a su Ladyship los diferentes paseos. Creo que le gustará el ermitaño."

Elizabeth obedeció; y, corriendo a su habitación por su sombrilla, acompañó a su ilustre invitada escaleras abajo. Mientras pasaban por el vestíbulo, Lady Catherine abrió las puertas del comedor y del salón, y después de una breve inspección, las consideró habitaciones de aspecto decente y siguió adelante.

Su carruaje permanecía en la puerta, y Elizabeth vio que su doncella estaba en él. Siguieron en silencio por el camino de grava que conducía al bosque; Elizabeth estaba decidida a no hacer ningún esfuerzo por conversar con una mujer que ahora era más insolente y desagradable de lo habitual.

"¿Cómo pude pensar alguna vez que se parecía a su sobrino?" dijo ella, mientras miraba su rostro.

Tan pronto como entraron en el bosque, Lady Catherine comenzó de la siguiente manera:

"No puedes estar en la oscuridad, Señorita Bennet, sobre la razón de mi viaje aquí. Tu propio corazón, tu propia conciencia, deben decirte por qué he venido."

Elizabeth miró con asombro genuino.

"En efecto, se equivoca, señora; no he podido en absoluto comprender el honor de verla aquí."

"Señorita Bennet," respondió su Ladyship, en un tono enojado, "debería saber que no estoy para ser burlada. Pero, sin importar cuán insincera decida ser, no me encontrará así. Mi carácter siempre ha sido celebrado por su sinceridad y franqueza; y en un asunto tan importante como este, ciertamente no me apartaré de ello. Hace dos días recibí un informe de la naturaleza más alarmante. Me dijeron que no solo su hermana estaba a punto de casarse de manera muy ventajosa, sino que usted—que la señorita Elizabeth Bennet, probablemente, pronto se uniría a mi sobrino— mi propio sobrino, el señor Darcy. Aunque sé que debe ser una escandalosa falsedad, aunque no me gustaría perjudicarlo tanto como para suponer que la verdad de ello es posible, decidí de inmediato ponerme en camino hacia este lugar, para poder hacerle conocer mis sentimientos."

"Si creía que era imposible que fuera cierto," dijo Elizabeth, sonrojándose de asombro y desdén, "me pregunto por qué se tomó la molestia de venir tan lejos. ¿Qué podría proponer su Ladyship con esto?"

"Insistir en que tal informe sea contradicho universalmente."

"Su visita a Longbourn, para verme a mí y a mi familia," dijo Elizabeth con frialdad, "será más bien una confirmación de ello—si, de hecho, tal informe existe."

"¿Si? ¿Pretende entonces ignorarlo? ¿No ha sido difundido por ustedes mismos? ¿No sabe que tal informe se ha propagado?"

"Nunca había oído que existiera."

"¿Y puede también declarar que no hay fundamento para ello?"

"No pretendo poseer la misma franqueza que su Ladyship. Puede hacer preguntas que no elegiré responder."

"Esto no se puede tolerar. Señorita Bennet, insisto en que me dé una respuesta. ¿Le ha hecho mi sobrino una propuesta de matrimonio?"

"Su señoría ha declarado que eso es imposible."

"Debería ser así; debe ser así, mientras mantenga el uso de su razón. Pero sus artes y encantos pueden, en un momento de locura, haberlo hecho olvidar lo que se debe a sí mismo y a toda su familia. Puede que lo haya seducido."

"Si lo he hecho, seré la última persona en confesarlo."

"Señorita Bennet, ¿sabe quién soy? No estoy acostumbrada a un lenguaje como este. Soy casi la pariente más cercana que tiene en el mundo, y tengo derecho a conocer todos sus asuntos más queridos."

"Pero no tiene derecho a conocer los míos; ni tal comportamiento como este jamás me inducirá a ser explícita."

"Déjame ser entendida correctamente. Esta unión, a la que tiene la presunción de aspirar, nunca podrá llevarse a cabo. No, nunca. El señor Darcy está comprometido con mi hija. Ahora, ¿qué tiene que decir?"

"Solo esto: que si él está así, no puede tener razón alguna para suponer que me hará una propuesta."

La señora Catherine dudó por un momento, y luego respondió:—

"El compromiso entre ellos es de un tipo peculiar. Desde su infancia, han estado destinados el uno para el otro. Era el deseo favorito de su madre, así como de la suya. Mientras estaban en sus cunas, planeamos la unión; y ahora, en el momento en que los deseos de ambas hermanas se cumplirían, ¿su matrimonio va a ser impedido por una joven de origen inferior, de ninguna importancia en el mundo y completamente no aliada a la familia? ¿No tiene en cuenta los deseos de sus amigos, su compromiso tácito con la señorita de Bourgh? ¿Está perdida para todo sentido de propiedad y delicadeza? ¿No ha oído decir que desde sus primeros momentos fue destinado a su prima?"

"Sí; y ya lo había escuchado antes. Pero, ¿qué me importa eso? Si no hay otra objeción para que me case con su sobrino, ciertamente no me detendrá saber que su madre y su tía deseaban que se casara con la señorita de Bourgh. Ustedes hicieron todo lo que pudieron para planear el matrimonio. Su realización dependía de otros. Si el Sr. Darcy no está limitado por honor ni por inclinación hacia su prima, ¿por qué no puede hacer otra elección? Y si yo soy esa elección, ¿por qué no puedo aceptarlo?"

"Porque el honor, la decoro, la prudencia—y sí, el interés—lo prohíben. Sí, señorita Bennet, el interés; porque no espere ser reconocida por su familia o amigos, si actúa voluntariamente en contra de las inclinaciones de todos. Será censurada, menospreciada y despreciada por todos los que están relacionados con él. Su alianza será una deshonra; su nombre jamás será mencionado por ninguno de nosotros."

"Son malas desgracias," respondió Elizabeth. "Pero la esposa del Sr. Darcy debe tener tales fuentes extraordinarias de felicidad necesariamente ligadas a su situación, que en general no podría tener motivo para quejarse."

"¡Chica obstinada y terca! ¡Me avergüenzo de ti! ¿Es esta tu gratitud por mis atenciones hacia ti la primavera pasada? ¿No se me debe nada por eso? Sentémonos. Debes entender, señorita Bennet, que vine aquí con la firme resolución de llevar a cabo mi propósito; ni me disuadiré de ello. No estoy acostumbrada a someterme a los caprichos de nadie. No tengo el hábito de tolerar la decepción."

"Eso hará que la situación de su señoría en este momento sea más lamentable; pero no tendrá ningún efecto en mí."

"¡No seré interrumpida! Escúchenme en silencio. Mi hija y mi sobrino están hechos el uno para el otro. Por parte materna, descienden de la misma noble línea; y por parte paterna, de familias respetables, honorables y antiguas, aunque sin título. Su fortuna por ambos lados es espléndida. Están destinados el uno para el otro por la voz de cada miembro de sus respectivas casas; ¿y qué es lo que los va a separar?—¡las pretensiones de una joven sin familia, conexiones o fortuna! ¿Es esto tolerable? ¡Pero no debe serlo, no lo será! Si fueran sensatos respecto a su propio bien, no desearían abandonar el ámbito en el que han sido criados."

"Al casarme con su sobrino, no consideraría que estoy abandonando ese ámbito. Él es un caballero; yo soy hija de un caballero; hasta ahora somos iguales."

"Cierto. Eres hija de un caballero. Pero, ¿qué fue tu madre? ¿Quiénes son tus tíos y tías? No te imagines que ignoro su condición."

"Cualquiera que sean mis conexiones," dijo Elizabeth, "si su sobrino no se opone a ellas, no pueden ser nada para usted."

"Dime, de una vez por todas, ¿estás comprometida con él?"

Aunque Elizabeth no habría respondido a esta pregunta solo para complacer a Lady Catherine, no pudo evitar decir, tras un momento de deliberación,—

"No lo estoy."

Lady Catherine pareció complacida.

"¿Y me prometerás nunca entrar en un compromiso de ese tipo?"

"No haré promesa alguna de ese tipo."

"Señorita Bennet, estoy horrorizada y asombrada. Esperaba encontrar a una joven más razonable. Pero no te engañes pensando que alguna vez retrocederé. No me iré hasta que me hayas dado la garantía que requiero."

"Y ciertamente nunca lo haré. No voy a ser intimidada para aceptar algo tan completamente irrazonable. Su Señoría quiere que el Sr. Darcy se case con su hija; pero, ¿haría mi promesa, tan deseada por usted, que su matrimonio fuera más probable? Suponiendo que él esté ligado a mí,

¿haría mi negativa a aceptar su mano que él deseara dársela a su prima? Permítame decirle, Lady Catherine, que los argumentos con los que ha respaldado esta extraordinaria solicitud han sido tan frívolos como mal juzgada ha sido la solicitud. Ha malinterpretado ampliamente mi carácter si piensa que puedo ser manipulada por tales persuasiones. No puedo decir hasta qué punto su sobrino podría aprobar su intromisión en sus asuntos, pero ciertamente no tiene derecho a inmiscuirse en los míos. Por lo tanto, debo pedirle que no me importune más sobre el tema."

"No sea tan apresurada, por favor. No he terminado en absoluto. A todas las objeciones que ya he planteado, tengo otra más que añadir. No soy ajena a los pormenores de la infame fuga de su hermana menor. Lo sé todo; que el matrimonio de ese joven con ella fue un asunto arreglado, a expensas de su padre y su tío. ¿Y se supone que una chica así será la hermana de mi sobrino? ¿Su esposo, que es hijo del antiguo mayordomo de su padre, será su hermano? ¡Cielo y tierra! ¿En qué está pensando? ¿Se van a contaminar así las sombras de Pemberley?"

"Ahora no tiene nada más que decir," respondió ella con resentimiento. "Me ha insultado de todas las maneras posibles. Debo pedir que me devuelvan a la casa."

Y se levantó mientras hablaba. Lady Catherine también se levantó, y dieron media vuelta. Su Señoría estaba muy enfadada.

"¡No tienes consideración, entonces, por el honor y el crédito de mi sobrino! ¡Ingrata, egoísta! ¿No te das cuenta de que una conexión contigo debe deshonrarlo a los ojos de todos?"

"Lady Catherine, no tengo nada más que decir. Conoces mis sentimientos."

"¿Entonces estás resuelta a tenerlo?"

"No he dicho tal cosa. Solo estoy decidida a actuar de la manera que, en mi propia opinión, constituya mi felicidad, sin referencia a ti, ni a ninguna persona completamente desconectada de mí."

"Está bien. Te niegas, entonces, a complacerme. Te niegas a obedecer los reclamos del deber, el honor y la gratitud. Estás decidida a arruinarlo a los ojos de todos sus amigos y a convertirlo en el objeto de desprecio del mundo."

"Ni el deber, ni el honor, ni la gratitud," respondió Elizabeth, "tienen ningún reclamo posible sobre mí, en este caso. Ningún principio de ninguno de ellos sería violado por mi matrimonio con el Sr. Darcy. Y en cuanto al resentimiento de su familia, o la indignación del mundo, si el primero se excitara por su matrimonio conmigo, no me daría un solo momento de preocupación—y el mundo en general tendría demasiado sentido como para unirse al desprecio."

"¿Y esta es tu verdadera opinión? ¡Esta es tu resolución final! Muy bien. Ahora sabré cómo actuar. No te imagines, señorita Bennet, que tu ambición será alguna vez satisfecha. Vine a ponerte a prueba. Esperaba encontrarte razonable; pero cuenta con que llevaré a cabo mi propósito."

De esta manera, Lady Catherine continuó hablando hasta que llegaron a la puerta de la carruaje, cuando, volviéndose rápidamente, añadió:

"No me despido de ti, señorita Bennet. No envío saludos a tu madre. No mereces tal atención. Estoy muy seriamente descontenta."

Elizabeth no respondió; y sin intentar persuadir a su Ladyship para que regresara a la casa, entró tranquilamente en ella. Escuchó cómo se alejaba la carruaje mientras subía las escaleras. Su madre la recibió con impaciencia en la puerta de su tocador, para preguntar por qué Lady Catherine no quería entrar de nuevo y descansar.

"No lo quiso," dijo su hija; "ella quería irse."

"¡Es una mujer muy hermosa! y su visita aquí fue prodigiosamente cortés; supongo que solo vino para decirnos que los Collins estaban bien. Debe estar de camino a algún lugar; y así, pasando por Meryton, pensó que podría llamarte. Supongo que no tenía nada particular que decirte, Lizzy."

Elizabeth se vio obligada a ceder a una pequeña falsedad aquí; pues reconocer el contenido de su conversación era imposible.

✣ 57 ✣

El desasosiego que esta extraordinaria visita provocó en Elizabeth no pudo superarse fácilmente; ni pudo dejar de pensar en ello, de manera incesante, durante muchas horas. Parecía que Lady Catherine había hecho el esfuerzo de este viaje desde Rosings con el único propósito de romper su supuesta relación con el Sr. Darcy. ¡Era un plan racional, por supuesto! Pero Elizabeth no podía imaginar de dónde podría originarse el rumor sobre su compromiso, hasta que recordó que su amistad íntima con Bingley y su ser hermana de Jane eran suficientes, en un momento en que la expectativa de una boda hacía que todos desearan otra, para alimentar esa idea. Ella misma no había olvidado que el matrimonio de su hermana debía reunirlas con más frecuencia. Y sus vecinos en Lucas Lodge, por lo tanto, (pues a través de su comunicación con los Collins, ella concluyó que el rumor había llegado a Lady Catherine), solo habían dado por casi cierto e inmediato lo que ella había anticipado como posible en algún momento futuro.

Sin embargo, al considerar las expresiones de Lady Catherine, no pudo evitar sentir cierta inquietud respecto a las posibles consecuencias de su persistencia en esta intromisión. Por lo que había dicho sobre su resolución de impedir el matrimonio, a Elizabeth le ocurrió que debía estar meditando una apelación a su sobrino; y cómo podría tomar una representación similar de los males asociados a una conexión con ella, no se atrevió a pronunciarlo. No conocía el grado exacto de su afecto por su tía, ni su dependencia de su juicio, pero era natural suponer que él pensaba mucho más altamente de su Ladyship de lo que ella podría hacerlo; y era seguro que, al enumerar las miserias de un matrimonio con alguien cuyas conexiones inmediatas eran tan desiguales a las suyas, su tía lo abordaría por su lado más débil. Con sus nociones de dignidad, probablemente sentiría que los argumentos, que a Elizabeth le habían parecido débiles y ridículos, contenían mucho sentido común y razonamiento sólido.

Si antes había estado dudando sobre lo que debía hacer, lo cual a menudo parecía probable, el consejo y la súplica de un pariente tan cercano podrían resolver todas sus dudas y determinarlo de inmediato a ser tan feliz como la dignidad intachable pudiera hacerlo. En ese caso, no volvería más. Lady Catherine podría verlo en su camino a través de la ciudad; y su compromiso con Bingley de volver a Netherfield tendría que ceder.

"Si, por lo tanto, una excusa para no cumplir su promesa llegara a su amigo en unos pocos días," añadió, "sabré cómo interpretarlo. Entonces renunciaré a toda expectativa, a todo deseo de su constancia. Si él está satisfecho solo con lamentarme, cuando podría haber obtenido mis afectos y mi mano, pronto dejaré de lamentarlo por completo."

La sorpresa del resto de la familia, al enterarse de quién había sido su visitante, fue muy grande: pero amablemente la satisficieron con el mismo tipo de suposición que había apaciguado la curiosidad de la señora Bennet; y Elizabeth se vio libre de muchas burlas sobre el tema.

A la mañana siguiente, mientras bajaba las escaleras, se encontró con su padre, quien salía de su biblioteca con una carta en la mano.

"Lizzy," le dijo, "iba a buscarte: ven a mi habitación."

Ella lo siguió hasta allí; y su curiosidad por saber qué tenía que contarle se intensificó por la suposición de que de alguna manera estaba relacionada con la carta que sostenía. De repente, le vino a la mente que podría ser de Lady Catherine, y anticipó con desánimo todas las explicaciones que eso conllevaría.

Siguió a su padre hasta la chimenea, y ambos se sentaron. Entonces él dijo:

"He recibido una carta esta mañana que me ha sorprendido enormemente. Como se refiere principalmente a ti, deberías conocer su contenido. No sabía antes que tenía dos hijas a las puertas del matrimonio. Permíteme felicitarte por una conquista muy importante."

El color ahora subió a las mejillas de Elizabeth en la instantánea convicción de que se trataba de una carta del sobrino, en lugar de la tía; y no estaba segura de si debía alegrarse más de que se explicara en absoluto, o sentirse ofendida de que su carta no estuviera dirigida más bien a ella, cuando su padre continuó:

"Pareces consciente. Las jóvenes tienen gran perspicacia en estos asuntos; pero creo que puedo desafiar incluso tu sagacidad para descubrir el nombre de tu admirador. Esta carta es de Mr. Collins."

"¿De Mr. Collins? ¿Y qué puede tener que decir?"

"Algo muy pertinente, por supuesto. Comienza con felicitaciones por las inminentes nupcias de mi hija mayor, de las cuales, al parecer, le han informado algunos de los buenos y charlatanes Lucas. No me atreveré a jugar con su impaciencia leyendo lo que dice al respecto. Lo que se refiere a usted es lo siguiente:—'Habiendo ofrecido así las sinceras felicitaciones de la Sra. Collins y de mí mismo por este feliz evento, permítame ahora añadir una breve sugerencia sobre otro asunto, del cual hemos sido informados por la misma autoridad. Se presume que su hija Elizabeth no llevará mucho tiempo el apellido Bennet, después de que su hermana mayor lo haya dejado; y el elegido para compartir su destino puede considerarse razonablemente como uno de los personajes más ilustres de esta tierra.' ¿Puedes adivinar, Lizzy, a quién se refiere? 'Este joven caballero está bendecido, de una manera peculiar, con todo lo que el corazón mortal puede desear: magníficas propiedades, noble parentela y un amplio patrocinio. Sin embargo, a pesar de todas estas tentaciones, permítanme advertir a mi prima Elizabeth, y a usted, sobre los males que pueden incurrir al aceptar apresuradamente las propuestas de este caballero, que, por supuesto, estarán inclinadas a aprovechar de inmediato.' ¿Tienes alguna idea, Lizzy, de quién es este caballero? Pero ahora se revela. 'Mi motivo para advertirles es el siguiente:—tenemos razones para imaginar que su tía, la señora Catherine de Bourgh, no ve el emparejamiento con buenos ojos.' ¡El Sr. Darcy, ves, es el hombre! Ahora, Lizzy, creo que te he sorprendido. ¿Podría él, o los Lucas, haber elegido a algún hombre, dentro de nuestro círculo de conocidos, cuyo nombre hubiera desmentido más eficazmente lo que relataron? ¡El Sr. Darcy, que nunca mira a ninguna mujer más que para ver un defecto, y que probablemente nunca te ha mirado en su vida! ¡Es admirable!"

Elizabeth intentó unirse a la broma de su padre, pero solo pudo forzar una sonrisa muy reacia. Nunca había dirigido su ingenio de una manera tan poco agradable para ella.

"¿No te diviertes?"

"Oh, sí. Por favor, sigue leyendo."

"'Después de mencionar la probabilidad de este matrimonio a su Señoría anoche, ella inmediatamente, con su habitual condescendencia, expresó lo que sentía al respecto; cuando quedó claro que, por algunas objeciones familiares por parte de mi primo, nunca daría su consentimiento a lo que ella denominó un emparejamiento tan deshonroso. Consideré que era mi deber informar lo más pronto posible a mi primo, para que él y su noble admirador sean conscientes de lo que están haciendo, y no se precipiten en un matrimonio que no ha sido debidamente sancionado.' Además, el Sr. Collins añade: 'Estoy verdaderamente encantado de que el triste asunto de mi prima Lydia se haya mantenido en secreto, y solo me preocupa que su convivencia antes de que se celebrara el matrimonio sea tan conocida. Sin embargo, no debo descuidar los deberes de mi posición, ni dejar de declarar mi asombro al escuchar que recibieron a la joven pareja en su casa tan pronto como se casaron. Fue un fomento del vicio; y si yo hubiera sido el rector de Longbourn, me habría opuesto enérgicamente a ello. Ciertamente deben perdonarlos como cristianos, pero nunca admitirlos a su vista, ni permitir que se mencionen sus nombres en su presencia.' ¡Esa es su noción del perdón cristiano! El resto de su carta trata solo sobre la situación de su querida Charlotte y su expectativa de un joven retoño. Pero, Lizzy, pareces como si no lo disfrutaras. No vas a ponerte en plan de señorita, espero, y pretender estar ofendida por un rumor vano. ¿Para qué vivimos, sino para divertir a nuestros vecinos y reírnos de ellos a su vez?"

"Oh," exclamó Elizabeth, "estoy extremadamente divertida. ¡Pero es tan extraño!"

"Sí, eso es lo que lo hace divertido. Si se hubieran fijado en cualquier otro hombre, no habría sido nada; pero su perfecta indiferencia y tu marcada aversión lo hacen tan deliciosamente absurdo. Por mucho que abomine escribir, no renunciaría a la correspondencia del señor Collins por nada del mundo. De hecho, cuando leo una de sus cartas, no puedo evitar darle preferencia incluso sobre Wickham, a pesar de que valoro la desfachatez y la hipocresía de mi yerno. Y, por favor, Lizzy, ¿qué dijo Lady Catherine sobre este rumor? ¿Vino a rechazar su consentimiento?"

A esta pregunta, su hija respondió solo con una risa; y como se había hecho sin el más mínimo indicio, no se sintió angustiada por su repetición. Elizabeth nunca había estado más desconcertada para hacer que sus sentimientos parecieran lo que no eran. Era necesario reír cuando preferiría haber llorado. Su padre la había mortificado cruelmente con lo que dijo sobre la indiferencia del señor Darcy; y no podía hacer otra cosa que preguntarse sobre tal falta de penetración, o temer que, en lugar de que él viera demasiado poco, ella pudiera haber imaginado demasiado.

❧ 58 ❧

EN LUGAR de recibir alguna carta de disculpa de su amigo, como Elizabeth medio esperaba que hiciera el Sr. Bingley, él pudo traer a Darcy con él a Longbourn antes de que pasaran muchos días tras la visita de Lady Catherine. Los caballeros llegaron temprano; y, antes de que la Sra. Bennet tuviera tiempo de contarle que habían visto a su tía, de lo cual su hija estaba en un temor momentáneo, Bingley, que quería estar a solas con Jane, propuso que todos salieran a caminar. Se acordó. La Sra. Bennet no tenía la costumbre de caminar, Mary nunca podía sacar tiempo, pero los cinco restantes se pusieron en marcha juntos. Sin embargo, Bingley y Jane pronto dejaron que los demás los superaran. Se quedaron atrás, mientras Elizabeth, Kitty y Darcy se entretenían entre ellos. Muy poco se dijo por parte de ninguno; Kitty tenía demasiado miedo de él para hablar; Elizabeth estaba secretamente formando una desesperada resolución; y, quizás, él podría estar haciendo lo mismo.

Caminaron hacia la casa de los Lucas, porque Kitty quería visitar a María; y como Elizabeth no veía ocasión de hacer de esto un asunto general, cuando Kitty los dejó, ella siguió adelante con él a solas. Ahora era el momento de ejecutar su resolución; y mientras su valor estaba en su punto más alto, de inmediato dijo:—

"Sr. Darcy, soy una criatura muy egoísta, y por el bien de aliviar mis propios sentimientos no me importa cuánto pueda estar hiriendo los suyos. Ya no puedo dejar de agradecerle por su excepcional amabilidad hacia mi pobre hermana. Desde que lo supe, he estado muy ansiosa por reconocerle lo agradecida que me siento. Si fuera conocido por el resto de mi familia, no tendría simplemente mi propia gratitud que expresar."

"Lo siento, lo siento mucho," respondió Darcy, con un tono de sorpresa y emoción, "que alguna vez te hayas enterado de lo que, en una interpretación errónea, podría haberte causado inquietud. No pensé que la señora Gardiner fuera tan poco de fiar."

"No debes culpar a mi tía. La imprudencia de Lydia me reveló primero que habías estado involucrado en el asunto; y, por supuesto, no pude descansar hasta conocer los detalles. Permíteme agradecerte una y otra vez, en nombre de toda mi familia, por esa generosa compasión que te llevó a tomar tantas molestias y soportar tantas mortificaciones para descubrirlos."

"Si vas a agradecerme," respondió él, "que sea solo por ti. El deseo de hacerte feliz podría haber añadido fuerza a otros motivos que me impulsaron, no intentaré negarlo. Pero tu familia no me debe nada. Por mucho respeto que les tenga, creo que solo pensé en ti."

Elizabeth se sintió demasiado avergonzada para decir una palabra. Después de una breve pausa, su compañero añadió, "Eres demasiado generosa para jugar conmigo. Si tus sentimientos son aún los mismos que en abril pasado, dímelo de inmediato. Mis afectos y deseos no han cambiado; pero una palabra tuya me silenciará sobre este tema para siempre."

Elizabeth, sintiendo toda la incomodidad y ansiedad más allá de lo común por su situación, se obligó a hablar; y de inmediato, aunque no muy fluidamente, le hizo entender que sus sentimientos habían cambiado de manera tan material desde el período al que él aludía, que ahora recibía con gratitud y placer sus actuales aseguraciones. La felicidad que esta respuesta produjo fue tal que probablemente nunca la había sentido antes; y se expresó en la ocasión de manera tan sensible y cálida como se puede suponer que lo haría un hombre profundamente enamorado. Si Elizabeth hubiera podido encontrar su mirada, podría haber visto cómo la expresión de un deleite sincero que se difundía sobre su rostro le sentaba bien: pero aunque no podía mirar, sí podía escuchar; y él le habló de sentimientos que, al demostrar la importancia que ella tenía para él, hacían su afecto cada vez más valioso.

Caminaban sin saber en qué dirección. Había demasiado en qué pensar, sentir y decir, para prestar atención a otros objetos. Pronto se enteró de que debían su actual buen entendimiento a los esfuerzos de su tía, que lo visitó en su regreso a través de Londres y allí relató su viaje a Longbourn, su motivo y el contenido de su conversación con Elizabeth; enfatizando cada expresión de esta última, que, en la percepción de su Ladyship, indicaba particularmente su terquedad y seguridad, con la creencia de que tal relato debía ayudar en sus esfuerzos para obtener esa promesa de su sobrino que él había rechazado darle. Pero, desafortunadamente para su Ladyship, el efecto había sido exactamente el contrario.

"Me enseñó a tener esperanza," dijo él, "como apenas me había permitido tener esperanza antes. Conocía lo suficiente de tu disposición para estar seguro de que, si hubieras estado absolutamente, irrevocablemente decidida en contra de mí, lo habrías reconocido ante Lady Catherine de manera franca y abierta."

Elizabeth se sonrojó y rió mientras respondía: "Sí, conoces lo suficiente de mi franqueza como para creer que soy capaz de eso. Después de haberte insultado tan abominablemente en tu cara, no tendría reparos en hacerlo ante todos tus familiares."

"¿Qué dijiste de mí que no mereciera? Porque, aunque tus acusaciones eran infundadas, basadas en premisas erróneas, mi comportamiento hacia ti en ese momento merecía la más severa reprimenda. Fue imperdonable. No puedo pensar en ello sin aborrecimiento."

"No discutiremos quién tiene la mayor parte de la culpa de aquella noche," dijo Elizabeth. "La conducta de ninguno, si se examina estrictamente, será irreprochable; pero desde entonces ambos, espero, hemos mejorado en cortesía."

"No puedo reconciliarme tan fácilmente conmigo mismo. La memoria de lo que dije entonces, de mi conducta, mis modales, mis expresiones durante todo ello, es ahora, y ha sido durante muchos meses, inefablemente dolorosa para mí. Tu reprimenda, tan bien aplicada, nunca la olvidaré: 'Si hubieras actuado de una manera más caballerosa.' Esas fueron tus palabras. No sabes, apenas puedes concebir, cómo me han torturado; aunque debo confesar que tardé un tiempo en ser lo suficientemente razonable como para aceptar su justicia."

"Ciertamente estaba muy lejos de esperar que tuvieran una impresión tan fuerte. No tenía la más mínima idea de que se sintieran de tal manera."

"Lo puedo creer fácilmente. Estoy seguro de que pensaste que estaba desprovisto de todo sentimiento adecuado. Nunca olvidaré la expresión de tu rostro cuando dijiste que no podía dirigirme a ti de ninguna manera que te hiciera aceptarme."

"Oh, no repitas lo que dije entonces. Estos recuerdos no sirven en absoluto. Te aseguro que desde hace tiempo estoy profundamente avergonzada por ello."

Darcy mencionó su carta. "¿Te hizo," dijo él, "¿te hizo pensar mejor de mí pronto? ¿Le diste algún crédito a su contenido al leerla?"

Ella explicó cuáles habían sido sus efectos sobre ella y cómo gradualmente se habían disipado todos sus prejuicios anteriores.

"Sabía," dijo él, "que lo que escribí debía causarte dolor, pero era necesario. Espero que hayas destruido la carta. Hay una parte, especialmente su apertura, que temo que tengas el poder de volver a leer. Puedo recordar algunas expresiones que podrían justificar que me odies."

"La carta ciertamente será quemada, si crees que es esencial para la preservación de mi afecto; pero, aunque ambos tenemos razones para pensar que mis opiniones no son del todo inalterables, no son, espero, tan fácilmente cambiables como eso implica."

"Cuando escribí esa carta," respondió Darcy, "me creía perfectamente tranquilo y sereno; pero desde entonces estoy convencido de que fue escrita en una terrible amargura de espíritu."

"La carta, quizás, comenzó en amargura, pero no terminó así. El adiós es pura caridad. Pero no pienses más en la carta. Los sentimientos de la persona que la escribió y de la persona que la recibió son ahora tan diferentes de lo que eran entonces, que cada circunstancia desagradable relacionada debería ser olvidada. Debes aprender algo de mi filosofía. Piensa solo en el pasado como su recuerdo te brinde placer."

"No puedo darte crédito por ninguna filosofía de ese tipo. Tus retrospecciones deben estar tan completamente libres de reproches, que la satisfacción que de ellas surge no es de filosofía, sino, lo que es mucho mejor, de ignorancia. Pero conmigo no es así. Recuerdos dolorosos se interpondrán, los cuales no pueden, ni deben ser rechazados. He sido un ser egoísta toda mi vida, en la práctica, aunque no en principio. De niño me enseñaron lo que estaba bien, pero no me enseñaron a corregir mi temperamento. Me dieron buenos principios, pero me dejaron seguirlos con orgullo y vanidad. Desafortunadamente, siendo hijo único (durante muchos años el único niño), fui mimado por mis padres, que, aunque buenos en sí mismos, (mi padre en particular, todo lo que era benevolente y amable), permitieron, alentaron, casi me enseñaron a ser egoísta y dominante, a no preocuparme por nadie más allá de mi círculo familiar, a pensar mal de todo el resto del mundo, a desear, al menos, pensar mal de su sentido y valía en comparación con el mío. Así fui, desde los ocho hasta los veintiocho; y así podría haber seguido siendo si no fuera por ti, ¡querida, encantadora Elizabeth! ¿Qué no te debo? Me enseñaste una lección, dura de verdad al principio, pero muy ventajosa. Gracias a ti, fui debidamente humillado. Vine a ti sin dudar de mi recepción. Me mostraste cuán insuficientes eran todas mis pretensiones para agradar a una mujer digna de ser agradada."

"¿Entonces te habías convencido de que yo lo haría?"

"De hecho, sí. ¿Qué pensarás de mi vanidad? Creía que deseabas, esperabas mis propuestas."

"Mis modales debieron haber fallado, pero no intencionadamente, te lo aseguro. Nunca quise engañarte, pero mi ánimo podría llevarme a errores. ¡Cómo debiste haberme odiado después de esa noche!"

"¡Te odio! Estaba enojado, quizás, al principio, pero mi enojo pronto comenzó a tomar una dirección adecuada."

"Casi tengo miedo de preguntar qué pensabas de mí cuando nos encontramos en Pemberley. ¿Me culpabas por haber venido?"

"No, de hecho, no sentí más que sorpresa."

"Tu sorpresa no podía ser mayor que la mía al ser notado por ti. Mi conciencia me decía que no merecía una cortesía extraordinaria, y confieso que no esperaba recibir más de lo que era mi debido."

"Mi objetivo entonces," respondió Darcy, "era mostrarte, con cada cortesía a mi alcance, que no era tan mezquino como para resentir el pasado; y esperaba obtener tu perdón, disminuir tu mala opinión, al dejarte ver que tus reproches habían sido atendidos. Cuán pronto se introdujeron otros deseos, apenas puedo decir, pero creo que fue aproximadamente media hora después de haberte visto."

Luego le habló de la alegría de Georgiana por su conocimiento, y de su decepción por su repentina interrupción; lo que, al llevar naturalmente a la causa de esa interrupción, le permitió aprender pronto que su resolución de seguirla desde Derbyshire en busca de su hermana se había formado antes de que él abandonara la posada, y que su gravedad y pensatividad allí no surgieron de otras luchas que las que tal propósito debe comprender.

Ella expresó su gratitud nuevamente, pero era un tema demasiado doloroso para que ambos se detuvieran en él.

Después de caminar varios kilómetros de manera tranquila, y demasiado ocupados para darse cuenta de ello, finalmente encontraron, al revisar sus relojes, que era hora de regresar a casa.

"¿Qué podría haber sido de Mr. Bingley y Jane?" fue una curiosidad que introdujo la discusión sobre sus asuntos. Darcy estaba encantado con su compromiso; su amigo le había dado la noticia más temprano.

"Debo preguntar si te sorprendió," dijo Elizabeth.

"Para nada. Cuando me fui, sentí que pronto sucedería."

"Es decir, habías dado tu permiso. Lo sospechaba." Y aunque él exclamó ante el término, ella se dio cuenta de que había sido bastante cierto.

"En la noche anterior a mi partida a Londres," dijo él, "le hice una confesión, que creo que debí haber hecho hace mucho tiempo. Le conté todo lo que había sucedido para que mi anterior intervención en sus asuntos fuera absurda e impertinente. Su sorpresa fue enorme. Nunca había tenido la más mínima sospecha. Además, le dije que creía estar equivocado al suponer, como había hecho, que tu hermana le era indiferente; y como podía percibir fácilmente que su apego hacia ella no había disminuido, no tenía dudas de su felicidad juntos."

Elizabeth no pudo evitar sonreír ante su manera tan despreocupada de dirigir a su amigo.

"¿Hablaste desde tu propia observación," dijo ella, "cuando le dijiste que mi hermana lo amaba, o simplemente basándote en mi información de la primavera pasada?"

"Desde la primera. La había observado de cerca durante las dos visitas que le hice aquí recientemente; y estaba convencido de su afecto."

"Y tu seguridad al respecto, supongo, le dio una convicción inmediata."

"Lo hizo. Bingley es realmente modesto. Su timidez le había impedido confiar en su propio juicio en un caso tan delicado, pero su confianza en el mío lo facilitó todo. Me vi obligado a confesar una cosa que, durante un tiempo, y no sin razón, le ofendió. No podía permitirme ocultar que tu hermana había estado en la ciudad tres meses el invierno pasado, que lo sabía y que lo había mantenido deliberadamente en secreto. Se enojó. Pero estoy persuadido de que su enojo no duró más de lo que permaneció en duda sobre los sentimientos de tu hermana. Ahora me ha perdonado de todo corazón."

Elizabeth deseaba observar que el Sr. Bingley había sido un amigo encantador; tan fácil de guiar que su valía era invaluable; pero se contuvo. Recordó que él aún tenía que aprender a ser objeto de risas, y era un poco pronto para comenzar. Al anticipar la felicidad de Bingley, que por supuesto solo sería inferior a la suya, continuó la conversación hasta que llegaron a la casa. En el vestíbulo se despidieron.

"Querida Lizzy, ¿a dónde has estado paseando?" fue una pregunta que Elizabeth recibió de Jane tan pronto como entró en la habitación, y de todos los demás cuando se sentaron a la mesa. Solo tuvo que responder que habían estado vagando hasta que se había perdido por completo. Se sonrojó al hablar; pero ni eso, ni nada más, despertó sospechas sobre la verdad.

La noche transcurrió en silencio, sin nada extraordinario que la marcara. Los amantes reconocidos hablaban y reían; los no reconocidos permanecían en silencio. Darcy no era de un temperamento en el que la felicidad rebose en alegría; y Elizabeth, agitada y confundida, sabía más bien que era feliz que sentirlo; pues, además de la incomodidad inmediata, había otros males ante ella. Anticipaba lo que se sentiría en la familia cuando su situación se hiciera conocida: era consciente de que nadie lo quería excepto Jane; e incluso temía que con los demás había un desagrado que no toda su fortuna y posición podrían borrar.

Por la noche, abrió su corazón a Jane. Aunque la sospecha estaba muy lejos de ser un hábito habitual de la señorita Bennet, aquí estaba absolutamente incrédula.

"Estás bromeando, Lizzy. ¡Esto no puede ser! ¿Comprometida con el Sr. Darcy? No, no, no me engañarás: sé que es imposible."

"¡Este es un comienzo horrible, de verdad! Mi única esperanza eras tú; y estoy segura de que nadie más me creerá, si tú no lo haces. Sin embargo, en verdad, hablo en serio. No digo más que la verdad. Él aún me ama, y estamos comprometidos."

Jane la miró con duda. "Oh, Lizzy, ¡no puede ser! Sé cuánto lo desearías."

"No sabes nada del asunto. Eso es todo para olvidar. Quizás no siempre lo amé tanto como lo hago ahora; pero en casos como este, una buena memoria es imperdonable. Esta es la última vez que yo misma lo recordaré."

La señorita Bennet seguía mostrando asombro. Elizabeth, de nuevo y de manera más seria, le aseguró que era verdad.

"¡Santo cielo! ¿Puede ser realmente así? Sin embargo, ahora debo creerte," exclamó Jane. "Querida, querida Lizzy, me gustaría, me alegra felicitarte; pero, ¿estás segura—perdona la pregunta—estás completamente segura de que podrás ser feliz con él?"

"No hay duda de eso. Ya está decidido entre nosotras que seremos la pareja más feliz del mundo. Pero, ¿estás contenta, Jane? ¿Te gustaría tener a un hermano así?"

"Muchísimo. Nada podría darle más alegría a Bingley o a mí. Pero lo consideramos, hablamos de ello como algo imposible. ¿Y realmente lo amas lo suficiente? Oh, Lizzy, haz cualquier cosa antes que casarte sin amor. ¿Estás completamente segura de que sientes lo que deberías sentir?"

"Oh, sí. Solo pensarás que siento más de lo que debería cuando te cuente todo."

"¿Qué quieres decir?"

"Bueno, debo confesar que lo amo más de lo que amo a Bingley. Temo que te enojes."

"Querida hermana, ahora sé seria. Quiero hablar muy en serio. Déjame saber todo lo que debo saber sin demora. ¿Me dirás cuánto tiempo lo has amado?"

"Ha sido un proceso tan gradual que apenas sé cuándo comenzó; pero creo que debo datarlo desde la primera vez que vi sus hermosos terrenos en Pemberley."

Otra súplica para que se tomara en serio, sin embargo, produjo el efecto deseado; y pronto satisfizo a Jane con sus solemnes aseguramientos de afecto. Cuando se convenció de ese aspecto, la señorita Bennet no tenía nada más que desear.

"Ahora estoy completamente feliz," dijo ella, "porque tú serás tan feliz como yo. Siempre lo he valorado. Si fuera solo por su amor hacia ti, siempre lo habría estimado; pero ahora, como amigo de Bingley y tu esposo, solo Bingley y tú pueden ser más queridos para mí. Pero, Lizzy, has sido muy astuta, muy reservada conmigo. ¡Qué poco me contaste de lo que pasó en Pemberley y Lambton! Todo lo que sé de ello se lo debo a otra persona, no a ti."

Elizabeth le contó los motivos de su secreto. No había estado dispuesta a mencionar a Bingley; y el estado incierto de sus propios sentimientos la había llevado a evitar igualmente el nombre de su amigo: pero ahora ya no ocultaría más su participación en el matrimonio de Lydia. Todo fue reconocido, y pasaron media noche en conversación.

"¡Dios mío!" exclamó la señora Bennet, mientras estaba de pie junto a una ventana a la mañana siguiente, "¡si ese desagradable señor Darcy no vuelve aquí otra vez con nuestro querido Bingley! ¿Qué puede significar ser tan molesto como para venir siempre aquí? No tenía la menor idea de que iría a cazar, o algo por el estilo, y no nos molestaría con su compañía. ¿Qué haremos con él? Lizzy, debes salir a caminar con él otra vez, para que no se interponga en el camino de Bingley."

Elizabeth apenas pudo evitar reír ante una propuesta tan conveniente; sin embargo, realmente le molestaba que su madre siempre le diera tal epíteto.

Tan pronto como entraron, Bingley la miró de forma tan expresiva y le dio la mano con tal calidez, que no dejó dudas sobre su buena disposición; y poco después dijo en voz alta: "Señora Bennet, ¿no hay más senderos por aquí cerca en los que Lizzy pueda perderse otra vez hoy?"

"Yo aconsejaría a Mr. Darcy, a Lizzy y a Kitty," dijo la señora Bennet, "que caminen hacia Oakham Mount esta mañana. Es un bonito paseo largo, y Mr. Darcy nunca ha visto la vista."

"Puede estar muy bien para los demás," respondió Mr. Bingley; "pero estoy seguro de que será demasiado para Kitty. ¿Verdad, Kitty?"

Kitty admitió que preferiría quedarse en casa. Darcy manifestó una gran curiosidad por ver la vista desde el montículo, y Elizabeth consintió en silencio. Mientras subía las escaleras para prepararse, la señora Bennet la siguió, diciendo,—

"Lamento mucho, Lizzy, que te veas obligada a tener a ese desagradable hombre solo para ti; pero espero que no te importe. Todo es por el bien de Jane, ya sabes; y no hay motivo para hablar con él excepto de vez en cuando; así que no te pongas en un aprieto."

Durante su paseo, se resolvió que se solicitaría el consentimiento del señor Bennet en el transcurso de la noche: Elizabeth se reservó para sí la solicitud a su madre. No podía determinar cómo lo tomaría su madre; a veces dudaba si toda su riqueza y grandeza serían suficientes para superar su aversión hacia el hombre; pero, ya fuera que estuviera violentamente en contra del matrimonio o violentamente encantada con él, era seguro que su manera de actuar sería igualmente inapropiada para hacer justicia a su sentido; y no podía soportar que el señor Darcy escuchara los primeros arrebatos de su alegría, al igual que la primera vehemencia de su desaprobación.

Por la noche, poco después de que el señor Bennet se retirara a la biblioteca, vio al señor Darcy levantarse también y seguirlo, y su agitación al verlo fue extrema. No temía la oposición de su padre, pero iba a hacerlo infeliz, y que eso fuera a ser por su causa; que ella, su hija favorita, lo estuviera angustiando con su elección, llenándolo de temores y arrepentimientos al disponer de ella, era una reflexión miserable, y se sentó en la desdicha hasta que el señor Darcy apareció de nuevo, momento en el que, al mirarlo, se sintió un poco aliviada por su sonrisa. En unos minutos se acercó a la mesa donde ella estaba sentada con Kitty; y, mientras fingía admirar su trabajo, dijo en un susurro: "Ve a tu padre; te quiere en la biblioteca." Ella se fue de inmediato.

Su padre caminaba por la habitación, luciendo grave y ansioso. "Lizzy," le dijo, "¿qué estás haciendo? ¿Estás fuera de tus sentidos al aceptar a este hombre? ¿No lo has odiado siempre?"

¡Cuánto desearía en ese momento que sus opiniones anteriores hubieran sido más razonables, sus expresiones más moderadas! Le habría ahorrado explicaciones y profesiones que resultaban extremadamente incómodas de dar; pero ahora eran necesarias, y le aseguró, con algo de confusión, su afecto por el Sr. Darcy.

"O, en otras palabras, estás decidida a tenerlo. Es rico, por supuesto, y podrás tener más ropa fina y carruajes elegantes que Jane. Pero, ¿te harán feliz?"

"¿Tienes alguna otra objeción," dijo Elizabeth, "además de tu creencia en mi indiferencia?"

"En absoluto. Todos sabemos que es un hombre orgulloso y desagradable; pero esto no significaría nada si realmente te gustara."

"Me gusta, me gusta él," respondió ella, con lágrimas en los ojos; "lo amo. De hecho, no tiene un orgullo inapropiado. Es perfectamente amable. No sabes lo que realmente es; así que, por favor, no me hagas daño hablando de él en esos términos."

"Lizzy," dijo su padre, "le he dado mi consentimiento. Es el tipo de hombre, de hecho, a quien nunca me atrevería a negarle nada, que él se atreviera a pedir. Ahora te lo doy a ti, si estás decidida a tenerlo. Pero permíteme aconsejarte que lo pienses mejor. Conozco tu carácter, Lizzy. Sé que no podrías ser ni feliz ni respetable, a menos que realmente estimaras a tu esposo, a menos que lo miraras como a un superior. Tus vivos talentos te colocarían en el mayor peligro en un matrimonio desigual. Apenas podrías escapar del descrédito y la miseria. Mi hija, no quiero tener el dolor de verte incapaz de respetar a tu pareja en la vida. No sabes lo que estás haciendo."

Elizabeth, aún más afectada, fue seria y solemne en su respuesta; y, al final, mediante repetidas garantías de que el Sr. Darcy era realmente el objeto de su elección, explicando el cambio gradual que había sufrido su apreciación hacia él, relatando su absoluta certeza de que su afecto no era obra de un día, sino que había resistido la prueba de muchos meses de incertidumbre, y enumerando con energía todas sus cualidades, logró convencer la incredulidad de su padre y reconciliarlo con el enlace.

"Bueno, querida," dijo él, cuando ella dejó de hablar, "no tengo más que decir. Si este es el caso, él te merece. No podría haberte entregado, mi Lizzy, a alguien menos digno."

Para completar la impresión favorable, ella le contó lo que el Sr. Darcy había hecho voluntariamente por Lydia. Él la escuchó con asombro.

"¡Esta es, sin duda, una noche de maravillas! Así que Darcy hizo de todo; arregló el encuentro, dio el dinero, pagó las deudas del tipo y consiguió su comisión. Mejor aún. Me ahorrará un mundo de problemas y gastos. Si hubiera sido cosa de tu tío, debía y hubiera pagado; pero estos jóvenes amantes violentos lo llevan todo a su manera. Mañana le ofreceré pagarle, él se quejará y protestará acerca de su amor por ti, y con eso se acabará el asunto."

Luego recordó su incomodidad unos días antes al leer la carta del Sr. Collins; y después de reírse de ella durante un tiempo, finalmente le permitió irse, diciendo, mientras ella salía de la habitación: "Si vienen jóvenes por Mary o Kitty, mándalos entrar, porque estoy completamente desocupado."

La mente de Elizabeth ahora estaba aliviada de un peso muy pesado; y, tras media hora de tranquila reflexión en su propia habitación, pudo unirse a los demás con una tolerable compostura. Todo era demasiado reciente para la alegría, pero la noche transcurrió tranquilamente; ya no había nada material que temer, y el confort de la facilidad y la familiaridad llegará con el tiempo.

Cuando su madre subió a su tocador por la noche, ella la siguió y le hizo la importante comunicación. Su efecto fue extraordinario; pues, al oírla por primera vez, la Sra. Bennet se quedó completamente quieta, incapaz de pronunciar una sílaba. Ni pasaron muchos, muchos minutos antes de que pudiera comprender lo que escuchaba, aunque no era generalmente reacia a creer lo que era beneficioso para su familia, o que llegaba en forma de amante para cualquiera de ellas. Finalmente comenzó a recuperarse, a inquietarse en su silla, levantarse, sentarse de nuevo, asombrarse y bendecirse a sí misma.

"¡Dios mío! ¡Que el Señor me bendiga! ¡Solo piénsalo! ¡Querida mía! ¡Mr. Darcy! ¿Quién lo hubiera pensado? ¿Y es realmente cierto? ¡Oh, mi dulce Lizzy! ¡Qué rica y qué grande vas a ser! ¡Qué dinero de bolsillo, qué joyas, qué carruajes tendrás! Lo de Jane no es nada comparado—nada en absoluto. Estoy tan complacida—tan feliz. ¡Qué hombre tan encantador! ¡tan guapo! ¡tan alto! Oh, mi querida Lizzy, por favor, discúlpame por haberlo despreciado tanto antes. Espero que él lo pase por alto. Querida, querida Lizzy. ¡Una casa en la ciudad! ¡Todo lo que es encantador! ¡Tres hijas casadas! ¡Diez mil al año! ¡Oh, Señor! ¿Qué será de mí? Me volveré loca."

Esto fue suficiente para probar que su aprobación no debía ser dudada; y Elizabeth, regocijándose de que tal efusión solo la escuchara ella, pronto se marchó. Pero antes de haber estado tres minutos en su habitación, su madre la siguió.

"¡Mi querida hija!" exclamó, "no puedo pensar en otra cosa. ¡Diez mil al año, y muy probablemente más! ¡Es como tener un lord! Y una licencia especial—debes y tienes que casarte con una licencia especial. Pero, mi amor, dime qué plato le gusta particularmente a Mr. Darcy, para que pueda tenerlo mañana."

Esto era un mal augurio de cómo podría comportarse su madre con el caballero; y Elizabeth se dio cuenta de que, aunque tenía la certeza de su afecto más ardiente y la seguridad del consentimiento de sus familiares, aún había algo que desear. Pero el día siguiente transcurrió mucho mejor de lo que esperaba; porque la Sra. Bennet, afortunadamente, sentía tal respeto por su futuro yerno, que no se atrevió a hablarle, a menos que estuviera en su poder ofrecerle alguna atención o mostrar su deferencia por su opinión.

Elizabeth tuvo la satisfacción de ver a su padre esforzándose por conocerlo; y el Sr. Bennet pronto le aseguró que él iba en aumento en su estima cada hora.

"Admiro mucho a mis tres yernos", dijo él. "Wickham, quizás, es mi favorito; pero creo que me gustará tu esposo tanto como el de Jane."

❧ 60 ❧

Los ánimos de Elizabeth pronto se elevaron a un tono juguetón nuevamente, y quiso que el Sr. Darcy explicara cómo había llegado a enamorarse de ella. "¿Cómo pudiste empezar?" le preguntó. "Puedo comprender que siguieras encantadoramente, una vez que habías comenzado; pero ¿qué te llevó a dar el primer paso?"

"No puedo fijar la hora, el lugar, la mirada o las palabras que sentaron las bases. Fue hace demasiado tiempo. Estaba en medio de todo antes de darme cuenta de que había comenzado."

"Tu belleza la resistí desde el principio, y en cuanto a mis modales—mi comportamiento hacia ti siempre estuvo al borde de lo incivil, y nunca te hablé sin desear más bien hacerte daño que no hacerlo. Ahora, sé sincero; ¿me admirabas por mi impertinencia?"

"Por la viveza de tu mente, sí."

"Podrías llamarlo impertinencia de una vez. Era muy poco menos. La verdad es que estabas cansado de la civilidad, de la deferencia, de la atención interesada. Te disgustaban las mujeres que siempre hablaban, miraban y pensaban solo para tu aprobación. Te desperté y te interesé porque era tan diferente a ellas. Si no hubieras sido realmente amable, me habrías odiado por ello; pero a pesar de los esfuerzos que hiciste por disimularte, tus sentimientos siempre fueron nobles y justos; y en tu corazón despreciabas completamente a las personas que te cortejaban tan asiduamente. Ahí—te he ahorrado el trabajo de explicarlo; y realmente, a decir verdad, empiezo a pensar que es perfectamente razonable. Por supuesto, no conoces ningún bien real de mí—pero nadie piensa en eso cuando se enamora."

"¿No había nada bueno en tu comportamiento afectuoso hacia Jane, mientras estaba enferma en Netherfield?"

"¡Querida Jane! ¿quién podría haber hecho menos por ella? Pero haz de ello una virtud, por supuesto. Mis buenas cualidades están bajo tu protección, y debes exagerarlas tanto como sea posible; y, a cambio, me corresponde encontrar ocasiones para molestarte y pelear contigo tan a menudo como pueda; y comenzaré de inmediato, preguntándote qué te hizo tan reacia a llegar al grano al final. ¿Qué te hizo tan tímida conmigo cuando viniste por primera vez, y luego cenaste aquí? ¿Por qué, especialmente, cuando viniste, parecías no preocuparte por mí?"

"Porque eras grave y silencioso, y no me diste ningún aliento."

"Pero estaba incómodo."

"Y yo también."

"Podrías haberme hablado más cuando viniste a cenar."

"Un hombre que hubiera sentido menos podría haberlo hecho."

"Qué desafortunado que tú tengas una respuesta razonable que dar, y que yo sea tan razonable como para admitirla. Pero me pregunto cuánto tiempo habrías continuado, si te hubieras quedado solo. Me pregunto cuándo habrías hablado si no te lo hubiera preguntado. Mi resolución de agradecerte por tu amabilidad hacia Lydia ciertamente tuvo un gran efecto. Demasiado, me temo; porque ¿qué pasa con la moral, si nuestro consuelo surge de una ruptura de promesa, ya que no debería haber mencionado el tema? Esto no puede ser."

"No necesitas angustiarte. La moral será perfectamente justa. Los esfuerzos injustificables de Lady Catherine por separarnos fueron el medio de eliminar todas mis dudas. No debo mi felicidad actual a tu ansiosa voluntad de expresar tu gratitud. No estaba en un estado de ánimo para esperar que tú abrieras la conversación. La información de mi tía me había dado esperanza, y estaba decidido a saberlo todo de inmediato."

"Lady Catherine ha sido de una utilidad infinita, lo cual debería hacerla feliz, ya que le gusta ser útil. Pero dime, ¿por qué bajaste a Netherfield? ¿Fue meramente para montar a caballo hacia Longbourn y sentirte incómodo? ¿O tenías la intención de algo más serio?"

"Mi verdadero propósito era verte y juzgar, si podía, si alguna vez podría esperar hacerte amarme. Lo que declaré, o lo que me declaré a mí mismo, fue ver si tu hermana seguía siendo parcial a Bingley, y si lo era, hacer la confesión que desde entonces le he hecho."

"¿Tendrás alguna vez el valor de anunciar a Lady Catherine lo que le sucederá?"

"Es más probable que necesite tiempo que valor, Elizabeth. Pero debe hacerse; y si me das una hoja de papel, se hará de inmediato."

"Y si no tuviera una carta que escribir, podría sentarme a tu lado y admirar la uniformidad de tu escritura, como lo hizo una joven dama en otra ocasión. Pero también tengo una tía que no debe ser descuidada por más tiempo."

Por su renuencia a confesar cuánto se había exagerado su intimidad con el Sr. Darcy, Elizabeth aún no había respondido a la extensa carta de la Sra. Gardiner; pero ahora, teniendo algo que comunicar que sabía que sería muy bien recibido, casi se sintió avergonzada al darse cuenta de que su tío y su tía ya habían perdido tres días de felicidad, y escribió de inmediato lo siguiente:—

"Te habría agradecido antes, querida tía, como debía haberlo hecho, por tu largo, amable y satisfactorio detalle de los pormenores; pero, a decir verdad, estaba demasiado molesta para escribir. Supusiste más de lo que realmente existía. Pero ahora supón tanto como desees; deja volar tu fantasía, indúlgete en cada posible vuelo que el tema te ofrezca, y a menos que creas que realmente estoy casada, no puedes equivocarte mucho. Debes escribir de nuevo muy pronto y alabarlo mucho más de lo que hiciste en tu última carta. Te agradezco una y otra vez por no ir a los Lagos. ¿Cómo pude ser tan tonta como para desearlo? Tu idea de los ponis es encantadora. Vamos a dar la vuelta al parque todos los días. Soy la criatura más feliz del mundo. Quizás otras personas lo hayan dicho antes, pero nadie con tanta razón. Soy más feliz incluso que Jane; ella solo sonríe, yo río. El Sr. Darcy te envía todo el amor que se puede spare de mí. Todos deben venir a Pemberley en Navidad. Tuya," etc.

La carta del Sr. Darcy a Lady Catherine tenía un estilo diferente, y aún más diferente era lo que el Sr. Bennet envió al Sr. Collins, en respuesta a su última carta.

"Estimado Señor,

"Debo molestarte una vez más para que me felicites. Elizabeth pronto será la esposa del Sr. Darcy. Consola a Lady Catherine lo mejor que puedas. Pero, si yo fuera tú, apoyaría al sobrino. Él tiene más que ofrecer.

"Atentamente," etc.

Las felicitaciones de Miss Bingley a su hermano por su próximo matrimonio fueron todo lo afectuoso e insincero que se puede esperar. Incluso escribió a Jane en la ocasión, para expresar su alegría y repetir todas sus anteriores profesiones de afecto. Jane no se dejó engañar, pero se sintió afectada; y aunque no confiaba en ella, no pudo evitar escribirle una respuesta mucho más amable de lo que sabía que merecía.

La alegría que Miss Darcy expresó al recibir información similar era tan sincera como la de su hermano al enviarla. Cuatro hojas de papel fueron insuficientes para contener toda su felicidad y su sincero deseo de ser amada por su hermana.

Antes de que llegara alguna respuesta del Sr. Collins, o alguna felicitación a Elizabeth por parte de su esposa, la familia Longbourn se enteró de que los Collins habían llegado ellos mismos a Lucas Lodge. La razón de esta repentina mudanza pronto se hizo evidente. Lady Catherine se había enojado tanto por el contenido de la carta de su sobrino, que Charlotte, realmente contenta con el compromiso, estaba ansiosa por alejarse hasta que pasara la tormenta. En un momento así, la llegada de su amiga fue un sincero placer para Elizabeth, aunque en el transcurso de sus encuentros, a veces debía pensar que el placer tenía un alto precio, cuando veía a Mr. Darcy expuesto a toda la ostentación y la servil civilidad de su esposo. Sin embargo, él lo soportó con admirable calma. Incluso pudo escuchar al Sir William Lucas cuando lo felicitó por llevarse la joya más brillante del país y expresó sus esperanzas de que todos se reunieran con frecuencia en St. James's, con una compostura bastante digna. Si se encogió de hombros, no fue hasta que Sir William estuvo fuera de su vista.

La vulgaridad de la señora Philips era otra, y quizás un mayor impuesto a su paciencia; y aunque la señora Philips, al igual que su hermana, le tenía demasiado respeto como para hablar con la familiaridad que el buen humor de Bingley fomentaba, cada vez que hablaba, debía ser vulgar. Su respeto por él, aunque la hacía más callada, no era en absoluto probable que la hiciera más elegante. Elizabeth hacía todo lo posible para protegerlo de la atención frecuente de cualquiera de las dos, y siempre estaba ansiosa por mantenerlo a su lado y con aquellos de su familia con quienes pudiera conversar sin mortificación; y aunque los sentimientos incómodos que surgían de todo esto le restaban mucho placer a la temporada de cortejo, aumentaban la esperanza del futuro; y ella esperaba con deleite el momento en que pudieran alejarse de una sociedad tan poco placentera para ambos, hacia todo el confort y la elegancia de su reunión familiar en Pemberley.

61

FELIZ por todos sus sentimientos maternales fue el día en que la señora Bennet se deshizo de sus dos hijas más merecedoras. Con qué orgullosa alegría después visitó a la señora Bingley y habló de la señora Darcy, se puede imaginar. Desearía poder decir, por el bien de su familia, que el cumplimiento de su sincero deseo en el establecimiento de tantos de sus hijos produjo un efecto tan feliz que la convirtió en una mujer sensata, amable y bien informada por el resto de su vida; aunque, quizás, fue afortunado para su esposo, quien podría no haber apreciado la felicidad doméstica en una forma tan inusual, que ella aún fuera ocasionalmente nerviosa e invariablemente tonta.

El Sr. Bennet echaba mucho de menos a su segunda hija; su afecto por ella lo llevaba a salir de casa con más frecuencia que cualquier otra cosa. Disfrutaba ir a Pemberley, especialmente cuando menos se le esperaba.

El Sr. Bingley y Jane permanecieron en Netherfield solo un año. Una proximidad tan cercana a su madre y a sus parientes de Meryton no era deseable, ni siquiera para su temperamento fácil, o su corazón afectuoso. El querido deseo de sus hermanas se cumplió entonces: compró una propiedad en un condado vecino al de Derbyshire; y Jane y Elizabeth, además de todas las demás fuentes de felicidad, estaban a menos de treinta millas la una de la otra.

Kitty, para su notable beneficio, pasaba la mayor parte de su tiempo con sus dos hermanas mayores. En una sociedad tan superior a la que había conocido generalmente, su mejora fue considerable. No tenía un temperamento tan incontrolable como el de Lydia; y, alejada de la influencia del ejemplo de Lydia, se volvió, con la atención y el manejo adecuados, menos irritable, menos ignorante y menos insípida. Por supuesto, se la mantenía cuidadosamente alejada de la desventaja que suponía la compañía de Lydia; y aunque la Sra. Wickham la invitaba con frecuencia a que fuera a quedarse con ella, prometiéndole bailes y jóvenes, su padre nunca consentiría en que fuera.

Mary era la única hija que permanecía en casa; y se veía forzada a dejar de lado la búsqueda de logros, ya que la Sra. Bennet no podía sentarse sola. Mary se vio obligada a relacionarse más con el mundo, pero aún podía moralizar sobre cada visita matutina; y como ya no se sentía mortificada por las comparaciones entre la belleza de sus hermanas y la suya, su padre sospechaba que aceptaba el cambio sin mucha resistencia.

En cuanto a Wickham y Lydia, sus personajes no sufrieron ninguna revolución tras el matrimonio de sus hermanas. Él soportó con filosofía la convicción de que Elizabeth debía enterarse ahora de toda su ingratitud y falsedad que antes le habían sido desconocidas; y, a pesar de todo, no estaba del todo desprovisto de esperanza de que Darcy pudiera ser convencido de hacerle fortuna. La carta de felicitación que Elizabeth recibió de Lydia por su matrimonio le explicó que, al menos por parte de su esposa, si no por la de él mismo, se albergaba tal esperanza. La carta decía lo siguiente:—

"Querida Lizzy,

"Te deseo mucha felicidad. Si amas a Mr. Darcy tanto como yo a mi querido Wickham, debes ser muy feliz. Es un gran consuelo tenerte tan rica; y cuando no tengas nada más que hacer, espero que pienses en nosotros. Estoy segura de que a Wickham le gustaría mucho un puesto en la corte; y no creo que tengamos suficiente dinero para vivir sin algo de ayuda. Cualquier puesto que dé alrededor de tres o cuatrocientos al año serviría; pero, sin embargo, no hables con Mr. Darcy sobre ello, si prefieres no hacerlo.

"Tuyo," etc.

Como Elizabeth prefería que no fuera así, se esforzó en su respuesta por poner fin a toda súplica y expectativa de ese tipo. Sin embargo, el alivio que estaba en su poder ofrecer, mediante lo que podría llamarse economía en sus propios gastos, lo enviaba con frecuencia. Siempre le había parecido evidente que unos ingresos como los de ellos, bajo la dirección de dos personas tan extravagantes en sus necesidades y desconsideradas con el futuro, debían ser muy insuficientes para su sustento; y cada vez que cambiaban de lugar, ya sea Jane o ella misma estaban seguras de ser solicitadas para alguna pequeña ayuda en el pago de sus cuentas. Su modo de vivir, incluso cuando la restauración de la paz les permitió regresar a un hogar, era extremadamente inestable. Siempre se trasladaban de un lugar a otro en busca de una situación económica, y siempre gastaban más de lo que debían. Su afecto por ella pronto se desvaneció en indiferencia; el de ella duró un poco más; y, a pesar de su juventud y sus modales, retuvo todos los derechos a la reputación que su matrimonio le había otorgado. Aunque Darcy nunca pudo recibirlo en Pemberley, sin embargo, por el bien de Elizabeth, lo ayudó más en su profesión. Lydia era ocasionalmente visitante allí, cuando su marido se iba a disfrutar de Londres o Bath; y con los Bingley ambas solían quedarse tanto tiempo que incluso el buen humor de Bingley se vio afectado, y llegó a considerar la posibilidad de darles una indirecta para que se marcharan.

La señorita Bingley estaba profundamente mortificada por el matrimonio de Darcy; pero como pensó que era aconsejable mantener el derecho de visitar Pemberley, dejó de lado todo su resentimiento; estaba más encariñada que nunca con Georgiana, casi tan atenta con Darcy como antes, y saldó todas las deudas de cortesía con Elizabeth.

Pemberley era ahora el hogar de Georgiana; y el vínculo entre las hermanas era exactamente lo que Darcy había esperado ver. Podían quererse, incluso tan bien como lo habían planeado. Georgiana tenía la más alta opinión del mundo sobre Elizabeth; aunque al principio a menudo escuchaba con una sorpresa que rozaba el alarmismo su manera animada y juguetona de hablar con su hermano. Él, que siempre había inspirado en ella un respeto que casi superaba su afecto, ahora lo veía como el objeto de una broma abierta. Su mente adquirió conocimientos que nunca antes habían llegado a ella. Siguiendo las instrucciones de Elizabeth, comenzó a comprender que una mujer puede tomarse libertades con su esposo, que un hermano no siempre permitirá en una hermana que es más de diez años menor que él.

Lady Catherine estaba extremadamente indignada por el matrimonio de su sobrino; y al dejarse llevar por toda la sinceridad genuina de su carácter, en su respuesta a la carta que anunciaba el matrimonio, le envió un lenguaje tan abusivo, especialmente hacia Elizabeth, que durante algún tiempo toda comunicación se detuvo. Pero al final, gracias a la persuasión de Elizabeth, logró pasar por alto la ofensa y buscar una reconciliación; y, tras un poco más de resistencia por parte de su tía, su resentimiento cedió, ya sea por su afecto hacia él o por su curiosidad por ver cómo se comportaba su esposa; y se dignó a visitarlos en Pemberley, a pesar de la contaminación que sus bosques habían recibido, no solo por la presencia de tal ama, sino por las visitas de su tío y tía de la ciudad.

Con los Gardiner, siempre mantuvieron relaciones muy íntimas. Darcy, al igual que Elizabeth, los quería de verdad; y ambos eran siempre conscientes de la más cálida gratitud hacia las personas que, al llevarla a Derbyshire, habían sido el medio para unirlos.

Made in United States
Cleveland, OH
18 June 2025